———— 阅读之前 没有真相

午夜文库

夏与冬的奏鸣曲

[日] 麻耶雄嵩 著

吴春燕 译

目录

1	I	8月5日
69	II	8月6日
149	III	8月7日
273	IV	8月8日
329	V	8月9日
375	VI	8月10日
441	VII	8月11日
445	VIII	8月12日
497	尾声（补遗）	

白鸟不悲否,苍茫天水间。
片羽皆不染,无言自飘摇。

————若山牧水

I　8月5日

0

　　长长的葬礼布幔。

　　从远处围来，又伸向遥远的前方。布幔挂在笔直向前的石阶两侧，仿佛指明了这世界的唯一通道，吸引着人们走向分辨不出远近的终点。

　　布幔外侧，乔木林立。浓绿的乔木枝叶肆意生长，很是繁茂。树干上停着的褐色油蝉，正奏出沙哑低沉的和声。雨过乍晴，石阶还带着晨露的湿润。低洼处残留的清水，映射着从云间洒下的阳光。那点点闪光仿佛被棱镜折射成了七彩光束，与乔木枝叶的浓绿以及水汽的蒸腾遥相呼应，刺痛了人的眼睛。

　　表面刻成斜方格形状的石阶小道很快就到了尽头，眼前出现一座背靠深山的大宅。大宅正门的上方中央凸起，两侧如同仙鹤的双翅向左右伸展，那气势给人感觉宅主应为地方名流。黑白布幔在此处也转向两边继续延伸，好似在仿效宅门的形状一般。

　　入口处的格子门正中央嵌着一枚菱形家徽，门上挂着面朝里的布帘。往里走去，用墨汁写在日本纸上的"忌中"[①]二字尤为刺眼。

　　——屋内是取下隔扇后两间合一的大房间。诵经声中，身穿丧服的宾客正静悄悄地传递着玛瑙色香炉。大家神态各异，有人面无表情地默默上香，有人一只手拭着眼角，一只手捏着线香，

---
①意思是服孝、服丧期间。

有人则拼命忍着不哭出声……屋内香气缭绕，仿佛几种特别的香薰交织在一起后沉淀了下来，整个灵堂笼罩在令人沉重的烟雾之中。

祭坛覆盖着白色丝绸，设了五层，上面有牌位、灯笼、烛台、菊花……正中央安放着死者遗像——一张放大的黑白照片，顶部悬挂着黑色缎带。照片中的面孔还很年轻，二十岁上下的模样，笑容灿烂，双唇微启，露出了洁白的牙齿。死者或许做梦也不曾想到会有今天。

祭坛前坐着一对中年夫妇，貌似是死者的父母。只见母亲弓着背，似乎悲痛难忍，此刻正用丝绸手帕捂脸啜泣。伴随着压抑的哭声，她的双肩、背部，甚至整个身体都在微微颤抖。抑制不住的啜泣声传到后排，加重了出席葬礼者对故人的怀念。

前来吊唁的人脚步沉重且缓慢，捻动佛珠的声音让人想起冥河河滩上堆石头的情景。① 昏暗烛光映射下的遗像主人虽不至于年幼到去堆石头，但人生也未免太过短暂。

死者父亲黑眼圈很重，虽然努力保持着严肃的表情，十指却紧紧抠着大腿。从翘起的指尖来看，他似乎已无法承受更大的压力。

死者母亲身边端坐着一个六七岁的小女孩。此刻她正不安地攥着母亲的衣襟，时不时打量一下周围，一脸茫然。女孩长着一对黄色眼眸，目光迷离惶恐。不知何时她才能明白此情此景的真正含义。

烈日炎炎，远处的油蝉依旧聒噪地鸣叫着。时值盛夏，唯有这间房吹进了与季节相悖的冷风。或许是山风吧，才会如此冰冷

---

①在日本传说中，夭折的孩童亡灵必须到冥河河滩去堆石头，可好不容易堆起来又有鬼来破坏，因此石头永远也堆不起来。

无情。风车随风疯狂转动，转出了螺旋状的轮回棱线，仿佛故人的灵魂在缓缓升空，却无法慰藉亲人内心的悲痛。

葬礼一结束，身着白衣的遗体周围便被装饰上了白色的鲜花，有百合、菊花、女郎花和桔梗。自古以来，这些花专门装点葬礼，虽然美丽，却给灵堂平添了些许寂寥与哀愁。几位亲友在告别遗体时碰落了一些花瓣。隆重的遗体告别仪式之后，棺柩便被钉上了。咚、咚、咚……随着一根根钉子被敲入棺木，死者父母的表情也愈加痛苦。母亲已强忍不住呜咽，面部因悲伤而扭曲变形。身穿丧服的小女孩静静地注视着这一幕，眼眸里满是纯真。

不知何时，石阶小路已干。送葬队伍在一盏灯笼的指引下整齐有序地前行。草鞋、木屐和皮鞋踩踏出的嘈杂脚步声打破了森林里世外桃源般的寂静。将世界分出内外的布幔此刻纵横交错，犹如莫比乌斯环一般扭在了一起。

死者的黑白遗像被高高举起，正对着前方。照片中的他唇角上扬，目中含笑，皓齿微露，仿佛在歌颂已确定无疑的美好未来。此时母亲正靠着父亲的肩头，在檐下目送送葬队伍离开。那个黄色眼眸的小女孩则一脸不安地抱着牌位，低头走在棺柩的前方。

这是通向墓地的唯一道路。大家都低着头默默前行，面无表情，好似戴着能面[①]一般。

只有花篮中的鲜花在风中摇曳生姿，与送葬队伍的庄严肃穆形成鲜明的对比。

---

①表演能剧时角色佩戴的面具，无任何表情。

1

——我就像一只秃鹰,正冲着一头年迈的狮子盘旋降落。

真是无稽之谈,乌有想。不过,即便是事实,现在再想也已无济于事……对,眼下的状况就是如此。

烈日炎炎。海面上波光粼粼,亮得刺眼。一艘破旧的游艇疾速前行,尖利的船头劈开海面,船尾掀起白色海浪。若狭海风平浪静,寂静无声。船尾的两只螺旋桨发出刺耳的"嗡嗡"声,仿佛围着一群挥之不去的苍蝇。冰冷的圆筒状扶手应和着噪声传出轻微的震动。

乌有双臂用力撑住扶手,从甲板探出身子,接受海风的吹拂。海风不咸,却有着不同于舞鹤海风的气味。大概港口处的海风除了海水的味道之外,还混杂着机油与熙攘人群的气味;而海上的风或许太过孤独,所以带着股野性。

回头望去,已被远远抛在身后的本州岛此时正漂浮在蓝色的海面上,就像牛奶蛋糊做成的绿色布丁放在蓝色的碟子上一样。不过,这个布丁上既无樱桃,也没有生奶油,也不像里面塞满了砂糖,甜得要化了似的。它外观干瘪,给人感觉贫瘠而狭小,仿佛一个浪头打来就要沉没了。

平时自以为在这个岛上稳稳当当地活着,可离开陆地从海上望去,就会深切感受到这个岛的根基并不安稳。恐怕以"日本国"命名的经济、政治、社会等所有一切,全是这个东亚小岛制造的假象吧。当然,乌有也不过是其中的一粒尘埃……这个小岛的某个地方肯定有个裂缝，如今正张开大嘴等待着，说不定眼下的风景就是其中之一。想到这里，乌有不由得伤感起来。

既不确定又不安稳的本州岛很快就消失在了水平线的另一边。海面上空空如也，目力所及，船的周围只有半径十几公里的水平线构成的圆，海面看去就像几头印度象背着的世界地图一样。前往目的地岛屿的两个小时里，看来只能在象背上摇晃着走动走动。从函馆可以看到下北半岛，从东京可以望到富士山，而这里连本州岛都望不到。这么一想才发现我们要去的和音岛距离本州岛实在很远。看地图时发现它位于连接隐岐与轮岛之间的直线上，当时并未感觉它距离本州岛及其他岛屿如此之远。看来估计有误。

大海辽阔得超出想象。即便有心在海上肆意纵横，但始终苍茫一色、连个小岛都望不到的世界也会让人很快厌烦。尽管乌有生性不喜欢人群，却也无法忍受一直待在空无一物的地方。

……果然是叶公好龙。自诩为孤傲的秃鹰，但独自一人什么也做不成。秃鹰绝无猎取活物的能力，只能啄食尸体或开始腐烂、散发恶臭的残骸。在这二十一年充满挫折的人生中，乌有已经充分认识到这点。然而，和音岛的主人——乌有（擅自）取名为"年迈的狮子"的人，却在这孤岛上与两个仆人一起生活了二十年，从未踏出孤岛半步。仅凭这点，仅凭这头"年迈的狮子"的头衔，乌有从一开始就甘拜下风。

说到底，乌有也纳闷为什么自己会被选中负责这次采访。精明的总编应该不知道乌有在心中自比（有些自虐）秃鹰。也许他只是觉得这个年轻人可以圆满完成任务，也许他看穿了乌有隐藏于内心的复杂欲望和自卑，可这毕竟与采访无关。话虽如此，但总编放着六个正式记者不用，竟然将采访和音岛的任务交给了还是非正式员工的乌有，难道是上个月自己负责的"小京都特辑"

获得了好评而给予的奖赏？乌有也不清楚其中缘由，只感觉自己好似受到了意外的优待。只要别惹那群年长二十几岁的人不高兴，执行这次任务就如同去避暑胜地度假一般。

二十年前，就在即将到达的和音岛上，一位名为"真宫和音"的女演员与为她痴迷的六个年轻人颇为神奇地一起生活了一年。之后他们各奔东西，开始了各自的人生旅程。时隔二十年，他们决定再次来岛上相聚。于是，乌有被委任了此次采访。

确定由乌有负责此次采访时，几位前辈都面露遗憾。这家杂志社规模虽不大，且只做月刊，但平日工作十分繁忙。从他们的反应可以明显看出，大家都想以工作为由离开家人到外地放松一下。乌有不想冒着招致同事反感甚至嫉妒的危险接受这个安排。乌有感觉自己的好运已经全部消耗在了遥远的过去的那一瞬间。假如有"神"镇守在某处，均等地安排一个人的幸与不幸，那接下来等待自己的就只有不幸了。这是乌有对自己的基本认识。乌有不觉得自己为生活所累。他并未对生活倾注太多热情，所以不会因此身心俱疲。最终，乌有没有屈服于周围的无形压力，接受了这个安排，并登上了驶往和音岛的渡轮。之所以这么做，并非因为乌有想摆出一副与周遭压力抗争的姿态，而是为了眼前这位扎着红丝带、正走出客舱的少女。

*

"乌有，你一个人在干吗？"桐璃一只手按着随时会被海风吹走的帽子，一脸天真地问。马德拉斯格纹[①]半身裙夸张地随风

[①]马德拉斯是印度的一个城市，马德拉斯格纹（Madras Plaid）在格子的形制上类似苏格兰纹，但颜色更鲜艳，色彩更丰富，更具印度风格。

摆动。

"喂，问你呢，在干什么？"

桐璃，今年高三，却并非随处可见的普通女高中生，不过她本人还未意识到自己属于问题少女。据说上初中时，她曾因外形靓丽出众，被杂志邀请做过模特。杂志社聚集了十名少女进行训练，但桐璃极少在规定的日子里出现。她不是那种典型的、宅在家里不肯出门的逃课学生，她经常在街上或河边闲逛一整天。"学校就是动物园"是她的口头禅，不知道从哪里学来的。

"……没干什么。"乌有回答。

"看到什么了吗？"

桐璃极力将身体探出船舷，仿佛要从栏杆处跌落一般。又圆又大的琥珀色眼眸凝视着泛起白色浪花的海面。她的虹膜很薄，瞳孔放大时清晰可见。

"没有东西掉下去呀！"

乌有静静地仰望着天空。天空湛蓝，让人心情舒畅，只有右侧一角，龙鳞状云朵连成细细的一条。就算视力只有四点零，好像也能看到电离层。这样的天空想必能让人联想到"梦想""希望"这类积极向上的词语……心情舒畅大概也是这个原因吧。太阳刚刚在南方的空中走了两个小时，距离晚霞漫天还有一段时间。乌有想看看日落时分东边的地平线。西边的日落可以想象，可远离太阳的东边，那边的晚霞、蓝天，还有夜空，会是怎样的景象呢？乌有特别想知道。

"在想什么呢？肯定是些无聊的事吧！"

嗯……乌有诚实地点点头。为什么会想这些毫无意义的事呢？自己也搞不明白。

"……黏黏的，真讨厌！"

桐璃停止追问，抬起头，叹了口气，细细的双眉随即微微皱起。她双手按着半身裙，狠狠瞪着风吹来的方向。海风似乎超出了桐璃的预想，一点也不温柔。

"昨天才开始穿的呢。"

"穿校服来就好了，那样更正式，也最适合这种场合。"

"我一直都是穿便服呀，没必要专门换上正装去采访吧。你经常看到，怎么一点都不记得？"

如此说着，她又把吹乱的头发重新扎了起来。头发没有染过色，颜色很自然。可能因为头发太细了吧，总也扎不好。

"不过我们班上有个看上去会这么做的女生。那姑娘梳着麻花辫，戴副眼镜，看起来很认真呢。"

"你都不怎么去学校，竟然知道得这么清楚？"

"那有什么关系呀，这种事，看到一次就明白了。"

桐璃嘟起嘴，伸出红红的舌头，脸上露出一对小酒窝。桐璃此次是来给乌有做助手的。桐璃好像认识总编，经常在编辑部做兼职打杂。乌有能进这个杂志社工作（尽管还不是正式员工），也多亏了桐璃的介绍。

这次，就在乌有想着是否推掉前往和音岛采访的任务时，桐璃听说了这件事。她十分任性地对总编说自己也想去，不幸的是，总编竟然答应她作为助手同行。真不知道总编当时是正在兴头上，还是单单对桐璃偏爱有加。这么安排搞得其他记者都以为两人要结伴去度假，出发前的那段时间，总对他俩说些不冷不热的祝福话。

乌有也觉得这样不妥，但又没有正当的理由拒绝，最后只能带她前往。他也不明白为何总拿桐璃没办法。难道是因为她与自己有着相似的心灵创伤吗？不好说。也可能与弱胜强、柔胜刚是同样的道理吧。望着那张白皙又纯真的面孔，乌有放弃了思考。也许因为她看到过自己落魄不堪的样子吧。可问题是，为什么自己不堪的一面偏偏被桐璃看到了呢？换作他人，自己或许早就避之不及了吧。

忘了与桐璃是如何相识的，而且不知何时开始，桐璃就可以随意出入乌有的公寓了。在领地被逐渐侵蚀的同时，桐璃说话也越来越管用了。乌有甚至怀疑她会不会是自己的远房表妹。因为两人若有血缘关系的话，态度举止随便点也就没什么好大惊小怪的了。当然，乌有没想起自己有这个表妹。

"你到上面来行不行？"乌有对桐璃说。

游艇驶离港口后不久，桐璃就说晕船了，后来就躺在船舱里的座椅上休息。时值盛夏，八月的阳光让人目眩，毫无遮挡地直射游艇。与搭乘前往舞鹤的列车时相比，桐璃此刻的脸色更加苍白。这是一艘仅能容纳十人的小型游艇，在苍茫的大海上披荆斩棘般前行，乘客们必定不会多么舒适。

"还要在船上待两个小时哦。"

"啊！还要那么久啊……不过上了岛肯定也很无聊，都是些老人。"

说是老人，游艇上的四名乘客其实都才四十多岁。在十七岁的桐璃看来，四十多岁与六十多岁可能差别不大，但事实上，他们与桐璃的年龄差甚至超过了桐璃的年龄。更何况这四个人都是和音岛上的贵宾，必须谨慎些，千万不能在他们面前说错话……

"而且灰尘好大，都搞到衣服上了。"

桐璃像是回过了神，用力拍拍格纹半裙。裙子有些湿气，粘上灰尘就很难弄掉，好似黏在筷子上的纳豆一般，拍也拍不掉，怎么折腾都是在同一个地方打转。

"哎呀,真讨厌!"桐璃着急地小声嘟囔。

"去学校好好上课,别跟着来不就没事了?"

"好遗憾啊!现在是暑假,学校想去也去不了呀。"

桐璃立刻得意地反驳了乌有。

"还有几天就开学了吧?"

"十三号才开学,还有一周呢。"

今天是八月五号。八月十二号从岛上返回,这趟旅程将持续一周多。

"那你就忍忍吧!"

"啊?!"桐璃惊叫一声,脸色都变了,好像误食了发霉腐烂的苹果,"我忍不了。"

"跳下去心情可能会好一些吧。"

乌有小声回了一句,再度将视线移向海面。海水撞击船舷,海面变得扭曲。乌有凝视着投在海面上的破碎身影,不禁想起被大卡车碾压后血肉模糊的情景。明明想要忘掉的,可这段记忆一有机会就会浮现于脑海。真奇怪!

"好恶心!"

可能是没有听到乌有说的话,桐璃依然在和裙子上的灰尘搏斗。

"这是一次难得的体验,让你切实感受到,任性在大自然面前完全行不通。"

"干吗那么一本正经?还说什么'大自然'。我是认真的……你看,裙子被搞成这样,任谁都会不高兴啦……"

说着,她作势要回船舱,右手捂住嘴,左手急忙拉住乌有的手臂,想把乌有也带回船舱。她的臂力很小,却有股不可思议的魔力。乌有难以抗拒,只好被她拽进船舱。

＊

船舱很小，且平平无奇，就像地方车站的候车室一样。空调的制冷效果太好了，感觉有些凉。米色座位上端坐着四名男女，此刻正重温着昔日的友情。

每个人都衣冠楚楚。这种时候，无论男女，似乎都深信衣服的价位和品位能彰显自己的身份和地位。在昔日好友，而且是二十年不见的老友面前，大家都忍不住想展示最光鲜亮丽的一面。

这里的人们二十几岁时各奔东西，此时四十多岁，拥有稳定的职业与一定社会地位后再度聚首。在和音岛这个封闭空间里，外表和谈吐成为衡量人生成功与否的重要指标。这类光景在同学会上经常见到。乌有非常看不惯这种在暗处滋生、又瞬间膨胀的虚荣。当然，在座各位的人生比乌有的长了近一倍，他们深知虚荣与攀比在社交中十分必要，对于盛宴之后的空虚寂寞他们也已产生抗体，早就迟钝麻木了。

乌有忍受不了被日常生活磨出来的"麻木"，这并非他自我标榜活得认真洒脱。相反，他经常因为自卑而烦恼。独自一人在舱外眺望日本海，也是因为担心自己哪天会像他们一样被磨光棱角。

乌有坐在位于舱门附近的最后一排座位上，安静地看着他们交谈。这是人家久违二十年的再次相聚，他不想不识趣地手拿纸笔挨个去访谈。要想采访，接下来的一周都可以，时间多得是。在此之前，乌有打算全面地了解每一个人。于是他拿出准备好的个人简历，对照着每一个人看了起来。

坐在乌有正前方的男子名叫结城孟。父母在京都经营一家和服老店。他虽为次子，却也参与老店的经营。不过他不太说京都方言。他四十二岁，四人之中他与村泽孝久年纪最大，但他体格健壮，面容紧致，看上去好似一名运动员。小麦色的皮肤很有光泽，声音如同男高音歌手般温柔松弛，在几名男士中最显年轻。他没穿和服，身着一身便装，戴着墨镜，从外表完全看不出是和服老店家的二公子。只是他的言行有些高傲，看似略带挑衅意味，仿佛想借此保持与他人的距离。结城抽着肯特牌香烟，正与村泽聊着经济的低迷，看来围绕往事的交谈已经告一段落了。

村泽孝久，在横滨经营一家小型贸易公司。由于巧妙调整库存，尽管大环境不景气，他的公司却未出现严重亏损，经营状态平稳。"总算开始有点起色了。"他反复说着这句话，声音铿锵自信，从表情上看不像在撒谎。

结城家的和服店多少受到资金紧张的影响，但损失也没大到令老店破产。只是他个人投资期货失败了。只听他苦笑着感慨道："不得不卖掉一栋别墅还债啊。"与结城相比，村泽面容略显沧桑，言谈举止相对沉稳。由此可知他更具理性，执行力也更强。两个月前，乌有采访了一名四十多岁的富二代社长。那人身材健硕、声音洪亮，经营理念却幼稚得连乌有这个外行都不由得愕然，简直就是个不知轻重的愣头青。而村泽截然不同，他白手起家，为人谨慎，与人交谈时应答得体，发言之前必会深思熟虑。

对面端坐着一位神父，打扮有些不合时宜。据说他并非自幼笃信基督，二十年前，从和音岛离开后才做了基督信徒。受洗后改称帕特里克神父，如今在长野的耶稣教堂里任职。当然，他们仍然称呼他原来的名字——"小柳"。

虽说聚会是私事，但帕特里克神父依然身穿黑色长袍。这应该不是教会的规定，而是出自他本人的意愿，这让人不由得感受到了他的执拗。说起神父，大家都会想到身材矮胖、面容和蔼的"布朗神父"和"道林神父"（当然，也有唐·卡米洛那样的强者），而这位受洗名为帕特里克的神父也不例外，他同样身材矮小、双眼微垂、脸颊圆润、面容和蔼。或许这样的外表更适合听人忏悔或布道，会让人感觉亲切与心安。从这个意义上来说，帕特里克也算符合神父的标准。只是，他不经意间流露出的超脱，说得难听一些，就是那种居高临下的言行，让乌有感到了些许不安。

二十年前，他来到这座孤岛时还是一名医学专业的学生，后来脱离本行选择做神父，其中似乎另有隐情。乌有也是典型的中途退学者，所以对他的心理变化颇感兴趣。

神父双手交叠，微笑着倾听两人的谈话。虽然不知道这做派是从前就有，还是成为神父后的职业习惯，但四个人的举止都相当自然。从这点来看，可以想象兴许过去也是这个样子。

神父的一旁，也就是离乌有最远的位置，坐着村泽的妻子——尚美。虽说是万绿丛中一点红，她却给人感觉十分低调。不过，那只是乌有对她的印象，用桐璃的话说，她就像一头涂了厚厚粉底的印度犀牛，或是蛇妖戈尔戈。的确，尚美的衣着与妆容极具中年女性的特色，艳丽得即便在夜里也能轻易看出精心打扮过。但跟以前自己采访过的"社长夫人旅行团"中那些同龄贵妇相比，她算是稳重多了。那些女人涂着猩红色的口红，好似刚刚大口吃过人肉，戴着价值不菲的戒指、耳坠和项链，给人感觉恨不得直接将钞票穿到身上。

尚美长着张瓜子脸，漆黑的头发束在脑后，美丽的双唇涂成了深红色，鼻梁细而挺，眼睛不大，但双眸诱人，年轻时想必是个惹眼的大美人，即便现在依然魅力十足，与戈尔戈那种咄咄逼人的美完全不同。她美得不加粉饰，自然动人，让人忍不住心生爱怜。那微微低垂的灰色眼眸，仿佛在水中加了几滴墨汁，给人感觉谦逊中带着淡淡的忧愁。桐璃怎么会将她跟戈尔戈扯在一起呢？乌有无法理解。就算与桐璃争辩，她也只会笑着说"你不会懂的"。不管怎样，尚美完全不像以往采访过的社长夫人，对经历过采访社长夫人之艰难的乌有来说，单就这点已属幸运。乌有不免对这位夫人生出了些好感。

即便如此……女性被同性吸引还是很难想象的吧。出于仰慕，女性可能会主动接近理想中的同性。不过，就算受到哥哥的影响，像个男人似的甘愿去做女性的俘虏，尚美这种情况也很少见吧。更何况对方还比自己小两岁，又只是个在一部电影中演过主角的女演员。乌有对"超凡魅力"的理解并不深刻，身为女演员的和音即便真的具备这种魅力，乌有目前也难以相信。

然而，以真宫和音为核心聚集起来的七个人在共同生活了仅仅一年后，就因和音之死而解散了。而现实中的最后结局是尚美与同为和音信奉者的村泽走到了一起。两人的结合，可能是彼此退而求其次的选择，也可能是为了开启新的人生不得不向现实妥协的结果。但是，乌有总感觉这个结局与"和音岛信奉者集会"一词所蕴含的虚幻奇特极不相符。难道要将这个结局理解为他们从梦中清醒了？对此，乌有难以确定。不过，只有一点没有改变，那就是乌有亲身体会并一直坚持的看法——仅靠理想无法活下去——被很好地验证了。

去往和音岛的四名男女……当他们在和音岛上过着梦幻般的生活时，除了和音与岛主"老狮子"水镜三摩地之外，还有名为

"武藤纪之"的第七人。武藤是尚美的哥哥，当时也是学生，因为倾心于和音，便与水镜一起拍摄了由和音出演的电影，最终打算建造一个乐园，即和音岛。可以说武藤是真宫和音最狂热的追随者。然而，武藤这个最疯狂的信徒在二十年前放弃生命，投海自尽了。据说那是和音死后第三天发生的事情。

*

"和音岛很快就要到了。"

两小时后，扩音器里传来游艇驾驶员的声音。

2

和音岛是一座半径约为一公里的小岛。四周惊涛骇浪，临海处多为悬崖峭壁。整个岛屿是一座陡峭的山，海拔三百米左右。由山顶朝各个方向等次下降，呈郁金香花朵的形状。适逢夏日，山上树木枝繁叶茂。整座山沐浴在强烈的阳光之下，就像晶莹剔透的绿宝石一样闪闪发光。

当地资料显示，和音岛形成于数百年前的一次火山喷发，"波都岛"才是它的正式名称。火山喷发后，小岛周围熔岩冷却，凝固而成的石头成了形状威武的暗礁。仅有位于南侧山脚下大约五十米长的一小块平地可以称作海滩。不过海滩上的沙子细腻洁净，大小也足够当作私人沙滩。之所以这么说，也是因为岛上除了水镜几个人之外，并无其他居民。换句话说，和音岛是水镜的私人岛屿。

长年潮涨潮落导致颜色发黑的木头栈桥设在这一小片沙滩的

一角，看样子已经用了很长时间。不止颜色，就连木头的光泽，甚至栈桥的底座都散发出一种经年使用的质感。

栈桥的一侧有附带小屋的船坞。刚刚众人乘坐的游艇是在舞鹤港租的，专门用于接送游客，岛上的日常物资采购则由停放在船坞里的小型汽艇负责。海滩、栈桥以及船坞所在的南侧是这个岛上唯一一处与大海平缓相连的场所（其他地方海边全是断崖），因而成了和音岛通往外界的门户。从栈桥沿山脊攀登一段陡坡后，有一处平地可以俯瞰下方。那里黑尾鸥成群飞舞，黑尾鸥群下矗立着一栋面朝大海的白色西洋建筑，那就是和音馆。

"真让人怀念啊！"

踏上湿漉漉的栈桥，结城不由感慨道。暌违二十年，终于又来了，这个自己魂牵梦萦的地方。真宫和音，那名将他们凝聚在一起的十八岁少女，她死后，这群人便失去了一起生活的意义。自那之后，这座孤岛再无人眷顾……只有水镜三摩地一人坚守在这里，如同守墓一般。结城将肯特牌香烟的空盒抛向大海，随即从口袋掏出手帕擦拭眼角。

"一切都还是老样子……"

站在一旁的村泽夫人欲言又止，激动到说不出话来。尽管头发在海风中凌乱，发丝飞舞，她却毫不理会，久久凝视着这座岛和眼前的和音馆。一片沉默之中，唯有日本海的涛声与黑尾鸥的叫声传至耳畔。每踏出一步，栈桥就会发出脆生生的吱嘎声，但无人在意。

"和音馆还是老样子。"

"好像旧了一些。"

村泽推了推眼镜，抬头仰望着和音馆。

"是啊，已经过了二十年。"

屹立在高处的白色和音馆安详地俯视着乌有这群人。这座名为"和音馆"的英伦式建筑，是水镜为了让大家聚在一起生活而建造的楼宇。尽管外观古朴，其实才建了二十一年。与当年他们共同生活时相比，楼体固然不再崭新，在风吹日晒中有些褪色，但丝毫看不出老化的痕迹。不仅如此，这座建筑给人感觉就像那些经历了岁月洗礼后更有味道的著名木制建筑，释放出过去不曾有的光芒与魅力。

和音馆是一栋四层楼的建筑，横向宽敞纵向浅窄。塔状门厅朝前凸出，门厅两侧对称伸出的白色墙壁仿佛飞鸟的双翼，上面等距离开着几扇窗户。黄绿色的屋顶像是用糨糊粘上去的，门厅处的屋顶同样呈黄绿色，形似圆锥，塔尖高高耸起。

也许是海风侵蚀的缘故，这栋建筑多少有些褪色，不过日常维护似乎做得不错，屋顶与墙壁均没有破损，非常体面地矗立在来宾面前。面向客人们的窗户都被浅驼色的窗帘遮挡着，看不到室内。只有门厅内的高处，也就是相当于四楼高度的那扇装饰性窗户开着，可能是为了采光吧。

初次看到和音馆时，总感觉这栋建筑别扭，却又说不清具体哪里别扭。只是觉得对着房子看久了，就会心生不安，头晕目眩，甚至站立不稳。揉揉眼睛，等平静下来再度望过去，依旧如此。乌有没研究过建筑学，无法断定其中缘由，但那种不安并非源自自己的身体出了问题，也不是因为艺术素养欠缺导致审美出了问题。他强烈地意识到这种情况肯定是建筑师或设计师有意为之。当然，乌有也只看到了这座建筑的外观，不可能指出问题出在哪里。

这座孤岛，单是运送一次物资就得花费四个小时。在这种地方竟然建造出一栋巨大的西式建筑，而且是专门为和音而建，水镜的执着令乌有佩服得五体投地。美国暴发户买下欧洲的某个城堡或建筑，横跨大西洋，将其移到新大陆的故事时有耳闻，但和音岛这样的故事还是头一回听说。和音岛的海滩很小，连个像样的港口都难以修建，却在这种地方建起了一座巨大的西式建筑……不难想象，当时克服了多少技术性难题和客观环境的限制。

"已经二十年了呀……"

尚美提着随身行李，走在通往和音馆的小路上。那犹豫迟疑的步伐究竟是对已逝"青春"的致敬，还是对自己背叛了梦想的悔恨（乌有出自本能地讨厌"青春"这个暧昧的词，但又感觉它有着其他词语无法表述的魅力）。通往和音馆的坡道曲折陡峭，提着行李攀爬绝不轻松，但他们没有任何怨言，在爬满番杏藤蔓的沙石路上不疾不徐地迈步前行。

"二十年来你们一次也没来过吗？"乌有问道。

村泽停下脚步，迟疑片刻后点了点头。

"是啊。这次来也算是对那段美好的青春岁月的追忆吧。"

同时也是对无法愈合的创伤的追忆吧。离开这座岛是因为真宫和音的死，不想再靠近也是因为这个原因，村泽的话也只是对想要忘却的事实的辩白而已。莫非他们在决定离开的同时也放弃了自己的信仰？

乌有想知道，却不敢追问下去。

那为什么又回来了？是因为伤痛已经淡去了吗？难道疮痂剥落、伤口愈合，曾经的伤痛就淡到可以当作单纯的回忆拿来诉说了吗？

也许吧。不知道真宫和音拥有怎样的影响与支配力，但当年他们都只有二十几岁而已，或许很清楚，终有一日必将从那段往事中挣脱出来，不能一直沉溺于回忆之中。

年仅二十一岁的乌有虽然尚且无法理解时间的杀伤力（尽管装出很懂的样子），但想想儿时的纯真已然消逝的现在，他意识到，如此下去今后将有很多东西从自己身上逝去。对于这种有可能无休无止的消逝，乌有感到害怕。如果真是留下深刻印象的人或事，应该永远也不会忘记吧，他忍不住这么想，就像对这十年始终念念不忘一样。

乌有从手提包中取出相机，将镜头对准站在和音馆前一动不动的四个人。"青春的再会"……报道的副标题陡然浮现在他的脑海。太老套了，不能用。

"挺重的吧？"神父很体贴地问乌有。他本人倒是一身轻松，只随身带了个黑色的蛙嘴皮包。他虽非圣弗朗西斯科①，但看样子也崇尚清贫。在不是信徒的人看来，教派不同教义也不同的财主神父似乎不太顺眼。

"嗯，有点。"乌有答道，之后望向桐璃。

只见桐璃正拖着一个沉重的红色行李箱跟在后面。她本来还想多带一个箱子，被乌有以工作为由制止了。

"真是一点没变哪！跟我们在的时候一个样子，看来维护得很好。"

结城透过墨镜仰望着立在眼前的纯白色建筑，接着露出一丝笑容。

"那之后水镜一直住在这里吗？"

面对尚美的提问，结城随即收起笑容点了点头。

"是吧。他那个人，肯定的。"

走近和音馆才发现白色外墙上有些浅灰色的斑驳，但并不影

---

①天主教方济各会和方济各女修会的创始人，又称圣方济各。他出生于富裕家庭，但坚持清贫的修行生活，是一位苦修行者。

响建筑的雅致。干爽的砂砾路上有一串看似是猫咪留下的脚印，也许是仆人养的猫。"唯有一件事可以确定，那就是……"这句与眼下情况风马牛不相及的话突然从乌有的脑海掠过。如果是那只猫的话……和音馆的门厅形状酷似壁炉，是这栋建筑唯一的入口……

好似要率先出来迎接贵宾一样，和音馆的门廊突出，上面覆满了精致的装饰物。门廊上方的山形墙呈等腰三角形状，四根支撑墙体的柱子上都刻有小天使。天花板上有盏灯，上面罩着一顶点缀着柏树叶子的银伞。以灯为中心，雕饰花纹向外层层扩散，形成同心圆。不过，在乌有看来，这个风格古典的门廊很不协调，不知哪里让人感觉不太安稳。

厚重的双开大门朝外打开，似乎算准了他们的到来。一位自称真锅道代的小个子仆人迎出来，她五十多岁的样子，头发束在脑后，白发十分明显。据说道代与丈夫泰行是七人组合各奔东西后才被雇用的，二十年里一直在岛上照顾水镜。平日里食材和日用品的采购，以及与外界的接触与交涉都由他们俩负责。乌有不由得心生诧异，孤僻的水镜另做他论，这两个人为何也能在这座孤岛上生活这么久？毕竟二十年前他们还只有三十几岁。难道是格外高的薪水，还是他们夫妇做了什么需要避人耳目的丑事？肯定是后者。道代那胆怯而阴郁的眼神让乌有更加确定就是如此。那眼神实在是让人喜欢不起来。

"欢迎光临！让大家久等了。"

道代个头不高，声音却很洪亮。

"主人吩咐说，大家可以入住以前住过的房间。"

"太好了！"村泽听后很激动，大声回应。

尚美用双手捂住嘴，情不自禁地"啊"了一声。

"主人说请大家像过去一样随意。"

"这么安排真是太让人高兴了。那我们就先休息一下再去问候水镜。还是以前的房间,对吧?"

道代还没回答,结城就轻松地拎起两个旅行包,快步跑上了铺着红地毯的旧式螺旋楼梯。村泽夫妇和神父安静地跟在后面,与结城不同,他们走得很慢,细细打量着门厅里的装饰品。每一个都还是老样子,感觉好似打开了二十年前埋下的时光胶囊。

"晚餐时间是六点。"

"这幅画竟然还在。"

二楼传来村泽夫人的声音。

"我带两位去房间。"道代瞥了乌有一眼,确认道,"是两个房间吧?"

桐璃抢在乌有之前大声回答"当然了",道代被逗笑了。乌有无奈地在后面跟了句"是的",语气颇有些恼火。道代的笑声有点暧昧,让人很不舒服。

"接下来的一周,请多多关照!"

乌有避开道代的眼睛,冲她微微鞠了一躬,随即兴致不高地环视了一下四周。

*

道代走在前面,大概还是觉得好笑吧,手依然捂着嘴,缩着脖子,背影既滑稽又可怕,让人不禁想起德彪西的《木偶的步态舞》。

"……走吧,桐璃。"

乌有叹了口气,拎起包跟在道代的后面。有那么好笑吗?莫名其妙。

再次打量和音馆内部,乌有似乎明白了刚才的不安源自何处。从门厅到楼梯这段距离还没什么问题,但一踏上楼梯,似乎立刻就失去了平衡。楼梯不陡,挺平缓的,但并非竖直上升,而是扭向一侧,就像曲率半径较大的螺旋式楼梯似的。

因此,感觉不偏不倚,可不知不觉身体就从楼梯中央向有扶手的一侧靠去。这可能是设计巧妙导致的效果,看上去明明是直线形的楼梯,实际走起来却会向一侧偏移。

也就是说,这栋建筑本身就有些歪斜。如果歪斜是指偏离直线的话,这里所说的直线就是指长、宽、高三个维度相互垂直构成的空间。但是,和音馆内的天花板、柱子和地板,无论哪两个看起来又都是相互垂直的。真是不可思议!而且到处如此。

乌有在楼梯中间站住脚,仔细观察了片刻,没有看出异样。仅仅是感觉上歪斜,视觉上却找不出一点问题,真是奇妙又怪异。还有一点让人觉得不可思议,那就是桐璃也在一脸诧异地爬楼梯,可在乌有看来就像蛇在爬行一样,迈步的样子像是个烂醉如泥或得了热病的人。在桐璃看来,自己的背影应该也是摇摇晃晃的吧,乌有想。可自己明明意识清醒、步伐稳健啊,而且这一点就像自己是自己,桐璃是桐璃一样确定不移呀。

道代显然已经习惯了这个楼梯,稳稳地走在台阶的正中央。乌有跟在她身后,想学她怎么走,但一下子学不来。安全起见,他只能扶着扶手,除两条腿之外,又多了扶手这个新的支点,楼梯比刚才好走了许多。

与装饰过多的门廊相比,墙上和天花板的装饰都很简单,不是那么考究。塔状门厅挑高很高,有四层楼的高度,房梁从四根柱子的顶端向上聚拢,形成拱形的房顶。墙壁和房梁都是纯白色，看起来很淡雅。房梁向上聚拢形成的拱形稍显扭曲，在顶端又极其自然地交汇在了一起，让人不免诧异究竟采用了什么原理，忍不住会多看上几眼。接着，乌有将目光从房顶移向房梁与墙壁，这才发现房梁的阴影处虽然都刷成了白色，但做了浓淡渐进的设计，离天花板越近刷得越细腻，给人感觉整个天花板仿佛浮在半空中，正慢慢向天空飘去。柱子上画着几何风格的狮子，金色的线条很细，与柱子的颜色形成鲜明对比，视觉冲击力非常强烈。

"请走这边！"

到三楼后，道代向左边转去。朝东西两侧延伸的走廊明显是歪斜的，那种感觉已经不是"不安稳"这个含混不清的词可以形容的了。就像发烧时感到头重脚轻一样，整栋房子越往上走歪斜得越厉害，走廊也是斜的，好似故意设计成一眼望不到头的样子。不过，与门厅的拱形房顶不同，这里的弯曲不是曲线，而是由直线和夹角构成的。

"好怪的房子！"

乌有的耳边响起一声不解的咕哝。是桐璃。她平时就喜欢将"怪"字挂在嘴边，这次还真说对了。房间分布在走廊两边，房门是栎树材质的。感觉每经过一扇房门都要向右或向左转一个近似直角的角度，但回头一看，刚刚走过的路又几乎都是直线。此时人仿佛被圈在一个三角形的空间里，不过左右两侧的墙壁都只是稍微有些歪斜，这应该是故意设计出来的效果吧。如果真是这样，那又是谁设计了这个错觉画似的世界呢？那个人应该很精通心理学与人体工学吧。当然，这种设计挺低级的。

"两位的房间在这里。"道代站定后说。

经过村泽他们的房间后，三楼左侧最里面的两间房被安排给了乌有和桐璃。两间房隔着走廊相对而立，在三楼，而且又在最里面，所以歪斜得最为严重。两扇房门斜对着，就像地层因地震发生了移动似的。门牌是镀金的，周围装饰着常青藤，但上面是空白，没有像经过的房间那样刻着"MURASAWA""YUKI"之类的文字。

"餐厅在一楼，大厅的右侧。晚餐六点开始。接下来两位可以稍事休息。"道代低着头生硬地说道，好像在背诵记好的台词一样。

二十年来无人造访，作为仆人他们一直在照顾水镜一个人，难怪腔调这么别扭。

"洗脸台里面的门分别连着浴室和厕所。嗯……您贵姓？"
"如月乌有。这是我的助手舞奈桐璃。"
桐璃轻轻点了下头。
"请多关照！"
"好可爱的姑娘！"
"谢谢！真不好意思。"桐璃自我陶醉似的接着说，"经常有人这么说我……"

道代脸上露出温和的笑容，表情与面对乌有时完全不同。
"如月先生请用左手边的房间。舞奈小姐住对面。"
"谢谢！……晚饭是真锅女士您做吗？"
"我也做，不过主要是我丈夫做。他以前当过厨师，厨艺还不错。"

道代轻巧地走了回去。这个人说不上令人讨厌，但总感觉哪里不对劲。不仅仅是眼神、表情和微驼的身躯，她整个人都散发出一种与他人保持距离，不，是试图疏远他人的气息。这让乌有愈加觉得这里以前发生过什么，对，就在他们在这座孤岛上远离人群生活的二十年里。

"这边看不到海呢。"道代走了之后,桐璃打量着被安排给自己的房间说,"这边靠山。"

房子坐北朝南,这条走廊位于房子的右侧,也就是伸向西边。桐璃的房间在走廊右边,也就是朝北开窗的一侧。和音馆建在小岛的南边,所以朝北的窗户看到的不是波光粼粼的大海,而是绿树成荫的半山腰。

"……是吧。"

大约沉默了几秒钟之后,她又像平时那样眼睛朝上方看着,声音像猫咪般甜腻地说:"乌有,咱们换下房间好不好?"

"为什么?"

乌有当然知道原因,却装出没察觉的样子冷淡地反问。

桐璃有点不耐烦地说:"我想看海,那肯定是住靠海的房间最好了……对呀,早晨醒来就可以听到海浪的声音,还有海风吹动窗帘的声音……好不好?"

"海风啊,我倒觉得黏糊糊的。"

"所以嘛,乌有更适合住靠山的房间,肯定的。就这样好吧?"

自以为说动了乌有,桐璃得意地笑了。

对此,乌有只好无奈地说:"好吧!反正我住哪边都行。"

"太好了。谢啦!领你情啦。"桐璃高兴地说,随即轻轻地拖起行李,灵巧地朝乌有挥了挥手说:"那就待会儿见!"接着立刻闪进了对面那间朝向大海的房间。她会怎么领情呢?肯定立刻就忘了,她一直都是这样的。而且不该说领情,应该说感恩才对吧。乌有发现自己忘记对她强调"这是工作"了。太累了!乌有没有追上去,而是进了刚刚换的房间。

房间很大，看上去足有四十平方米。地上铺着大理石地砖，墙壁和天花板都是纯白色的，门对面是一扇很大的窗户，整间房就像在电视里才能看到的度假酒店房一样。只是房间的形状不是方形，而是有些歪斜的菱形，由于窗户朝北开，采光很差……房间里除了床和桌子外，就只有墙上挂着的一幅画，空荡荡的，感觉很冷清。如果也像度假酒店那样放台电视机就好了，那样的话感觉可能就完全不同了。

窗户上挂着厚厚的柠檬色窗帘，几乎遮住了所有夕阳的光芒。窗帘内侧挂着白色纱帘，此时被束在窗户两侧。房间角落装了一台崭新的空调，也许是为了今天专门装的吧，与使用多年、已经陈旧掉色的墙壁和家具相比，空调的光泽格外醒目。

等回过神来，乌有才发现这真是一个与海风吹拂的世界完全绝缘的房间。桐璃的直觉果然是对的。话虽如此，面朝大海的房间，盛夏时若开着窗户会很难入睡吧。桐璃那边感觉如何呢？乌有不由得笑了，无论多吵她都会开着窗睡吧。对，很可能这样。

裱框了的装饰画色彩单调，乍一看以为是幅抽象画，仔细看更像是肖像画。人物好像穿了一件黑色衣服，脸上的眼睛和嘴巴由几条曲线勾勒而成，歪歪扭扭地点在上面，很像福笑游戏[①]里的多福丑脸。通过各个部位的组合以及色彩的搭配，勉强能认出那是张脸。至于胸部和手脚，都被漆黑的斜线野蛮地斩断了，原本的姿态遭到彻底破坏。这恐怕是毕加索等人推崇的立体派画作……或许奇怪的画才配得上奇怪建筑里的奇怪房间。而这一切似乎让人越来越喘不过气来了……

乌有将视线从画上移开，随即拉开了窗帘。他用力将窗户向

[①]一种日本传统游戏，在新年期间玩。游戏规则是玩家蒙上眼睛，将眉毛、眼睛、鼻子等部位的贴纸贴到空白的多福脸上，类似中国的"蒙眼贴鼻子"游戏。

外推开，眺望着眼前的风景。整栋房子建在异常平坦的地方，低头就可以看到宽敞的中院。原以为房子紧挨着山，但其实被桐璃嫌弃的繁茂山林远在百米之外，丝毫不会遮挡视野。看着酷似从山间温泉的旅馆檐廊上远眺到的景色，令人心情平静，不过感觉有点老气横秋，若是秋天就好了，红叶应该会把这里映衬得格外美丽吧。乌有心中不由得有些遗憾。

说起温泉旅馆，旅馆与山之间通常会隔一条小河，可从宽大的飘窗俯瞰美景一般是最大的卖点。然而和音馆不同，窗户与山之间是宽敞的中院，而且有海。海和海滩本来位于房子的另一面，但由于海浪长期侵蚀，靠山的中院内侧被冲出了陡峭的断崖，涌入了一个小海湾，包括栈桥在内的和音馆周边因此成了一个狭长半岛。来的时候，视线被和音馆遮蔽，乌有并没有发现这点。

这里看不到海，所以桐璃要求换房间，但其实也可以看到一小片海。海和山都能看到，倒不如说自己赚了……只是看不到海滩和地平线而已。

和音馆的北侧有平缓的弧度，好似圆形竞技场内侧。这栋建筑从正面看是平的，但做成平面图的话，就成了一边是平面的凹镜。乌有的房间在楼的最西端，与同是三楼的最东端房间斜对着，夹角约一百三十五度。两间房之间有段距离，加上对面的窗帘紧闭，因此无法看到房间里面。

中院没有草坪，因为靠海，地上铺满白色砂砾，晶莹剔透，好似初降的新雪一般细腻柔软。上面既无脚印，也没有风吹过的痕迹，更是看不到一点污垢和起伏，干净平整。这一点从三楼都能看得清清楚楚。如果赤脚在上面行走，感觉肯定很好。

在中院一侧，离房子约五十米处，也就是相当于凹镜焦点的位置，有个大理石材质的圆形小舞台。圆形舞台上方是由圆柱支撑起来的拱形屋顶，屋顶形状典雅卓绝，让人不禁联想到古希腊或古罗马的遗迹。圆形舞台里面有一个同样是大理石材质的展望台，栏杆之外就是不断被波涛拍打的悬崖峭壁。

大概看了一下周遭的环境后，乌有放下心来。他将夹克挂进衣柜，从放在书桌一侧的包中取出采访用器材——微型录音机、笔记本、签字笔、相机等。这次采访虽不是贴身采访，没必要一直绷着神经，但也不能掉以轻心。目前为止，采访比自己年长一倍的人，包括社长夫人那次，虽然积累了一定经验，但感觉还未掌握要领。乌有生性不爱社交，不擅长与人打交道，所以采访时总是提不出深刻的问题。加上对方看自己这么年轻，经常不认真回答，大概他们认定这次的采访搞不出什么花样。"追忆青春年华"——本次采访的口号十分新颖，但最后效果可能会与口号相去甚远，甚至会让人扫兴。可这也不全是自己的责任啊，总编也应该负一半责任吧，是他指定自己这种毛头小子来做这项工作的。乌有已经准备好了退路。

此外，他不知道该从什么角度去接近这些人。一般来说，写写同学聚会的现场气氛或对已逝青春的缅怀，就能应付过去，但既然这场聚会整体罩着"真宫和音"这一神秘面纱，报道就不得不写得纯真浪漫些。

但是……做这个采访真的需要一周时间吗？乌有从接下这个任务就感到怀疑。身处孤岛，不可能提前回去，而且乌有对采访的内容不感兴趣。本来嘛，为了追忆一个多年前仅出演过一部电影的"偶像"而举办的聚会，能有什么引人关注的地方呢？

听到真宫和音这个名字，即便电影通，不，即便那些对电影发展史了如指掌并以此为荣的年长者，也记不起她是谁吧。就算加上注解，说她曾在二十一年前主演过《春与秋的奏鸣曲》这部电影，结果也是一样的吧。《春与秋的奏鸣曲》的确公映了，但因水镜个人的坚持，只在小型电影院（如今所谓的迷你影院）里放映过，而且只是在京都市郊的一家小型电影院里上映过一周时间，影评出来之前观众寥寥无几。当时的电影杂志上仅仅登载了两行差评，"内容空洞，果然是业余人士拍的"。由于没有举办试映，看过这部电影的评论家应该也屈指可数。

此外，电影的版权和底片都在水镜手中，尽管如今流行制作DVD，但《春与秋的奏鸣曲》无法做成DVD，自然也无法买到、无法租到。当然，可能市场上也没这种需求。公映时间仅一周，只有很小一撮观众知道电影的内容，说起来，这部电影充其量也就是个"梦幻之作"。但是，这部并非"梦幻名作"的"梦幻之作"，竟然形象地表达了"物以稀为贵"的意思。真有些讽刺！

乌有当然也没看过。编辑部内自称电影通的人说是看过，却连演员的名字都叫不出。尽管电影对这次采访非常重要，但除了那两行影评之外，乌有没有任何渠道去了解这部电影。真宫和音只主演过这一部电影，之后再未在银幕上出现过。这部电影和真宫和音这个名字开始为人所知是在两三个月后，也就是这几个人被真宫和音吸引（也可以说是狂热地迷恋），并由此开始在这个岛上共同生活之时。如果放在当下，这件事可能会引起广泛关注，但在当时，周刊和报纸上都只有寥寥数行报道。大概是当年这种头脑发热的年轻人比比皆是，也可能因为新闻焦点都放在了热火朝天的学生运动上，根本无暇顾及此事吧。

不过，有一点让人比较在意（乌有也是后来才注意到事情的先后顺序）。那就是这几个人并非是在看了和音出演的电影之后才被和音吸引的。他们迷恋的不是银幕上的和音，而是真实生活中的这个人，所以才拍摄了电影《春与秋的奏鸣曲》。也就是说，他们是电影制作人员，为了宣传并记录和音的魅力，才聚集在尚美的哥哥——武藤的周围，共同制作拍摄了《春与秋的奏鸣曲》。

那么，电影拍摄前的和音是什么样的呢？估计只是个普通少女。身为普通学生的他们，将普通少女真宫和音强力打造成一名艺人，在找到水镜这个赞助商后拍摄了一部电影。

对真宫和音来说，这是一个灰姑娘般的梦幻故事。然而，在那之后，他们并未借着电影的契机把她塑造成明星，而是将她带到一个无人岛上，开始了与社会隔绝的生活。武藤，不，这帮人做出这种矛盾行为的目的何在？难道只是为了拍一部影片留作纪念吗？

而且，最奇怪的是，如同神秘的灰姑娘一般，真宫和音的原名、出生地、经历、过去等所有的一切，直到现在都不甚明了。

结果，上岛之前乌有连一张和音的照片都没找到。这里是和音岛，来者都是真宫和音的崇拜者。虽然手头信息匮乏，但因为乌有对这件事毫无兴趣，所以准备工作不足他也不以为意。

——到时直接问他们就行了。与平时近乎胆怯的小心翼翼不同，乌有一只手拿着录音机，乐观地想象着接下来的采访。

＊

"乌有。"

桐璃喊了一声，没敲门就进来了。朝房间里面瞥了一眼后咕哝道"好暗哪"。

"还好跟你换了房间。开开窗可以吗？"

不等乌有回答，她就打开了刚刚才关上的白色窗户。海风吹进来，房间里响起窗帘轻轻摇曳的声音。

"休息好了吗？"

"本来就不累。我又不像你似的上了年纪，看，我依旧活力十足！"

桐璃摆出大力士秀手臂肌肉的姿势。当然，她白皙瘦弱的手臂上并没有隆起肌肉，只不过这个动作展示出她已经恢复了平日里的活力。

"你刚刚明明累得够呛啊。"

"这里好棒啊！连窗户上的小五金都这么精致，跟古董似的，这个花纹像朵百合花，刷成白色的窗户真好看。大海就在眼前，来这儿可真好。"

"别忘了我们是来工作的。你的房间，大海近在咫尺吧。"

"你这里也能听到大海的声音呀。我只是感叹一下而已，这都不行？……话说回来，那些人以前就住这里呢。"

"只住了一年。"

"真好！"

桐璃双肘支在窗框上，望着圆形舞台的方向。

"是吗？"

窗外传来海浪声，乌有从包里拿出一件衬衫。

"你不想住这种豪宅吗？我认识的一个女孩就住在豪宅里，但还是比不上这里。我一直很羡慕她呢。不过是住得稍好一些，看起来就与众不同了。"桐璃认真地反驳道。

乌有想好好解释一下，却不知该说什么。

"就是你之前说过的那个女孩吗？"

"对，就是箕面。像现在这样，凉爽的海风从窗外吹进来，窗帘轻轻摆动，我们坐在椅子上静静地看书，不好吗？"

"然后再养一只阿富汗犬对吧？"

最近看的小说和漫画浮现在脑海里，乌有迎合似的回答。

桐璃两手抵着窗框，回头问道："不好吗？"

"不过，一个人在这种地方住得了二十年吗？买件衣服都费劲。"

"没关系吧。习惯了就好。反正衣服都是订制的。"

"习惯了就好？我不相信你能受得了。"

乌有不相信自己可以忍受这种生活。虽然他喜欢孤独，且总是一个人待着，但也得在周围有人的前提下才做得到，更何况这和从一开始就生活在无人的世界中是不同的。

"那我就忍给你看。"

"不可能。"乌有立刻否定，"就你这样的人……"

"你想说什么？我怎么啦？"

"总之，你得先找到允许你在这里住下来的人。"

"没错。不过这个人肯定不会是你，你可不行。"

乌有知道自己肯定不行，可此刻乌有觉得这个"不行"似乎另有含义。

"那你可得好好注意自己的一言一行了，不要让别人觉得你品行不端。总逃学可不行。"

"好了，只要相信自己就行了。自信最重要。对自己要求苛刻的人肯定不快乐。"

桐璃转头望向窗外的山景。这回她将双肘支在窗框上，两手托腮，似乎在模仿箕面或那些待在深闺中的大小姐。只要安安静静地待着，桐璃其实还挺像个大家闺秀的。看着她微微探出身去的背影，乌有没出声，却在心里默默感叹。

"不过，那个叫水镜的人，为什么能在这里住二十年。大家都走了，他不觉得孤独吗？"

"可能有什么东西支撑着他吧。"

听上去像是知道原因，但实际上怎么回事乌有并不清楚。或许是真宫和音将这个富豪留在了岛上吧。推测有些简单粗暴，可目前也只能想到这些了。

"桐璃，你不也经常一个人在桂川上发呆吗？"

"发呆？你真没礼貌。我那是在想事情呢。"

"想什么？"

"好多好多哟。"

桐璃故作深沉地笑着说，可笑容无法掩饰她那点小心思。

"你不也经常一个人闲逛吗？就别说人家了……你看，中庭对面那个东西是什么？那个希腊风的圆圆的东西。"

"展望台吧。看海用的。"乌有一边收拾着桌上的小物件一边回答。

"可是还有个像屋顶一样的东西呢。"

"不是像，那就是屋顶。应该是个圆形舞台吧……别说这个了，你准备好了吗？"

"还没。"桐璃"啪"地一下关上窗，问道，"准备？要做什么准备？"

"换衣服呀。你不会打算穿这身去采访吧？"

"对呀，我就是这么想的。这么穿不行吗？"

接着她轻轻地提了下短裙裙摆，就像故意想惹乌有生气。

"这里可是度假圣地呀。"

"得穿得再活泼一些才行。"

"哦，活泼……"桐璃像在取笑乌有的发音一般重复了一遍这个词，接着耸耸肩说，"知道了，按你说的做。"说完她快步穿过房间走向门口，临出门前还加了一句"这是工作嘛"。

"别忘了你是助手。"

"嗯，活泼些。"

"给你十分钟，十分钟后我们去见水镜先生。"

"我也一起去？"

乌有瞪了她一眼。

"当然。你有意见？"

"那等拜访结束后我可以去趟展望台吗？"

"……结束后再说。"

"知道了，老大。"

桐璃冲乌有敬了一个礼，然后飞快地走出了房间，马上从对面传来房门关上的声音。她真的明白了吗？乌有望着房门叹息道："今天这是第几次了……"

3

水镜三摩地，五十五岁。

——人们常说的大富豪。在关西拥有可与今镜集团相匹敌的资产，将许多企业收入到水镜集团麾下。据说他本人从不抛头露面，但在业界拥有极大的影响力，是很多知名企业的股东，也是乌有所在出版社的大股东。如果说今镜集团的成功得益于基础工业的发展，那水镜集团的腾飞则完全依靠三摩地个人在资本市场上的长袖善舞。三摩地九岁时遭遇交通事故，手术后留下后遗症，下半身完全失去知觉，此后一直依靠轮椅生活。二十一年前，他买下这座无人居住的岛屿——和音岛，修建了和音馆，过起与世隔绝的生活。之后他再未踏出和音岛半步，孤身一人直到现在。二十五岁时他的父母因意外离世，从此再无近亲。

"欢迎来到和音馆！"

二楼朝东的走廊尽头是水镜的书房。乌有他们住的客房分成面海与看山两边，但三摩地的书房将走廊两侧的房间打通了，有两个房间的大小，两边的窗户一边看海，一边望山。虽然楼层不同，但乌有的房间在朝西的走廊尽头，与这间房呈对称关系，因此也能看出天花板和墙壁的四个角是歪斜的。只是这栋建筑楼层越高歪得越厉害，所以这里没有三楼歪得那么严重。朝海打开的窗户上挂着跟乌有房间图案一样的白色蕾丝纱帘，看上去很雅致。与缺乏雅趣的客厅不同，这里有满墙的书架，上面摆放着成套的全集著作和许多选集。有茶色书脊的《巴尔扎克全集》，还有竹青色的《埃里亚德著作集》……

伴随着轻轻的发动机声响，水镜坐着轮椅静静地从书桌后面过来了，乌有随即将视线投向水镜。只见他按下右边扶手上的红色按钮，轮椅顺着书桌一角侧转九十度朝向正面。水镜腿上盖着毛毯。

乌有原以为他是那种典型的瘦弱偏执型老人，但事实并非如此。五十多岁的他给人感觉还算精神。虽然谈不上充满活力，但也与正常人没什么区别。当然，其气度言谈远非一般百姓可比。他朝乌有伸出右手，手的大小和乌有的差不多，如果站起来的话，身高应该也与乌有相差无几。他皮肤黝黑，面颊微胖，嘴唇红润，头发、眉毛以及从鬓角到脸颊、唇边，一直延伸到下巴的络腮胡都是深棕色的。他的长相有些像俄罗斯人，面部轮廓深邃，表情严肃，眼神锐利，给人感觉颇有野心。如果他拥有和常人一样健康的双腿，加上如此雄厚的财力，应该早已成为金融业巨头了吧。

听熟悉财经形势的熟人说，水镜虽然拥有相当大的影响力，但以他潜在的实力与才能来看，才仅仅发挥了很小的一部分。一个人在孤岛上独居二十年，足可见其异于常人之处。那过于锐利的眼神透露出神经质。乌有点头致礼后看向水镜的眼睛，幽暗的眼眸深不见底，比帕特里克神父更让人琢磨不透。

"有些意外吧。原本以为我会是个怪物，对吧？"水镜朝乌有耸了耸肩，爽朗地笑道。声音就像漂亮的男高音一般，极具穿透力，让人丝毫不觉拘谨。

"是……的，不、不……"

"别紧张！我又不会吃了你。"

有点被戏弄的感觉。乌有整理好情绪，从放在内袋的名片夹里取出一张名片。

"我是如月乌有。"

虽然还没转正，但名片上写的是正式员工。严格说来这属于欺骗，但总编说这么做是为了方便采访，因为被采访人对正式员工和试用期的新人信任度完全不同。

"我是水镜三摩地。抱歉，我没有名片。所有业务都委托给了当地的代理人，我根本用不到名片。这座岛已经二十年没有接待过客人了。当然，维修工倒是偶尔会来。"

也许有些老花眼吧，水镜接过名片后，特地拿远了看。

"好年轻啊！你多少岁？"

"二十一岁。"

"哦。"水镜顺手将名片放进了抽屉，"那位小姐呢？"

"她是我的助手舞奈桐璃。"

终于轮到自己出场了，桐璃赶紧向前一步，跟乌有并排，并朝水镜深深地鞠了一躬。桐璃换上了牛仔裤和T恤衫，虽然照乌有的吩咐换了身衣服，但还是太休闲了。

"今年十七岁了。"

"十七？"水镜惊讶地抬起头笑着说，"十七岁就开始工作了？"

"没有，我还是高中生，在京都的御庭番棚女子高中上学，偶尔做一下兼职。"

连桐璃似乎都有些紧张，但也许是故意装成这样，不过她说话的语气是从未有过的恭敬。乌有甚至怀疑她对学校里的老师都没这么毕恭毕敬过。

"哦，佩服。我最欢迎年轻人了，你们去过海边了吗？"

"还没呢。过来时稍微看了看，海滩很漂亮！"

"平时维护得挺好的。我这样是去不了了，不过小姑娘去是再合适不过了。"

他比想象中要好相处，一点不像自愿在孤岛上生活二十年的人。说话方式完全让人感觉不到他已经与外界隔离了二十年。

"真的能去玩吗？"

"当然，多去玩玩吧。"

"太好了！对吧，乌有？"

"桐璃！"

"没关系，你也去好好放松一下。虽说是采访，也不用那么紧张。这么说可能不太好，但你们这么安排，主要是因为我是股东吧？"

"可能吧。"乌有想也没想就傻傻地回答道。虽然他也隐约察觉到了，但没想到水镜会直接说出来。

水镜饶有兴趣地看着乌有说："你们总编还好吧？"

"托您的福，他非常好。您认识我们总编吗？"

"嗯。不过算不上熟悉。"他笑了起来，接着说，"见过几次，也都是好久之前的事了。"

可总编从未说起见过水镜，乌有感到有些奇怪。

"你们总编现在还坚持在第一线吗？"

"是的，比我们更奔波。每个月都得买双新鞋子呢。"

"挺好的。多动动是好事嘛。"

这句话透露出他的真实感受，却也不会让人觉得别扭。乌有想，如果自己近五十年无法行走的话，应该也早就想开了吧。与水镜相比，反倒是乌有觉得挺不好意思的。

"晚餐跟村泽他们一起用，没问题吧？"

"我们也可以一起吗？"

"可以。我已经吩咐真锅了。"

"谢谢您！"

乌有毕恭毕敬地道了谢。一般说来，应该是记者请采访对象吃饭，没想到今天反过来了。竟然会受到这般优待，乌有虽然心有疑惑，但又觉得可能是因为鲜有客人拜访的缘故吧。以水镜的经济实力，多负担两个人的食宿不算什么。

"请恕我冒昧，您的腿没什么大碍吧？"看到水镜隔着毛毯按摩右腿，乌有忍不住问道。

水镜笑着回答："没什么，这样都已经快半个世纪了，早习惯了。也没留下什么外伤，所以不觉得疼。"

但是，和音去世且其他四人全部离开后，将他留在岛上直到现在的，想必就是这两条腿吧。

"……我想问您几个问题。"

乌有正想掏出笔记本时，水镜抢先一步说："采访还是等晚餐结束后吧。接下来我还有些事情要做。"

"还有工作吗……"

乌有朝书桌望去。上面随意放着几份写有数字和字母的文件，字号很小且全都符号化了，乌有这个门外汉根本看不懂。

"对，有些事情不能拖，差一天就完全不一样了。"

应该是关于股票行情方面的事吧。水镜一本正经地敲着书桌上的绿色文件夹，然后将那些文件都收了进去，恐怕是些记录股票和债券的表格。隔壁房间想必布置成办公室的样子吧，放着联网的电脑，以便于随时接收股票市场传来的数据，水镜再根据数据做出判断，命令当地的代理人进行交易……看来这头在孤岛上老去的雄狮与困在牢狱之中的基督山伯爵不同，他并没有完全与外界失去联系。

乌有听着从窗外传来的阵阵涛声，想起以前读过的一本书——《没有门的房子》。那是一位美国推理作家的作品，讲述一位女富豪因为父亲去世与失恋的打击，将自己关在酒店的一间客房里三十多年的故事。三十多年间，她每天都看报纸，对外界的变化了若指掌，只是她的视角是单向的，就像水族馆里的通道一样。作为投机商，虽然水镜积极地与外界保持着联系，但与那名女士（记得是叫汉娜）也存在相似之处。小说中，三十多年后汉娜来到外面的世界时出尽了洋相，而水镜则是二十年来第一次在和音岛迎来客人。

"不一定今晚，等水镜先生时间方便时也可以。我们要在这里住一周呢。"

乌有发现自己有些语无伦次，说完后很快就离开了房间。可能因为两人身份地位悬殊，乌有被水镜的强大气场压制住了。他本来还想为接下来的采访增进一下感情，可是……虽说有一周时间，却感觉畏手畏脚、一筹莫展。一想到接下来的采访，乌有就有些担心。说实话，面对这个奇怪的大人物，乌有觉得自己俗不可耐。

桐璃在书房里时装得挺乖巧，一出到走廊就长出了一口气，接着嗤笑道："哎呀，太紧张了，就像被理事长训话似的。不过乌有你表现得也不咋地哦。"

乌有发觉桐璃对自己的态度与措辞跟面对董事长时完全不同。他觉得自己似乎被看穿了，快步离开了门口。

"啊，看来被我说到痛处了。"

"是的。"乌有粗鲁地回应。

"好了，不要太较真，他就是那么固执啦……我们接下来做什么？"

"什么也不做。"

"啊？"

桐璃怪叫一声，追了上来。她穿着牛仔裤和帆布鞋，行动很方便。

"……先休息一下吧！"

走廊大致是笔直向前延伸的，两边都是房间，没有窗。三楼也是一样的结构，但感觉二楼的灯光略显昏暗，大概是因为灯泡上罩着金黄色伞形灯罩的缘故吧。二楼走廊的歪斜度不像三楼那么严重。中央楼梯的挑空处挂着两幅画，与乌有房间里挂的画一样，都是立体主义风格。或许创作者不同，也可能创作于不同时期，总之三幅画各具特色。

右边是幅肖像画，画中是一个女人，身姿婀娜，一头长发。背景是黯淡的蓝色，好似大海，空中有一只灰白色的飞鸟。女人脚下的黄土色应该是海滩，上面有一串黑色的脚印。左边那幅画画了一个身穿白衣的女人，画面非常个性，但比较容易看懂。女人背后是一栋白色建筑和湛蓝色的天空，右上方同样有只飞鸟，是白色的黑尾鸥——应该是只黑尾鸥。这幅画的基调是白色的，整体色彩偏明亮。

两幅画都不是写实主义作品，只能隐约猜到画中的内容。但这两幅画和乌有房间的那幅画一样，品位都不算高，而且让人看后内心久久无法平静。不过，在这栋处处都别别扭扭的房子里挂几幅这样的画，倒也挺合适。

"好奇怪的画啊，让人看得不舒服。你怎么了？"

"没什么啊。"

乌有觉得无趣，于是放慢了脚步。心中暗想，就算自己赌气她也看不出来。

"乌有，咱们等下一起去海滩吧！"

"桐璃，你听好了，咱们是来工作的。"

"可你不是刚刚说要休息吗？而且水镜先生也说这一周可以尽情到海里游泳呢。"桐璃亮出对自己有利的说辞，大声反驳，"我都把泳衣带来了，还有橡皮艇和沙滩排球……"

"你竟然还带来了这种东西！"

本来只带一个行李包就够了……另一个包里到底装了些什么？

"嘻嘻。"桐璃抬头望着乌有，调皮地吐了吐舌头，"还有很多呢。不过先不告诉你，你就等着瞧吧。"

"真让人无语。"

"好不容易来一趟，这么安静漂亮的海，在日本真不多见啊。"

听她的口气，好像在国外见过这样的海似的。不过也是，这么干净的海和海滩，在日本的确很少见。

"天气预报说接下来都是晴天呢。真是太好了!"桐璃满足地说,笑容灿烂,"……不过,水镜这个人跟想象中不同。我原本以为他可能很像横沟正史的电影中那些可怕的大叔呢。他真的在这座岛上住了二十年吗?"

"这个嘛……"乌有含糊其词,他也不确定水镜留给自己的第一印象是否真实。

"如果他像那种离群索居的人,还可以理解。可他那么帅,每天都干些什么呢?"

"不会是在思念真宫和音吧?"

"不可能。这二十年都在想念她?那可真有些不对劲呢。"

接下来的一周都要在这里吃住,桐璃实在不该这么不客气。

"他腿脚不方便嘛。"

"这个我知道。可就因为这个吗?还是另有隐情?……人的真实情感呀,不能仅凭外表去判断。"

"什么意思?"

乌有不想听桐璃数落,况且是她自己说水镜跟想象中完全不同的。

这时,真锅道代从三楼走了下来。可能是在准备晚餐吧,她身上系着条白色围裙。她越走越近,调料的香味随之飘来。

"真巧!我正准备去叫你们用餐呢。晚餐六点开始哟!"

也许是习惯使然,道代跟乌有打招呼时不是直视对方而是视线略有些斜。乌有也有这个毛病,结果两人反倒四目相对,又慌忙转移开了视线。乌有吞吞吐吐地说:"好的。谢谢您了!"

"今天使出了看家本领,准备用西式全餐招待大家。"

"真的呀!"桐璃从乌有背后探出头,"那我得换身像样的衣服才行。出席这样的晚餐,这身打扮就太失礼了。"

桐璃用手捏着T恤的前襟，开心地笑着说。道代忍不住也笑了。

"桐璃，请翘首以待吧！"

道代也冲乌有微微笑了一下，然后就轻巧地下了楼。

"说是西式全餐呢，太好了！乌有最近也没吃什么好吃的吧。"

的确如此。但乌有不想理她。

"……你不觉得她有点可怕吗？"

"嗯，不觉得……你觉得她可怕？"

"嗯，有点。"

乌有也说不清具体原因，只觉得她的眼神和举止让人看不透。但是看到桐璃的反应，乌有也不确定了。

"是吧。不过我倒是觉得村泽夫人更加让人不舒服。"

"你是说尚美？"

她是有些阴郁，但并不可怕。乌有觉得尚美是个内敛的人，就像典型的贤妻良母。

"嗯。不知怎么回事，我总觉得她像蛇妖。"

"蛇妖？你在船上也说过。好刻薄的说法。"

乌有不觉得尚美像蛇妖，也搞不明白桐璃为何这么说。桐璃对他人的看法好像和自己很不一样。

"难道不是吗？脸上的粉那么厚。不过你是不会懂的啦。"

桐璃迈着舞步爬上楼梯。由于视觉与实际动作存在偏差，感觉她险些踏空。

"小心点啊。"

听到提醒，桐璃嬉笑着说："没事啦。"

"现在得意一下没关系，等会儿吃饭时可得老实点。我们是来采访的,你可别忘了。"

"我知道。我刚刚也很老实啊。你该不会觉得我会在大家面前说她像蛇妖吧。"

"我真有些担心呢。"乌有坦言。

桐璃以前就干过类似的事。有次带她去采访一位前卫艺术家,这位艺术家在铁锹和镰刀上嵌进螺丝、加工成作品,然后配上肖斯塔科维奇的乐曲公开展览。他在城阳市①相当有名,可惜的是,才三十几岁头就已经全秃了。在工作室初次见面后,桐璃竟然脱口而出"现在很流行剃光头,给人流行艺术般的感觉"!她可能是想称赞对方,可惜弄巧成拙,那位艺术家一下子很不高兴,结果把这次重要的采访搞砸了。

"好过分。算了,不信我也无所谓。"桐璃噘起了嘴,"别老数落我,你带正装来了吗?你这身打扮也很不像样哦。"

乌有现在穿着夹克和白衬衫,下身是浅蓝色的棉麻裤子。他想还击几句,但又想不出该说啥。

"当然带了。"

为防万一带来的西装看来要派上用场了。一年前参加朋友的葬礼时穿过一次,之后再没穿过。朋友是骑摩托车时出了事故,虽然关系不那么亲密,但面对先于自己离开人世的朋友,内心的感觉还是挺复杂的。神和命运的安排多么讽刺啊!与落魄的乌有不同,假如那位朋友还活着,将来会在父亲经营的综合医院中担任外科医生。

"我还没见过你穿正装的样子呢。不过你好像穿什么都不得劲,没事吧?"

---

①京都府南部的一个城市。

"没事。"

"算了,不说你了,我赶紧去换衣服了。"

说完桐璃就加快脚步上楼了。

"还有两小时才到六点呢。"

"我知道。只有两个小时啦。"

桐璃的身影很快就不见了,只听到从走廊另一端传来的大声回应。

"不去海滩吗?你不是说要去看看吗?"

"等一下吧。我先去换衣服。"

随即传来关门声。

4

"真是的,换个衣服这么久。"

乌有站在餐厅门口不停地看表,很着急……六点五分了,桐璃却仍然没有出现。十分钟前敲她房门时,听见她慌慌张张说:"马上好,你先去吧。"为了晚宴想尽量打扮得漂亮点,这可以理解,但凡事得有个限度啊。村泽夫人已早早到场,都入席坐下了。

"那位小姐还没来呢?"

或许是看出乌有在着急,尚美在座位上问了一句。银烛台上的蜡烛已经点燃,道代开始往餐桌上摆放银制餐具和雪白的餐巾了。

"是的。让大家久等,实在抱歉。太不像话了!"

"没关系。年轻女孩穿衣服讲究点好。当然,讲究也跟年龄没什么关系。"

结城笑着看向尚美。村泽夫人身穿一件深蓝色的晚礼服，质地轻薄，款式简单大方，不仅与她的气质相符，也很适合严肃的场合。首饰方面，只在无名指上戴了一枚戒指，项链和耳饰都没戴，不过她本来也没有耳洞。结城的话可能是专门说给尚美听的，但乌有感觉就今天的晚宴来说，比起在吊灯下闪闪发光的晚礼服，还是尚美这身打扮更合适。

"还不如说讲究与性别无关。"尚美轻声回了一句。

她之所以这么说，大概是因为结城比她的着装时尚得多吧。村泽和乌有都穿着深色系的西装，神父身穿纯黑色长袍，只有结城穿了一套白底黄条纹的阿玛尼套装，衬衫则是浅粉色的。看来经营和服店的人（尽管风格迥异）都很追求时尚啊。

"我没有刻意在讲究，觉得不错就直接穿身上了，离讲究差得远呢。"结城朝乌有望去，"……年轻人总对自己的表现不够自信，经历多了就好了，得对他们宽容些才行。"

大概不想一直关注一个年轻女孩吧，尚美只是冷淡地回了声"是呢"，就不作声了。

结城可能没察觉到，继续往下说道："要是放一曲优雅的音乐就好了。如果在窗边配置一支四重奏乐队就更像回事了，让他们弹奏一曲海顿或莫扎特。本来以为水镜会亲自演奏呢。"

餐厅很大，像个宫殿。墙上有一个壁炉，壁炉前是一张很长的餐桌。墙壁和天花的凹凸处与大厅的设计很像，简单流畅。但餐厅的设计偏洛可可风格，给人以华丽感。最华丽的地方就是从天花板垂下的枝形吊灯，卡扣和灯罩的玻璃工艺都极其精致优雅。

餐厅位于和音馆的一楼，就在大厅隔壁，几乎看不出歪斜。边缘镀金的天花板也是正方形的。

"结城也听莫扎特？"坐在尚美旁的村泽调侃似的问道，"人哪，真是善变。以前对古典音乐不屑一顾，感觉像老年人念经。你也老了啊。"

"是啊，我也改变了些。不止是音乐的喜好。"

"啊？还有什么地方变了？我看你还是喜欢花哨的东西。"

"不是外表，是内心。"结城用右手拍着胸口说，"接下来的几天我会让大家看到一个崭新的结城，到时你们就明白了。"

接下来结城立刻换了表情，一下子严肃起来，好像突然回过神似的，自言自语道："不过咱们也不能总是这么开心。"他可能想起了真宫和音，想起大家是为了纪念和音二十周年忌日才聚到了一起。这点连乌有都察觉到了。

"一味沉溺在悲伤之中也不是办法。对了，那幅画竟然还在呢。"

村泽声音低沉地应道："啊，你说那幅对吧？看到了。没办法……"

"那幅画"应该是指楼里挂着的立体主义风格画作中的一幅吧。乌有不知道是否在自己看过的那几幅之中，不过他对此不感兴趣。因为这一连串对话无非是他们感伤的流露，没有注解根本无法理解画的内容。

眼下乌有关心的是桐璃。时间在众人的闲谈中一分一秒地流逝。

"简直没有自知之明……"

桐璃肯定不懂自己的难处。原本打算在接下来的一周里顺利完成采访，没想到开局就不顺利。都怪桐璃，她肯定在精心打扮，想以主角的姿态出现在晚宴上，竟然完全不顾及他人、尤其是村泽夫人可能会产生反感。

自己为什么会因为桐璃的迟到如此焦躁呢？

站在餐厅门前，乌有心烦意乱，他觉得自己像个傻瓜。好在主人水镜三摩地还没出现。可能他还没忙完吧。乌有暗自祈祷，桐璃至少赶在水镜先生之前出现吧。可就在这时，东边的电梯门"叮"的一声向两侧打开，只见身穿深蓝色西装的水镜坐着轮椅从电梯里出来了。他的双腿照例用长毛毛毯盖着。

"怎么了？站在那里。"

"实在抱歉，桐璃还没到……我现在就去喊她下来。"

乌有致歉后立刻走向大厅。早知道不在餐厅门口等，直接上去叫她就好了。乌有一边爬楼梯一边懊恼。

"怎么了？慌慌张张的。别摔了！"

在二楼到三楼的转角处，有个慢吞吞的声音传来，一副事不关己的语气。

"桐璃！"

乌有抬头一看，桐璃正在下楼。只见她身穿一套黑色正装，脚踩高跟鞋，白皙的脖子上挂着一根银项链，原本扎起的头发放了下来，垂在肩上，刘海完全遮住了额头。她涂着深红色的口红，画着浅蓝色的眼影，拇指大小的黑宝石耳坠在脸颊两侧轻轻晃动，胸前别着一枚百合花状的银色胸针。

乌有还是第一次看到桐璃打扮得如此端庄。可能是妆容的缘故，感觉比实际年龄大了十岁，根本不像个高中生。原本以为她会穿一条时尚的连衣裙……乌有有些意外，不禁停下了脚步。他一时不敢相信自己的眼睛，这真是桐璃吗？

就连下楼的动作都那么优雅从容，好像换了个人似的。仔细端详后，的确是桐璃。

"你别问我怎么了，你知道现在几点吗？"

"嗯？"

"已经六点十分了。"乌有指着手表说。

"不会吧。我迟到了？"

"赶紧去吧！大家都到了，包括水镜先生。"

"你怎么不早点来叫我呀？"

桐璃穿着包臀西装裙，行动不便一般一步一步走下楼梯。无论打扮得多像大人，这种时候还是像个孩子。乌有有些放心了。

"你没戴表吗？"

"表……啊，我忘戴了。"

"别说这些了。你这套衣服是怎么回事，那个包里还装着这些东西？"

"怎么样？挺好看吧？"桐璃轻声笑道。

真是人靠衣装马靠鞍，这么一穿，连笑声都变得优雅了。

"这是妈妈留给我的，偶尔穿一下。你是第二次见吧？"

"第二次？"

"啊？你忘了。我们第一次见面时我也穿的这一身。"

看着桐璃孩子气的表情，乌有总算想起以前确实见过。对，第一次在河边打招呼时她就是这身打扮。自己竟然完全不记得了，那时他还想，一个高中生怎么看起来这么成熟。

"啊……没有。"乌有一下子不知该说什么才好，这一刻他觉得自己败下阵来，但还是逞强说了句，"妆化得有点浓吧。"

"说什么呢。你就只有这个感觉？"桐璃看着乌有追问。

"赶紧走吧！"

乌有支支吾吾地催促。经过大厅走到餐厅门前时已经六点十五分了。

"实在抱歉，我们迟到了。"

乌有先道歉，桐璃也在后面低着头说："真是对不起，让大家久等了。"

本以为会迎来一两句嫌弃、批评、玩笑或安慰的话，奇怪的是，众人没有任何反应。宽敞气派、洋溢着贵族气息的餐厅像被泼了一盆冷水，一片寂静。空气中似乎只飘荡着大家屏住呼吸的声音。

好尴尬！乌有战战兢兢地抬起头，想窥视大家的反应。看到在椅子上僵坐着的诸位的表情后，他立刻明白了。他们不是不想说什么，而是惊讶得不知道说什么好了。

只见他们个个脸色苍白，表情僵硬，都坐着一动不动，好像刹那间冻住了似的。结城张着嘴，整个人都愣住了；平时从容淡定的村泽则一直举着红酒杯，像被铁链拴住了般定在椅子上；村泽夫人和神父亦如此；甚至连坐在轮椅上的水镜也……不过他们都齐刷刷地盯着乌有和桐璃两人。

不，他们盯着的不是乌有。乌有没有和他们任何一个人的目光交汇。他们锐利而炽热的目光越过乌有，全部倾注到了站在身后的桐璃脸上。每个人都注视着桐璃，表情惊骇，好似正目睹从未见过的奇迹一般。他们甚至不敢眨眼、喘气或吞咽口水。

桐璃似乎也感受到了气氛的紧张，以及投向自己的热烈目光。她不知所措地看向乌有，可乌有也不知道发生了什么——桐璃怎会如此强烈地引起了他们的关注？事态怎会发展到这个地步？

就这么过了大概一分多钟——实际可能没这么长，但乌有觉得特别漫长——水镜像从梦中惊醒一般，叫了声"和音"。

"和音？"

听起来的确像是。在寂静的餐厅里听得再清楚不过了。没错,就是这个名字。

"和音",是那个真宫和音吗?可为什么会在此刻喊她的名字呢?

"哐",一声金属碰撞的声音响彻整个餐厅。原来是摆在神父面前的叉子掉在了地板上。下一瞬间,大家都像触电了似的动了一下。可能是回过了神吧,他们都难为情地从桐璃脸上移开了视线,随即望向彼此。没有交谈,也毫不掩饰不知该如何收场的困窘,之后又都默默地低下了头。然而,乌有比他们更加困窘。究竟是什么情况?为什么每个人都沉默不语?

"失礼了。"

姜还是老的辣。年龄最大的水镜从胸前取出手帕,掩饰尴尬似的咳了一声。

"没关系。请入席吧!"

他强装镇定,但声音很不自然。乌有当作什么事都没发生,缓缓走向空位。桐璃跟着乌有,在他旁边静静地坐了下来。千万别惹什么麻烦……乌有暗自祈祷,但他也感觉到自己错过了了解事态发展的最佳时机。

"那就开始用餐吧!"

"啪",水镜拍了下手,朝道代使了个眼色,摆着前菜和红酒的银色小推车随即就从厨房推了出来。

"为各位上拼盘。"

身穿女仆制服的道代面无表情地逐一介绍菜品。晚餐是俄罗斯料理。面前摆放着好多小碟子,盛着沙拉和烤牛肉等。乌有取了一块熏鲑鱼,很好吃,不,也许很好吃。之所以这么说,是因为他没有心情细细品尝。

结城不时地瞄一眼桐璃,村泽则不停地喝红酒,每喝一口就朝桐璃望一眼。村泽夫人虽然已经将视线从桐璃身上移开，但仿佛时刻强忍着不再次望向桐璃。切馅饼时她的手在颤抖，小刀在碟子上直打滑。水镜面无表情，一直默不作声。神父也努力不去看桐璃，也许太刻意了，视线反倒经常与乌有撞在一起。

大家都吃得心不在焉，炸包子之后上的是罗宋汤，深红色的甜菜上是纯白色的酸奶油。只有女仆道代没受任何影响，熟练地摆放着菜肴。

"真锅来这里之前是Vinicia的大厨呢。"

水镜说的"真锅"应该是指道代的丈夫——真锅泰行。他得意地在道代面前夸赞泰行，直白的赞美让道代有些惶恐。他可能想用夸张的言辞调节现场气氛，这一点连不擅察言观色的乌有都感觉到了。主菜还没上，但前面的菜品足以证明泰行的高超厨艺，真的不是一般仆人能做得出来的。乌有做美食专栏时曾去高级餐厅采访过，也去过俄罗斯料理老店Vinicia，今天的味道丝毫不逊色于Vinicia。

"……味道真不错！就算现在也可以去做主厨。"

村泽随声附和，声音却有些不自然。

"确实是Vinicia的味道。一模一样……"

"你常去Vinicia？"

"也不是。十年前才开始去的，出差到京都时常去。不过真锅是二十年前在那里工作的对吧？味道竟然和现在的Vinicia没什么两样。真锅的厨艺真不错，Vinicia二十年来一直保持着这个味道。"

"我偶尔会去，那里恪守传统，味道多年不变，炒牛肉更是一绝。"

"变化容易坚守难啊。"

村泽得意地说。这话的意思模棱两可,似乎另有所指。村泽似乎也意识到了这一点,索性不开口了。

主菜不是结城盛赞的炒牛肉,而是挂着浓厚酱汁的牛腰肉排。入口即化的和牛,味道也调得很别致。结城将餐刀插入俄式牛排,一脸扫兴,看似有些尴尬。看到这一幕,水镜温和地说:"明天的主菜是炒牛肉,好吃的在后面呢。"

"是吧……不过这道菜一点也不逊色。"

也许是紧张吧,他的语气有些夸张。

真锅夫妇是在四人离岛之后才受雇来到这里的,所以他们也是第一次见识真锅的厨艺。七人共同生活的那段时间,岛上只有他们,据说饮食起居都是自己负责。只是不知道是通过什么途径购买食材,没有记录,这点乌有也不清楚,有可能是某个人到本州岛去采购吧。只要问一下就能马上知道答案,但这种情况下乌有不敢随便说话。还是耐心等等吧。

好像填补彼此间的嫌隙一般,新的菜品被端了上来。刀叉碰撞碗碟发出的声音特别刺耳,听起来就像对对方的无端指责。椅子上的坐垫十分柔软,可总觉得坐着不舒服。

桐璃同样感到困惑,本来用餐时可以跟人随便聊聊天,现在只能窥探着周围默默进食,也不能像平时那样塞得满嘴都是东西。桐璃内心深处可能深感遗憾——好不容易换上正装竟然无人夸奖。

"好遗憾!武藤君不在了。"就在这时,水镜突然嘟囔了一句。

"是、是啊!"村泽把刀叉轻轻放在碟子上,声音沉重地回应。难道对追随和音共赴黄泉的朋友的悼念意味着对苟且偷生的自己的嘲笑?

"事到如今,证明咱们当时的选择是正确的吧?"神父低声说，眼睛一直盯着桌面，双手不知何时已经交握在胸前。

"二十年后再来这里，这是我们当时的约定，还是……"

结城没有再说下去。虽然话没有说完，其他人却好像都心知肚明。

"虽说有过约定，但实在没想到我们还能再相聚。"

"人，真是格外强大的物种啊。"村泽冷不防冒出一句，那份漫不经心不像是装出来的。

"离开这里时我已经没有活下去的勇气了。"像是受到了村泽的启发一样，结城嘟囔了一句。他停下正在切牛排的手，接着说："后来不知何时开始专心经营和服店了，想想真可怕。"

"我也是。"村泽点点头。

结城听后回怼他道："那是因为你有了新的目标。"随即看向村泽夫人。

"是吗？"尚美装出若无其事的样子。她的牛排几乎没动。也许是不胜酒力的缘故，她的双颊已经微微泛红了。

"结城后来怎么样了？"

"啊，我啊……最终还是没能逃脱孤身一人的命运。"结城低声回答，再次望向村泽夫人。

不知道他们互相了解多少，资料显示结城在离开小岛三年后结了婚，但婚姻仅仅维持了两年。短短两年间不知道他得到了什么，或失去了什么，之后的十五年里一直单身。当然，帕特里克也一直单身。

"……水镜你一直在这个岛上生活？"

"这双腿，没办法。"水镜隔着淡紫色的毛毯敲着两条腿，"那之后我连离开的勇气都没了。而且我不像你们那么年轻。不过，在这里生活反倒格外轻松。"

虽然他这么说,但二十年前和音死去时水镜也才三十几岁,说年老还为时尚早。即便现在已经五十多岁,他看上去也算不上衰老。

"水镜你的变化很大,二十年真是一段漫长的岁月。"

"在我看来大家都变化很大,倒是结城,说话的方式一点没变呢。"

可能结城以前说话就很随便吧,不过水镜没有责备他的意思,听语气反倒像在调侃调皮的小弟弟。

结城轻轻挠了下头说:"这点真是没办法啊。"

"结城不积口德,这点一辈子也改不掉了。"村泽夫人在一旁插嘴。

"没有啦,我面对客人还是很讲究说话方式的。"

"看来长大了……村泽你现在在做什么?"水镜接着问村泽。

大家之间的对话看似漫不经心,但依旧能感到些许生硬。餐桌周围飘浮着的沉重气息非常明显,乌有感觉自己被拖入了万丈深渊,几乎窒息。他想向搜救船求救,却完全看不到鹦鹉螺号[①]的影子。

尽管如此,为了搞清楚桐璃在入席前给众人带来如此大震撼的真正原因,乌有只能放缓呼吸,强迫自己集中精力听他们交谈。可一直听下去后他又不禁疑惑,原因果真就只是那个吗?之所以这么说,是因为他们根本就话不投机。

二十年未见。这段漫长的岁月带来的隔阂固然会妨碍他们欢聚一堂,但二十年前他们关系如何呢?相处得自然吗?难以想象。想必也不算和睦吧。他们的对话仿佛在互相刺探对方的内

---

① 世界上第一艘核动力潜艇,一九五四年由美国海军建成下水。

心，让人听了无法喜欢。尤其是结城，看上去就像在挑拨离间。对此，村泽就只是冷眼旁观，并未试图阻拦。这些都是乌有模模糊糊感觉到的，无法用语言清晰表达，也可能只是他想多了。

当然，即便背后藏着什么秘密，也是他们的事，跟乌有没有任何关系。乌有只是一个记者，来和音岛一周只是为了完成采访任务而已。他没看过《春与秋的奏鸣曲》，除了工作之外，对在座各位毫不在意，他也没见过真宫和音这个在他出生时就已死去了的女演员。而且他本就讨厌窥探干涉他人的事情，他想尽量无视这一切。

"如月君，我们的这些对话你会写到报道里去吗？"

也许是觉得对乌有不理不睬太不礼貌了吧，村泽冷不防地冒出这么一句。他又继续说道："在外人看来，这不过是个普通的同学聚会，不，是二十周年忌日聚会。"

"不会。"乌有回答道，他心里确实是这么想的，可他不知道接下来该说什么。这次采访有什么意义？如果有什么意义的话，那也像水镜先生推测的那样，仅仅因为他是创华社的大股东吧。但是傻愣愣地说出来最后搞到自己丢人，这不是乌有这种小人物会做的事。

"可是，很浪漫啊。二十年前一起生活过的人再次重逢。"

桐璃替乌有回答了这个问题。看来她并未专心吃饭，而是一直关注着周围。

"浪漫吗？如果想的话，谁都可以这么做吧。"

"所以能引起共鸣啊。能做却做不到的事，谁都会向往吧。"

"共鸣？当时被说成鲁莽，现在倒被当成青春岁月的美好回忆了。"

"当年从岛上回去时，媒体写的报道都很有趣呢。"

结城突然哼了一声，满脸的不耐烦。

"过去的就让它过去吧！"水镜跟了一句，好似在安抚大家一般。

"世人就是这么任性啊！"

"可能吧。不过有浪漫回忆总好过没有吧。"桐璃应道。

"说得好像什么都懂似的。"尚美在一旁插嘴。她好像心情不太好，也可能是酒精的缘故吧，她变得感性坦率了起来。

"不过……"

"要说得到了什么……好像没有，不过失去某些东西，本质上也算是获得了一种人生经历吧。"神父总结了一句解围。也许是不在十字架前的缘故，他的话大家似乎并不在意。

5

"可是，为什么呢？"桐璃躺倒在乌有的床上，一脸无聊地问。一身黑色正装没有获得半句赞赏，现在她已经换上了蓝色的紧身运动套装。花了两个小时准备好的着装，脱下来连十分钟都不到，真没劲！

"突然都不出声了，安静得跟葬礼似的。人家可是费尽心思打扮成那样的。"桐璃躺成一个"大"字，在吹进室内的凉风中抱怨道。

她心情糟糕，不停吐槽。两小时的辛苦打了水漂，心情自然不会好。

"你用力过猛了，不能马配人装。"

"你是想说'人配衣裳马配鞍'？过分了吧，我怎么就成马了？"

其实"马配人装"的说法更过分，但乌有没有进一步辩解。担心被桐璃抓着不放，乌有默默看向窗外。晚餐前，与桐璃一起下楼时晚霞将天空染得赤红，而现在，深蓝色的天空中群星闪耀。这不是夸张，夜空静谧，好像用晾衣竿就可以戳下来星星。

乌有在窗边重放晚餐时录下来的谈话。录音机是事先偷偷放进口袋的，本来想先打个招呼再录音，可当时的气氛根本没法开口。晚餐开始前大家都僵住不动的场面，由于还没按下开始键，所以没录上，但后面的生硬对话都完整录了下来，掺杂着些许噪声和叮叮当当的餐具碰撞声。

"还说了这些啊？"听到自己同村泽夫人争论时桐璃插了一句，"还是我占理。"

"嗯。"乌有点了点头，"不过那种场合下你应该让让她，毕竟身份不一样。"

"采访真不容易啊！"

桐璃爽快地接受了乌有的建议。因为受了挫，她不像平时那么咄咄逼人了。

"采访罪犯家属和被爆丑闻的艺人时，记者可以放肆一下，可我的工作跟那些事情不沾边。"

"像梨木那样吗？"

"也许吧。滔滔不绝地谈良心、伦理这类冠冕堂皇的话题。"

虽说如此，乌有也并不想变成那种伪善者。乌有希望与被访者保持距离，不想介入对方的"家事"。换句话说，无须太多的职业意识，轻松、梦幻的采访更适合现在的乌有。

噪声与刀叉碰撞声持续了足有十分钟后，录音放完了。之后晚餐虽然还持续了三十分钟左右，但几乎无人讲话。乌有想，可能还没到轻松聊天的时候吧，这顿晚餐与"最后的晚餐"中耶稣指出犹大是叛徒之后的尴尬场景极其相似。《圣经》中，被戳穿的犹大是立刻逃离了晚餐现场，还是面不改色地一直吃到最后呢？这个故事乌有儿时应该读过，但现在不记得了。如果自己是犹大的话……说不定会硬着头皮赖在无所不知的耶稣面前。乌有将磁带倒到最开始，再次按下了播放键。

"不过，他们为什么会那么震惊呢？"

从水镜不小心说出的"和音"两字能猜出一二。当然是与真宫和音相关的地方令他们吃惊，比如穿的衣服碰巧相似之类的。不管怎样，这座岛就叫和音岛啊。

"乌有不觉得奇怪吗？"

桐璃从床上跳起来，竖起食指放在额头前（这似乎是她想到什么时的固定动作），双眼熠熠生辉。乌有一看就知道她在想什么。

"肯定有什么事情。"

"应该是。你知道？"

"还不知道。基本信息太少了……"

"基本信息？"

桐璃说得煞有介事。乌有按下录音机的暂停键。

"桐璃，别太当回事！"

乌有知道说了也没用，这么提醒她只是他长期以来的习惯。不提醒一句可能会损失惨重。

"为什么？"桐璃似乎没料到乌有会这么说，歇斯底里地问道。乌有也很纳闷，她竟然没料到这一点。

"不为什么。你会明白的。"

"可我被他们那么盯着看，会很难受啊。"

桐璃生气地望向一旁。

乌有收好纸笔，看向桐璃说道："你听好了。这帮人跟别人不一样，万一卷入什么麻烦才醒悟就太迟了。他们可能是《蝴蝶梦》中那种变态。"

"你想多了吧。不过他们确实有点奇怪……你不会是在担心我吧？"

桐璃两眼放光。

"你父亲交代过我，你要是受伤了，我可没脸见他。我现在是你的监护人。"

桐璃要外出采访一周，她的父亲自然反对。桐璃央求乌有帮忙，乌有承诺自己会确保她的安全，这才取得了桐璃父亲的同意。

"不过我觉得这座无人岛不像是会发生什么神秘案件的样子，就像《无人生还》里写的那样的……"

"一个一个死掉？不管怎样，我不想牵连其中。"

"真不吉利——"

桐璃拖长最后一个字的发音，口红有些脱落的嘴唇朝两边咧开，露出了洁白的牙齿，牙上沾着些唇膏。

"乌有的社恐症还没好？"

"不想好，也不想去治。"

"你总是这样，对他人漠不关心。总是这个样子的话，不知哪天就倒毙路旁了哦。"

"……早就经历过啦。"想起不堪回首的过去，乌有愤愤地说，"我恨不得大家都对我不闻不问呢。"

"就会耍酷。"

晚餐结束时，表面看起来气氛轻松了不少。村泽夫人说了句"今天坐船好累"，就回了房间（她看上去很虚弱，应该是真的累了)。村泽紧随其后。神父脸色苍白，为丰盛的菜肴道了声谢后也起身离开了。乌有也不好意思因为采访而挽留他们继续交谈。他看向结城，结城则夸张地耸了耸肩。

"那我也回房间了。今天就到此为止吧。水镜，明天接着聊。"

结城将餐巾折了四次，放在桌上，这么做似乎暗示着聊天结束。

"真锅，手艺不错。"

结城语气轻快地跟真锅打了个招呼，留下乌有他们就离开了餐厅。坐在轮椅上的水镜按了一下铃，仆人们开始收拾餐具了。道代像是什么都不知道，或是察觉到了但装得若无其事，很自然地将碗碟放入了小推车。

"明天大家应该就休息好了。"

水镜自言自语。二十年后的重聚，本该热热闹闹，聚餐却因一个意外搞得不欢而散。

明天会怎样？会如水镜所言情况好转，顺利进行采访吗？乌有认为答案是否定的。因为二十年重聚的背后重叠的是二十周年忌的阴影，接下来肯定不是会令其他编辑羡慕嫉妒的幸运一周。果然，属于自己的好运早已消耗殆尽，还未完全摆脱厄运。最近乌有开始以时运不济为由频频回忆过去。

"知道了。"

桐璃不情愿地点点头，重新整理了一下头发后准备离开房间。乌有不确定她是否真的懂了，可又觉得多说无益。而且，乌有本来就不爱说教。

"今天早点睡吧。好好洗洗脸，刷刷牙，为明天的采访做好准备。"

"你这样好像加藤啊,很快就会被志村健超过哦。"

志村健?不过,乌有一直将荒井注^①视为竞争对手,无论怎么努力都达不到那个水平。

"接下来还有什么?不会是要我做作业吧?我可没带文具啊。"

"好烦人。"

"好啦好啦。大哥再见。"

桐璃呵呵笑着,砰一下关上了房门。

*

"乌有你还好吧?"

还没过二十分钟,桐璃又来了。时间还早,才八点。尽管乌有并没打算马上睡觉,可她不是刚刚才走吗?乌有合上手中的书,纳闷地望向桐璃。出现在门口的桐璃换上了白色连衣裙。这身朴素自然,简单大方,与晚宴时那袭黑衣形成了鲜明的对比。在相对保守的乌有看来,这样的装扮更符合高中女生的气质。

"你忙得像《丽人行》中的赫本呢。"

"是吗?我就喜欢这样。"

"如果晚宴时也穿这身就好了。"

简单计算也知道换上这条裙子肯定不用花费两个小时,二十分钟就够了。

"你不懂的。不过我也没指望你能懂。"

衣服虽然换了,嘴还是很硬。

---

①上文中的加藤指加藤茶。加藤茶、志村健和荒井注都是日本著名搞笑艺人。

"怎么了，作业做完了？"

"没什么，只是想来看看你。"

刚刚不是才见过吗？真奇怪！不过她这么说倒也不让人讨厌。当然，她肯定是无事不登三宝殿。

"不开窗吗？"

"不用，开着空调呢。"

"我可以打开吗？"

"想开就开吧。"

乌有感觉她肯定有事要说。桐璃将窗户打开，像白天时那样将手肘支在窗框上，眺望窗外的景色。暖风吹进了室内，海风吹乱了她的长发，但她毫不在意。墙上的画在轻轻晃动。

"喂，乌有。"

"嗯？"

乌有很疑惑，但桐璃好像忘记了想说什么，只是默默地看着窗外。乌有只好再次把书打开。

"喂，乌有。"

过了一会儿，桐璃再次开口。

"嗯？"

桐璃同刚才一样望着中院，但这次她继续说了下去。

"你知道我叫什么吗？"

"怪人。"

"你说说看！"

"……你叫舞奈桐璃呀。"

她总是这么神经兮兮的，不过暂且好好回答吧。

"说对了。挺清楚的嘛。"

"你不会是在开玩笑吧？"

"可能哦。不过你很快就会忘的。"

呵呵，桐璃的笑声随风吹到了乌有耳边。月亮不知何时已经被厚厚的云层遮住了，室外没有任何照明，乌有无法看清桐璃的表情。

"乌有你认识我父亲对吧？"

"嗯。"

"你觉得他是个怎样的人？"

"只见过两三次，感觉是个好父亲。"

乌有没有刻意观察过桐璃的父亲，但印象中他举止文雅，喜欢孩子，感觉在职场上会深得部下的信任，就像出现在电视剧里的模范父亲。

"你果然这么想。"

"难道不是这样的？"

"那倒没有，他确实是个好父亲。"

"你对父亲有什么不满吗？"感觉桐璃的语气与平时不同，乌有不免有些担心。

"没有。只是在想乌有你可能会从不同的角度观察。"

乌有突然想到桐璃逃学的事情，会不会跟她父亲有关系？但他很快否定了这个想法。因为从桐璃的话里听不出任何这方面的意思。而且，目前为止，桐璃看上去完全不像有家庭问题的孩子。

"我向来只说实话。"

"骗人。你平时挺与众不同的呢。"

"我觉得你才爱标新立异。不过现在流行这个。"

"对了，你叫什么？"桐璃不依不饶地继续问。

"如月乌有啊！"乌有有点生气地回答。

可能是受到岛上气氛的感染，桐璃也变得感伤了吧。可情绪化也得有个分寸呀。乌有嘭地合上书，径直走到窗边。

"你到底怎么回事？一直问些奇怪的问题。"

"喂，乌有，为什么只有那个展望台有点光亮呢？"

也许是为了转移话题，桐璃伸直手臂，指向了展望台。

"嗯？"

室内照明照不到那里。的确，在没有月光、没有灯光的漆黑户外，只有展望台的圆形舞台上飘着一点惨白的亮光，仿佛闪着磷火的生物。

"好神奇！"

"神奇？难道是因为真宫和音这个神奇的人？我看是涂了夜光涂料的缘故吧。"

可能积蓄了白天的阳光，也可能是夜光涂料将从一楼房间透出的光加强了。不过，一片黑暗中只有圆形舞台处闪着光，的确神奇。与其说神奇，说是可怕更合适。

"是和音的生命之光吗？"

"说什么呢？怎么说的好像自己是个通灵者似的？桐璃，你今晚很奇怪。"

乌有不再生气，担心地看着桐璃。就在二十分钟之前还振振有词的桐璃，怎么此时净说些感伤的话呢？

或许是精心打扮没得到大家称赞的缘故，可也不会仅仅因为这个吧。

"别担心！正常女孩都很容易情绪化。"

虽然这么说，可她的视线一直没有离开圆形舞台。

"正常女孩？正常女孩都更加听话、更加守规矩吧。"

"去学校的女孩也未必就是听话守规矩的女孩。"

"起码这是必要条件之一。"

"这种事上你可别那么武断！乌有你太迂腐了。"

桐璃好像慢慢恢复了正常，乌有放心地在椅子上坐了下来。

"这世上迂腐的人更多。"

乌有讨厌迂腐和形式主义，但在桐璃看来，自己恐怕正是这类人。一想到这里，乌有开始坐不住了。

"这么说会被孤立的。'孤独却自由'，这种活法已经不流行了。"

不知何故，乌有竟然成了被数落的一方。他发觉不对劲，正打算反驳时，桐璃关上窗，丢下一句"乌有，再见"，随即快步走出了房间。桐璃表现出的不以为然让乌有目瞪口呆，他茫然地盯着房门看了好一会儿。

室内沉淀着悄悄从窗外吹进来的湿热空气。

II　8月6日

0

乌有第一次遇见桐璃是在去年，确切地说，是在日头还残留着些许温柔的去年初夏。乌有当时才读大二，却已认定自己终将一事无成。从早春开始，当大家都忙于专业课程的学习时，乌有却躲在昏暗的寄宿式小公寓里痛苦挣扎、懊恼难过，过着与世隔绝的生活。从"唯学历论"的束缚中挣脱出来——这是乌有逃避现实的理由，听起来很像样，但他明白这不过是一个自欺欺人的托词。几十天里，乌有每天端坐在榻榻米上，紧握拳头，咬紧牙关，死死盯着墙壁。

五月到了，情况不见任何改变，精神未获解脱，只是重复着寻找不到人生意义、目的与结果的每一天。课已经不上了，到学校正门十五分钟的单车路程就像"芝诺的乌龟"[①]一样看不到终点，学校正门的门槛如同"柏林墙"般高高耸立。话虽如此，内心的强烈自卑又让他不好意思在河源町这种喧闹街区闲逛。乌有活得像个通缉犯，他也觉得自己就是个尚未被审判的罪犯——杀害了一名前途无量的青年的杀人犯。

六月初，乌有终于走出小公寓，开始到桂川河畔一带溜达。从桂川到岚山的清雅景色多少温暖了乌有冰冷的内心，但他一直没找到已然丢失的人生目标。漫步在绿意盎然的河畔，视野却被一片灰色笼罩。就这样，又过了一个月。

---

①指古希腊学者芝诺提出的著名悖论。

*　*　*

与桐璃的相遇就在那时。

她穿着深蓝色的西装款式上衣与浅灰色的半身裙,打着深红色的领带,这是附近私立学校的校服。时间是工作日的上午,可见她逃课了。她坐在公园的长椅上,正吃着巴斯罗宾冰激凌。冰激凌分上下两层,分别是牛奶味和草莓味的。她交替着吃两种口味,样子滑稽可爱,特别引人注意。若是有诗人看到,想必会立刻记到手边的笔记本里。

"看来还有跟我一样的人哪!"

乌有那两个月也一直在逃课,因此一下子就对她产生了亲近感。不过最初也就仅此而已,当时乌有对她的关注不过是在河边擦肩而过的路人。而且,那两个月里,乌有对"人"并未格外留意。在乌有看来,除自己(还有被自己杀死的那名青年)之外的其他人,与不断流淌却永无变化的河流,与岁岁年年落叶新芽交替出现的街边树木没有区别,乌有也根本不想留意。他的世界已无可救药到只剩他自己。

但是,从那天开始,乌有每天都能看到她。乌有不厌其烦地沿着河边的同一条路线散步,那个少女也总在同样的时刻出现在同样的地方。有时吃着巧克力,有时大口嚼着红豆饼,有时将石子向河里投去,一副无所事事的样子。这一切乌有都看在眼里,却也没有特别在意,每次都是静静地从一旁走过。

之后又过了几日,就在七月中旬,日头强烈起来,夏蝉也开始了鸣叫。那天少女没穿校服,穿着一套黑色正装站在河边,鞋子、袜子和帽子都是黑色的。虽然没拿手袋,但全身上下一身黑,像是要去参加葬礼。帽子的蕾丝宽帽檐遮住了夏日的阳光,在眼睛周围投下淡淡的网状阴影。细长白皙的脖子上戴着根银项链，她年龄不大，却打扮得像一位美丽端庄的黑衣少妇。

这一天的少女看上去比以往成熟许多。她挺立的身姿犹如风景画中的远景背景一般从容淡定，又好似从平淡无奇的桂川中浮出的绝世佳人，让人无法忽视。

乌有第一次停下脚步。他惊诧于眼前这一幕，忍不住仔细欣赏起这幅没有边框的画。少女眺望着水面，神态好似站在悬崖边。她的脸上没有悲切与哀怨，反倒让人想到海边凸起的岩石，有种莫名的锐利与坚硬感。桂川的景色依然如故，远处北山的山棱也亘古不变，将时空分成了昼夜与天地。少女伫立在微微突出的河岸边，只有黑色的身影不同以往，像一个奇异的黑点，吸引着乌有的目光。

乌有不由得向前迈出了两三步，脚下随即响起摩擦砂砾的声音。他仿佛被什么吸引着向女孩靠近，但平时的自律突然阻止他继续迈步。他喘了口气，试图像平时那样漠然地从一旁走过。

这时，一阵风从河流上游吹来，少女的蕾丝帽子被风吹落，顺着河道飘飞，好在没有落到河中。帽子如同纸飞机一般摇摇晃晃地飘过乌有身边，最后卡在了长椅的扶手上。乌有走上前去，弯腰捡了起来，那帽子比想象中的还要轻、还要柔软。

"谢谢！"

少女小跑着过来，轻轻点头致谢。乌有第一次听到了少女的声音，从正面看到了少女的身姿与容颜，比想象中还要漂亮。这两周每天都从她身旁经过，竟然没有好好端详过她的脸庞。少女比乌有矮，眼眸呈现出黄色，像两颗暗含光芒的琥珀。似曾相识，却又想不起在哪儿见过。

"您常在这一带散步呢。"

"……嗯。"乌有回头答道。除必要的公事以外，好久没人这么跟自己说话了。接下来的谈话也是。

"你也是啊……"

"桐璃，我叫舞奈桐璃。"

桐璃有些害羞，掸去帽檐上的灰尘后将帽子重新戴好，阴影再次落在她的眼周。此时乌有第一次从岸边眺望下游的风景，之前散步时从未回头看过，只是呆呆地望着上游的风景信步。看多了河水从上游汩汩而来，却是第一次看河水顺流而下。不知何故，乌有不喜欢回望身后，直到被少女叫住，视野转了一百八十度，乌有才发现背后以及自己的身后也有风景。

"我留意你很久了呢。呃……"

"乌有，我叫乌有。"

"乌有呀。"桐璃扑哧一声笑了，"你总在同一个时间散步，我想你应该很闲吧。"

多管闲事，乌有轻轻咕哝了一句，装作没听到。心想，我可不是在玩，是真的很烦恼。无论多烦都无法解决的烦恼。

"你怎么不去学校？"

"好久没去了。没意思。"

"为什么？"

"不知道。是呀，为什么呢？"桐璃摇了摇头。

"最好还是……"乌有没说完就住嘴了。自己现在也在逃课，有什么资格提醒别人呢。

"今天怎么了？一身黑衣。"

"啊，原来你也注意到我了。"

她欢快地叫了起来，就像落入漩涡的树叶。

"怎么样？好看吗？"

"不错。"乌有和气地回答。

纯黑的套装在阳光下熠熠生辉，本该吞噬一切光芒的黑色此时却亮得耀眼。

"今天是个特别的日子。"

"特别？"

"嗯。但是得保密。"

不过是随口一问，乌有没有再追问下去，桐璃也没再透露什么。

"我们去那个河心岛看看吧！那里的风非常舒服，像风扇吹出的风一样。"

"不去。"

乌有冷淡地摆了摆手，后退一步，表情也瞬间变得僵硬，这些改变连他自己都感觉到了。

"……我还有事。"

"骗人。你看起来一点都不忙。乌有，你是做什么的？"

"大学生。"乌有报出了自己所在大学的名字，羞愧的语气若让同班同学听到肯定会发火。

桐璃"嗯"了一声，点了点头，直率地笑着说了句"那你将来要当医生呢"。

"大学生时间真是多啊！"

与成熟的外表相反，桐璃说话时一脸天真。眼前的少女与印象中逃课的学生完全不搭边，乌有略感惊诧。虽然没见过逃课的学生，但他早已认定那都是些因身受校园霸凌或家庭关系不和而有心理阴影的孩子。桐璃内心什么样尚不可知，至少外表看来没有一丝阴霾。不过看她总是穿着校服，想来逃课的事父母是不知道的。

"大学现在在放暑假吗？"

乌有这才想起自己没有参加期中考试，看来今年的努力又白费了……虽说早已不把学习当回事了，但想起来还是不免有些感伤。

"是的。明天还能见面吗？一个人没什么意思。"

"去学校不就好了。"

大学在放暑假，高中的暑假应该一周后才开始。

"学校更没意思，吵吵闹闹，跟动物园似的。"

桐璃把嘴噘得老高，像只狐狸。

"我也这么觉得。再见。"

乌有冷冷地说完这句就沿着河边走开了，仿佛厌烦跟人说太多话似的。

"乌有，那种装腔作势的样子不适合你哦。"桐璃在背后大声喊道。

1

上到四楼就能看见北墙上挂的那幅油画。长两米、宽一点五米的大型画布，裱着设计简单的镀金外框，画上是与真人同样大小的肖像，身着黑色正装，气氛阴暗，笔触压抑。

画上那位身着黑衣的安静女子便是真宫和音。

这是一幅写实主义风格的肖像画，与这栋几何结构的建筑不太搭调。画中人物面部微微向右偏，笑容中带着一丝冷峻，神色稍显忧郁，却也楚楚动人。整个人看上去虽然算不上生机盎然，但也颇为灵动。画中的真宫和音好似旅人误入幽深森林偶遇神秘甘泉时出现在泉水边的女神，而那一丝冷笑仿佛让人嗅到了寂静的神秘森林散发出的死亡气息。

这幅画让乌有第一次见到了真宫和音，虽说只是一幅油画，但他感觉比看照片或影像更加能读懂"真宫和音"。乌有认为这幅画巧妙地传递出照片可能难以捕捉到的和音的神韵。然而，就像无法准确表达听到动人音乐后的感动一样，乌有也说不出到底从这幅画中读懂了和音的什么，但他就是觉得懂了和音的某些地方。

黑色正装……画中的和音与桐璃昨日晚宴时的着装几乎一模一样，只是桐璃没有像画中的和音那样戴着有黑色蕾丝的帽子。画面右下角有画家的手写签名，但太过潦草，看不清楚。

"这幅画二十年前就在这儿了吗？"

"我们来这个岛时刚刚画好。和音那时十七岁。"帕特里克神父平静地回答。

十七岁……可画中人却透出成熟女性的妖媚。

"为什么告诉我？"

"你迟早都会知道的。"

帕特里克神父好像不敢直视这幅画，视线始终游移在外。吊灯的照明不足，无法充分欣赏这幅画，但可以清楚地看到和音的微笑。上扬的嘴角，顾盼生辉的双眼，那微笑让人不由得想感慨生命的坚韧。画中的和音神情中没有一丝挑逗迷离，反倒给人感觉意志坚定、气场强大，仿佛站在她一旁随时都会被吞没。

看到这幅画之前，乌有一直在心中描摹和音的画像。是眉清目秀的美少女，还是偶像般的阳光女孩？看到画像的一刹那他才发现，两者都不是。确实是个美人，一个年仅十七岁却自带十二分妩媚，或称魔性的妖娆少女。

不过也并非众人常说的"妖女"，因为画中的女孩给人感觉超越了"女性"这一属性，却又不是将女性理想化后的"女神"，也不是没有性别、活在乌托邦中的"天使"。她就是一个活生生的人类女性，但身上散发着一种遗世独立的清冷。那微笑、那眼神，同时拥有人类女性的鲜活与智能机器人特有的冰冷。

然而，问题并不在于此……令乌有惊异的是，她俯视众人的神情与桐璃一模一样。准确地说，跟昨晚精心打扮的桐璃别无二致。昨晚的桐璃就像从这幅画中跳出来的一样，衣服、脸型，都与画中的和音仿佛一个模子刻出来的。乌有甚至产生了错觉，画中人物莫非就是桐璃？

"桐璃跟和音很像，您早就知道了吧？"乌有强忍着内心的激动问道。

神父摇了摇头。

"不止是我，恐怕大家都不知道。在昨晚之前……那个姑娘，是叫桐璃吧？她出现在餐厅时就像换了个人似的，不然大家也不会那么吃惊。"

正如神父所言，即使在乌有看来，晚餐时的桐璃也像换了个人似的。衣服与妆容与平日完全不同，就像在灰姑娘身上施了魔法一般，整个人都变了样，又不仅仅是变成熟了那么简单。即便乌有之前看过这幅画，也无法将画中人与桐璃——以往高中生模样的桐璃联系到一起。

而且，不止容貌，连魅惑的微笑都一模一样。乌有想起昨晚桐璃脸上的微笑，心中涌出一丝不悦。

"桐璃见过这幅画吗？"

"我不知道。我也怀疑舞奈小姐是看到这幅画后才决定穿那套衣服的。如果真是这样，只能说她是故意搞恶作剧了。不过，那衣服是舞奈小姐自己带来的吧？"

"来这个岛之前不可能看到这幅画啊……莫非只是巧合？"

连乌有都没看到过和音的照片，桐璃更不可能看到。她对工作没那么用心，而且那衣服是她母亲留下的，她去年也穿过。再者说，桐璃也不知道昨晚场面为何一下子变得那么紧张。她要是知道的话，以她的性格，肯定会在自己面前滔滔不绝地炫耀。

乌有凝视着这幅画，一时忘了时间。越看越觉得和音就是桐璃，那微张的红唇，仿佛有话要对自己说。

"好可怕的巧合！太可怕了！"帕特里克神父嗫嚅着。

金色的画框上没有一丝灰尘，似乎每天都有人擦拭。灯光昏暗，不像是为了方便欣赏。乌有觉得这幅画就是为了昨晚的那个场景才挂在这里的。将一切都解释为巧合也太过宿命论了吧。话虽如此，也很难想象这是谁设计的。硬要找个说法的话，也只能说是鬼使神差了。

不可能！望着神父的背影，乌有否定了这种猜想。神父肯定不会认为这是上帝的恶作剧，世上比这更不可能的巧合多得是。比如儿子竟然要执行父亲的绞刑，还有人死于四十年前自己射出的子弹，等等。乌有还活着，还在这种现实中苟延残喘，虽然微不足道，但也是这类巧合中的一个。怎么总想些莫名其妙的事情？肯定是被和音岛诡异的气氛影响了。

"这幅画一直挂在这里吗？"

"是的。"

"但是，你让我看这幅画，会不会不太好？接下来会不会被责备呢？"

"不会，没关系的……我们很早之前就确定好了各自的职责。"神父耸耸肩，自嘲似的解释道，"总得有个人告诉你。大家肯定都这么想。"

"其他人也都知道？"

"结城他们看到和音再次出现，说不定挺高兴的呢。"神父笑着说，语气听起来不像开玩笑。"至少不会担心吧。"随即他又补充了一句，"尴尬是难免的……咱们赶紧回房间吧！"

神父转身走下楼梯。四楼比三楼歪斜得更严重，走廊完全失去了平衡感，甚至有些像四维空间。但不可思议的是，待在这里并没有失去平衡时经常产生的不适与呕吐感，仿佛被丢到了时间静止的世界里，只觉得周围一片沉寂。

"这件事请不要告诉桐璃！"

"嗯？"神父露出不解的神情。

乌有再次恳求道："她是个好奇心很重的姑娘，我不想刺激她。"

如果桐璃知道了，肯定会刨根问底，甚至不顾这几个人的感受，扮演着侦探纠缠不休，探寻他们二十年前的内心世界。

"如果告诉她，肯定会给大家添麻烦的。"

"可能吧。"

神父笑着点点头，对乌有的说法表示赞同。只是那笑容不是之前那种客气的微笑，而是仿佛觉得可笑。

"本人不知道更好。毕竟不是一件让人愉快的事情。"

下楼时乌有回头看了几次，他总觉得有人在后面盯着自己。可回头看时又没看到任何人，只有画中的和音。她仿佛从墙面浮现出来，面带神秘微笑盯着自己。墙上的少女……就像那天的那个少女。

"问您一个问题，真宫和音是个怎样的女性呢？不对，应该说'是个怎样的少女'才对。"

乌有从牛仔裤口袋中拿出纸笔，表明自己要开始采访了。

"和音啊……"仿佛有许多回忆涌上心头，帕特里克神父仰头沉默了片刻，"如月君，你看过和音的电影吗？"

"您是说《春与秋的奏鸣曲》？还没看过。我在刚刚那幅画中第一次见到了真宫和音。"

"是吧？电影胶片都被水镜拿走了。"

"看不到了吗？"

"八月十号……忌日那天应该会放。"

忌日那天。的确是最合适的一天。

"要一直封印到那一天。"

"封印？是指……"乌有问道。

"我也说不好，类似据为己有的意思吧。对，就像狂热的收藏者不想将自己收藏的名画拿给别人看，也就是所谓的秘藏家。"

乌有点了点头，却没有弄清楚话中的含义。如果真如神父所言，这是一个私密聚会，那为什么允许乌有这个外人介入？而且乌有只是个普通的杂志记者。莫非这是狂热收藏者特有的心理？独占收藏品，同时又想炫耀收藏品，这些想法都可以理解。或许这就是拍成电影，公映之后又回收胶片的原因。因为只有得到外人的赞赏，收藏品才会产生绝对的价值。

然而，他们的收藏品没有得到大众的认可。最终，收藏品坚定的赞美者——他们五个人，就成了价值得以存在的理由？电影没有获得好评，传说也就成了他们五个人的私有物。

两人穿过门厅，来到了和音馆的外面。来这里时是背对大海往上走，因此没有意识到大海之辽阔。此时，也许是站在高处的缘故，乌有才发现苍茫的大海浩瀚无边，仿佛要吞没一切。他这才有了在夏天来到岛屿的真实感。朝下望去，只见离栈桥不远的海滩上撑着一把浅黄色的遮阳伞。那是一把小巧的双人伞，村泽夫妇坐在伞下。不远处，结城正趴在海滩垫上晒日光浴。

"那和音这名女性……"

"哦，我们刚刚在谈这个。"神父回过神似的点了点头，"和音哪，是啊，简单说来就是那幅画。"

"那幅画？怎么说？"

就是那个被画在分不清紫色还是深蓝色的背景里，不，应该说是涂抹进那种背景里的黑衣女人。那个和昨晚的桐璃打扮得一模一样，冲着乌有露出恐怖的神秘微笑的女人。

"在当年的我们心中，和音超越了偶像。她高贵而神秘，似乎能吞没一切靠近她的东西。至少我对她那种让人难以接近的气质特别着迷。"

"所以你成了她的俘虏。"

"是啊。"神父毫不含糊地回答。不仅没有丝毫犹豫，而且看起来他对自己的回答深信不疑。

"这么说来，和音在这个岛上受到了众星捧月般的待遇。"

"和音在这里就是神。"

"神？"

"是的。以我现在的身份可能不该这么说，但当时的确如此。"

这个男人在失去了心目中的"神"之后又发现了耶稣这个新的神。只见他表情严肃地回头看了乌有一眼，继续强调道："她是我们当时的'神'。"

语气平静，却带着一丝挑衅。乌有忍不住盯着神父看了一会儿。这时神父像突然想起了什么，又加了一句："……如果美貌可以作为唯一标准的话……"

说这句话时已经没有了刚才的气势，可能作为一名职业神父，他意识到刚刚说的话违背了自己的信仰吧。

*

"那么，当时在岛上的生活是怎样的呢？"

乌有换了一个问题。坦白说，他不太想深究"神"这个话题。谈话一直围绕着和音展开，他觉得腻了。

"怎么说呢……事到如今还能不能说清楚呢……"

神父的表情变得严肃起来，他陷入沉思。

每个人的中学时代都有美好的回忆，但若被人问起那六年具体做了些什么，恐怕很难说清楚。每天参加社团活动，每天和谁一起做了什么……除了几个印象比较深刻的片段之外，能想起来的可能只有日复一日的单调生活。平淡就是最大的幸福。神父会陷入沉思也是因为这个吧。即便如此，他还是努力从平淡的日常生活中搜寻印象深刻的片段。

"是啊。印象最深的就是和音画画这件事。"过了一会儿，神父开口如此说道。

"和音画画？"

"对。不过不是刚刚那幅画。我想你已经看见了，就是挂在二楼楼梯旁和房间里的那些画。"

"哦。"乌有点了点头，"那几幅立体主义风格的作品？"

神父抬起眉毛，惊讶地"呵"了一声。

"你竟然一下子就看出那是'立体主义'了。你很懂画画吧？"

"没有，只是略知一二。"

只是为了准备其他采访在美术馆里看过而已。若被人问到更深层次的理论，他肯定答得语无伦次。

"那一年里和音画了四幅画。第五幅还没完成就……"神父遗憾地嘟囔。

四幅画中乌有已经见过三幅，分别是挂在二楼楼梯墙上的两幅，以及乌有房间中的那幅。乌有看不出画技的高低，但能感觉到画风极具个性，每幅画带给人的感觉截然不同。没想到这些画竟然全都出自和音一人之手。如若创作时间相隔很久倒也罢了，可这几幅画都是在一年中画出来的。

然而，更让乌有惊讶的是，和音这个众人的偶像竟画出了立体主义风格的画，这颠覆了乌有对和音的既有印象，刷新了对她的认识。这种画风是不受主流画坛推崇的吧。和音创作这样的画倒是迎合了最近流行的缝隙战略，可在二十年前应该算是特别另类。

"那这里应该有和音的画室吧？"

"不，这里没有所谓的画室，只有一个放画具的房间。和音喜欢在展望台上画画，就是那个面朝大海的圆形大理石舞台，从草图到着色都在那里完成。"

"草图也在那里完成？又不是风景画。真有意思！"

"和音喜欢那个圆形舞台。对和音来说，那里可能是最舒适的私密场所。不过和音也允许我们在她专心作画时从一旁观看。她的注意力非常集中，完全不受我们的影响，依旧用纤纤细指握笔画着。"神父陶醉般地娓娓道来。

乌有试着想象那个场景，却总觉得不对劲。肖像画中和音的脸上挂着冰冷的笑容，手握画笔面朝画布……

"而且和音身上完全没有油彩的气味。"

"什么意思？"

"画油画的人，时间一长身上就会沾上油彩的味道，但和音没有。很奇怪吧。现在想想，也许是海风将那种气味吹散了。"

神父歪着头，若有所思。他似乎有些遗憾，因为曾经极力赞颂的那种神秘感好像一下子消失不见了。然而，对如今的帕特里克神父来说，神秘感在信仰面前已经毫无意义，不如彻底抛弃算了。

"我看了几幅和音画的画，好像都是肖像画，不知道谁是模特。"

"模特？模特就是她自己。"神父肯定地答道，"和音一个人就够了，她不需要其他人来当模特。和音的才能就应该用于和音。"

好奇怪的说法。不知他本人有没有感觉到，乌有觉得不知所云。

"每幅画都有名字，挂在二楼的那两幅分别叫《黑尾鸥与歌唱的少女》和《海边奔跑的少女》。"

这么说来，右边那幅身体线条歪斜着的画就是《海边奔跑的少女》了。画面大致描绘出少女奔跑的样子，因为左边那幅纯白色背景的明显画的是黑尾鸥。

"另外两幅我想你还没看到，分别叫《取下面具的女人》与《和音》。"

从少女到女人……从标题可以推断，那段时间和音在精神或身体方面成长了不少。名为《和音》的画恐怕就是挂在乌有房间的那幅，因为画中没有面具之类的要素。名字虽然简单，却是名副其实的自画像。

在这座岛上只画自己的和音……乌有无法理解和音内心的真实想法。莫非一切都以她自己为中心？不过这座岛当年确实是以她为核心运转的。可是，相对于外部世界，这座岛只是一个微不足道的碎片，在世界地图上根本找不到它。

乌有突然想起从昨天开始就困扰着自己的一个疑问。

"我的问题可能有些冒昧，请您见谅。当时就你们七个人在岛上生活，那么家务由谁负责呢？"

"尚美负责。她一个人承担包括做饭在内的一切家务。她真是个好女孩，比我们几个都要热情。当然，现在也一样。"

神父轻轻笑了一下，似乎很怀念那段时光。

"那和音做什么呢？"

"怎么会让她做事呢？"神父一脸惊讶地望着乌有，"不会给和音分配工作的。不过她心情好时也会做饭给我们吃。"

和音是"神",让她做事会令大家内心不安。和音的存在本身就有意义。真的是对她全盘肯定啊……这令乌有羡慕不已。

走上海滩后乌有和神父分开了。和音为什么只画那种立体主义风格的画呢?忘记问神父了,刚刚没想到这一点。

2

"昨晚地震了,你知道吗?"戴着太阳镜的结城趴着问。

乌有摇摇头,说没有。

"震得很厉害呢。你看,那边的草丛上都留下了海浪拍打过的痕迹。就算涨潮时海浪也不会涌到那里的。"

结城指着海滩与草地的相接处。那里稍稍隆起,原本整齐漂亮的草丛像被践踏过似的倒向了一边。

"虽然不像海啸那么严重,但翻上来的浪头真的很大。不过话说回来,如果真的发生海啸,我们早就沉到海底了。"

身为和服店的少东家,结城的外表与这个头衔毫不相称。虽已年过四十,但只穿了条泳裤的他看上去体格壮硕,手臂上肌肉隆起,足有乌有的手臂两倍粗。如果跟他发生冲突,估计瞬间就会被打死。十九岁之前乌有一直忙于应付考试,身体瘦弱,根本不是这种人的对手。这家伙不到五十就会因心肌严重扩张而猝死吧……乌有心中突然涌起一丝妒忌,但看看他裸露的胸肌,怎么都不像寿命只剩下不到十年的样子。

不止身体,他可能还想炫耀自己有颗年轻的心吧,竟然穿了一条五颜六色、马赛克图案的泳裤,也就是曾风靡一时的迷彩泳裤。黝黑的胸肌上挂着一个金光闪闪的锁状吊坠。

"我睡觉很沉,人也比较迟钝。"

海面已经恢复平静，昨夜果真掀起过一米多高的巨浪，拍打到草丛倒下的位置吗？乌有在山里长大，没有见过海啸和惊涛骇浪，也不曾为此担心过。长这么大，他只在电视里看过伊势湾台风的新闻和介绍巴西亚马孙河涌潮的纪录片，根本想象不到海啸竟然这么容易发生。

"我不是这个意思。"结城笑着解释，"虽然我外表粗鲁，但相当神经质。"

阳光灿烂，碧空如洗，温度适宜，在这个季节真是难得的好天气。乌有穿着T恤却有些凉意，好似春季赶潮时的感觉。

"您不冷吗？"

"冷？嗯，一般人都觉得有点冷吧。亏你还是个年轻人。我还在深秋季节玩潜水呢，这点不算什么。"结城爽朗地回答，身上湿淋淋的。说完他抬头望了一会儿天空，又说道："不过夏天出现这样的天气，确实有点冷。"

微风轻轻吹过。人太少了，四周除了沙子就是海水，安静得有些寂寥。所谓私人海滩或许本该如此，但二十年间无人使用，寂寥的感觉就显得尤为强烈。

"话说回来，你姓如月对吧？二月出生的？"

"是的。"

"听说是杂志社派来做采访的，是什么杂志？"

乌有想起自己在舞鹤港向村泽等人自我介绍并派名片时结城因为迟到不在场。后来结城跑来时自己只向他递出了名片，没做自我介绍。

"是叫作《京·趣》的杂志。"

"没听说过，不好意思，是介绍各种有趣东西的杂志吗？"

"简单说来是这样的，主要介绍京都的各种文化。"

乌有无奈地再次递出名片。

"创华社呀。"结城嘟囔了一句，看样子登船前他只看了名片上乌有的姓名。

"因为发行量的关系，只在大型书店出售。"

"这种杂志为什么会对我们的事情感兴趣呢？"

"贴近当地生活是我们的宗旨，娱乐和美食也算是卖点之一。我们社发行了几种这类地方性刊物。"

乌有不觉得对方能接受这番解释（因为连他自己都觉得这么解释有些牵强）。只听结城不屑地"哼"了一声。

"可能挺多人感兴趣吧，大叔们一起回忆青春时期的策划。只要水镜同意接受采访，我们也都没问题。不过，登出来后能不能寄给我一本？"

"当然会寄给您。您是在京都经营和服店对吧？"

"你也是京都人？"

"现在住在京都，不过我出生在乡下，读大学时去的京都。"

京都人眼中的京都一般仅指洛中，被结城误认为是同乡就麻烦了，所以乌有老老实实地补充了一句。

"哦。我家的店开在西阵，店名就是'结城'。其他地方的人经常会把我们跟结城䌷那家店弄混。我哥哥是社长，我是副社长。也算是一家老店了。你听说过吗？"

"我不大了解和服。"

"哦，是吧。年轻人不大穿和服呢。"

"是西阵织吗？"

问完乌有就后悔了，这个问题好蠢。可能结城听多了此类问题，毫不介意地回答道："主要是西阵织，也有其他产品，还卖一些绘有时令图案的欧洲进口货。你也买套和服吧，送给那个可爱的小姑娘。"

"你是说桐璃吗？我跟她不是情侣，况且对我来说，和服太贵了。"

"那给她买条和服腰带怎么样？不过我只负责管理，实在不懂如何挑选和服。"

他似乎在暗示自己很懂西服，不过昨天那套阿玛尼确实搭配得不错。

"我考虑下吧。"

不知何时立场完全颠倒了，乌有成了被提问的一方。为了进入正题，乌有特意拿出了纸笔。

"回到刚才的话题。在您看来，和音是一位怎样的女性？"

"……和音？"

结城突然望向远方，脸上仿佛掠过一丝阴霾。

"刚刚看到你跟小柳在一起，你也问了那家伙同样的问题吧？"结城不经意地问了一句。

"对，没错。"

"那他怎么回答的？"

乌有不知该不该如实回答。他不确定对方为什么这么问，难道只是出于好奇？最终他还是老实回答了。

"他说和音高贵，难以接近，还说她似乎有些忧郁。"

乌有省去了关于"神"的说法，他觉得这种说法个人色彩太浓了。而且乌有本身也不爱使用"神"这种字眼。

结城听后大笑起来。

"真像他说的话，他根本不懂女人，到现在也是这样，竟然还成了什么神父。如月君，你也这么认为对吧？"

"我……没什么想法。"乌有含糊其词。

"是啊。和音呢……我过去踢足球，是中锋，是个运动健将，很受女孩子欢迎。当然，现在也一样。不过遇到和音这样的女孩，还是第一次。"

"这话怎么说？"

"一看到她我就自惭形秽。她小我四岁，当时也只是个小丫头。不过她也不是那种爱耍弄人，或个性刁蛮的大小姐，可就是与众不同。反正，除了'非同一般'之外，我也不知道该怎么形容她。"

结城换了个姿势，脸朝上躺着，好像想晒晒胸膛。阳光不强，晒久了应该也不会灼伤。他拨掉胸前皮肤上的沙粒，用力伸直双臂，同时张大了嘴巴，好像要打哈欠似的。

"都是些让人见笑的事，你写报道时就省了这段吧。当时我对她特别着迷，可我那时在上大学，装得很像个精英，对一切都无动于衷的样子。"

他边说边比画，仿佛沉浸在了那段回忆里。热烈率直的说话方式显示出他热情开朗的个性特点，说出来的话也因此更有说服力。比起闪烁其词的神父，结城要坦率得多。只是他的滔滔不绝、口无遮拦让人不免担心。

"说'和音是偶像'，我不知道你对此什么感觉，可能跟我完全不同。"他好像回过了神似的，突然抬起头说道，"……那幅画你已经看过了吧。"

"刚刚神父带我看了。"

"果然。那你应该知道昨晚我们为什么那么惊讶了。"

"是的。真的一模一样，我也特别惊讶。"

又是"惊讶"，乌有实在想不出更恰当的措辞了。两个事物，要有不同，才能找出相似点。如果完全相同，就只能说一模一样了。结城用力点头,好像明白了乌有的意思。

"那个姑娘是叫舞奈吧?在船上时没觉得那么像。离开这里后我见过各种各样的女人,好像没有一个比得上和音。"

"桐璃不是和音。"

"这我当然知道。"他轻轻摆了摆手,像要岔开话题,"我不知道你看了那幅画后作何感想,但现实中的和音就是给人那种感觉。"

跟帕特里克神父的说法很像,可并非所有人都对那幅画的看法一致吧。即便他们两个,对和音的实际感觉也会存在本质上的不同,毕竟两人对和音与自己的关系有不同的判断。但是,结城并未否定神父的说法,毋宁说他在积极地认可。也可能和音对所有人都差不多。

"气质绝佳,魅力无穷。这些形容她都当之无愧。这绝非嘲讽,事实如此。不过用语言表达出来反倒落入了俗套。况且语言也只能表达各自的体会。"

"所以就用那幅画来表达?"

"不过那幅画是我们上岛之前就画好了的。经过这二十年,画的灵力可能有所减弱。但和音真的非常伟大,不然我们怎么会放弃一切来到这座孤岛上呢?难道还会有其他的原因?"

说到最后成了自言自语,结城好像在强调什么似的反复咕哝着这几句话。

*

"乌有,早上好!"

乌有抬头朝声音传来的方向望去,只见桐璃身穿海蓝色T

恤，正从三楼窗户探出身来。她用力摆着手，宛如一个报时的时钟，声音依旧充满活力。可现在都十一点了，哪里还早？还以为她昨天很早就睡了呢。

"天空好美啊！"

"你一直睡到现在？"

乌有冲着上面大喊了一声，随即向结城解释道："实在不好意思，她以为是来玩的。"

"这有什么。说是采访，可也不是真的发生了什么事。"

结城之所以这么说，可能跟昨晚发生的事情有关，但他也并非毫不介意。不过看上去，对桐璃他不像神父那么在意。

"慢慢来，还有差不多一周才回去呢。"

和音的忌日是八月十日。武藤十二日随她而去。之后，其他人在岛上仅仅待了一周，就各奔东西了。

这次聚会计划从五日持续到武藤的忌日——十二日，中间包含和音的忌日。十二日傍晚将有船来接他们。从日程安排似乎可以看出，众人并不想纪念武藤的忌日，但乌有并没猜到这一点。

"这姑娘好可爱，真的不是你的这个？"

结城竖起右手的小指，转头看向乌有，嘴边带着几分猥琐的笑意。乌有很不喜欢这种粗俗的举止，但努力抑制住了发自心底的厌恶。

"不，她只是我的助手。"

"那就是还没得手？"

"她还是个高中生呢。"

"在我看来，你也差不多呀。不过挺可惜的，那么可爱的姑娘，来我店里的客人中都有这样的。"

乌有想回到原来的话题，在结城开口前再次发问。

"你们当年在这里的生活是怎样的？"

"生活……啊，像个小团体，这么说好听些。"结城收回右手，自嘲似的笑着继续道，"当然不是那种为了成为无政府主义者或共产主义者的团体。因为有水镜这个赞助商做后盾，我们才组成了一个小团体。"

说完又补充道："还有和音的超凡魅力。"

乌有想起神父反复念叨的那个词——神。看来结城跟神父的看法差不多。大家都围在和音周围，可见和音确实拥有不可思议的魅力和凝聚力。

"虽然每一天都平平淡淡，但真的很开心。我们拥有和其他人不一样的青春，从来没有因此后悔过，甚至还有些自豪。但当时我们并没有沾沾自喜，也没想过可能会被大人贴上'年少轻狂'的标签，现在也一样。"

说完他又补充了一句："至于其他人怎么想，我们也不知道。"

讲述这些时结城一脸满足。然而，这个奇妙的团体仅仅一年就解散了。因为他们的太阳，宇宙的中心——和音，离开了人世。

"和音是怎么死的？"

看到肖像画之前，乌有一直在心里描摹着少女的形象——昭和初期，生活在疗养院里的令人怜惜的不幸少女，最后死于结核病。看到肖像画之后，这种感觉完全颠覆。画里的和音比想象中要美丽得多，确实也有让人联想到死亡的部分，但绝对不是疾病或不幸那类脆弱的感觉。

"……消失了。"

沉默片刻后，结城回答。

"消失……了？"

"嗯。"他表情沉重地点了点头。可能是气氛沉闷的缘故,感觉涌上海滩的涛声大了起来。

"就在我们眼前,一瞬间……中院不是有个展望台吗?展望台后面就是悬崖。她从那里落入了海中……就一眨眼的工夫。不知道是被风吹下去的,还是别的什么原因。就这么在大家眼前,好像飘起来了似的,背对着大海落了下去。之后再也没有出现过。"

"那……"

"悬崖下面地况复杂,水流湍急,有很多礁石。和音的尸体没有浮上来。警察认真搜救之后也没发现尸体。当时给出的解释是,可能卡在海底某个结构复杂的洞穴中了。"

说这些时结城不再侃侃而谈了,他极力保持着镇定。尽管时隔二十年,但他似乎还未完全释怀。乌有判断,与结城谈话时最好不要触及这方面话题。

回过神来才发现,空旷的天地间有大量黑尾鸥飞舞盘旋。乌有站在海滩上,看不出它们是正盘旋上升,还是从山顶向下降落。只见它们反复画着小小的弧线,发出阵阵叫声,仿佛在倾诉什么。

"离开这个岛时,我们烧掉了那个碑。"

"碑?"

"是的,和音的碑。来到这个岛上时我们做的。只有那个碑是我们自己做的,没有借助水镜的力量。那个碑是木制的、十字架形状,很像真的十字架呢。在回本州岛之前最后的那个晚上,我们一起烧了它。"

结城指了指和音馆西侧那块隆起的小山包。

"原来立在那里,大概两米高。熊熊燃烧后就倒下了,与和音一起消失了。想想挺没意思的。"

乌有凝视着那个方向。远远望去好似还有个碑座留在那里,周围已是一片翠绿。

"为什么要烧掉呢?"

"不想留着了。"

这理由听起来没什么不对的,乌有无话可说。就算说了恐怕也会说错,只是,碑这种东西,本来就是用来缅怀故人的吧。

"为什么二十年来你们都没有联系过?"

答案可以猜到,但还是忍不住想问。

结城好像突然意识到此时是在接受采访,"啊"了一声后沉思了片刻。

"不想看到缺了一个人。"

这句话包含两个意思。"一个人"是指和音还是武藤?对乌有来说有点费解。但结城不想给他思考的时间,换了个话题接着说道:"对了,下午我要跟小柳爬那座山呢。你也一起吧?"

"爬山?"

乌有抬头望向耸立在岛中央的山。山上郁郁葱葱,树叶绿得耀眼。

"对,我们以前经常一起爬。村泽和尚美也常去,徒步单程大概一个小时。也不是因为那里有什么……啊,在山顶能看到超级美的景色。"

"我就不去了。"

乌有想下午采访一下村泽夫妇。而且也不好意思一来就忙着徒步游泳,净想着玩,这点职业操守乌有还是有的。不过,不想去的主要原因还是公务之外的时间与陌生人一起活动会令乌有不自在。

"我想去。"

这时,桐璃的声音突然从结城和乌有身后冒了出来,就像蓝白相间的牙膏从锡制的牙膏管中挤出来了似的。她是什么时候来的?乌有慌忙转过头去,只见桐璃一脸天真地笑着说:"吓了一跳吧?"琥珀色的眼眸闪闪发亮。

"桐璃小姐想去吗?"

结城也有些吃惊,但比乌有更快地恢复了正常。他好像没受到昨晚的影响。

"是的。听起来很有趣呢。乌有,咱们一起去吧?"

"如月君,怎么样?"结城满脸堆笑地问。

可能是桐璃这个不速之客让他心情好转了吧。虽然不知道真正原因,但至少在乌有看来是这样的。

"桐璃,我们是来工作的。"

乌有想委婉拒绝,但这么说对桐璃毫无作用。桐璃反倒顺势说:"咱俩分头行动采访,说不定效率更高呢,对吧?"

乌有留意着结城的表情,假装在思考,发现自己毫无胜算。本来就已经被桐璃搞得措手不及了,现在还得应付结城。

"这不挺好嘛。有条路直通山顶,年轻姑娘也能轻易爬上去。"

"……好吧。"

乌有勉强答应了。正如桐璃所言,分开行动是更合理的安排。只是,想到昨晚的状况,乌有不免有些担心。

"桐璃小妹妹,爬山时间就定在午饭后的一点吧。具体安排等午饭时商量。"

"好的。期待。"

桐璃很高兴,白皙的脸颊上露出两个酒窝。桐璃到底怎么想的，乌有完全猜不透。真不知道现在的年轻姑娘都在想些什么，乌有的脑海中浮现出这句话。他一下子觉得自己老了，心情有些糟糕。

不知道是不是这个原因，乌有感到了孤独。其实如果不放心，完全可以一起去，但乌有没想到这一点，主动沉浸在了自虐般的孤独之中。

"对了，如月君，你要不要去看看和音的墓碑？"

结城突然问乌有，语气有些漫不经心。

"墓碑？现在吗？"

"嗯，就在那边。为了采访，最好看一下。"

"好的、好的，那就麻烦您了。"

乌有对这突如其来的邀约有些不解，但还是先表示了感谢。

"是和音的墓吗？"桐璃问。

"是的，桐璃小妹妹。"

结城掸去沾在肩膀和背上的沙子，站起来，披上了浴巾。

"和音那年才十八岁，对吧？"

"是啊。正是含苞待放的年纪。"

"……不过这种情况也是有的。就像命中注定一样，死后成了传说。"

"比起死后成为传说，我更希望她一直活着。"

结城笑着朝西走去。三人很快便走出海滩踏进了草地。草地上都是蔓草和牵牛花这种经得起涨潮侵袭的植物，都长得很茂盛。淡粉色的牵牛花，看起来楚楚可怜。草丛中有一条踏出来的小路，三人顺着那条路爬上了斜坡。斜坡上不再是牵牛花，而是大片的向日葵，有几百株、几千株……这种象征夏季的植物发出耀眼的金黄色光芒，花盘仰起，望着天空，展现出强劲的生命力。如此大规模种植向日葵，乌有还是第一次见到。

"很少见到这么一大片向日葵吧？不过和音给人的印象可能与向日葵相去甚远。"结城一边拨开挡住视线的向日葵叶子，一边小声说，声音中带着些许凄婉。

到达墓碑的直线距离并不远，但向日葵田中的小路蜿蜒起伏，感觉走了很久。岛上通往和音馆的路都是铺设好的，走在这里乌有才发现和音岛其实布满岩石，甚至连向日葵田里也有不少裸露的黑色岩石，其中有些大得像头黑熊，风一吹，就像在金黄色的海面上开了一个黑洞。

*

"就在这里。"结城停下脚步，用右手指着墓碑喊道。

这里与和音馆所在的位置差不多一样高。好像有条小路从和音馆直通过来，不过得先下一段陡坡，再爬一段斜坡才能到。和音馆和中院整体建在一大块平地上，而墓碑只是立在这个小山包上的一小块平地上。平地的形状酷似古代的圆坟。

也许是因为二十年来无人打理，四周杂草肆意生长，已经很难辨认出究竟哪里是墓地。不过平地中央露出一小截很粗的木头，有十几厘米高，像是被烧断了，顶端已经炭化。正如结城所说，这一段是墓碑燃烧后残留下来的。

真是不可思议！墓碑周围竟然看不到一朵花。俯瞰山下，方才经过的向日葵丛正在风中优雅地摆动，可这里只有青草，没有一朵花绽放，莫非是担心在和音的对比下相形见绌？难道这就是所谓的"闭月羞花"，还是有人故意这么安排的？……不过仔细望去，杂草漫无边际，没有打理过的痕迹，实在不像是有人专门做过什么。

"为什么将墓碑立在这里？"

"这里看到的风景最美。"结城转过头来说。

确实很美。从这座小山包上可以看到岛上的一切。乌有第一次来这里，虽然没有依据断定这里看到的是最美的，但一时也找不到反驳的理由。放眼望去，方才所在的那片海滩位于视野的左端，形状就像英文里的重音符号。朝南伸向本州岛的苍茫日本海和湛蓝天空占据了视野的大半。不断涌上沙滩的细小浪花与金黄色的花田融在了一起。刚刚上来时看到的向日葵田里的嶙峋怪石，远远望去就像吃草的奶牛，令人颇感亲切。

"和音喜欢这里，喜欢从这里看到的大海。"

"的确很美。简直不像在日本。"

桐璃积极地回应，声音满含感动。

"没错。这里不是日本。"

"什么意思？"

"不是日本，不是那个无趣的国家。这里是和音的王国，一直都是。"这个于二十年前回到日本的男人颇为感慨地说。

"和音的王国？可是……她的墓地一片荒芜啊。"

这个难以启齿的事实桐璃竟然脱口而出。与在和音馆受到的礼遇相比，这里实在太寒酸了，感觉连荒野孤坟都不如。

"因为大家都不想接受她已死去的事实。"

也对，很多家属不愿为下落不明的亲人举行葬礼，因为这样做就意味着承认了死亡。但是，如果人已经死去了，不祭拜就等于不尊重死者的灵魂。这种令人纠结的困境如今以一种模棱两可的形式呈现了出来。

"这种心情我可以理解，我的猫病死后我也是这么做的。虽然给它建了个坟墓,我却不太想去看它。对了,和音并不在里面吧。"

"是的,这里只是一个土堆。"

和音被大海带走了,尸骸不在岛上,不在和音馆内,更不在这里。无法判断这究竟是一种幸运还是不幸。没有看到遗体,所以结城他们几个,尤其是水镜,至今都无法释怀。

乌有将视线从墓碑移开,冷不丁看向一旁,蓦然发现那里有两块叠在一起的小石头。

"这是?"

"哦。"结城强装镇定,"是武藤,他的墓……"

"武藤,就是那个追随和音而去的人对吧?尚美的哥哥……"桐璃随即问道。

虽然有些失礼,但结城并未在意。

"桐璃小妹妹,你知道得很清楚呢。"

"为什么自杀?"

"是啊,为什么呢?"

一丝阴霾从结城脸上掠过。

"因为他把整个身心都交给和音了吧。"

"整个身心?"

"是啊。那个家伙将所有一切都压在了和音身上,全心全意地信奉着和音。"

乌有感觉这点跟神父很像。

"和音死后,他失去了精神支柱。武藤是和音最忠实的追随者,我也是被他邀请来的。他可能想把这里建成理想主义王国。那部电影我们也出了不少力,但主要是武藤和水镜联手制作的。如果没有武藤,那部电影应该拍不出来。仅仅只有女主角和赞助商，不可能拍出一部电影。没有武藤，我们也不可能来到这座岛。"

结城一口气说了很多，之后突然长叹一声，继续道："这么说可能不太好，但他好像不仅迷恋和音本人，似乎还将某种信念寄托在和音身上，把和音当成了属于自己的镇定剂。"

"武藤是个怎样的人？"

"挺奇怪的一个人，比我们奇怪多了。"

结城说武藤比他奇怪，可乌有并不觉得结城有多怪。也可能之前的棱角已经被二十年的岁月磨平了。

"《春与秋的奏鸣曲》的剧本是他一个人写出来的。据说遇到和音后，灵感被触发，一个月就写完了。他还撂下豪言，说哪怕写到右手不能动弹，一想到是为和音而写，就还能再写一两千页。来到这座岛之后他又开始了新的创作。"

"新作品？是什么？"

"他是个完美主义者，担心有人对自己的作品有微词，所以完成之前是不会告诉我们内容的。不过好像提过一句，说是什么'启示录'……"

"启示录？"

乌有不假思索地插了一句。可能因为他一直没出声，结城惊讶地转头望向他。

"启示录？好像《圣经》里也有呢。"

"桐璃小妹妹，你对《圣经》很了解嘛。"结城又转头望向桐璃，微笑着继续说道，"不过，你有所不知，真正的题目不是这个，这只是武藤为了方便随口叫的。可能因为主题与《圣经》启示录里的末世思想比较接近吧，所以暂定了这个名字。而且，他这次写的不是剧本，是小说。"

"竟然是小说？"

"后来武藤死了，我们都没能看到那部作品。不，我们也不想看，估计没人想看。那时大家都不愿意提起和音。"

"这么说来，'启示录'最后没有成书，甚至没有完成……"

"不，可笑的是，"结城撇了撇嘴，"书刚写完和音就死了。对了，武藤说书的名字叫'启示录'就是在和音消失的第二天。所以呢，对武藤来说，和音的死可能意味着世界末日的到来。"

"启示录"与和音一起消失了。如果和音不死，也就不会有"启示录"吧。

"没人知道那本书的内容吗？"

"据说是《春与秋的奏鸣曲》的续篇，其他的就不知道了。不过也可能水镜读过。不，他应该也没读过。那本书给人以死亡来临的预感，而水镜的时间早已停在了二十年前。"

这话听着有些别扭。水镜现在仍和外界有联系呀，通过网络。也许只是结城不知道而已。

"可是……"桐璃开口了，乌有认为此刻最好不要打断结城，但当他准备开口阻止时，已经来不及了。

"水镜现在很精神，工作很卖力呢。"

"你这话是什么意思？"

结城反问桐璃，一脸难以置信，眼神也瞬间变得尖锐起来。

"他在通过电话交易股票啊，昨天我们去的时候……"

不管该不该说，桐璃已经把自己看到的、从乌有那里听来的，甚至没有目睹过的，都夸大其词、添油加醋地说了出来，而且全是按照自己的理解来讲述……结城静静地听着。

"不知道。我一直以为他在这里是专门为了守护和音。"

结城的声音越来越激动，双手紧紧攥起拳头。乌有很紧张，却只能沉默地看着他。

"乌有，是我说的这样吧？"桐璃加了一句，寻求乌有的认同。

她总是这样，最后将所有难题都一股脑地丢给自己。乌有狠狠地盯着她，可她毫不在意，一脸这些事早晚都会被其他人知道的表情。

乌有只能无奈地点了点头。

"原来是这样……"

结城沮丧地垂下了头，再次嘟囔"原来是这样"。

结城肯定以为这二十年水镜都像行尸走肉般活着。为了避免和音的灵魂被打扰，他一直守在这座远离日本本岛的孤岛上，就像一位被囚禁在回忆中的守墓人。二十年前，结城离开了这座岛，将和音作为回忆记在心中。这二十年来他一直觉得亏欠水镜，把水镜当作内心的依靠。但他发现事实并非如此，自己的感伤不过是一种自我保护，是自作多情，在事实面前，他的悲伤脆弱得不堪一击。

"……赶紧回去吧！"结城呆呆地站了一会儿，轻声催促。

"回去吧！"

快要涨潮了。乌有转身往回走，脚下好像踩到了什么东西，响起一声金属碰撞的声音。他弯腰捡起来，是一个系着红色丝带的金色小铃铛。铃铛很旧，丝带脱了线，金色褪了色，响声已不再清脆。

"这个！"

乌有刚叫出声，铃铛就被结城从手中夺走了。结城随即用力向大海抛出，不过铃铛没有落入大海，而是伴随着沙哑的丁零声消失在了向日葵田里。

事出突然，三人都一下子愣住了。结城故作轻松地敷衍了一句"没什么",仿佛是说给自己听的,之后又咕哝了一次"没什么",最终难为情地说了句"回去吧",说完径直踏上了回和音馆的小路。从他身上可以感受到一种从未见过的、让人不敢靠近的神经质。此时,连桐璃也默不作声,不敢随便追问原因了。

"怎么回事?"桐璃在乌有耳边嘀咕了一句。

乌有自然答不出,但他猜测这背后肯定有隐情,估计二十年前便已存在某些隐情,而且仅凭神父和结城目前为止的讲述无法猜到。

乌有不禁觉得,过去了二十年,如今那浑浊沙哑的铃铛声就是触发那段隐情的一个先兆。

3

用完午餐,乌有来到中院的展望台眺望大海。大理石展望台四周围着齐腰高的围栏,围栏不是栅栏状的,而是一圈矮墙,墙上开了一排水滴形状的孔。地面上铺着正方形的灰色大理石。与墓碑那边不同,这里经常有人打理,干净整洁,也没太褪色。

贴着围墙往下望是陡峭的断崖,高有十几米,汹涌的海浪击打着下方的石滩,发出轰隆隆的声响。和音就是从这里坠落的。为什么?难道只是个意外?

乌有用力探出身。只见海浪猛烈地拍到岩石上,顷刻间被击得粉碎,化作白色泡沫四处飞散。看到这一幕,乌有有些站不住了,整个身体都在颤抖。就这么掉下去的话,可能会被吞进漩涡,再也浮不出海面吧。围墙到海面相距约二十米,那感觉就像从京都塔的展望室俯瞰本愿寺,眼前阵阵发黑。的确,围墙刚刚齐腰,一个站不稳就很容易掉下去。

湛蓝的天空中不知何时出现了云层。到了下午，海风开始有凉意。莫非和音坠落时恰逢暴风骤雨，还是万里无云、碧空如洗？今天的云形状怪异，完全遮住了地平线。乌有一边盯着不断移动的云朵，一边思考着这个问题。两种可能都有，但也许都不是。

围墙里面，面向中院与和音馆的一侧是带有屋顶的圆形舞台，同样是大理石材质。舞台的直径约四米，说是舞台，其实挺小的，不适合一个剧团出动表演戏剧，可能更适合个人表演。舞台高出中院八十厘米左右，两边设有台阶。面积虽小，位置倒是比较高。四周围着四根圆柱，支撑着上面的拱形圆顶，高度不足三米。立在地基上的四根圆柱也是大理石材质，中部略粗，向上逐渐变细，乍一看会令人想到希腊式圆柱。但这四根圆柱表面刻的是螺旋状上升的沟槽，并非竖状的。而且每一根圆柱上的螺旋沟槽间隔各不相同，四根圆柱好似以不同的力度撑起圆形屋顶，不，更像是朝着圆形屋顶上方的虚空攀爬、上升。圆形屋顶呈曲度平缓的弧形，将顺着四根圆柱盘旋升起的螺旋沟槽完美地聚拢在中央。

从展望台望去，会发现和音馆整体向内凹。位于整个建筑中央、通向一楼大厅的门离舞台最远，而歪斜的两侧看起来更近。虽说有差异，但从圆形舞台到和音馆也就五十米左右，这点距离上的差异应该感觉不到。终究还是心理原因导致的吧。

展望台与和音馆之间的中院里铺着白色细沙。乌有从舞台走到院子里，弯腰抓起一把沙子，发现其品质极高，是专门用来铺设地面的，大小形状非常统一。乌有松开手指，沙子便从指缝间扑簌簌落下。乌有随即想起龙安寺庭院里的枯山水，但这里与龙安寺的庭院大小相差甚远。此外，龙安寺的白沙上放有岩石，颇具匠心，还将白沙设计出波纹的形状，而这里只是用白沙铺满了地面。

但是，这里的白沙洁白如新，没有一点脏污，肯定有人在定期清洗、更换。也许这地方只是有钱人用来消遣的，可竟然维护得这么好，还是让人不得不佩服。

和音馆也好，展望台也罢，还有这里的白沙，所有都是白色的。可挂在四楼的肖像画中的和音又是黑色的。真是不可思议。黑与白，到底哪个才是真正的和音？

这时，乌有发现位于四楼中央位置的窗户边有个人影在晃动。那人好像正站在墙边，只探出脑袋窥探这边。那人一直盯着乌有所在的位置，目光阴冷……虽然看不太清楚，但乌有确定有人正注视着自己。

是什么时候被盯上的？

长长的头发，白皙的皮肤，瘦削的肩膀。好像是个女人。但只能看到这些特征，看不清楚长相。乌有也探出头去想看个究竟，结果那个人影像被吸入房间深处一样立刻消失不见了。白色的遮光窗帘被拉上了，和墙壁融为一体。

四楼中央……为了确认位置，乌有快步穿过中院，朝和音馆跑去。那个人是谁？村泽夫人，还是真锅道代？桐璃和结城他们一起徒步去了。那是个女人，没错。乌有非常想查个究竟。

乌有从后门进了和音馆，顺着大厅里的楼梯往上走，在二楼与道代擦肩而过。她好像正在搞卫生，手里拿着一个掸子和一台插着线的吸尘器，像是在清理地毯。

"真锅女士，你刚刚是不是在四楼？"

"不在啊。"道代诧异地摇了摇头，回应有些冷淡，但不像在撒谎。

"四楼还没有打扫，怎么了？"

"没什么，我好像认错人了。抱歉！"

道代围着一条淡蓝色的围裙，可能是搞卫生时常穿的。但乌有看到的，不，一直盯着乌有看的女人穿着一件暗色的衣服，大概是黑色的。

莫非是村泽夫人？乌有转念一想，也可能是她不经意间朝窗外望了望。但他立刻否定了这一想法。虽然从发现人影到人影消失也就几秒钟，但乌有感觉有人从背后盯了自己好久。因为从几分钟前开始他就感到脊背发凉，那是被人盯着时才有的感觉。如果只看气质，那个人影很像是村泽夫人，但不像的地方也很多。更重要的是，那个人影没有村泽夫人特有的稳重。

乌有决定先爬上四楼到人影出现的房间去看看。到了四楼，和音的那幅肖像画就在正对面直直地看着乌有。早晨是和神父一起看的，但现在和音魅惑的微笑只抛向了乌有一个人。画像虽然和真人差不多大小，但双脚并未踩着地面，视线因此高出乌有许多，这使得画中的和音像个女王一样俯视着自己。乌有有点心慌，尽量不与和音目光交汇，低着头从画前走过。明知自己不会像水镜他们那样被和音俘获，却还是情不自禁地害怕。

走过那幅画之后，乌有再次感觉脊背发凉，酷似刚刚在圆形舞台上时的感觉。莫非是这幅画在盯着自己？乌有突然转头，慌慌张张地再次打量这幅画。但画中的和音只是在画布上涂了几层颜料的油画而已。毕竟是二十年前的画了，颜料已经变硬，而且开始褪色……

乌有自嘲似的笑了，笑自己的胆怯。他接着寻找那间房。记得是在大厅的正上方，四楼的正中间。那也就是和音这幅画的后面。可是，画的周围看不到门。

难道房间消失了？

乌有在画像前沉思了片刻，突然发现金色画框的边缘处巧妙地隐藏着一个轨道，乌有计上心来。虽然很离奇，但他决定试一试。他站在画像的一侧，用手扒住两米高的画框，用力将画框推向了左侧。画像轻巧地滑向左边，大约滑动了一米，后面出现了一扇白色的门，与其他房间的门形状一样。

"原来在这儿。"

乌有忍不住环视四周，两次、三次，小心翼翼。歪斜严重的走廊里没有人，出奇地安静。除了那幅已经滑向左侧的和音画像之外，没人看得到乌有在做什么。灯光刚好又很暗。

为什么在这里呢？

这扇房门装在凹进墙壁几厘米的地方，上面钉着金色的门牌，是每间房都有的那种。

名牌上清晰地刻着"和音"二字的罗马字母。果然是和音的房间。那么，从这间房的窗口望出去的是……乌有紧张起来，不止手，连五官都要发抖了。他做了几次深呼吸，然后敲了一下门，无人回应。再敲一次，依然没有回应。随即他转动半旧的金色圆形把手，可是只能听到咔嚓咔嚓的金属声，向左向右都拧不动。

"原来锁上了……"

虽然在意料之中，可事到如今……难道那个女人还藏在里面？

面对无声无息的房门，乌有开始思索接下来该怎么办。

"如月君！"

背后传来水镜的叫声。乌有专心开门，没有注意到轮椅转动的声音。水镜眉头紧皱，一脸不悦，语气生硬地问："怎么了，你怎么会在这里？"

"没、没什么。"

将和音的画像推到了一边，又站在原本隐藏起来的房门前……此时绝不能对水镜敷衍了事或置之不理，那样就太不讲道理了。乌有决定实话实说，好让水镜明白自己之所以这么做，并非单纯出于好奇心，也有昨晚的原因。

"……你是说有个人影从这个房间偷窥你？"

水镜惊讶地望向房门。他的双手搭在轮椅的扶手上，脖子向前伸着。

"是的。是个女人。"

乌有期待水镜能给些反应，但从水镜的脸上看不到任何变化。也可能是胡须遮住了半张脸的缘故吧，所以看不清楚表情的变化。这个年龄是乌有两倍的男人，怎么可能轻易让人读懂自己的内心？

"所以你就找到了这扇门。"

"是的。就是这间房。"

乌有又低声加了一句"我觉得"，语气很坚定。

"这个房间为什么是这样的？"乌有战战兢兢地问。

想不到水镜回答得很干脆。

"这里啊……这里曾是和音住的房间。二十年前，和音在这个房间里生活过，现在没人用，所以一直锁着。"

盯着刷成白色的房门，乌有心想，这间房曾是他们几个人的圣地吧。在这扇毫不起眼的门里面，住着一个几乎能够左右他们人生、具备超能力的神，一个名叫"真宫和音"的神。

的确，他们是因和音的二十周年忌日才又聚到这里的，但和音就该如此深地介入他们的生活吗？对乌有和桐璃而言，和音仅仅是个毫不相关的人。

"锁上后就一直这样吗？"

"嗯，是的。自那天锁上后，就再也没有打开过。"

封印……乌有的脑海里突然浮现出这个词。二十年间没打开过一次，一直保留着原来的样子。结城说把墓碑烧了，现在发现房间同时也被封了，可封印住的门前为什么挂着和音的画像呢？

莫非刚才是错觉？不，乌有现在也确信就是这个房间，也确实有个人影盯着自己。

"你问过其他人对吧？询问和音为什么死了？"

"是、是的。"

"嗯。令人伤心的往事。因为那次事故，我们的生活被完全摧毁。现在想来可能无所谓，但当时我们简直比玻璃工艺品还要脆弱。"

水镜的语气越来越沉重，说话时一直盯着金色的名牌，好似在回忆和音昔日的容颜。残留着烧伤痕迹的右手也在轻微地颤抖。

"那从窗口向外看的女人是？"

"我也不知道，但肯定不是这个房间。因为这间房谁也进不去。"

"可是……"

"我这么说你还不信？肯定是你看错了。"

水镜的语气一下子强硬起来，乌有吓得后退一步。只见水镜表情未变，声音却透露出不容置疑的威严。乌有感觉自己一时得意忘形，冒犯了主人。他连忙道歉，并将油画复位。那扇门再次被和音的肖像画遮盖。水镜微笑着往回转动轮椅，很快消失在电梯所在的东侧走廊里。四周恢复了安静，只能听到轮椅发动机的轻微声响。

乌有只能呆呆地目送水镜离开。他意识到自己冒犯了水镜，同时发现自己不知何时产生了不亚于桐璃的好奇心，而且付诸了行动。这让一直奉行"事不关己，高高挂起"的乌有感到愕然，且羞愧。

4

"听歌吗？"

"那不如听德国的文艺歌曲。韦贝恩或勋伯格的……"

村泽悠闲地坐在客厅里回答，似乎回忆起了什么。

"勋伯格？他有点特别呢。"

乌有知道勋伯格、韦贝恩，都是所谓"表现主义"乐派的作曲家，不过一下子想不起来他们的代表作品都有什么。别说歌曲，乌有连他们的音乐都没怎么听过。在乌有的印象里，他们的乐曲就像胡乱吹奏橡胶喇叭一样难听。

"偶尔也会听听莫扎特。乐曲中水平旋律和垂直和声的对比，以及多个旋律的对位法的统合，比较符合我们的理念。"村泽说道。

"理念？"

"啊，也没什么。"

村泽笑着敷衍了一句，喝了一口刚刚煮好的咖啡。

"和音站在那个舞台上。"村泽指了指窗外的圆形舞台。也许是天阴了下来的缘故，舞台显得有些落寞。

"和音的声音属于抒情女高音，歌唱过程中会突然加速升调。开始时是 C 调，转眼就成了升高两个八度的 C 调。吟唱更游刃有余了，好像喉咙里装着一个变调机似的。"

村泽伸出骨节凸起的手,在喉咙处上下比画,试图唱出自己曾听到过的动人歌声,发出的声音却干燥刺耳,可他唱得异常投入。乌有对古典乐了解不多,村泽说的话很多地方他都听不懂,比如"吟唱"这样的专业术语。请教之后才明白,大概是歌唱过程中尽情展现声音,不受音阶约束的意思。即便如此,依然似懂非懂。乌有心想,参考那幅肖像画去理解的话,应该就是那种充满魅惑与妩媚的声音。只是用抒情女高音形容,给人的感觉是可爱,可那幅画中的和音给人的印象与可爱大相径庭。

"我小时候在合唱团唱男高音,声音非常洪亮。"

"您唱男高音?"

真没想到。虽然现在音质也不错,可还是很难想象眼前这个四十多岁的男人小时候唱过男高音。

"是的。初二变声了,后来声音就不行了。勉强唱高音时一下子损坏了声带……这些事情,不提也罢了。"

村泽脸上流露出一种难以形容的神色,有些害羞,又有些遗憾。

"和音通常是周三和周日下午在那里唱歌,每次不到一个小时。对我们来说,那是最美好的时光。"

"是的。"村泽夫人附和道。

煮完咖啡后,她一直安静地坐在村泽旁边。她身穿一条灰蓝色的连衣裙,这让她看上去愈加忧郁了。

乌有端起咖啡喝了一口,再次将视线投向舞台,也就是和音坠海处。村泽可能以为乌有不知道这事,平静地继续往下说,乌有也不敢多问什么。

"和音就在那个露台上轻歌曼舞。"

"还跳舞?"

"对。随着歌曲的旋律优雅婀娜地舞动，使人仿佛看到了歌曲本身。我们从未见过和音那种舞姿，坐在摆在中院的椅子上听得入迷。她纤细的身躯竟然能迸发出如此具有穿透力的声音，真是神奇！勋伯格的十三号抒情曲被她演绎得精彩绝伦，那种寂寞清冷之感让听者感同身受。"

村泽外表冷漠，说起当年却满怀激情。在他的描述中，和音背对着日本海，轻歌曼舞，时而热烈时而梦幻，大家在湛蓝的天空下沐浴着明媚的阳光，听得如痴如醉。午后的音乐会就是他们放松的一刻，是不可替代的瞬间。可是，为什么不是舒伯特或莫扎特，而是勋伯格和韦伯恩呢？

"那声音、那舞姿，二十年来，我从未忘记。"

村泽缓缓闭上了眼睛，似乎沉浸在了回忆中，也许他正在记忆中回放和音的歌声吧。他的双手微微颤抖，仿佛又听到了和音的歌声并再次被感动了。他沉醉在那歌声中，给人感觉马上就会流出眼泪。

不过村泽夫人的表现略有不同。她几乎面无表情，涂了红色指甲油的十指交叉在一起，漠然望着对面的圆形舞台和大海，不仅看不出任何情感波动，反倒感觉在拼命压抑什么。可以理解，二十年前，尚美告别了那个崇拜和音的自己，选择与村泽共度人生，但挚爱的伴侣至今都陷在对和音的回忆中无法自拔。也许是不甘与嫉妒让她只能以冷漠应对此事吧。男女有别的说法固然太过笼统，但村泽有多怀念和音，尚美就有多郁闷吧。注意到乌有的视线后，尚美不露声色地低下了头。

"电影里也有和音唱歌的场景吗？"

"电影？你是说《春与秋的奏鸣曲》？"

没有没有，村泽用力地摇头否定。

"那不是一回事，性质截然不同。"

"《春与秋的奏鸣曲》讲了一个什么样的故事？实不相瞒，我还没看过这部电影。"

"还没看过？"

村泽有些惊讶地望着乌有。

"是的。"乌有老实回答，仿佛被对方看穿了准备不足、态度不认真似的，这让乌有特别难为情。

"怎么说呢……"

村泽困惑地看向夫人。

"是啊。这部电影很难用语言说清楚。可能得亲自看一下才行呢。"

村泽夫人冷淡地回答。感觉她越来越冷漠了。

"听说忌日那天会放这部电影，不过，能提前说一下大致内容吗？"

"大致内容……其实不知道电影内容也没关系。吸引我们的不是电影，而是和音本人。"

他竟然说没关系。村泽不想亲口讲述电影的内容，这点连不擅察言观色的乌有都清楚地觉察到了。在乌有看来，比起电影，他似乎对和音的歌声更着迷。比起外表，他似乎更在意听觉方面的刺激。也不对，他似乎对外表一点不感兴趣。他比结城看起来知性，但也不像个唯心论的人。比较起来，倒还是神父这个彻底的唯心论者对电影的赞美毫不吝惜。

"那村泽先生您是来到岛上之后才被和音的声音所吸引的，对吗？"

"歌唱方面是这样的。我仿佛发现了新大陆，感觉她的歌声有着无与伦比、摄人心魄的魅力。"

看来村泽刚上岛时还未被和音的歌声所俘获。

"那您为什么来这个岛呢?"

"为什么呢?……一言难尽啊!"

感觉他原本热切的声音顿时冷却了下来,变成了商人谈生意时特有的音质,机械而生硬。与此同时,对过去充满回忆的眼神也消失不见,恢复了商人特有的狡猾与市侩。

"可能是遇到和音,知道要拍摄那部电影时,才发觉自己为什么来这个岛上的吧。"

他回答得含混不清。即便有什么隐情,也不好再接着问下去了,乌有决定就此打住。但是,为什么没有在电影里插入和音独唱的画面呢?是与电影情节不符吗?如果是这样,那为何要拍这部电影?若要宣传和音的魅力,她那令专业歌者汗颜的唱功不正是一大卖点吗?

难道……电影才是重点,而歌声并不能反映和音的本质?不管如何猜想,只要没看到电影,就无法得出结论。可是,看到电影就会找到答案吗?

回过神时,乌有才发现窗外下起了雨,雨滴敲打在玻璃窗上。灰色的云朵不知何时变成了乌云。正在登山的桐璃他们没事吧?乌有开始担心起来。

"下雨了啊?"村泽语气沉重地咕哝了一句,声音似乎有些悲观厌世。乌有随即将视线转向了村泽夫人。

"夫人,您是被和音的什么地方吸引了呢?"

"我?"

夫人愕然地抬头看向乌有。她的眼神比村泽更加冰冷,仿佛从喜马拉雅大本营吹过的暴风雪。但她立刻调整了眼神,用与她秀丽容颜相符的声音轻轻说道:"是呢……和音,和音是个非常了不起的女性。"

乌有注意到他们说起真宫和音时都不用敬称,而是直接叫"和音"。和音在这里就是女神般的存在,称呼她时即便不用太高级的敬称,如"阁下"之类的,也不能连个"桑"都不加吧。说起来也是,房间的门牌上,其他人写的都是姓氏,如"村泽",但和音的门牌上写的却是名字——"和音"。可能一直都是如此吧,他们习惯了这么称呼和音。村泽与结城谈话时乌有并未觉得别扭,但作为女性的尚美也这么称呼,他突然感觉不太正常。

然而,乌有并未问起这个。

"可能大家都这么说。我所欠缺的东西,在她身上有着完美的体现。她那么完美,在她面前,我感觉自己有很多不足和问题,这甚至令我烦恼。"

村泽急忙看向夫人。他的表情有些不安,似乎想说尚美的话不太妥当。乌有小心谨慎地继续问道:"问题?"

犹豫片刻后,尚美看向丈夫,眼神带着些许挑衅。至少乌有看来如此。

"简单说来,就是不信任一切。"

"不信任一切?"

"是的。就是那种什么都不相信,想逃离一切的感觉。"

"……原来如此。"

尚美的表情中虽有一丝阴翳,说出的话却极具说服力。十分神奇。

"那时,出现了一个能让我完全信任并依赖的人,那个人就是和音。我就是这么被吸引的。"

"也就是说,是被和音的超自然魅力吸引住的。"

尚美静静地点点头,好像遭遇了不幸似的。

每个人都被和音的超自然魅力所征服，但那到底是怎样的一种超凡脱俗的魅力呢？乌有试图整理思绪，却愈加混乱。和音究竟是个怎样的少女呢？

据他们所言，和音是一位出色的演员、伟大的女性，即所谓的"超自然女神"，但当年影评杂志对她的评价也仅仅是"一个有亮点的新人"。当然，影评家的评价未必就是真知灼见，但与这几个人对她的评价相比，差距着实太大。确实，常有些不入流的电影受到吹捧，可竟然没有一人注意到和音那光彩夺目的超自然魅力，这实在有些说不过去。

尽管如此，还是有五个人对和音给予了至高的肯定，并放弃现有生活追随她来到这里，为她奉上了自己的青春。

"也就是说，在遇到和音之后，您找回了内心的安宁，对吧？"

"也可以这么说。能够让自己平静下来了。"

乌有对那句"也可以这么说"有点在意。

"那么，您说的'不信任一切'是怎么回事呢？"

刚问出口，乌有就发现这个问题失了分寸。不出所料，村泽在一旁提出了异议。

"我觉得这个问题涉及个人隐私。"

"对不起，我不是这个意思。"

乌有立刻致歉。与此同时，乌有察觉到村泽夫人曾有过一段不愿被触及的过去——而这与夫人的忧郁气质非常相符。

但是，乌有又觉得就算有一段两段不堪回首的往事又能怎样？人不就是由那些不愿被提及的、无法向人倾诉的过去构成的吗？

"还可以继续提问吗？"

在请示了村泽之后，乌有决定问些客观性的问题。

"你们在这里的日常生活怎么样?"

"日常生活?嗯……既快乐,也不快乐。"

村泽的回答模棱两可。

"比如,到自己仰慕已久的寺院去修行就会很快乐吗?无法立刻答上来对吧?感觉有点像这个。"

他用了修行这个特别的比喻,而且是到寺院的修行。两者都与"天堂、乐园"无关。

"您是说你们在这里过着清教徒般的生活吗?"

"不……也不是这个意思。"

难以想象他们会在这里度过苦行僧般的日常生活。如果真是这样,那就与神父和结城说的完全不同了。

"是缘分让我们聚到了一起。我们都是被和音吸引而来的,但这并不意味着每天都能和睦相处、流连忘返。毕竟每个人都有忘不掉的过去。为了将之前的痕迹全部抹去,我们就聚到一个地方一起吃住、一起生活。"

"您是说,这一切都是暂时的?"

"从本质上说是的,事实也的确如此。"

对此,乌有不知该如何回应。即便和音不死,他们迟早也会散吗?抑或是因为和音的死,他们才不得已各奔东西了?可以想象,对于他们每个人来说,和音有着不同的意义。而且,他们也不介意各自对和音的认识不同,也可能只是不强调这种不同罢了,因为这才是大众偶像的存在意义啊。

"还有其他什么事吗?"

"因为有大把时间,所以大家各有各的事。我倒没有特别做什么,不过,像小柳,也就是帕特里克神父,他当时喜欢画画。"

"画画?"

乌有好奇地问了一句。神父说和音喜欢画画,却没说自己也喜欢。难道是不想提起自己的过去?

"他几乎什么都画,风景画、静物画、抽象画……啊,对了对了,他有次还给和音画了一幅肖像画呢。可能是从四楼挂的那幅画上得到的灵感吧,不过跟武藤因为这幅画闹得很不愉快。"

"您是说?"

"武藤说画里的人不是和音……"

"没必要连这个都说吧。"

夫人在一旁插嘴制止。这句话再次引起了乌有的注意。不过村泽不以为然,他瞟了一眼尚美,仿佛在说"这有什么",继续说了下去。

"然后大家为此讨论了一周。"

"讨论?"

"围绕着'画中人到底是不是和音?'这个话题。"

乌有一下没听明白,村泽像在补充说明似的继续说道:"我们不能把'伪和音'留下来。"

"伪和音?怎么回事?"

"因为真实往往容易被扭曲。多年以后,可能有人认为小柳画的和音才是真正的和音。我们无法容忍自己追随的偶像以那种不真实的形象流传下去,我们认为错误的东西就必须被处理掉。这种行为听起来可能很幼稚,不过当时我们也的确年轻。"

村泽用了"追随"一词,他们到底在追随什么?难道另有深意,还是仅指字面意思?乌有深感疑惑,但也并非不懂他们当时的心情。正如立在上野公园里的西乡隆盛雕像,据说并不是西乡隆盛的真实样貌,但很多人都深信那就是"西乡"本人。雕像与本人一点不像,对于熟知西乡的人来说真是一种悲哀。

"小柳的画真的不像和音本人吗？"

"小柳还是有些素描功底的，也不能说不像。只是没有全面展现出和音的风貌。"

也就是说，神父画的和音只是神父眼中的和音。从与他们的谈话中可以清楚地获知，和音的性格比较复杂，从某种意义上说是多样化的。也是，但凡是人画的，就无法避免个人观点。这点很无奈。不过话说回来，堵着和音房间的那幅肖像画为何如此传神地画出了和音的风貌呢？

"如今挂在四楼的那幅画是谁画的？"

"是武藤。"村泽语气沉重地回答。

武藤……这个名字又出现了。他为和音拍摄电影，创作小说，甚至还画画。为和音殉情而死的武藤，等待和音复活的水镜，和音岛仿佛被这两人所掌控。表面上的支配者是水镜，背后的支配者是武藤，而武藤可能完全捕捉到了和音的神韵。不管那是不是真实的和音。或许是他以优秀导演的身份塑造出了"和音"。

但是，乌有随即否定了这个想法。如果只是活在银幕上的偶像倒也罢了，可他们在这个岛上与真实的和音共度了一年时光啊。假如在这种情况下都没有产生任何摩擦与矛盾，那就证明不是武藤塑造了"和音"，而是武藤最了解和音这个人。

"那么，那幅画画的是和音吗？"

"我觉得那就是和音。恐怕尚美和结城也这么想吧。"

"是的。"村泽夫人点头回应。

"那电影中的和音呢？"

"电影中的和音也是真实的和音。"

如果都是武藤的作品，风格一致也没什么好奇怪的。

"……神父的画后来怎样了？"

"被丢掉了。"

村泽回答，语气干脆得让人有点害怕。乌有感觉好像刚刚听过类似的话。思考片刻后，想起曾在墓碑处听到过。结城说，他们毫不犹豫地烧掉了和音的墓碑。

"神父应该很难过吧。"

"可能，不过他最终也接受了。你也有过类似的经历吧？想把令自己感动的东西据为己有，然后再按照自己的想法呈现出来。"

"……有过。"

乌有很干脆地点了点头。从某种意义上来说，记者会在报道中相对客观地融入自己的个人感情。不同于准确传达事实的新闻，尤其是采访报道，记者的个人感情色彩更为浓厚。刚得到这份中意的工作任务时乌有非常高兴，他以为可以按照自己的想法进行采访。然而，正如村泽指出的那样，作为记者，乌有尚有不成熟之处。

"村泽先生您当时做了些什么呢？"

"实在惭愧，我没有什么艺术方面的才能，只是说了些赞美的话。"

他摘下眼镜，擦了擦上面的污渍。

"所以现在只能做些转卖他人商品的工作，这也是因为我没有创造性的才能吧。"

听上去像在自嘲，脸上却不见一丝懊恼，反倒让人感觉他对自己处于赞美者的立场感到颇为自豪。

"尚美女士当时负责什么呢？"

"我？我当时就是做些家务事。"

回答得很模糊。村泽夫人始终让人搞不明白。

乌有想到一个一直想问的问题。

"对了，食物是怎么运到岛上来的？"

"主要是我和武藤负责，每周坐船去本州岛采购一次。"

村泽将杯子中的咖啡一口喝光。

"你们会开快艇吗？"

"会一点。时间过去了那么久，说实话也没关系了。其实我没有执照，只有武藤有快艇的驾驶执照。"

又是武藤……

"再来一杯吗？"

尚美说着站了起来，麻利地将三个空杯放到盘中，端着去了厨房。不过在乌有看来，她只是想尽快离开座位。

目送尚美离开之后，村泽看向乌有。

"那天也下着雨。"

村泽望着越来越大的雨滴，冷不防地嘟囔了一句。

"那天？你是说和音去世的那天？"

村泽没有回答，只是眼神迷离地望着玻璃窗外，似乎不想提及那段往事。

没办法，乌有只能坐等夫人端来咖啡。不过，他本来也想在这紧张的气氛中喘口气。

不知为何，这次采访总让人感觉窒息。

5

桐璃他们几个在山上被淋成了落汤鸡，回到和音馆时，乌有正在慢慢品尝夫人沏的第二杯咖啡。桐璃径直走进了客厅，身上的运动服还滴着水,好像一早就知道乌有在这里似的。她微微鼓起被雨水打湿的脸颊,说道:"好大的雨!突然就下了起来。海边的天气真是说变就变。好累,累死我了!"

桐璃大口喘着粗气,看来是淋雨后慌慌张张下了山。乌有微笑着说了句"真可惜",朝桐璃的脚下看去,水珠正扑簌扑簌地滴在地毯上,她的右脚脚边早已形成一个琵琶湖状的小水洼。

"快去换衣服吧!"乌有站起身,语气严肃地说道,接着推了推桐璃的肩膀,"换衣服前洗个澡,穿着湿衣服会感冒的。等下我端杯热咖啡给你。"

"我不喜欢喝咖啡,又苦又不健康。"

桐璃没看清此时的状况,乌有有点不耐烦地说:"知道了,等下给你端一杯可可上去。"

"真的?那我现在就去换衣服。"

桐璃正要离开时,结城穿着淋湿的卡其色连帽卫衣跑了过来。他一直站在门口,脸色苍白得好像遇到了鬼,然后声嘶力竭地喊了一声"画!",一只手扶着墙,双眼睁得很大,头发也乱糟糟的。站在一旁的桐璃被吓得三步并作两步地逃开了。

"画?画怎么了?"村泽好像意识到事态的不同寻常,立刻紧张地问。

"画……"结城磕磕巴巴,声音嘶哑,声带像被刀划了似的。村泽夫人神情紧张,拿着一条干毛巾走近他,结城制止道:"别过来!"

"快来看!画麻烦了。"

"画麻烦了?"村泽从椅子上弹了起来,随即向结城跑去,接着又喊了一声"四楼吧"。

"嗯。对。小柳应该在。"

村泽不等结城说完便飞出了大厅。

"你等等！"

夫人也追出了大厅。

"怎么了？怎么了？到底发生了什么事？"

乌有将夫人留下的毛巾盖在桐璃淋湿的头发上，说了句"走，一起去看看"。

到底发生了什么事？从结城那副狼狈相来看，不像是瞎咋呼。他说的"画"应该指的是挂在四楼的那幅和音的肖像画。莫非那幅画被盗了？

不管怎样，肯定发生麻烦事了。乌有一边与桐璃爬着楼梯，一边轻轻咂舌，看来这次的采访不会顺利啊！

和音的肖像画没有被盗。爬上四楼后，他们发现画依然好好地挂在那扇隐蔽的房门上。对，就是那幅刚刚看过的神奇的画。然而，当乌有站在村泽夫妇的背后，看到和音冷艳的脸庞在昏暗的灯光下从画像中凸显出来时，他不由得倒吸了一口冷气。

"这……不会吧？"

背后传来桐璃的尖叫声。也许是受了这叫声的刺激，尚美发出一声悲鸣，随即像贫血患者似的倒向丈夫肩头。

"怎么回事……"

村泽咕哝一声后，用左手撑着妻子陷入了沉默。可能同结城一样，他也说不出话来了。

画的旁边站着刚刚爬山回来的神父，全身湿透。只见他一边不停地在胸前画十字，一边反复嘟囔着"糟了、糟了"。

大家像极了名画《哀悼基督》中哀叹耶稣之死的信徒。如同众多画家在这类宗教画中所表达的主题一样，他们在和音的肖像画前流露出的神情各不相同。

画中的和音与桐璃极其相似。这幅脸庞稍稍向右、给人冷艳之感的肖像画的确没有被盗,但眼前的事态比被盗更为严重。假若被盗,还有可能追回,可这幅画整个被毁掉了。和音的脸上被人用刀划了一个又大又深的叉号。那个曾令乌有感觉魅惑冷艳的面孔,被人以左眼为中心,朝相框的四个角割裂开来。那幅寄托着结城、神父、村泽等所有人念想的肖像画被彻底毁了,如今只是一块被撕裂的破布而已。二十年来寄居在画中的圣灵已然消失,眼前只剩下一幅用油彩画成的半立体式平面图案,仿佛堕落成了通俗艺术,颇有讽刺意味。

"毁灭偶像"……乌有脑海里突然闪出这么一个词。和音的肖像被毁,彻底被毁,毫无修复的余地……

"是谁干的?"

村泽和神父不约而同地问道,仿佛看到了无法相信、也不愿相信的东西。

"这是谁的画?"桐璃在乌有耳边轻声问。

"真宫和音的。"

刀子分别从左上方划下和从右上方划下,两次下刀都干脆利落,不见一丝犹豫。如此干净利索地从对角斜着划下并非易事,尤其是从左上划下的第二刀难度更大。这个人下刀之决绝让人感到他(她)对和音的恨意之深。

"这是……"

桐璃目不转睛地盯着这幅画。她似乎并未发现画中人与昨晚的自己相似,不,是酷似。画布的张力使四个切口都卷了起来,画中的和音彻底失去曾经的美貌。看着这张被破坏的面庞,桐璃自然察觉不到自己与画中人的相似。即便是乌有,假如现在是第一次看到这幅画，也丝毫感觉不到两者的相像。

也许是结城通知了水镜。电梯门开了，只见水镜坐着轮椅出现在东边的走廊上。"是谁把和音……"话没说完，他就停住了。他的双肩随即开始颤抖，接着低下头一动不动。"是谁？"他又喊了一声。乌有发现，对这个富豪而言，画被毁坏意味着神被邪恶的人杀死了，而不单单是"神死了"那么简单。

但是，乌有率先清醒过来，开始冷静地观察整个事态。

究竟是谁毁了这幅画？谁是那个邪恶的人？

简单想来，应该是住在和音馆里的人。主人、客人、仆人……其中最有可能的就是客人。因为事情发生在客人来到岛上之后。如果是主人或仆人的话，那二十年来有的是机会，不用单挑今天干这事。客人中，至少有一位对和音没有爱慕，只有憎恨。

客人中有一个犹大，就是出卖耶稣的那个犹大。

但是，这么做的用意何在呢？都已经过去二十年了，竟然还……

等回过神来，乌有发现雨声已越来越大，传到了走廊。雨水猛烈地拍打着大厅顶上的采光窗。

"到底是谁干的？"

结城在水镜身后大喊一声，对在场的所有人投去了憎恨的目光。不止结城，其他人相互注视的眼神里也都充满了怀疑与疑惑，像极了《最后的晚餐》那幅画中听完耶稣讲话后众信徒的表情。

乌有牵起桐璃的手，静静地离开了。作为局外人，他觉得没必要留在这里，也不想充当旁观者。好奇心、凑热闹，说起来都算是低级趣味。

内讧的征兆逐渐显现，沉睡二十年的可怕情感以"毁画"这种形式开始爆发，自己和桐璃也有可能卷入其中，尤其是桐璃……

乌有第一次想逃离这个岛，他开始后悔自己漫不经心地来到了和音岛。

*

回到房间后，乌有窝进沙发思考接下来的打算。因为这起突发的偶然事件，现在根本不方便继续采访。

自己和桐璃离开后，他们怎样了？时间已经过去三十分钟，说不定他们还站在原地，不知不觉成了画的一部分……不管怎样，偶像被毁，应该让他们受到了严重的刺激。这让乌有不能不担心。但既然无法写成报道，乌有就不想积极地干预。现在，乌有唯一关心的就是能否在十二日如期离开这个岛。事情的发展真是太离奇了。

总之，今天的采访不得不搁置了。尤其是中午在那间紧锁的房门前冒犯了水镜，乌有计划推迟原本预定今天对水镜的采访。他拿出卡带和笔记本，像昨天一样又听了一次录音。卡带中传出乌有的提问、海浪的声音和结城的回答。这是昨天在海滩上录的。乌有翻着笔记，回忆着对话中的微妙之处，然后记在了笔记本上。结城说的、村泽说的、神父说的，以及关于和音的一些事，所有这些，在某些地方似乎有着相通之处。

"满血复活！"

"是桐璃吗？"

乌有冷淡地问了一句，没往门口看一眼。桐璃洗完澡、换了衣服来到乌有的房间，她的双颊红得更厉害了，就像个蜡偶人一样。

"乌有还在工作？好可怜！别太累了！"

"徒步怎么样？"

"没意思。"

乌有关掉录音机，开始整理笔记。桐璃坐到床上，直接躺了下去。

"好累啊！双腿像灌了铅似的。"

虽说大白天总在街上和河边溜达，可还是运动量不够。体脂指数尽管刚过十八，但一直坚持节食。这样一来，徒步就成了一个相当消耗体力的运动。

"已经爬到了山顶，但很快下起了雨，我们就赶紧下来了。可能是这个原因吧。"

她的声音也略显疲惫。乌有站起身看向桐璃。

"你看起来精力旺盛啊！"

"哈哈哈，哪里精力旺盛了？"

"那里啊。"

桐璃俏皮地吐了吐舌头，胡乱晃动了一下纤细的脚踝。

"我拍了几张照片回来。"

"相机没搞坏吧？"

"没弄丢，但被雨淋湿了，还在房间里放着。"

"拍照时手没抖吧？也没有不小心触碰到哪里搞到曝光过度吧？或者忘记卷胶卷搞到拍重叠吧？"

"你怎么这么说话呢？请相信我的技术，我可是身经百战的摄影助理。"

"是吗？"

乌有不信任地望着桐璃。

"上次在二条城，你拍的照片都黑乎乎的。"

"那是因为相机一开始就坏了呀。乌有你没有事先检查,所以都怪你。"

看到桐璃有些当真了,乌有轻松地耸耸肩膀说:"是,你说的对。山上的景色怎么样?"

"山?很高。不过只能看到海。"

因为球面地平线的关系,这个岛上爬到三百米的高处还看不到日本本州岛。日本国土狭窄,可见这一常识性的套话意思并不准确。应该说日本很大,只是世界比日本大得多得多。

"往北看也是如此哦。我本来以为可以看到韩国呢。"

"当然看不到啦。"

乌有随口应了一句,却不知道桐璃是真这么想还是随口说说。乌有经常将桐璃认真说的话当成玩笑话,每逢那时桐璃就会生气地瞪他,之后好一会儿不开心。而此时,桐璃伸着脖子——脖子又细又长,扭成了三节棍的模样——笑得眼睛眯成了一条缝。搞不明白她是认真的还是在说笑。

桐璃一边将枕头往上抛,一边说:"不过,挺好玩的。这个岛浮在海上,就像一只小碗浮在一个装满了水的大盆里。而且是个特别小的碗。海上真的什么都看不到。"

一只小碗,好恰当的比喻,乌有很赞同,同时也不由得感慨,在大海面前,人就像弱小的一寸法师①。

"这个岛的后方什么样?"

"只有大片的森林,一直延伸到海边,再往前像是悬崖。不知道是些什么树,郁郁苍苍。"

"如果从山顶能望向四周,那就没长树对吧?"

---

① 日本童话中一个个子矮小的人物。

"哪里？"

"山顶呀。"

"好像是。山顶光秃秃，地面露出些岩石，地势好像有点凹陷。"

从下往上看，完全看不出山顶没树。没想到山体林木葱郁，山顶竟是草木萧疏。不过，如果因为是观光地，人为地砍掉了山顶的树，那也算情有可原。不过一般来说，过高的山，顶上很难生长树木。

"而且我们很快就下山了，真想再多待一会儿。"

"真遗憾！肯定是平时做太多坏事了。天网恢恢疏而不漏啊，要是每天都老老实实去上学就不会这样了。"

桐璃气得把枕头丢了过来。

"我可没心情听你说风凉话，快说正事，不然别安排我写报道啊！"

"正事？不是发生了好多吗？你真是闲操心。"

"哎呀，生气了？是没有搜集到什么材料吧？"

乌有不耐烦地摆了摆手，叹了口气。桐璃盘腿坐在床上，意犹未尽地接着说："爬山的时候才知道，结城先生是个很有魅力的中年美男，着装很有品位，人也不错。"

"你喜欢比自己年长的男人？"

"对啊，"桐璃坦率地点点头，"所以我也喜欢你呀。"

"别把我跟那些大叔混为一谈。"

结城四十多岁，比乌有大了一倍，竟然跟他被硬扯到一起，这让乌有很生气。

"乌有你很显老哟。"

"人二十岁之后都这样。"

话虽这么说，但其实乌有也知道自己长得老成。这对历经生活磨砺的乌有来说也很无奈。从心理年龄上来看，自己应该已经年过四十了吧，而这一切都是从十一岁时开始的。

"是吗？我在电游城一起打工的元基哥哥跟你一样大，可打扮、说话，还有想法，都比你年轻好多。"

"不好意思，我就这样。"

"又来了，一说就生气。"桐璃小声嘟囔着，"不过，没想到结城先生是个很痴情的人呢。"

"怎么这么说？"

桐璃将身体凑过来，压低声音说："结城跟神父说过。结城以前和村泽同时追过那个大婶呢。"

"你是说尚美？"

"对。就是那个蛇妖。结城输给了村泽，但至今念念不忘。"

"现在？过了二十年还……"

桐璃老老实实地点点头，她说真话时经常这样，看来不是撒谎或开玩笑。不过乌有还是不敢马上相信。

"难以置信吧？可这是真的。虽然我不知道具体情况。"

"你怎么知道的？"

乌有无法想象神父会专门对一个外人说这个。

"我跟神父聊天了呀。他说了好多，说什么结城至今不能释怀啥的。这种人，肯定把高中女生当小孩，对我不太警惕呗。"

桐璃得意地挺胸抬头，好像要一雪前耻似的。这可能是对神父结城两人态度不够友好的报复。不过乌有暗暗发誓，今后一定要加倍小心。

"可我觉得结城更帅一些。"

"人各不相同，说不定二十年前村泽更帅呢。"

桐璃虽然认可这种说法，但乌有没有资格说这种话。刚进大学时，乌有跟其他同学一样也玩玩闹闹，可在大二的春天遇到挫折后，整整一年都萎靡不振，直到现在也没有恢复过来，后来索性退了学。

"那个大婶有什么好的？"

"现在也看得出以前是个美女。虽然气质有些忧郁，但样子端庄文静，很像个大家闺秀。男人都喜欢这种类型。"

"是吗？这不行，都太没眼光了。"

不知道桐璃凭什么这么说，但乌有决定不再反驳她，因为他不觉得自己拥有足以驳倒她的审美眼光。

"大家都被她的外表迷惑了。"

"外表很重要啊，最终，往往是第一印象起决定性作用。"

"瞎说。"

桐璃抬头望向天花板，感觉与乌有无法沟通。

"不过，到现在都还念念不忘，真是长情啊！"

"我也搞不懂，人真是各不相同。"

结城婚姻失败，或许不是因为真宫和音，而是因为尚美。假若真是这样，那这个故事的意义就完全不同了。不过乌有不打算将这点告诉桐璃。

"两个人都已年过四十，看来爱情真的难懂。"

不知桐璃悟出了什么，只见她意味深长地点着头说道。乌有噗嗤笑出了声。

"真的难懂。"

难道有什么苦恼？桐璃的表情不知何时变得有些沉重。

乌有并不意外他们之间曾发生过三角恋情，只是惊讶时至今日竟然还念念不忘。在这个闭塞的空间里，哪怕只是共同生活一年，男女之间也很容易闹出感情纠纷。虽然可悲，但这意味着即便和音不死，也无法避免共同生活的崩塌。是的，就从他们朝着不同方向行进时开始……

"那桐璃教授你认为神父是个什么样的人呢？"

"不知道。"桐璃回答得很干脆，"真的不知道，不过感觉他有点像田上老师。"

田上是桐璃学校的老师，年纪很大，据说非常爱护学生，好像因此深受学生爱戴。不过半年前，因为与女学生发生性丑闻而被迫辞职了。

"像那个老师？那就是人品不行了？"

认为神父像一个对女学生下手的老师，看来神父也是一个会动凡心的人哪。

"或者像出现在推理小说中的布朗神父？"乌有说。

两者确实都给人有点小聪明的感觉，不过之所以这么说，主要还是因为两者职业相同。

"……与布朗神父也有些不一样。"桐璃立刻纠正了乌有的说法，"不过，还是觉得他有些地方不像神父。毕竟神父啊，僧侣啊，都不是一般人啊。"

"你这么说，倒是跟我想的挺接近。"

"啊！竟然跟你想到一块儿了。真扫兴！"

或许是发自内心地感到沮丧吧，桐璃深深地低下了头。不知从何时开始，桐璃对乌有的评价低得要命。

"你说什么呢？"

"没什么，没什么，哈哈哈。"

桐璃伸出右手用力摆动，好像要蒙混过去似的岔开了话题。

"对了，刚刚提到的那个是什么？"

"刚刚哪个？"

桐璃指了指天花板，看来是说四楼那幅画。她诧异地扭头强调："我是说和音那幅画。"

桐璃似乎还没发现那幅画里的人和自己很像。

"那、那幅画二十年前就挂在那里了。"

"可是谁用刀……"

"是某个人干的吧。"

乌有又漫不经心地问了一次。"是谁干的呢？怎么都想不出……真有些可怕啊！"

"会是谁呢？"乌有漠然地再次问道。

事实上他注意到了一点，可以借此推定出行凶者。下午在四楼碰到水镜时，那幅画还完好无损，之后他立刻去一楼会客室采访了村泽夫妇。结城与神父在那之前的一个多小时已经和桐璃出门徒步登山去了，三人淋得湿透回来时，乌有还在采访村泽夫妇。而神父与结城回来之后立即就发现画被划破了。

最初贸然断定行凶者就是四位客人中的一位，现在看来他们都有所谓的不在场证明。真像有些推理小说中的桥段。那会是水镜吗？不对，不可能。乌有随即否定了这种想法。用刀划开的裂口中心是和真人一样大小的和音的眼睛，位置在乌有眼睛的上方，水镜腿脚不便，应该做不到。

那么，会是仆人夫妇中的一个吗？如此想来，就只有这个可能性了。但是他们应该与和音毫无关系啊。还是只是表面上如此？对，只是表面吧。乌有突然想起尚美曾为了沏咖啡离开过客厅一次，可至多也就五分钟，这点时间虽说足以上到四楼搞坏那幅画再下来，但感觉女人的腿脚不会这么麻利，而且她也没必要在如此短的时间内做这种事啊。

"你怎么不说话了？"

"啊，没什么。"

只有乌有注意到了这点，其他没人知道。虽然纯属碰巧，但只有乌有有机会知道这点。只要不相互询问，他们几个就不会发现。这个情况乌有不打算告诉任何人，当然也包括桐璃。

"喂，那幅画，你不觉得很像我吗？"

"……嗯，有点吧。"

乌有不由得警惕起来，桐璃的眼力果然不得了。

"那套黑色的衣服跟你昨晚穿的一模一样，所以大家那会儿都呆住了。仅此而已。"

"是吗？"

桐璃果然从昨晚开始便一直在意此事。不把话说透，难免会激起她的好奇心。何况自己也没有撒谎，他们几个确实把桐璃当成了和音。

乌有接着补充道："最好别在那几个人面前提起这件事，因为和音已经死了。"

"这么说，那套衣服也……"

"最好不要再穿了！"

乌有再次强调。如果再穿的话，他们或许不会那么惊讶了，但可能会招致更严重的后果，或者掀起更大的波澜，尤其是在今天的事情发生之后。

"喊……不过也没办法，被划坏就麻烦了。我专门带过来，竟然不能再穿了，好过分啊。"

桐璃自言自语地叹息着，一脸不满地在床上来回滚了两下。乌有可以理解她的心情。

"是挺过分的。头发会变乱的，你小心啊！"

"乱一点点有什么关系？反正打扮漂亮也没什么意义了。"

接着，她从床上站起身，说了句"我去拿相机给你"，便轻轻关上房门，回了自己的房间。

6

晚餐比昨晚更无趣，餐厅内奢华的装饰好似葬礼上的花环，毫无实际意义，反倒让人感觉沉闷。乌有浑身不自在，便早早带着桐璃离席了。他们几个似乎也觉得两人提前离开挺好，连象征性的挽留都没有。昨晚，为了掩饰不愉快，大家还努力地找些话讲，今天却都统一保持沉默。可见，即便人生阅历丰富的他们，此刻似乎也没有心情再谈天说地了。

主人水镜自始至终一言不发，旁若无人地埋头吃着眼前的俄罗斯炒牛肉。昨晚发生的事情可以理解为偶然并一笑而过，但今天的事情明显是有人恶意为之。这件事性质严重，而且还用刀划，其恶意更加明显。乌有当然不知道这些恶意的实际含义和内容，但他们又了解多少呢？对这种令人恐惧、强压恨意的举动，他们好似心中有数，行凶者的诅咒显然是冲着他们来的。

四人之中，只有结城注视水镜的目光犀利且充满猜疑。在知道水镜与外界频繁联系之后，结城十分震惊。两人在那之后交谈过吗？乌有有些后怕，后悔自己对结城说的太多了。

洗完澡之后，乌有有点放心不下，一个人去了四楼。和音的肖像画还没有被收拾起来，依旧切口敞开着挂在那里。可怜的和音，难道无人理睬了吗？偶像遭到破坏之后，就像个可怜的笑话似的被丢弃了。

"是如月君啊。"

听到有人叫自己,乌有连忙看向楼梯处。被人看到在这里,可能会被胡乱猜忌。下午刚刚发生过类似的不愉快,怎么办才好?乌有六神无主地立在楼梯口,这时看到帕特里克神父走了上来。神父依旧穿着那袭黑色长袍,冲着乌有微微一笑。乌有确认过不是水镜而是神父之后,稍稍安心了一些。

"你在看这幅画吗?"

不是责怪的语气,可也并非纯粹的询问。神父缓缓走过来,站在了乌有右侧。他就像站在教堂中立着耶稣十字架的祭坛上似的,安静地注视着那幅画。

"这……真的太可惜了。"

神父偏矮,乌有看他时原本应该有点俯视的感觉,但面对神父,乌有并未感觉到任何身高上的优势。不知为何,反倒觉得自己应该仰视对方才对。神父在室内也戴着帽子,向下看时,帽檐会在脸上投下一道阴影,所以看不清他的表情。不过他的声音非常坚定。看来经过几个小时的调整,他已经恢复了平静。

"为什么?和音为什么要遭此不幸?"

乌有知道自己此时不该出声,但话不由自主地脱口而出。说完之后,他尴尬地把脸转向一旁。

"我也不知道其中原因。"

神父冷静地回答。然后握紧胸前的十字架,说:"不过,我们很快就可以知道行凶者想要向我们传达什么了。"

乌有还想问些什么,可神父随即说道:"你们只是因为工作来到这里,却给你们留下了不愉快的回忆。"

"不不,是我们给你们添了麻烦。"

帕特里克神父微微笑了一下,接着再次看向那幅画。又是一阵沉默。乌有开始感到气氛过于凝重。神父接着叹息道:"和音……和音那只完好无缺的右眼在看什么呢？"

乌有惊愕地抬头看向那幅画。和音的左眼处交错着两道刀痕，整个裂开，已经看不出原来的样子，但右边的黑色眼眸依然熠熠生辉。尽管自身容颜被毁，但她依然用圣母般的慈爱眼神追随着行凶者的手、脸和身影。

"是在看行凶者吗？"

"是在看罪人，那个一定要毁掉和音的罪人。"

这的确是种罪孽。但是，神父所说的罪让人感觉似乎还有更深层次的含义。

"和音为何要遭此不幸？"乌有再次问道，可连他自己都隐约感到这次问的跟上次意思稍有不同。

过了一会儿，帕特里克神父神色凝重地说："……她在受难，不得不承受的灾难。"

他的视线仿佛穿过和音的肖像，直达隐藏在肖像画后的圣地。

"难道真宫和音只是个偶像吗？"

"是的。"

神父毫不犹豫地承认了这点，接下来的话说得沉重而笃定。

"我虽然不知道该如何定义现代的偶像，但感觉不外乎这几点：吸引人，能够感受他人的喜怒哀乐，不，是必须对他人的感情变动负责。不仅如此，偶像还得能够承受这种感情的变动，并对其做出回应。和音是否具备这种能力呢？我想对她来说这或许是个考验。"

可和音在二十年前已经死去了。照这个逻辑推理，正在接受考验的并非已经离世的和音，而是他们几人才对。乌有望了望神父，说道："接受考验者得具备能够承受考验的资格和能力才行啊。"

"是的。若是神有心考验我们,他不会给大家承受不了的考验……我们必须经受住这种考验。"

"您是说时隔二十年后发生的这件事也是为了考验大家?我无法认同。"

不过,实际上乌有正在接受这种说法。回望过去,十年前,自己不也曾犯下无法挽回的罪行吗?不管是否被饶恕,考验一直都在,而自己也活了下来。一切皆有可能,今后也一样……

"我们为什么回到了这座岛?"

"是被真宫和音所吸引吗?"

"是的。"神父用力点了点头,"时间让我们改变了许多。如今,变化就在眼前。"

"那么,划破这幅画也是因为和音的魅力吗,还是错误的力量?"

"和音不可能吸引邪恶的东西,神也不会发出邪恶的诱惑。绝对不会。"

乌有感到这些话带着浓重的宗教色彩,可能是职业习惯使然,但似乎也有故意引导之嫌。很可疑!神父有可能想转移视线。

"那么……"乌有急忙寻找合适的措辞,可一下子想不出问什么比较合适。不止基督教,他对宗教关注很少,此时不可能想出反驳神父的说法。帕特里克神父在胸前轻轻画着十字,瞟了乌有一眼便走开了。

"或者……"神父在离去时自言自语似的咕哝道,"也可能是和音显灵了吧,依靠正确的力量,终于……"

在留下这么一句谜一样的话之后,神父走下了楼梯。这是目前为止最令人费解的一句话。"显灵?"乌有默默地目送着那个背影——神父决然离去的背影。

*

"我受够了!"

乌有在回卧室的途中,经过三楼走廊时,突然听到一声尖叫。他不由得停住了脚步。声音是从村泽的房间传出来的,因为门上挂着"村泽"的名牌。房门仅仅开了一条缝,声音从缝隙间传了出来。是尚美的声音,很激动,不像平时那般淡定,似乎是在哀号。

"我们要扮模范夫妻扮到什么时候?我已经受够了。"

声音嘶哑,几近歇斯底里,伴随着不停拍桌子的"砰砰"声,好像是尚美在拍。那位太太竟然……乌有环视四周,确认走廊上没人后,把耳朵贴在了房门上。

"来这里之前把婚离掉就好了。"

"等等吧,说好从岛上回去离的。"

"我正是这么打算的。"

"那就再等一周吧。"

村泽似乎在拼命安抚尚美,房间里传出他在地板上走来走去的嘎吱声。尚美又开始拍桌子了,隔着房门能清晰地听到二重奏,像令人异常丧气的音乐会。可能受第一印象的影响,乌有完全想象不出尚美歇斯底里的样子。但事实就摆在眼前,就像电视剧里常出现的剧情一样。

"为何还要再维持一周?做给别人看吗?真没劲!"

"不,不是那样的。就算现在宣布离婚,你说又能怎么办呢?"

"你要继续表演的话,我明天就回去。"

"怎么回?接我们的船十二号才来。"

"总会有办法的,也可以从岛上发条船。来这里本来就是个错误。来到和音岛,你就会想起和音,想起你们在一起的从前……"

"我知道。"

村泽似乎无话可说,停了一会儿才回应了这么一句,语气听起来像在承认自己不对。接着传来了放下什么东西的声音。

"你什么都不知道,和音也是……就是这样的!都怪和音。所以那时把和音——"

"尚美!"村泽突然大喊一声,随即又声音温和地说,"请你理解,和音的事就是我们的事。即便你……莫非是结城?"

村泽的语气突然变得奇怪起来。

"不,那个人跟你一样,满脑子都是和音。和音、和音、和音……"

"哦……"

"我以为你已经忘了和音……真不明白,这二十年我是为什么而活。"

"不是你想的那样,和音已经不在了。"

"你胡说!"夫人似乎突然崩溃了,原本歇斯底里的哭声变成了疯狂的笑声。

"和音还活着。不然刚刚那一幕算什么?"

"那是……难道是你……"

"那正是和音本人毁的。"

听到这句话,乌有比村泽还要震惊。"那"无疑是指被毁的画,可是和音为什么要毁掉那幅画呢?

奇怪的是,村泽并没有反驳夫人,只是一味沉默,这等于默认了夫人的话。究竟是怎么回事?乌有问自己,却得不到答案。

现在唯一知道的就是自己对和音的认识从根本上来说就是错的。

"她复活了。"尚美声音颤抖着说，好像惧怕什么似的，又像讲鬼故事时为了制造恐怖气氛而故意压低了声音……那正是担心被人（应该不是乌有）听到的一种声音。

"……是的，就是为了显灵。"

"显灵"？夫人竟然和神父用了同一个词。

"胡说什么呢？"

"可是，你也看到了。那个姑娘……那就是和音啊。和音在二十年之后回来了，来迷惑你我……"

"别说傻话了！"

村泽的声音明显低了下去，好像失去了某种信念一般，声音里充满了不安。

"那个姑娘就是和音，是真正的和音……"

此时，可能有风吹进了房间，空气流动的同时门缝开得更大了一些，房门上的颌叶发出"吱呀"的声响。大概村泽发现了房门开着，乌有随即听到有脚步声慢慢向门口靠近。

为了不被发现，乌有踮起脚往后退，试图安静地离开那个地方。

"怎么了？"

肩膀突然被拍了一下，乌有慌忙回头看，原来是桐璃。她不知何时换下了晚餐时穿的衣服，此时身穿一条白色连衣裙。

"你在这里干什么？"

乌有赶忙抓住桐璃的手腕，将她拉进走廊拐角处的阴影里。

"好疼，你干什么呀？"

"吧嗒"，房门被关上了。好在他们没听到桐璃的声音，乌有松了一口气，赶紧擦了擦额头上的冷汗。

"你不会是在偷听别人谈话吧？"

可能是明白了怎么一回事吧，桐璃冷笑着追问乌有。

"真恶心！我这么做，你肯定发火。"

"我是路过时偶然听到的。"

可这解释连他自己都觉得苍白无力。桐璃对此紧追不舍。

"满嘴谎话。耳朵就像壁虎似的贴在人家房门上。"

"我只是顺路经过这里。"

"好好好，"桐璃像看穿了乌有似的，"这次就饶了你。快告诉我，他们都说了什么？"

"不知道，正要听时你来了。"

乌有不想骗她，只想等会儿再说。桐璃满脸猜疑地看着乌有。

"骗人。"

"真的。"

"在说和音吗？还是那幅画？告诉我嘛，别卖关子了。"

乌有摆摆手，表示不耐烦。他想尽快把神父的话和刚刚听到的话好好梳理一下，然后想想接下来如何应对。

桐璃的不拘礼节有时会让人厌烦，乌有有点腻了。当然，这是一种比较任性的感情，本人可能无法克制。乌有是那种凡事都向外寻求原因的性格。

"都说了不知道。"

乌有断然回绝。桐璃似乎意识到乌有生气了，迅速选择了让步。

"我知道了。也不用那么生气吧。你也太容易生气了，真是的。"

"我才没生气。"

相比之下，桐璃的擅下结论更让乌有生气。为了证明自己没生气，乌有勉强挤出一个笑脸。

"生气了。"

"没生气。"

乌有也意识到那笑脸很假，正是自己最讨厌的那种假笑。在橙黄色的昏暗灯光下，笑脸假得尤其明显。桐璃用怀疑的目光看着他，不，应该说是轻蔑的目光才对。站在桐璃的角度，乌有觉得自己也会做出这种反应。

"不好意思。明天告诉你。"

乌有坦率地认了错。他忍不住暗自吃惊，为何在桐璃面前自己总是那么诚实。

"真的？"

"嗯，抱歉。"

"好吧。不过明天一定要如实交代哦。"

"嗯，我保证。"

虽然不知道乌有有多当真，但桐璃还是勉强答应了。

"那我去睡了。徒步太累了。"

桐璃夸张地耸了耸肩，在有些歪斜的走廊里朝着自己的房间走去。由于这栋楼构造奇特，虽然房间在对面，但感觉桐璃房门的位置要稍微靠里一些。

"桐璃。"

"嗯？"

"记得锁好门。"

听到有人说和音复活了，乌有不免有些担心。如果毁坏那幅画的刀刺向桐璃的话……

"都说知道啦，有谁夜里来私会就麻烦了。"

"谁会去呢？"

乌有用力打开房门，摆出一副不能一直陪着她的架势，稍稍松了口气。

"对了。"

"嗯？"

"这个给你。"

桐璃将一个铜铃伸到乌有面前，是一个崭新的铜铃，上面镀了金，铃铛上穿着一根大概十厘米长的红绳。铃铛在桐璃手上摇晃着，发出"丁零、丁零"的清脆响声。

"这是什么？"

"嗯……送给你的礼物。"

"礼物？"

"是的。"桐璃点头回答，"谢谢你带我来这里。暑假我没地方可去。"

"哦……"

"小小心意……"

桐璃温柔地笑着，将铃铛放到了乌有手里。

"谢谢！"

道了谢，乌有却高兴不起来。他十分后悔带桐璃来到这里，感觉有好多不安定因素正包围着桐璃，但又无法说出口。一来一点没有把握，二来这种不安过于模糊，即便说出来，桐璃也无法理解。更麻烦的是，桐璃还不知道自己与和音长得一模一样。

而且，这个铃铛是什么意思？乌有想起墓碑处的那个旧铃铛。或许两者没有关系，那个铃铛已经消失在了向日葵田里。真是一种可怕的巧合。不过，如果结城看到这一幕的话……想到这里，乌有不禁打了个冷战。

"我会好好保存的，难得你这么有心。"

乌有半开玩笑地说，桐璃却只是毫不客气地点头"嗯"了一声。还以为她会还击，没想到是这个反应。或许是爬山太累了吧。乌有心领神会，直接进了自己的房间。

"乌有你不要忘了哟。"

关上门的一瞬间，桐璃微笑着嘟囔了一句，语气温和，眼神迷离，看上去想要诉说什么似的。

"什么？"

乌有转身想确认时，桐璃已经背对着自己了。

*

远处传来发动机的声音。

十点，十一点，到了深夜，雨依旧在下。大颗的雨滴敲打着玻璃窗，发出恼人的响声。气温不断降低，湿度不停升高……乌有打开窗户想通通风，冰冷的空气涌了进来，似乎要冻住室内的一切。天挺冷，与其说是夏日，不如说是晚秋更合适。

乌有慌忙关上窗户，将空调从冷风调成弱冷之后，立刻仰面躺在了床上。他想起村泽夫妇的对话，两人都说"扮成模范夫妻"。同从前一样，两人都住在各自原来的房间里，看来这么做不单单是为了怀旧。的确，夫人的态度有些生硬。不过，虽然两人的关系给人感觉不像模范夫妻，但也不至于到要离婚的地步……难道夫人的态度完全是装出来的？

乌有想起桐璃叫夫人蛇妖的事情。只看表面的话，好像尚美才是受害者，因为村泽至今都忘不掉和音。

但是，真正的问题还在那之后。两人的对话让人无法理解，但从内容推断，应该是将和音与桐璃当成一个人了。夫人面对桐璃时冷漠的态度莫非就是因为这个？乌有也可能被当成和音或是桐璃一方的间谍了吧。每次问到和音，他们好像都是一副备受困扰的样子。啊，又是和音……

村泽就算了，夫人总千方百计地将桐璃与和音混为一谈，仿佛要让桐璃偿还悲剧的损失。真不知道二十年前究竟发生了什么。看来不能再继续调查和音了。如果继续调查，自己就真的成了间谍。可能会被猜忌与和音有关联，以至于深陷其中无法自拔。大家都对那件事很警惕。幸好刚刚遇到的是神父，若是遇到其他人，会做出什么反应呢？就像古语所言，偷鸡不成蚀把米，如果不小心被卷入其中，肯定没有好下场。

乌有暗自祈祷，那把切向和音肖像画的刀，千万不要因为两人长得像，就朝桐璃下手。这种情况不是没有可能发生。但愿是杞人忧天吧，如今只能盼着他们保持理性，桐璃也能管住自己。

乌有决定关灯睡觉。

III 8月7日

0

仰望夜空，看不到月亮，不知为何连云彩都没有。肯定是时运不够好吧。月亮随心所欲，像只任性的小猫，无视他人怎么想。机缘不到就看不到心仪的月亮形状。

没有月亮的夜空下起了鹅毛大雪。片片雪花交错重叠，纷纷扬扬，漫天飞舞，随处飘落，积成厚厚的雪层。大雪在苍茫的夜色中轻轻飘落，覆盖了没有声音与灯光的寂静院落……此情此景，让人不由心生寒意，阵阵发冷。可为何此时会下雪呢？明明还是夏天，还是酷暑难耐的盛夏呀。

突然，白色的雪变成了深红色。红色的大雪漫天飞舞，目力所及一片深红，好似打翻了红色的墨水瓶。天地间由白到红，彻底翻转。不知何时乌有的身体也被染上了红色。他连忙拍打，试图掸落，但完全没有效果。就像在做细胞染色实验似的，几块红色斑痕渗入了他的肌肤。或许是深浸其中的缘故，无论如何都擦不掉。乌有用指尖轻触红雪，方知红雪带着黏性。接着，肩膀、脸庞、背部，乃至全身，都被染成了红色。

1

从梦中醒来时,乌有只看到一个纯白色的靠垫,一个反复拍打自己面颊的靠垫。

可能是太累了,明明设了闹钟,却没听到闹铃,最终竟然是被桐璃叫醒的。看来是自己迷迷糊糊地按掉了闹铃。羽绒靠垫连着敲打头部,在几次左右摇摆中,乌有终于醒来了。好像感冒了,从床上一站起来就头晕目眩,腿脚发软,是没睡够吗,还是空调开得太大了?乌有勉强抬起沉重的头,屁股靠着床边缓缓移动了一下身体。

"早上好!你没锁门哦。"

桐璃坐在椅子上,饶有兴趣地看着睡眼惺忪的乌有。桌上叠放着两本从本州岛带来的时装杂志。乌有满脸的疲惫可能被她尽收眼底了吧,如果真是这样,那可不是什么好事。

"今天是你起晚了哟。"

清澈的朝阳透过蕾丝窗帘斜射进有点昏暗的室内,照在桐璃身上。她绿色T恤胸前的"EVE"logo在阳光下闪闪发亮。

"天已经亮了啊⋯⋯"乌有总算彻底醒了过来,"专门来叫醒我,你可真闲啊。"

"也不是啦。话说回来,你睡得可真沉啊,跟死了似的。"

"关你什么事?你今天起这么早,倒是少见呢。"

"天气凉快,当然要早起啦。还是早早起来心情好啊。暑假我总睡到中午才起床,一整天都没什么精神。"

"你也不只是在暑假起床晚吧？"

"说什么呢！"桐璃气鼓鼓地说。

乌有昨晚是穿着T恤和牛仔裤直接睡的，所以现在不用换衣服，只是简单披了件衬衫在身上。他再次环视室内，发现时针指向十点。身体很疲惫，看来不只是感冒的缘故。昨晚究竟思考到几点才睡着？已经记不清了，不过肯定很晚。接着就做了一个那样的梦。乌有突然伸出手掌，发现皮肤没有变成红色，还是原来的颜色。

乌有咕哝道："睡到现在可能是因为和音。"

"和音怎么了？"

"没什么。"

乌有摇头否定，随即用舌头舔了舔干燥的嘴唇。

"乌有……感冒了？"

"好像是。你穿这么少，不冷吗？"

"是哦。不过你关了冷气啊，你看！"

安装在墙上的空调没有工作，指示灯没亮着。

"是你关的吗？"

"嗯。一进来就关了。"

"这样啊。"乌有低声应了一句，心里有些生桐璃的气，不过也有提不起精神的缘故，他对桐璃的语气很不满。不过，根据以往的经验，他知道自己一年中总有几天是这个样子。上一次这样是在春天结束，彻夜横穿北山后举行庆功宴的第二天。那天休息，乌有一整天都躺在被窝里。

"你睡前抽烟了？"

房间中央有两处小小的圆形烧痕。

"啊，不小心搞的。"

"哎呀,地毯都烧焦了,人家肯定会生气的。"

"知道、知道,我打算好好道歉和赔偿的。"

桐璃可能意识到乌有的态度有些敷衍,不解地望着他。

"你好像不觉得自己做错了。"

"也许吧。"乌有含混不清地回了一句,"我太累了。"

"真过分!不过,你抽烟?"

"偶尔。"

其实这是乌有第一次抽烟。为了防备不时之需,他的包里总备着一包万宝路。但他从没抽过,平时权当一个护身符。

"桐璃,你看过 STILL 吗?"

"你是说那部恐怖电影?上周看了。难道我没告诉你?"

"不,你说过。是我忘了。那个叫拉德克里夫的家伙死了,对吧?就那个小混混。"

乌有感觉自己的脑子依旧迷迷糊糊。

"是的。电影演到一半的时候,他被一个长着络腮胡、叫作杰夫的樵夫砍掉了脑袋。你怎么突然问起这个?"

桐璃讲得很清楚,乌有有点不知所措。因为他被电影中的那一幕吓到了。

"没什么。我做了一个梦,梦到拉德克里夫的脑袋径直飞上了天空。"

之后镜头一转,天空开始下起红色的雪。

"梦到了这个?好可怕。"桐璃皱着眉轻轻叫了一声,"不敢想象,万一我也梦到这个怎么办?"只见她使劲摇着头,好像要将出现在脑海中的一幕甩掉似的。

"好了好了。你真奇怪,一大早就一本正经地说这些。你烧得很厉害吧,脑袋都不清楚了。这么烧下去该怎么办呢?"

"确实蹊跷啊。"乌有看上去一脸纳闷,为什么会做这种梦?这一幕很刺激,可那么多场景中,为何偏偏梦到了这一幕呢?乌有不懂如何解梦。

"给你来杯可可吧。我也做了你的。"

桐璃站起身,递给乌有一个木纹马克杯。可可散发出香甜的气味。虽然有可能加重感冒,不过难得她这么热心,乌有默默地接受了这份好意。

"谢谢!"

乌有漫不经心地抿了一口,突然抬头问道:"你在哪儿做的?"

房间里虽然有电热壶,但应该没有可可粉。

"在哪儿做的?厨房啊。"

"厨房?"

"嗯,里面没人,我就顺手做了。"

竟然在厨房……乌有气得将马克杯放在了床头柜上。

"你什么都不懂!桐璃,你到处走动,是很危险的。"

"你怎么一大早净说些莫名其妙的话?好奇怪!我又不是小学生。你梦到 STILL 的场景,整个人就变得疑神疑鬼了。"

也可能自己还没完全清醒,可是说自己疑神疑鬼也太武断了。乌有感觉周遭有股近乎疯狂的邪气,眼下虽然还说不清具体是什么,但对桐璃的担心却从昨晚的不确定变得确定起来。乌有强忍着恶心说道:"昨天你也看到了那幅被毁的画吧,难道不觉得奇怪?"

"是挺怪的,而且有些可怕……不过也不至于因此将自己一直关在房间里不出来吧?"

"我是说不要随便走动。"

"你这么说太过分了。我专门来叫醒你,你却……"

桐璃生气地将头扭到了一边。乌有有股想揍她的冲动,最后还是忍住了。

"……好吧,反正我说了你也不听。不过,你尽量别跟他们几个掺和。"

"他们几个?你是说那些人?你好像很讨厌他们……"

"不喜欢。"

乌有直接说出了自己的想法,毫不犹豫。

桐璃无法理解肖像画上那道划痕隐含的邪恶,这让人很着急。当然,乌有目前也不想让桐璃知道自己与画中人长得很像。乌有只是出于好奇,想更多地了解背后的秘密而已。

乌有想洗把脸冷静一下,便打开了洗手间的门。突然,他又回头问了一句:"你说刚刚厨房里没有人?"

"嗯,没有人。"

突然转换话题,桐璃纳闷儿地看着乌有,好像担心他再次开始说教。

"你是说谁都不在?真锅夫妇也不在?"

"不在……不过,你这么一说我也觉得很奇怪,为何没人做早餐呢?"

昨天,桐璃睡到很晚,所以可能不知道。真锅夫人专门给乌有他们做了简单的早餐,有奶酪面包、煎蛋卷、火腿和甜菜沙拉。

"可能在睡懒觉吧。"

"他们又不像你。"

如果夫人在睡,那丈夫也会叫醒她吧。很难想象两个人一起睡过头。何况又是这种时候,时隔二十年才来一次客人。乌有再次看了看表,已经十点多了,可可还是温的,应该没过多久。昨天的这个时候,餐具都已收拾停当了。疑虑涌上心头,乌有有些心绪不宁。

"我去看看,你在这里老实待着。"

乌有用力关上房门,快步来到一楼。十点多,整个房子冷飕飕的,完全不像夏天。乌有感觉身上阵阵发凉,仿佛身处落叶树掉光树叶的初冬。不过刚好可以降一降浑身的燥热。

正如桐璃所言,厨房里没有人,一片冷清,只有天花板上的灯亮着。炉灶上放着一个红色开水壶,应该是桐璃刚刚用过的,但水池里一片干燥。餐具都收在金色网状的架子上,看上去昨晚之后就没有再用。大盘、小盘、汤盆、玻璃杯等,都神经质地叠放在一起,平底锅、手提锅、长柄勺也都整齐地挂在墙上,整个厨房就像开始营业前的餐厅,鸦雀无声,让人觉得空荡荡。

乌有内心的莫名不安愈发加剧,他想即刻去建在和音馆不远处的配房——真锅夫妇的住处看看。从厨房出来,走过中院一侧,推开通往配房的后门时,乌有不由得呆住了。

……?!

开始时乌有以为是在梦里,难道是前一晚噩梦的延续——那个红色大雪漫天飞舞,将世界染成赤红色的梦境,就在拉德克里夫死去的那个满月的冬夜。

——究竟是怎么回事?

整个中院好像被白色的积雪覆盖着。不,不是好像,就是白雪。干爽的积雪表面反射着早晨的阳光,发出耀眼的光芒,刺痛了乌有的眼睛。之前一直铺满砂砾的中院,一夜之间变成了耀眼的银色世界。不止中院,身后的山林、屋顶,也都覆盖着白雪,仿佛戴了一顶不合时宜的白色棉布帽子。整个世界一片雪白。

"荒谬!"

乌有怀疑这或许是场恶作剧,战战兢兢地用手抓了一把,指尖顿时传来冰冷的触感,那东西融化了。的确是雪。

可眼下是八月下旬,时值盛夏,没有道理下雪呀。可是……眼前都是积雪。乌有既非只相信亲眼所见的超现实主义者,也不是对亲眼所见毫不怀疑的乐天主义者。然而此时,对于眼前的一切,他无法相信,却也无法否定。莫非是哪位天才魔术师对这个岛施了法术,抑或是……天地扭转即将出现的前兆?

他竖起衬衫领子,缩起脖子。也可能这是个"漂流岛",随着海浪漂进了北极圈。刚到这里时就觉得有些不对劲,如今一切都摆在眼前,真不知该如何应对才好。

难道是自己精神错乱了?尽管一直盼着自己发疯,可没想到会疯得这么不上不下。究竟是理性尚存,只是视觉错乱了,还是大脑生成了一个与现实完全不同的世界?乌有彻底蒙了。

乌有向前迈了一步,脚底传来并不扎实的触感,同时听到一声"吱嘎"的踩雪声。这是冬天踏在雪上常有的感觉。乌有茫然地打量着四周。或许是雨转雪的缘故,地上到处都是小粒的冰雹。雪已经停了,淡灰色的云层覆盖整个天空,阳光从云层缝隙间照射下来,积雪表面慢慢开始融化。乌有用了很长时间才基本确认自己并没有发疯,之后不情不愿地接受了眼前这一不可思议的现实。

冷静下来之后,乌有再度环视整个中院。直到这时才发现圆形舞台上站着一个人。那人一动不动,乌有还以为是第五根柱子。再仔细看看,才发现从客厅到圆形舞台有一列脚印。

"村泽先生。"

乌有朝圆形舞台喊了一声。村泽只在睡衣外面披了件薄睡袍,一直低着头,好像忘记了寒冷似的。看样子早在乌有在厨房门口整理思绪的那几分钟里,不,比那时还早,他就已经一动不动地站在这里了。他仿佛在研究大理石上刻着的斑纹,一心一意地注视着脚下,仿佛也变成了一尊石像。

"村泽先生。"

这次或许听到了有人在喊自己,村泽无力地抬起了右手,就像一个无精打采的瘦弱老人。

"下雪了,对吧?"

乌有进入中院,朝圆形舞台走去。雪积了大概五厘米厚,用力踏进去也看不到覆盖着白沙的地面。海风冰冷,呼啸而来,无情地吹向已经没有房屋遮挡的乌有。黑尾鸥似乎也被这突如其来的天气变化吓到了,不停地大声鸣叫。黑尾鸥原本是候鸟吧?这么一来就很难为南飞做准备了吧?乌有突然担心起黑尾鸥来。

"现在是夏天,对吧?"

村泽没有回应,只是一味地盯着大理石地面,神情与昨晚注视那幅被毁坏的肖像画时一模一样,与前天晚上注视身穿黑衣的桐璃时也别无二致。

乌有跨上了通往圆形舞台的台阶,往村泽注视的地方看去。

由于上方有顶,舞台中央没有积雪,仅有海风吹来的一点雪,此刻还未融化。舞台上的大理石地面在漫长的岁月中染上了淡淡的灰色,而村泽凝视的那块又被流到上面的鲜血染红了。血量虽不大,但在一片淡灰色的大理石中,在白雪的映衬下,这块红得有些浑浊的大理石显得格外醒目,就像昨晚梦中出现的一样。

有那么一瞬间,乌有觉得这块大理石很美。

圆形舞台中央,就在村泽的脚下,有个东西仰面躺着,血是从那里流出来的——一具没有头颅的干瘪尸体……红褐色的血液从粗陋的切口中缓缓流出。或许是雪天寒冷、湿度太大的缘故，血还没有干透。

"真不敢相信。"

乌有忍不住脱口而出。一旦看到，视线就无法移开，难怪村泽呆立这么久，乌有此时也陷入了同样的状况。正如无法理解为何此时会下雪一样，乌有也搞不明白为何这里会有一具死尸。他几乎陷入疯狂。

尸体给人感觉很小，或许是没有头颅的缘故。由于缺少人体应有的构成，眼前的尸体给人感觉不像人，更像一只动物。实在无法想象，这具身穿被鲜血染红了的白衬衫的无头尸骸，直到昨天还在正常呼吸，还跟乌有他们一起聊天。此时像是随便摆放在身体两侧的手臂，直到昨天还在挥动，还在为生活忙碌着。

如果说人是由精神和肉体构成的，那精神去了哪里？面对曾是一个活人的躯壳，乌有不停地问自己。不仅如此，这个躯壳连象征着精神的头颅都被砍掉并掠去了。

可为什么……头颅不见了？

乌有感到一阵恶心。

他再次发现自己看到尸体就会有这个反应。乌有并非初次接触死亡，他第一次接触死亡时看到的也不是全尸。那是一具被大型卡车撞倒，又惨遭碾压拖拽的尸体。事故发生在他十一岁那年的夏天，当时他上小学五年级。那一幕至今他都还清楚记得。不可能忘掉啊。在冷清的商店街尽头，在那个十字路口，乌有正飞速穿过马路时，被一辆大型卡车前挡风玻璃反射的阳光刺痛了眼睛，他根本不知道在自己晕眩的那一瞬间究竟发生了什么，只记得听到了汽车尖厉的喇叭声和刺耳的刹车声，接下来整个人被用力推开，随即听到一声凄厉的惨叫……

回过神时，眼前是汽车轮胎留在路面上的擦痕，接着看到一个身穿白色夹克、满身是血的人躺在几米之外沼泽池般的血泊之中。那人就像一个断了线的提线木偶，手脚拧向不同的方向，面部夹在轮胎与柏油路面之间，已经面目全非，好不容易才能辨认出那是个人……乌有被一群紧急跑上前、脸色煞白的大人围在中间，他一直在哭。乌有不知道自己为什么哭，既不是因为身体被重重推开时受了伤，或膝盖擦伤留下的疼痛，也不是差点被卡车撞飞的恐惧，他只是敏感地意识到一件令人悲伤的事情发生了。

但是，那时他什么都不懂，或许只是本能地感到恐惧而已。

参加那位为救自己而身亡的大学生的葬礼时，乌有第一次直观感受到自己的所作所为导致了怎样的严重后果。死者是东京大学医学系三年级的学生，年仅二十一岁……他是学校登山队的成员，是一名阳光开朗的好青年。据说那天他是到朋友家里玩，路上遇到了事故。青年家境富裕，是当地的名门望族。葬礼举办得庄严肃穆。

从那时起，不，确切地说，是从在葬礼上看到抱着死者遗像、貌似死者妹妹——一个小学一年级学生模样的女孩——的眼眸时开始，乌有就意识到了自己犯下的罪行，发觉是自己葬送了青年的生命。女孩直勾勾地瞪着乌有，从看到那双似乎会刺痛人心的黄色眼眸开始，那个青年的幻影就在乌有的体内扎下了根。女孩的目光是那么清澈，令人恐惧，让人无处遁形。

据说人都是肮脏的，出生时便背负着原罪。但乌有的第二桩原罪，是在十一岁那年的夏天开始背负的。

自那之后，乌有至今不愿回首往事。

乌有像被那名青年附了身一样，忠实地描摹着他的人生。仅仅为了追逐他的脚步，实现他的理想，乌有先后考入注重升学率的初中、高中，从早到晚趴在书桌上学习，几乎没有交过朋友，放学后也从不与同学玩耍。那时当地还没有面向中小学生的补习班，乌有一到四点就立刻回家预习复习，七点走出房间吃晚饭、洗澡，之后一直学到两点钟，睡觉，六点钟准时起床学习……活成了那种只有在电视上才能看到的刻苦少年。少年时代的乌有如同一部空洞的学习机器。这或许与那名青年实际走过的少年时代不同，不，肯定不同，但乌有能做的只有这些。周围的人都在夸奖他的勤奋，但乌有从未为此感到高兴过。

因为这并非自己原本的梦想。如今虽已记不起事故发生之前自己的梦想是什么，但追随那名青年的脚步，成为一名医生，并非乌有所愿，只不过是乌有难以逃脱的宿命。前途无量的青年舍命救出了一个充满希望的幼小生命，若这条小生命长大后不如救人者优秀，若小生命身上承载的希望落了空，那惨死在大型卡车前的青年所付出的一切到底值不值得？

想想就觉得可怕。这种想法在旁人看来或许可笑，他们会认为这是一种囿于高学历社会的偏狭想法，是过于在意周围人评价的愚蠢选择。但对当事人乌有来说，这么做是天命。因为乌有所置身的社会最重视学历。假如乌有的人生没有超过那名青年，那乌有的存在将会变得毫无意义。

然而，乌有毕竟不是那名青年，也不可能成为优秀的他。讽刺的是，乌有最终落榜了，被大学拒之门外。同学们都考入了心仪的大学，只有他在花季天寒①中独自仰望着冰冷的天空。对乌有的落榜，同学们纷纷表示震惊与同情，但来自胜利者的关心根本起不到任何安慰的作用。

---

①樱花初放时的寒流。

整整一个月，乌有都像得了心病。他总觉得邻居们在说自己的闲话，嘲笑自己，"那小伙子死得可真不值啊"……到了五月份，乌有像逃离周围人的目光一般进了京都市内的一所补习学校。他下定决心，这次一定要考上。那时的他依旧积极向上，依旧对未来充满希望。他给自己安排了比以往更加严苛的学习计划，并严格执行。尽管大城市里充斥着各种各样的诱惑，但他全都战胜了。

然而……第二年再次梦碎。莫说东大落榜了，连那些自认为屈就应考的、有些名气的私立大学，都给他吃了闭门羹，最后好不容易才进了一所原本打算用来保底、地处京都的三流私立医科大学。直到那一刻，乌有才意识到自己从来都只是自己，以往背负了过于沉重的精神负担，曾经气壮山河的决心在现实面前不堪一击，未来也变得一片灰暗。自己曾视为目标的高山不过是海市蜃楼，在真实的光明出现时，它就像雾霭一般消失得无影无踪。

乌有感到留给自己的只有无能之辈努力后未见成效的空虚，以及未来无法企及的绝对极限。即便如此，入学后的第一年，乌有还是努力地与周围人友好相处，与同学们一起享受校园生活，挑战年轻人都喜爱的登山运动，仅半年就交到了女友。然而，这种有意为之的生活如同被过度装饰的玻璃工艺品，只需轻轻一击就会粉碎。留在乌有回忆中的就是充斥着欺瞒的一年，不，是获救后被空虚吞噬的九年。乌有在压抑中又无所事事地过了一年，最终在今年春天选择了退学。

然后，就来了这里。他试图挣脱学历社会的魔咒，但未能如愿。乌有明白高学历并不意味着人生美好，更不是人生的全部。无论他多么清楚这一点，从十一岁起就形成的思维定式却不是那么容易改变。至少那是乌有从十一岁到两年之前的坚定信念。

乌有失去了以往赖以生存的信念，在黑暗中浑浑噩噩地过着每一天。眼前经常出现身体血肉模糊的青年，那名为了救自己而舍弃宝贵生命的愚蠢青年。生活太空虚，乌有想到了死，可他甚至没有死的权利。他必须活下去。当然，这或许是乌有为掩饰怯懦而寻找的借口，但至少为了在年龄上超过那名青年，乌有在历经挫折之后还是顽强地活了下来。

青年变了形的尸骸与眼前这具无头死尸重叠在了一起，这让乌有时隔十年之后再次想起自己曾经犯下的罪行。

"是谁？"乌有非常克制地问道。

为什么没有头颅？乌有感到喉咙干渴，好似体温又上去了。

"……只看到了这个，不知道。"

当象征人格的头颅被强行掠去之后，身体似乎什么都不是了。只剩下手、脚、躯干等零部件，让人感觉整个身体如同机器般怪异。

"不过右手有烧伤，可能是……"村泽嘟囔了一句。

烧伤使得手掌中间的肉有些起皱。乌有昨天还见过这样一只手，那只手好像在说"右手不好使"。

"是水镜先生。"

尸体横卧雪中，身上只穿了件衬衫。眼下可以不用担心感冒了，也不用担心因感冒而头疼，但身为富豪，水镜这具失去头颅的躯体未免太过寒酸。不过，作为一代奇人，这般死去或许反倒与他相称。他的身体苍白枯瘦，看上去只剩皮包骨，唯有戴在右手手腕上的手表在无情地镌刻着时间。十点十二分……

"头去哪儿了？"

村泽沉默地摇了摇头。

"可能在海里……"

乌有扶着栏杆俯视大海。波涛依旧敲打着海岸。展望台边上没有屋顶遮盖，积雪很深，但没有踩踏的痕迹。难道是从圆形舞台上抛出去的？下面是激流翻滚的悬崖，感觉比昨日更加险峻。波涛汹涌，让人感觉如同置身冬日，或许是下雪的缘故吧。惊涛骇浪疯狂地拍打着海岸，让人深刻体会到经常出现在演歌中的日本海的寂寞和愤怒。

"不仅仅是恶作剧。"

村泽用颤抖的双手捂住了脸，好像担心自己的头颅也会掉下来一般。

"没想到会发生这样的事。"

"……我去通知真锅夫妇。"

乌有快步向和音馆走去。雪太深，他有几次差点摔倒。眼前发生的一切远远超出了乌有的认知范围，他的大脑一片混乱。

*

真锅夫妇住的配房地处栈桥处东转然后向下走几步的位置。和音馆内有很多房间，不知为何仆人要住在与和音馆有一小段距离的房子里。去往配房的路当然也被大雪覆盖了。乌有在坡道上小心翼翼地往下走，有好几次都差点摔倒。

自己为何如此着急地要通知真锅他们呢？难道是出于潜在的等级意识，想让他们赶紧收拾现场吗？不，应该是想让仆人最先知道主人已死的消息。乌有用仅存的一丝理智反复思考着这个看似无聊的问题。然而，等到了那栋小小的配房，看到周围没有一个脚印时，乌有心中不禁涌起一股不祥的预感。

"真锅先生。"

乌有站在门口呼喊，却无人回应。他无奈地拉开推拉门，发现房子里空无一人。

"真锅先生！真锅先生！"

乌有连着喊了几次，一次比一次大声，却一声回响都没听到。

——到底去哪儿了？

乌有动用理智克制住莫名的恐慌与颤抖的双手，拉开隔扇，朝房间里望去。

他们不会也被害了吧……房间里虽然寂静，却没有杀气。那份寂静与圆形舞台的寂静不同，更似厨房。也可能是乌有希望这样。房间里不像遭受过外力破坏，反倒像将自杀者的住处收拾整理停当的样子。被子、衣物和餐具都被干净利索地收进了壁橱、衣柜和碗柜，放在相应的位置。窗户面朝大海，窗帘被整齐地束在两边，褪色的榻榻米依旧平整，上面只放着一个矮脚桌。整个房间井然有序，就像一个要短期旅行的人出门前收拾出的样子。

莫非逃走了……一个念头从乌有脑海闪过，可从房间的状态来看，两人逃跑前未免也太从容淡定了。而且，屋外没有脚印，假如他们已经离岛，那也应该是在下雪前或雪刚开始下的时候吧。

"怎么回事……"

面对一个个突如其来的状况，乌有有些措手不及，他忍不住嘟囔了一句。然而，声音徒然消散在空气中，没得到任何回应。真锅夫妇失踪了，没跟任何人打招呼，也没留下任何痕迹，乌有只能这么理解。房间里的状态也显示了他们出逃的意向。面对这个意料之外的事态，乌有坐在大门口，陷入了深思。太多事情需要认真思考，根本无法用平时的方式应对。乌有告诫自己，冲动是魔鬼，会妨碍大脑的正常运转。

乌有盯着挂在墙上的米店宣传日历看了一阵子，突然想起一件事。

"不会是……"

他赶紧朝海滩上的简易码头跑去。栈桥也被大雪覆盖了,乌有在栈桥上留下星星点点的足迹。简易码头设在栈桥一侧,码头的门敞开着,门的周遭都是雪,看不到一个脚印。乌有靠近门口,小心翼翼地往里看,敞开的门里空空如也。真锅夫妇用于购买食材的小型快艇消失不见了,只有海浪轻轻拍打着空荡荡的码头……

难道他们去本州岛采购了?若是昨天还可以这么想想。不过那也只会导致早餐晚于平时而已。眼下的事态已经不允许自己做这种看似沉着冷静,其实有意回避的假设了。想必有人在背后搞阴谋诡计。

乌有抱住头蹲了下来,一动不动,腿脚好像完全失去了力气。被独自放逐在鬼界岛上的俊宽或许就是这种心情吧……乌有一个人开始胡思乱想。

过了不久,乌有有气无力地关上码头的大门,踏上了返回和音馆的雪道。

"发生了什么事?"

去喊人的乌有一去不回,村泽似乎有些担心,于是回到了和音馆的一楼大厅。看到慢吞吞打开大门的乌有,村泽赶紧走上前来,担心地问道。

"是这样的……"

乌有尽量保持镇定,将目前所处的状况一五一十地告诉了村泽。他无法控制急促的声音,但实在不想引发毫无意义的恐慌。

"这么说,真锅夫妇已经不在岛上了?"

村泽的脸色比刚才更加苍白,说到后面连声音都哑了。

"恐怕是这样。"

坐进起居室的沙发,乌有开始大口喘气。他朝圆形舞台望去,隐约看到了那具尸体。难道要一直放在那里吗?乌有抬头看向呆立不动的村泽。

"为什么不报警呢?"

"报警?"

村泽瞪着乌有,整个人像触电了似的,眼睛睁得大大的,随即又将视线转移至了窗外。

"不行,那可不行……"

乌有感到奇怪。

"为什么?"

"和音的忌日还没到呢。"

"这……"乌有说了一半就说不下去了。村泽望着圆形舞台的目光那般真挚,乌有感到就算自己说得再有道理,也会被他全盘否定。乌有想起昨晚偶然听到的他们夫妇的对话,尽可能语气平静地说:"虽说如此,可按常理来讲,尸体就这么放着,也不像话吧。"

"我知道,我知道,可……"

村泽此刻到底在顾虑什么?乌有感到既荒谬又气愤。

"有电话吗?"

"等等,电话是有的……只是我不能一个人做决定。"

村泽的态度过于慎重且暧昧不明。与平时不同,他今天吞吞吐吐,表达含混不清。他取出一根柔和七星[①],手颤抖着点燃了。

---

① "MILD SEVEN"牌香烟,味道淡雅,是女士钟爱的烟种。

"究竟为什么？水镜是被杀害了呀。"

被杀害，这个词冰冷地回荡在室内。说完这句话，乌有打了个冷战，仿佛自己的胸膛被尖刀刺穿了一般。

"可是……"

"看呀！你看！乌有，下雪啦！竟然下雪啦！雪呀！太棒了！"

桐璃清脆的声音从楼梯处飞进客厅，那是喜悦的欢呼。一阵不合时宜的明快顿时充斥冰冷的客厅。可能觉得乌有出去太久有些担心，所以她才来了一楼吧。

"夏天竟然下雪，太不可思议了！要是把滑雪用具带来就好了。我刚刚完全没注意到，你为什么不早点告诉我呢？"

只见桐璃双手叉腰问道，脸颊像正月里的年糕一样，气鼓鼓的。

"老天到底怎么想的？是生气了吗？你说呢，乌有？"

"雪？……对，是雪。"

"是啊！下雪啦。我生平第一次看到下雪呢。你怎么一点都不兴奋？真是太棒啦！"

乌有不是对夏日飞雪不关注，只是圆形舞台上的无头尸体，以及消失不见的真锅夫妇让他更加在意。不过仔细想想，比起有人被杀和失踪，夏日飞雪要离奇得多，就好似电子与质子在质量上的差别一样，完全不是一个等级。即便桐璃知道了水镜被杀，应该也不会像现在这般惊讶。但是，对乌有而言，比起大自然的喜怒无常，隐藏在背后的恶意要可怕得多。尤其在这种状况下……究竟怎样才是正常的反应呢？乌有稍稍犹豫了一下。

"怎么了？"桐璃或是察觉到了昏暗客厅内的沉闷，压低声音问了一句。

"我先去通知大家,之后再做决定吧。"

村泽朝桐璃勉强地笑了一下,缓缓走出了客厅。

"发生什么事了吗?"

乌有默不作声地打开了吊灯的开关。室内虽然明亮了些,但感觉依旧压抑。事情接下来将怎样发展呢?乌有预测不到,只是内心充满了莫名的不安。

"就是那个。"

乌有静静地指向窗外。

"那个?你是说圆形舞台吗?"

透过玻璃窗可以看到圆形舞台,只是距离有些远,而且存在高低差,所以看不清尸体。从客厅望去,只能看到圆形舞台上有个东西。当然,桐璃现在还不知道那是什么。

"那里?好像放着个东西。"

"是尸体。人的尸体。"

乌有冷漠地回答。那语气说是介绍,更像是在掩饰自己的恐慌。当然,也可能是乱发脾气,也可能是想看看桐璃做何反应。他想看看一直天不怕地不怕的桐璃,从未见过尸体的桐璃会做何反应。

"尸体?那是尸体?"

"是的。有人被杀了。"

"乱说。又在骗我。想骗人也别——"

"我不喜欢开玩笑。想必村泽先生也不喜欢吧。"

桐璃像主妇拉家常一般吃吃地笑了起来,可乌有自始至终都表情严肃。桐璃见状也收起了笑声,睁大眼睛小心翼翼地问道:"真的吗?"

"是的。"乌有再次用力地点头。

"骗人！"

"真的，是真的。"

乌有用严肃的眼神回答了桐璃，桐璃移开了视线。只见她一言不发地踱了几步，接着静悄悄地坐到了一旁，安静地说了句："这个房间的冷气开得太大了，我有些冷。"

"……好像是。"

"今天气温也低。"

"都下雪了……"

"是啊，下雪了呢。"

桐璃说罢就垂下了头。长发盖住了面庞，看不到她的表情。或许她在思考什么吧。乌有有些担心。莫非是被事情的严重性吓到了？对于一个十七岁的女孩来说，这件事可能太可怕了。乌有伸出手，想说几句话安抚一下她，但桐璃猛地抬起头，说："乌有，是谁被杀了？"

桐璃恢复了平时的声音、平时的语气，以及平时的眼神。

"你……"

"我？你在说什么？我不是在这里吗？到底是谁被杀了？"

乌有不知道伸出的右手该如何处置，只好无奈地拍了拍额头。

"……是水镜。"

"啊？"

桐璃轻轻点点头，随即歪了歪脑袋。对桐璃来说，任何人被杀都无关紧要。因为她对这几个人都没什么特别的感觉，乌有应该也一样，但桐璃反应之冷漠让乌有很是意外，也让乌有颇为困惑。究竟是她太容易接受现实，还是承受力太强？抑或是根本没有好好思考？也可能是自己还未完全冷静下来吧。

"是谁杀的？"桐璃小声询问。

"不知道。"

乌有回答的同时,听到桐璃冷漠地说了一句,"这下可麻烦了。"

"嗯,的确麻烦……"

乌有正想跟桐璃说明情况时,尚美趔趔趄趄地走了进来。只见她径直坐进对面的沙发,紧紧靠着沙发靠背。细长的眼睛毫无光彩,整个人虚脱得仿佛停止了生命活动的死人一般。她换上了一条连衣裙,头发也随便地扎了起来,但裙摆皱巴巴,完全素颜。或许是因为这些,她看上去比昨天憔悴了许多。可能一听到通知就急匆匆地下了楼,根本没顾得上收拾收拾。

"你们……"

乌有轻轻点头打了个招呼。当他正想说点什么时,只见尚美目不斜视、颤颤巍巍地站起身来,嘴里还念叨着"我得去看看"。她拉开玻璃门,慌忙朝圆形舞台跑去,脚上还穿着双拖鞋。她将一串凌乱的脚印留在了雪地上,却没察觉雪沾到了她光着的脚丫上。

"最好不要去看。"

乌有冲她喊道,但她头也不回,一口气穿过中院爬上了圆形舞台。她往舞台中央一站,随即发出一声裂帛般的尖叫,接着倒在了尸体旁。

"倒下了。"

"尚美女士!"

乌有把桐璃按在原地,自己朝圆形舞台跑去。看来尚美受到的惊吓太大了。村泽之后回到了客厅,在了解了事情的原委后也大叫着尚美的名字跑了过来。

还好尚美没有躺倒在血泊中,只是上半身靠着石柱晕厥了。

迟来的村泽推开乌有，双手抱起晕倒的太太，一边大声呼唤着她的名字，一边将她抱回客厅，放到了沙发上。

落地窗一直开着，室内冷得跟室外一个样。乌有看了看温度计，发现室内温度已经降到了十摄氏度以下。桐璃摁下墙上的空调开关，将空调模式切换成了暖风。

"真的吗？说是水镜被杀了。"

身穿衬衫的结城不知何时到了客厅，只听他大声问道。他那张平时嘻嘻哈哈爱开玩笑的脸此时因为惊吓变得异常僵硬，与看到被毁的和音肖像画时一模一样。接着，帕特里克神父也神情紧张地出现了。他依旧穿着那袭黑色长袍，手里紧紧攥着一串念珠。

"……是的。"

他俩也像尚美一样跑到圆形舞台去确认了水镜的无头尸体，之后又表情不一地回到了室内。结城满脸的不可思议，神父则是一脸恐惧。不过两人什么都没说，这点倒是相同。

乌有不动声色地观察着两人的举动，一个故作无辜，一个惊慌失措，凶手或许就在其中。事情发生在远离本州岛的一个孤岛，内部行凶的可能性相当大。当然，真锅夫妇的嫌疑同样很大。乌有远远望着他俩，暗暗告诉自己，绝对不能心慈手软。

"我要喝一杯！"

结城从架子上取了一瓶麦卡兰威士忌，倒了半杯一饮而尽。他长吁一口气后，将身体埋进空着的沙发中。

"……头呢？"

村泽摇着头说了句"不知道，没看到"。

"……不会是在海里吧？"

"恐怕是吧！"村泽重重地点了一下头。

"……那该怎么办？"

村泽茫然失措。本来应该报警的，乌有一直这么觉得，但现场气氛似乎不对。

大家都沉默不语，好像不便说出自己的想法，乌有便主动建议道："最好跟本州岛联系一下吧！"

正如乌有担心的一样，大家对这个建议很敏感，脸色都为之一变，连神父也是如此。

"还是好好想想吧！不能草率行事。"

结城的意见与村泽相似。

"为什么？"

"这个事情很麻烦哪！"

这句话的言外之意很明显，就是不想让局外人插手此事，而且带着赤裸裸的攻击性，但乌有丝毫不认同。虽然村泽刚刚解释过要等到"忌日"过后，但杀人是何等大罪，"神圣的忌日"已经被玷污了，他们究竟还想保护什么？还是说，水镜之死在"和音忌日"这件大事面前不过是一桩小事？

"我没说不报警，只是希望报警前再好好想想。"

"还要想什么？"桐璃在一旁插嘴问道。

结城吃惊地望着桐璃，接着喝下了第二杯酒。

"接下来还有很多事。小姐，我们没有必要这么惊慌。"

这种情况下竟然说"没必要惊慌"，简直不是正常人所言。

"可是……"

乌有看向神父，感觉他最指望得上。只见帕特里克神父像回应大家似的，无力地耸了耸肩。

"考虑到接下来会发生的情况，几天都不报警的话……也不是最好的打算。"

神父依次看了看大家，接着用布道的语气，冷静而又威严地继续说道："现在两个仆人都不见了，他们很可能会报警。若将这件事暗中了结，后果可能会极其严重。再说，水镜显然是被杀的，就这么隐匿不报，必然引起后患。"

"真是爱说教啊！"结城低声讽刺道。

"这是我的工作。"

"不过小柳说得很有道理。"

倒不是因为年轻的乌有，而是神父的一席话让村泽的态度软了下来。他歪着头，似乎在想办法。

"这话说得太轻松了。"

"但是……"

"这是我们之间的事情。"结城瞪着乌有说。

乌有避开了结城的视线。

"可实际情况是，我们俩，我和桐璃两名局外者也被卷了进来。我认为这已经不光是你们几个的事情了。"

"听着是那么回事呢。"

"是的。"

看到两人针锋相对，神父有意调解道："也是。如果只有我们几个人，不报警或许也可以。但他们两个也在，那就只能报警了。不好把别人卷到我们的事情里。"

众人无语。

结城也无法立刻反驳，只能一言不发地盯着乌有。

"是啊。"

村泽缓缓站起身来，看向坐在一旁的夫人。尚美意识已经清醒，但没做任何回应。她眼神空洞，似乎拼命想将自己封闭起来。

"而且,就算现在报警,警察也得四个小时才能到。若想商量,报警后也有足够的时间。"

村泽说完看向结城。结城可能意识到自己是以一敌三,处于劣势,只好咂着嘴说:"没办法啊。"

"那我去打电话。"

村泽表情坚决地走出客厅,朝大厅走去。乌有倒不是不放心,不过还是跟了过去,村泽伸手拿起装在大厅一角的白色电话。

"110",按键电话机传来夸张的拨号声,但随后没有传来接通的声音,甚至连连接成功的"嘟嘟"声都听不到。

村泽诧异地说:"奇怪。"又拨了一次号码,结果还是一样。

拿起的听筒里没有任何声音,毫无反应。乌有推开村泽,用力地按下号码键。110、110、110……反复按了几次,结果依然一样。电话也和水镜一样——死了。

严肃的正剧突然转为闹剧时,之前的所有剧情都只能变成为闹剧埋下的伏笔。正因为预设不是闹剧,这反倒成了一部成功的闹剧。即便没有任何过失,闹剧也会因此产生。这就是乌有此时的内心感受。剩下的只有着急与徒劳,真是连个苦笑都笑不出。

话虽如此,但乌有并不了解每位出演者的真实想法。事后冷静地回顾这件事时,乌有发现这种感觉实在愚蠢。因为那时比起徒劳或愚蠢,其实更多的是恐惧。

"海底铺设电缆了吗?"

乌有突然问了一句,仿佛在确认什么。

"到舞鹤港用的是无线信号,和音馆后面有座大约五米高的铁塔,可以传递电话信号。不过,可能……"

"这么说,这段时间……"

"如果信号塔没有发生故障,可能是和音馆与信号塔之间的电缆被切断了,或者接收器被破坏了。"

"那其他的电话也不能用了吗?"

"可能也不行。很遗憾。"

村泽格外冷静。这或许就是四十年和二十年人生阅历的差距,但乌有无法释然。同时又觉得自己的惊慌失措显得太小家子气了。尤其是那句"很遗憾",乌有感觉根本就是说给主张报警的自己听的。

"我们被困在这里了吗?"

乌有不想承认这一点。他一心只想警察尽快来岛上解救自己。对于乌有来说,这种事态让人无法接受。

"十二号那天会有人来接我们回去,就跟送我们来的时候一样。"

还有五天……乌有晕晕乎乎地回到了客厅。

2

"真是一场闹剧。"结城毫不掩饰自己的刻薄,阴阳怪气地说。

他已经喝了好几杯酒,脸色却没有丝毫变化。

"白忙活一场。"

"这可不是开玩笑。"

"的确不能一笑了之,事态很严重,非常严重。"

帕特里克神父抱着《圣经》插了一句。看他的举止好像意识到自己在做什么似的。乌有学着他在沙发的一角坐了下来。

"我们好像被困在这里了。"

"难道是杀害水镜的凶手干的?"

"应该是。"

所有人将视线再次转移至圆形舞台。乌有发现，直到此时，结城、村泽和神父才开始感到恐惧。那具没有头颅的尸体带来的压迫感威逼过来，他们似乎意识到这件事会殃及自身，所以绝不能隔岸观火。

自己反复计算"够不够本"时还好，但当发现已被别人的想法左右，尤其是发现那想法又完全是阴谋诡计时，他们明白自己中了别人的圈套。

"接下来会怎样？"

夫人担心地望着村泽，眼神里充满依赖。但村泽也回答不出。只见他痛苦地转过身去，摇了摇头说"不知道"。

"不过，可以确定的是，五天后有人来接我们。"

"我们得熬过这五天。不然，可能会很麻烦。"结城伸了个懒腰，一本正经地说。

不知他是不是虚张声势，但有一点很清楚，那就是室内开始比室外暖和了起来。

"五天，好久啊！"

"是啊！胡子都能长长好多。"

"如月君，你怎么了？"乌有一直注视着圆形舞台，对面的村泽疑惑地问道。

"没什么……只是，水镜的尸体就那么放着好吗？尽管外面在下雪，也很容易腐烂吧。"

"啊，是啊。确实有这个可能。"

既然联系不上警察，保护现场也就毫无意义了。而且就这么放着不管，也是对死者的冒犯。何况大家也不希望尸体一直放在看得到的地方。只要水镜的尸体在圆形舞台上放着，坐在客厅里就会感觉特别别扭。

"我们要尊重死者。"神父表情严肃地插了一句。

"这岛上没有其他人了吗?"

"应该是。"

结城坐起身,稍稍调整了一下坐姿。喝光玻璃杯中的麦卡兰后开始抽烟。帕特里克神父面露不满,却没说什么。

"真锅夫妇消失了,船也不见了。"

"如果没有船,就没法去本州岛了。"

如果有条小型快艇,就算大家不能一起走,也可以派两三个人去海港通知警察。那就不会觉得自己被遗弃在孤岛上了。

"那两个人怎么了?"

"可能被杀了,和水镜一样。"村泽烦躁地猜测。

"头也被砍了吗?"结城问道。

"别说了!"尚美歇斯底里地喊道,惊恐地望向结城,"别那么说!"

"不说也是这样。"

结城很有把握似的耸了耸肩,接着又倒了一杯麦卡兰。

"那现在还有办法出岛吗?"他试图换个话题搪塞过去,冲着村泽问道。

"……没有吧。"村泽双手抱胸,语气平淡地回答。

"能与外界取得联系吗?"

"也不行吧。"

"总会有办法的吧。如果上天没有丢下我们不管的话……"

神父仰望上空,目光仿佛投向了遥远的彼岸。"上天"?夏日飞雪可能就是上天的旨意。然而,如果真的有上天存在的话,乌有觉得制造这个局面的上天肯定充满了恶意。

乌有默默站起身望向室外,天空已经逐渐晴朗。虽然展望台上还横着那具尸体，但那片天空下应该就是水平线和日本海，海的对面就是陆地。那里有一个叫日本的国家，那个国家有社会，有法律，还有权力。当然，和音岛也属于以天皇为象征的日本，只是它没有接受过来自这个国家的任何恩惠。

"难道就没有办法了吗？比如点火发出求救信号之类的？"神父提议。

"那样的话，就得做好烧掉整座山的心理准备了。"村泽似乎也这么想过，只听他反驳神父道，"那时可能连整座房子都会化为灰烬。"

"现在有积雪，肯定烧不起来。"

结城戏谑地插了一句。

"做个竹筏怎么样？"

"愚蠢！"结城立刻否定了这个提议，"这里离舞鹤有上百公里。能坐人的竹筏，需要五天以上才能做得出来吧，又是外行做的，一驶出大海就会被海浪冲走。"

结城对这个提议嗤之以鼻，他不像是喝醉了，也许是内心过于焦虑的表现。

"要是能和本州岛联系上就好了。"

"用手机联系怎么样？"

"这个岛孤零零地漂在茫茫大海上，肯定收不到信号。"结城一吐为快。

乌有连船桨都没拿过，根本不懂竹筏怎么做。

"是不是可以用电视或者收音机做一个通讯器？"

乌有感觉在高中学过类似的知识，记得老师说电视、收音机和通信器都是电磁线圈在起作用。当然只是学过理论知识，并未动手实践过，乌有有点后悔提了这么个冒冒失失的建议。

"起码能送出个求救信号也好啊。"

结城竟然对这个提议感兴趣。

不过村泽立刻反驳。"不行吧。我们这里没有那么聪明的人，就像武藤那种……"

他们几个都不是理工科出身，乌有和桐璃当然也不是。他们连一个摩尔斯电码都发不出去。可突然提到武藤的名字，这让乌有有些惊讶。或许武藤是他们这群人的主心骨吧。

"那就只有等了？"

讨论再度得出同一个结论。为了调节室内的沉闷气氛，村泽用遥控器打开了电视。昨夜的降雪成了电视里的热议话题。日本海一侧好像只有轻微降雪。新闻主播和记者手持话筒，纷纷指出这种情况在气象观测史上难得一见，但他们脚下的雪比中院的雪浅得多。专家站在远东地图前，絮絮叨叨地解释着降雪原因，说什么由于西伯利亚强冷空气突然南下，以及冰峰意外南移，等等。下就是下了，说些原理有什么意义？问题的重点根本不是降雪。

不过，这场突如其来的降雪不仅限于和音岛，日本本州岛也出现了同样的天气。这让乌有放心不少。大家都曾担心这可能是老天对和音岛的惩罚，现在看来这并非神的旨意或是恶魔的诅咒，只是纯粹的自然现象。只是天气出现了异常而已，和音岛并未被上天孤立。

乌有环视室内，看到放下心来的不单单是自己，所有人似乎都松了口气。客厅的气氛在一瞬间缓和了不少，但乌有立刻警觉起来。如果岛上只有他们几个，那导演这场戏的恶魔应该就在这群人里。那个恶魔，那个装出和善的样子欺骗大家，其实知晓一切，将乌有他们逼入恐惧之中，却暗自冷笑的魔鬼。乌有悄悄地观察着他们每一个人，但那个老奸巨猾的恶魔岂是乌有这种年轻人可以看穿的？在乌有看来，村泽、尚美、神父与结城，每一个都像是受害者。

"我们还是先安置好水镜先生吧。"

"先放在地下室吧！"

结城的建议很可取。

"有地下室吧？"

"有的。拿块厚布过来。把窗帘取下来也可以。没人有不同意见吧？"

让人笑不出的笑话。连说笑话的结城都笑不出来，不好意思地别过脸去。

"如月君，你愿意过来帮忙吗？"村泽问道。

乌有只能回应"啊，好的"。

两人将窗帘铺在圆形舞台一旁，尽量不去看尸体脖颈处的横切面，像包糖果似的将尸体横着裹进了窗帘，随即将两端扎了起来。村泽照顾乌有，让乌有负责脚部那端。两人各自抱起扎起来的两端，将尸体抬进了房子。血已经流尽，淡黄色的窗帘只沾了少许红色血迹。由于没有头颅，感觉尸体格外地轻。由于用窗帘包裹起来的缘故，肩膀部位呈直线状，可以清楚看出肩膀上面没有凸起物。在经过尚美身旁时，乌有听到她猛吸了一口气。

通往地下室的楼梯就在水镜专用的电梯一侧，装着一扇小铁门。看似多年未用，铁门生了锈，很难打开。楼梯间里布满了蜘蛛网，两人走下昏暗的楼梯，进了那间阴冷潮湿的小房间。他们将裹着窗帘的尸体抛在里面，立刻逃了出来。

灰尘霎时从房门涌出。房主的遗骸犹如尘芥，被丢弃在遗忘已久的地下牢狱里，真是讽刺！乌有想起影片《莫扎特传》中的高潮部分——《安魂曲》响起,莫扎特的尸体被从马车上直接抛进了公共墓地。

"实在抱歉,让你帮这种忙。结城和神父好像还没想明白。"

村泽恐怕是这几个人中最正常的一个。或许因为这个,他好像对把乌有和桐璃两个局外人牵连进来比较在意。同时,他似乎对谁是凶手也有想法。

乌有很想立刻问他,但又担心一问出口自己就无法置身事外了。于是乌有尽量装出一副不以为然的样子,只答了句"没关系"。

两人用肥皂反复洗干净手之后回到了客厅。不知何时客厅的气氛再次变得凝重起来。结城目光呆滞,整个身体扭向一边。尚美低着头,拼命克制着内心的慌乱。神父也沉默不语,表情僵硬。

几个人中,只有桐璃一副没事人的样子……乌有凭直觉觉得肯定是桐璃乱说话了。几乎消失的感冒症状似乎又回来了,乌有感到一阵晕眩。

"怎么了?"

"你……"

尚美求助地望着村泽。桐璃也同样望着乌有,但乌有视而不见。

"到底怎么了?"

"这个小姑娘说了些很离奇的话……"

"她说凶手就在我们之间。"

坐在一边的结城补充了一句。他和尚美一样,都对桐璃有意见。不过结城似乎有些认同这个观点。

"真的吗?"

"我只是……"

乌有用目光制止了想要辩解的桐璃。这种话在事态稳定之前不说为妙,但桐璃竟然不小心说出了口。其实大家都在怀疑,都这么认为,都知道这点,但都在刻意回避。桐璃将它说了出来,打破了原本微妙的平衡状态。

"对不起。她还是个孩子。"

"我才不是孩子……"

"住嘴!"

被乌有大声呵斥,桐璃马上安静了下来。嘴里虽然还小声咕哝着"可是",却已经低下了头。

"对不起。"乌有再次道歉。

"到此为止吧!"看到事情发展成这样,村泽出来救场,"桐璃小姐的话也有一定道理。"

"怎么连你……"

尚美瞪了一眼村泽。只见她将两只白皙的手紧紧攥成了拳头,青筋暴出。

"这么说,是我们中间的哪个?"

结城哼了一声,看样子不像一时冲动。他扫视了一遍所有人的脸,好像在确认每个人的反应。

"我也觉得这个想法可笑,但不能说没有这种可能。"村泽打断了结城的话,"当然,凶手也可能另有其人,而且有可能还藏在岛上,正在伺机而动,说不定眼下就藏在某个角落……"

因为语气认真,无人反驳村泽。连尚美都胆怯地环视着四周,看眼神应该在怀疑某个人。当然,前提是她没在演戏。

"危险还在。"

帕特里克神父庄严地在胸前画着十字。

凶手把所有人都困在这个岛上，就是为了实施下一个罪行。这个判断应该是靠谱的。但是，大家为何如此轻信这个推断？莫非都与村泽一样，对凶手是谁已有想法？听神父的语气，想必也是以此为前提。

"是和音回来了……"结城嗫嚅道。

一瞬间，大家的表情都僵住了。

"结城！"村泽厉声呵斥他。就在那一瞬间，村泽仿佛魔鬼附体。

"不好意思。"

结城耸耸肩，老实地致歉。态度太过诚恳，以至于让人难以相信。要知道，此人平时即便犯错也经常拒不承认，要么就是找个适当的借口敷衍了事。不过，"和音"对他们竟有如此大的震撼力？

所有人都陷入了沉默。肯定是"和音"一点一点地渗透到了他们每个人的内心深处。

"对了，小柳，不，现在应该叫神父，我记得你以前想做医生对吧？"

沉默过后，村泽转头问神父。

"嗯……是的。不过那都是以前的事了。"

被突然问到，神父尽管有些惊讶，还是轻轻地点了点头。乌有在慌乱中想起了各位的简介。的确，帕特里克神父在来和音岛之前是医学系的学生。

"如此说来……"尚美茫然地望向神父。

"虽说是医学系学生，但中途放弃了。医学知识和经验都不像大家想象的那样。"

怎么说起这个了？神父也很纳闷，回答得特别慎重。

"那也够了,怎么说也比我们强。看到水镜的遗体时,你有没有想到些什么?其他人肯定更是什么都不懂。"

乌有虽然读过医科大学,但只读过两年,实际听课的时间只有第一年。仅仅掌握了一些医学常识,没有修过专业类课程,或许还不如神父。

"为了应对接下来有可能发生的事情,我们得提前弄清楚状况。"

村泽似乎想学着警察调查真相。他是第一个恢复镇定的人,但不知他的冷静判断是否正确。既然与外部联系不上,那就要进行最起码的调查。但调查可能是把双刃剑,因为有可能从他们之中找出凶手。村泽很有领导风范,应该能够当机立断,但他本人得有一定的思想准备才行。可以说桐璃的鲁莽发言成了一个引子,加速了村泽的决定。不过,桐璃本人完全没意识到这点。

"是啊。"神父点头应道,语气恢复往日的平淡,"怎么说都是二十年前的事了,只能说些外行话……据刚才所见,身体没有外伤,可以判断只有头部受到了伤害。"

"唉,这些我也看得出来。"

结城失望地说道,但神父似乎并未因此不悦。

"头不见了,但无法判断是遭到了殴打,还是绞杀,抑或被捅死。也看不出被迫服毒后痛苦挣扎的痕迹。"

"答案在海里吗?"

"哐啷",结城玻璃杯中的冰块发出刺耳的声音。应该是乌有和村泽搬运尸体时新加进杯子里的冰。

"还有什么?"

"从出血量来看,头颅被砍下是在水镜被杀后不久……哦,主啊!……而且,头颅应该是尸体被搬到圆形舞台后砍掉的。"

尚美捂住了脸，可能是想象到了当时的场景。为什么特意砍下死者的头呢？而且还要将尸体运到圆形舞台上。仅仅是为了场景奇特吗？还是有什么深谋远虑？乌有很想知道凶手这么做的目的。

"还有被杀的时间，也就是所谓的死亡推定时间。据我观察，水镜被杀应该是在凌晨四点钟之后。"

"四点之后！"

村泽忍不住重复了一遍。当所有人都把目光投向他时，他又难为情地否定道："没什么，没什么，接着往下说吧！"接着坐直了身体，再度靠在沙发靠背上。

"可能是五点之前。我认为是四点到五点之间。"

"喂！你怎么知道得这么清楚？"结城诧异地问道。

这么下去一切都将被神父言中，或许是这种不安令结城的声音变得粗暴了。

"我在实习时解剖过一次尸体。那不是一次很好的体验。打开死者的腹腔之后，仔细检查了各个内脏……从体温的下降情况、死后的僵硬程度、尸斑，以及皮肤的颜色等，都可以判断出来死亡时间。"

"真是这样吗？"

"专家会判断得更加准确。我认为若能把胃打开，就能更加准确地判断死亡时间。"神父很有把握地回答。

不知这是出于自信，还是职业习惯使然？毫无疑问，他对法医学曾经有过浓厚的兴趣。不过恐怕他本人也没想到，所学知识如今竟然以这种形式发挥了作用。

在如此短的时间里观察到这么多细节，乌有忍不住对神父感到惊讶与敬畏。

"我并非怀疑帕特里克神父的判断……"村泽插嘴道,"但我踏过积雪走到圆形舞台时,并未发现任何人的足迹。"

他好似难以信服神父的观点。只见他急忙拿过电视遥控器,提高了电视的音量。

他的声音紧张到颤抖,可最初没人在意他为什么如此慌乱。

随即桐璃指着电视大叫一声"啊,原来如此",二十四寸的电视屏幕上依然播报着夏日飞雪的新闻。

"今日凌晨一点至三点,日本海北中部沿岸地区突降大雪,据说是由于西伯利亚……"

音响里传出播音员洪亮的声音,滚动播放着这条新闻,不知道这么做的意义何在。

*

云层的移动越来越奇怪,朝着预想不到的方向飘去,感觉正朝着大西洋尽头的地狱缓缓而去,甚至让人想到哥伦布发现西印度群岛之前的移动。乌有在脑海里描绘着一种怪物——等候在宛如瀑布飞落的水平线边缘、兼有爬虫类与鱼类特征的怪物。一种牙齿尖利,可以将船只咬碎的怪兽……

"你说的是真的吗?"

一直盯着电视屏幕的尚美战战兢兢地问神父,暗红色的双唇微微抖动着。神父没有立即回答。新闻结束后,开始播放温吞的美食节目,只见神父关掉电视,说:"是真的。你如果不信也没关系。其实我自己都难以相信……但我们必须面对现实。"

如果帕特里克神父的观点正确,水镜是在凌晨四点之后被杀的,而雪是在凌晨三点左右停的。据村泽所言,他出去时中院覆盖着积雪，到圆形舞台的位置看不到一个脚印。如果真是这样，那凶手和被害者是如何到达圆形舞台的？凶手在行凶之后又是如何从现场逃脱的？又出现了新的问题。乌有，不，不止乌有，所有人此刻都盯着中院，而中院里只有几条被反复踩踏后变成雪块的踏痕，脏兮兮的。

"莫非是在'密室'里进行的？就是电视剧里经常出现的那种情节。"

从圆形舞台到和音馆距离舞台最近的那个门之间大概是五十米，这么远不可能一跃而过。圆形舞台的后面是悬崖，高于海面十几米，下面礁石密布，波涛汹涌，掉下去必死无疑。而且，在修着栏杆的圆形舞台上，乌有也没看到一个脚印。

"没有脚印，就是没返回。就算坐着轮椅去，也会留下车轮的痕迹呀。"结城毫无顾忌地笑着说。

他只是说话有些夸张，眼神依旧真挚，一直盯着玻璃窗外的圆形舞台。

"夏日飞雪！对比之下，'密室'根本算不上稀奇。"

临近中午，阳光炽热起来，积雪开始融化。"啪嗒啪嗒"，水滴从屋顶滴落，中院的踏痕和积雪渐渐融到了一起。可以说，作为线索之一的积雪已经消失了。但是，村泽和神父，以及电视里的播音员，这三者的证词会将这个正在消失的密室保留下来。

几天之后，警察一定会来岛上调查，神父的误判、村泽看漏的地方，到那时都会一一呈现，密室等问题也会变得微不足道。但是，对于包括乌有在内的所有在场的人来说，这些都极其重要。眼下神父似乎已经向半不可知论倾斜了。

"肯定是和音……"

结城慌忙闭上了嘴。只见他瞥了一眼村泽后，战战兢兢地把身体缩了起来。

耳边传来海浪拍打海岸的声音。昨日听起来让人心神安宁的涛声,今天却异常暴躁,似乎成了要吞噬整个岛屿的惊涛骇浪。对这几个人来说,水镜被杀与想象中的密室,究竟哪一个更有冲击力?乌有突然觉得,说不定是后者。

"电视也可能会报错信息。比方说本州岛三点雪停,但这个岛远离本州岛,说不定一直下到四五点呢。"谨慎起见,乌有说了一句。

"不可能的,如月君。"村泽抬起头说,"秋田县和山形县比较靠北,舞鹤反倒在南边。雪都是在凌晨三点停的,不可能只有这个岛一直下到拂晓。"

"那么,"桐璃插嘴道,"若凶手没有经中院返回,而是'咚'地跳入海中了呢?"

桐璃灵机一动,忍不住脱口而出。就桐璃而言,这么猜想也没什么问题。因为她不知道,也没听说过和音是从圆形舞台上跳海而死的。但是,桐璃与和音长得一模一样,从她口中说出这种话,必定会引起大家各种反应。

"你说什么?怎么会有这种事?你、你、你……"

尚美首先尖叫起来,最后几乎语无伦次。只见她双眼充满恐惧,手中的玻璃杯也掉落在地板上摔得粉碎。

"尚美!"村泽与结城同时从沙发探出身子喊道。等反应过来时,结城尴尬地(不如说是后悔)别开了脸。村泽先是愣了一下,随即靠近尚美,温柔地将手放在了尚美肩头。

"回房间休息一下吧!"

"嗯,好的。"

尚美转过身,顺从地点了点头。村泽想要体贴地搀起浑身颤抖的妻子，但尚美拒绝了。

"没事，我自己能站起来。"

"我陪你去吧。马上回来。"

村泽带着妻子离开了客厅。只听到一声响，客厅门被关上了。结城望着那扇一动不动的大门说："……看来她受了很大的刺激。"

"我能理解这件事给她带来的震撼，但不能不面对事实啊。"

神父将打碎的玻璃杯仔细地用纸巾包住，扔到了垃圾篓里。他的话里多少有些看淡一切的味道，可他自己能面对吗？

"密室是如何制造的？这个问题虽然可以交给警察，但我们先来聊聊看吧。"

结城摇晃着装有冰块的玻璃酒杯，转身望着神父，继续说道："现在水镜已经被杀了。事已至此，又能怎样？……说起密室，这个岛本身就是一个密室。问题是接下来怎么办。不要再为过去的事浪费时间了。既然已经被困在了这个岛上，我们得先决定和音忌日之前该怎么办。"

"可我们得弄清楚到底这件事是人干的，还是魔鬼干的？"

"魔鬼？你以前可不会这么说，现在还真成了基督徒了。"结城呵呵一笑，乘胜追击般继续说道，"你以前好像常说犹太人的一神教，看来二十年变化很大啊。"

"结城！"

帕特里克神父不由得语气强硬起来。他握紧《圣经》，手上青筋暴起，看得出他生气了。不过他很快就恢复了冷静，语气委婉地说道："……失礼了。不过你也有些过分了。以前我的确不会这样，可现在不同了，单靠理想无法生存，我们得允许丑陋存在。"

"话说得好漂亮啊，神父。这么说，你一直都能够容忍丑陋了？真是这样吗？"结城夸张地耸了耸肩，继续挑衅道。他好像有些孤注一掷了。

"难道你没有改变吗？"

"我？我……"结城瞟了乌有一眼，接着说，"我……从未改变，一直是和音的追随者。因为我从未拥有过……"

结城的态度突然收敛了很多，话也说得吞吞吐吐。很明显，乌有和桐璃坐在一旁，这让他有所顾忌。

"你好像参与了不少啊！"

"我？"

"换作平时，你不会介入这么深吧。今天早上你不觉得自己有点过分吗？"

"这有什么？我只是心情不好罢了。"结城像个小孩似的赌气说道。

帕特里克神父心满意足地笑了，没有继续深究。面对桐璃时另当别论，面对这种状况时，神父似乎最为镇定。可能是听多了教徒的忏悔，习惯了面对任何问题都能置身事外吧。哪怕是关乎自己的问题，他也能以神父的名义、作为神的替身应对处理，不带主观情绪地客观看待。

"怎么回事呢？问题堆积如山。"

村泽回来了。只见他一边推开门一边喃喃自语。虽然憔悴不改，但语气比刚刚镇定多了。一看到结城，他就微笑着说："我先让她休息了，一躺下情绪就稳定了不少，她原本就是个敏感的人。"

乌有昨夜听到了他俩的争论，感觉村泽此时故意含糊其词。只见他阴沉着脸点燃了一根柔和七星，咳嗽了一声后提议道：

"咱们暂停一下吧!"

"暂停?"

"嗯。马上到午饭时间了,得先吃点什么吧。从早晨到现在还什么都没吃呢。"

没人反对。看看表,已经十一点二十分了。大家可能都想歇口气了。乌有也一样。从结城与神父的争论可以明显看出,大家都处在恐怖与紧张之中。对于水镜的死,接下来每个人都需要时间独自整理一下思绪吧。

"是啊……"结城也同意了。

"那就这么决定。大家先让头脑冷静一下,之后再商量。总这么提心吊胆的,也谈不出什么结果。而且,尚美也不在场。"

"可是……午饭谁做?"

"我来做。"

一直很精神的桐璃举手回应。这个举动属于乖乖女,完全不像平时的她。

"毕竟真锅夫妇不在了嘛。"

"谢谢啦!"结城朝桐璃眨眨眼。可能他喝多了,不过桐璃的话也确实让大家都放松了下来。村泽也无奈地站起了身。

"材料都在厨房里,对吧?"

"嗯。我刚刚看了一下,食材很充足。"村泽回应。

不愧是村泽,果然想得周到。

"要是不够就麻烦了,那就……"

桐璃本来想说"那就死翘翘了",可她没敢往下说。看来她多少知道些"祸从口出"的道理。

就这样,大家一致同意午饭后再一起商量如何善后,午饭前的一个小时自由活动。想必尚美也会在这个时间里多少恢复些吧。村泽郑重其事地宣布休会，之后众人都离开客厅，回了各自的房间。

3

厨房的餐桌上，摆着不知谁喝完的空牛奶盒。

"乌有。"

桐璃用一只手抄着平底锅喊乌有。锅里的洋葱被热油煎出"滋滋"的声音，与锅铲碰撞锅底的金属声混在了一起。她在炒蔬菜。六人份的猪肉炒蔬菜在平底锅内挤在一起。桐璃束起了长发，穿着黄色围裙，很像那么回事。虽然指甲上那层薄薄的指甲油看着有点碍事。今天还是第一次见桐璃穿围裙，乌有印象中的桐璃一直是个普通高中生的样子。

村泽他们回了房间，乌有没有把桐璃一个人留在厨房，而是坐在一旁的椅子上观察桐璃炒菜的样子。她的动作算不上娴熟，虽然能够熟练地抄起平底锅，但卷心菜和圆椒片好几次从锅里飞出来，落在了煤气炉上，冷却后又被直接扔进了垃圾篓，六人份的菜量在不断减少。当然，桐璃的厨艺并不算差，看得出她对做这顿饭的认真与热忱。乌有望着眼前这一幕，面带微笑。坦白说，看到尸体后他就蔫儿了，连走路都打趔趄，整个人紧张兮兮，感觉周围充满杀气。煤气炉让厨房变得暖和了起来。乌有伸了一个大大的懒腰，长吁一口气，眼角都有些湿润了。

"嗯？"

听到桐璃叫自己，乌有赶紧恢复严肃的表情。刚刚太放松了，实在不像话，他双脚变换着各种姿势，像在掩饰自己的难为情似的。

"乌有觉得谁是凶手？"

"这个嘛……"

问得好直接！乌有冷冷地敷衍道。其实，这个问题也让他很头疼，没想到桐璃兴致勃勃地问出了自己最不想面对的问题。"这个嘛……"讨厌的回答，乌有自己也不喜欢。但得保持事不关己的冷漠态度，于是，他迅速忘掉刚刚涌上心头的那点内疚，努力维持着严肃。

"太残忍了！你觉得凶手在那几个人里面吗？"

"不知道。都是些城府极深的家伙。"

即便他们的震惊是装出来的，自己的双眼也无法识破，乌有对此很清楚。自己既不擅长观察他人，洞察力也不敏锐，不过是一个自以为稍微比别人清醒一点、年仅二十一岁的青涩小伙儿，人生阅历只有岛上这些人的一半而已。一想到这里，他就有些着急。

"怎么了？你的表情好严肃。"桐璃惊诧地问道。

"没什么……你怎么看？"

"我？我觉得凶手肯定在他们之中。"

桐璃回答得很干脆，就像寻找扑克牌凑对游戏中手拿大王的那个人似的。

"……那你凭直觉觉得会是谁呢？"

"不是直觉，是推理，推理。不过情况现在还不明朗。开始时我觉得那个大婶很可疑。"

这恐怕不是推理，而是偏见。

"是吗？她都吓得晕过去了，好像根本受不了惊吓的样子。"

"也可能是假装的呀。都可以把别人的头砍掉，装出一副娇弱的样子还不简单？"

"那你觉得尚美是凶手?"

乌有迎合着桐璃说。如果是昨晚之前,自己可能会呵斥她,让她少管闲事,可现在情况变了。乌有原本计划立刻通知警察,以证人的身份说出证词,然后和桐璃一起离开,现在看来这是不可能的了。既然如此,既然有人阻止自己这么做,既然不得不在这个岛上被困五天,那就没必要让桐璃强压着内心的疑问小心翼翼地待着,倒不如让她在目力所及的范围内自由活动算了。

而且,乌有已彻底看清形势,既然被牵连进来,那就无法袖手旁观。何况眼下至少也需要一个清醒的局外人。虽然不如桐璃对此事积极,但顺势而为也可以保全自身。

乌有告诉自己,寻找凶手绝非出于好奇,而是为了维持十年来一直坚守的原则——独善其身。

"我也不清楚。相关信息太少了,关于水镜我还一无所知。也不明白作案动机。"桐璃回答。

"动机?"

"乌有,莫非你想到了什么?"

"没有。我几乎没有想过动机这个问题。"

"什么?正常来讲,这可是常识呀。"

桐璃加重了语气,与此同时,颠锅的幅度大了起来。果不其然,几片肉从锅里飞了出来。桐璃视而不见地继续说道:"看来你不适合做侦探啊。无论什么推理小说,动机都是贯穿始终的。"

"好吧……不过,你好像一直是个推理迷,对吧?"

"错。只是喜欢而已。"

确实,感觉她还没到"迷"的程度。她掌握的推理知识估计大半来自电视或漫画,这和乌有也差不了多少。

桐璃将热气腾腾的炒菜盛到了大盘子里,可能放了酱汁之后又炒得太久,有点焦煳味儿。

"这么早把菜炒出来好吗?米饭还没熟吧。"

"都说没事啦。你知道的,我每天都做饭。"

"你爸爸可真是好伺候啊。不过今天是一群特别的客人,没做好的话,恐怕不是一笑了之那么简单哟。"

"没关系。看样子都不是美食家,对味道不会那么挑剔啦。"

桐璃用筷子将飞出锅外的肉片夹起来放到了盘子里,然后认真地说:"那些人看起来关系很复杂的样子,应该不会太在意菜的味道。如果被杀的是村泽或者结城的话,那凶手就好判断了。"

"因为都跟尚美有关吗?"

"肯定啦。"桐璃随即"啊"了一声,像想起了什么似的拍了一下手,"说不定凶手真正想杀的另有其人,为了误导大家,就先杀了水镜。"

"对哦。"

"如果真是这样,我们为什么会被困在这里就可以解释清楚了。接下来遇害的如果是村泽,那凶手肯定是结城。"

"难道尚美没有嫌疑吗?"乌有因为昨晚听到了村泽夫妇的争论,忍不住反驳,"尚美说想跟村泽分开……"

"乌有好像一直都站在蛇妖那边啊。"

"才没有。"

乌有的回答让桐璃感到意外。他没有站在任何人一边。也不站在真实、理性,甚至桐璃一边。乌有只认同自己。

"也可以这么想。不过推理是否正确,村泽不死是无法验证的。"

这想法真危险。桐璃站在乌有面前,不负责任地微笑着,好像期待着事情按照推理般进行似的。

"先思考一下现在能想到的事吧。"

"能想到的？"

"密室之类的？"桐璃兴致勃勃地说。

有些麻烦，她的好奇心好像逐渐被激发出来了。

"密室啊。"

"对。雪地密室。还有为什么头被砍掉，等等。乌有，虽然你们没让我看现场，可我怎么想都觉得是圆形舞台。"

桐璃出神地望着天花板。乌有不明白是什么触动了桐璃的心弦。

"你对密室怎么看，乌有？"

"这个嘛，我也不知道。"

圆形舞台既不在野外，又不在室内，严格说来，不算是密室。这应该称作"不可能犯罪"吧，不过，如果讲起专业用语的定义那就没完没了了，乌有决定遵从惯例。最近，乌有好像已经习惯了凡事随大流。

"你总是这么说。"

桐璃呆望着天花，不屑地哼了一声。桐璃怎么看待现在的自己？过分谨慎，不敢轻举妄动，还是说她根本没有关注自己？

"我才起床刚刚一个小时，还没充分思考过这个问题。桐璃你是怎么想的？推翻密室的假设？莫非你有好的想法？"

"我能有什么想法？你又不肯告诉我圆形舞台上到底发生了什么。我自己也没看到。"

原来桐璃的目的在这里，她这是在指责自己呢。没办法，乌有只好把圆形舞台上发生的一切，以及发现尸体时的情景，都尽量客观冷静地告诉了她，不然她有可能会晕倒、发抖，甚至尖叫。

"头是在圆形舞台上被砍掉的吗?"

"可能吧。虽然不能肯定人是不是在圆形舞台上被杀的。大理石上有被刀砍过的痕迹。看着像劈柴刀留下的。而且,假如尸体是砍掉头颅后被搬过来的话,那雪地和舞台的地面上应该有血迹才对。"

"也可能是障眼法。"

"你想得也太离奇了。"

"也许吧。所谓密室,不就是爱读推理小说的人创造出来的吗?考虑其他问题时自然就爱用推理法了。"

乌有听后耸了耸肩,表示难以理解这种心理。虽然如此,眼下这起事件也存在类似可能,这么思考也有一定道理。

"你发现尸体时,只有村泽一个人的脚印吗?"

"对。朝圆形舞台去的方向,只有一串脚印。"

乌有记得当时的雪好白、好美,自己还忍不住感慨了一下。但绝对不能告诉桐璃,自己被大自然的美感动了。当时还感觉,那一串脚印破坏了大雪的美丽,所以乌有才记得格外清楚。

"往森林去的方向呢?"

"没有。中院里没有任何其他足迹。"

那时没想到会发现尸体,乌有欣赏着美景,精神比较轻松,所以可以肯定。

"真的,其他地方都没有。"

"莫非凶手跳进了海里?"

乌有脑海中浮现出和音跳海的情景。

这个不能说……乌有正想解释原因时,桐璃抢先说道:"我知道,和音以前是从那里跳的海,对吧?"

乌有惊讶地望向桐璃,她正得意地注视着自己,双眸被天花板上的日光灯映得熠熠生辉。

"你说你知道？"

"当然啦。看到大家的反应就一目了然了。"

听了桐璃的话，乌有唯有一声叹息，连生气的力气都没有了。这不怪桐璃，只怪自己没有发现自己的愚蠢。想想桐璃装傻的样子，乌有突然发现，别说年长自己一倍的那几个人了，对这个年纪比自己小的女人，自己竟然都没看透。

是我太天真，乌有开始反思。看来今后得多加小心才是。

"被杀的人真的是水镜先生吗？"

"是水镜先生。右手萎缩，有烧伤的痕迹。"

而且，从烧伤的痕迹来看，是多年之前受的伤，伤痕已经与皮肤融合在一起。即便使用化妆术，也没有办法做到这一步。

"看来就是水镜先生本人了。那凶器呢？"

"帕特里克神父也说过吧。尸体的头不见了，也不知道凶器的下落。砍头用的刀可能是你刚刚用过的菜刀呢。"

"好恶心！"

桐璃眯起眼睛，吐出长长的舌头。可能是感到硌硬，她拿起一直放在切菜板上的菜刀，开始用洗洁精清洗起来。

"只是可能。"

"哼……如果砍头，应该要用更大的刀吧。"

"我也这么觉得。"

"哼。"桐璃再次从鼻腔里发出哼声，"不过，如果是水镜先生本人的话，为什么要砍掉他的头呢？一般只有杀害替身时才这么做啊……"

说完桐璃沉默了。难道没得出结论大脑就短路了？她嘴巴略张，双眼无神地来回转动，在外人看来，这个样子可不算好看。

百年的恋情让人难以清醒，但几年的恋情还是很容易醒来的。难道自己思考问题时也是这副模样？想到这里，乌有意识到自己不能这么戏弄桐璃。望着专心思考问题的桐璃，乌有感到相当有趣，就像观察一只面对麻烦事的小猫小狗似的。

接着，桐璃摇了摇头，嘴里咕哝了一句"搞不明白"。

"为什么要制作一个密室呢？为什么要把头砍下来呢？"

桐璃开始用手指计算问题的数量，连续弯下了几根手指。

"还有，真宫和音的肖像画为什么被毁了？真锅夫妇为什么不见了？为什么有人把电话线切断，让我们报不了警呢？"

一只手的手指已经全都弯下了。她提出的问题本身没错，都是乌有反复思考过的问题。可最后除了反复说这几个问题都有相应的原因之外，目前根本无法得出答案。

"请问名侦探舞奈桐璃，你是怎么想的？"

桐璃用琥珀色的双眸瞪着乌有。

"我没有别的意思。"乌有解释道。

"看来还会发生杀人事件。连环杀人。和音的画被毁只是对那几个人发出的杀人预告而已。破坏电话意味着还有进一步行动。我现在能想到的就是这些了。"

"那真锅夫妇是怎么回事？"

"这是最难解的问题。怎么会这样呢？说不定他俩被杀掉埋了。不然，他俩就是凶手？现在就藏在岛的后面？"

"很有道理。"

"不过我觉得这种可能性很小。"

桐璃说得很确定。看她很有把握的样子，乌有忍不住问根据是什么。

"想想看，真锅夫妇来这个岛上的时候，和音已经死了，对吧？他们和这帮人二十年前的集体生活完全无关。而且，你去配房喊他们的时候，配房周围没有脚印，临时码头也一样。也就是说，在雪开始下之前，或者下得正大的时候，他们已经离开配房逃出了这个岛，没有杀人的可能。"

乌有对桐璃的推理能力深感佩服。他完全没想到这一步，经桐璃这么一说，乌有感到的确如此，自己好像确实欠缺推理能力。那么，那几个人也和桐璃进行了同样的推理吗？也认为真锅夫妇与水镜被杀无关？乌有突然想起一个细节，尽管快艇不见了，真锅夫妇消失了，但没有人认为他们俩是凶手。

"莫非凶手就是那四个人中的一个？"

"有可能。"桐璃面露遗憾地站起身，打开已经显示保温的电饭煲盖子，蒸汽立刻在她脸部四周弥漫开来。

"好像不错，刚刚好，刚刚好。"桐璃满意地嘀咕，用饭勺来回搅了几下又盖上了盖子，"下午还要接着讨论，到时可能会知道些新的线索吧。"

"也许吧……对了，桐璃。"

"嗯？"

"你回去后，好好上学吧。"

"……说什么呢？好奇怪啊！"

桐璃装作没听到，开始摆放餐具。

4

也许是一条无形的锁链将他们锁在了一起。这条锁链与常识和良心无关，就像一条让人无奈的规则，硬要给它取个名字的话，那就是属于他们自己的"戒律"。

不到一小时的休息时间能让他们的内心产生怎样的变化？乌有试图从每个人的神情中读出些端倪。然而，大家都在安静地吃饭，很难看出异常。

看着大家一言不发地只顾着吃饭，乌有突然想起初中时在学校吃午餐的场景。他就读的初中以升学率高而闻名，管理之严格在整个京都府都首屈一指。学校规定男生留短发，刘海不得齐眉，两侧头发不能过耳，脑后的头发自然也不能太长。女生若留长发，则必须扎在脑后。校服裙子的长度得过膝十厘米。除此之外，校规中还有不少类似的细则。据说千叶县某所高中规定，男女生上学放学若结伴同行就被视为关系暧昧，此规定曾招致热议，而乌有所在的初中也有类似规定。现在看来这种做法愚蠢至极，但当时却大行其道。所谓"男女七岁不同席"，类似现象或许源于这种迂腐的思想。

学生与家长目的明确而一致，即升入知名高中，对学校的从严管理自然没有异议。从小学，甚至从幼儿园开始，孩子就被家长管着；到了初中，不过是换了老师、学校管着而已。乌有也曾经历过这些。当然，也有人对此表示不满、质疑，但那只是极少数，不可能成为多数派。一来因为他们只是初中生，不懂如何反抗，二来因为听话的学生总把他们当作异类，习惯了与他们划清界限。不过，如果不把初中看作正规学校，只看作升学补习班的话，管理严格也就算不上什么了。

类似军队化管理的校规中还有一条，那就是吃饭时保持安静且不得剩饭。这样一来，午饭时间像极了小学的德育课时间，而乌有所在的初中对此也有明文规定。记得学校给过大概的解释，但已经记不得具体内容。总之，对于学校的类似规定，学生必须老老实实遵守。老师坐在讲台上与学生一起进餐，同时监管学生。除了学习上分秒必争的乌有,其他学生都趁着课间休息或换教室的时间相互开玩笑、交换信息,或者约好一起玩。唯独午餐时间,学生必须埋头专心吃饭。想必此时大家都想愉快地边吃边聊吧。如果有人想说句话,立刻会遭到来自讲台的严厉训斥。那情景简直就像在上午餐课一样。为此当时流行把午餐时间称作"午餐课时段"。

本应很快乐的时间,结果却不得不看着老师的脸色就餐。当然,眼前这一幕与那时有所不同,可吃饭时小心翼翼地留意周围动静的架势与"午餐课时段"十分相似。眼下,他们就被严格监管着。这种状况下……

如果真是这样,那监管他们的是谁呢?这时,乌有与村泽的视线撞上了。只见村泽坐得笔直,右手拿着筷子,左手端着饭碗,手腕正机械地上下活动着,将饭菜送往口中,背后是白色的墙壁,上面装饰着淡茶色的花朵。两人视线一对上,村泽立刻垂下头,避开了乌有的目光。给人感觉承担教师监管职责的人像是乌有似的。不,还有桐璃。如果真是这样的话……

在老师面前,学生一般不闲聊。无论课前,还是课间休息或放学后,只有老师不在场时学生们才会畅谈。莫非村泽他们也一样?重要的事情都希望内部决定处理。对此,乌有不是不理解,只是有种被疏离的感觉。当然,乌有一直希望自己和桐璃能够置身事外,然而,讽刺的是,真的遭到排斥时,还是会有气恼涌上心头。乌有将遇事保持理智与冷静视为金科玉律,十年来一直坚持遵守,然而此时却无法压抑这莫名的气恼。话虽如此,乌有也不想主动开口谈及此事。

这可能与桐璃一样,都是一种不负责任的好奇心吧。不,不对……乌有很快否认了这一想法,专注地盯着眼前的一小盘凉拌菠菜。原来装在锅中有点汤汁的东西就是这个啊。做得还挺不错。

事情尚无定论，那就只能装作漠不关心。刚刚的四目相对让人感觉有些别扭。虽说如此，乌有还是忍不住想继续观察他们，就好像在搞秘密战争似的。

但是，他们为何害怕自己，不，也可能是害怕桐璃呢？假如只是相互怀疑的话，也可以故作热络，彼此试探，甚至挑衅也能作为一种战术使用。毕竟在人数上，他们是自己这边的两倍，占绝对优势。他们就这么保持沉默，难道是因为心中有愧？还是因为被恐惧，被超出乌有想象的巨大恐惧吓到了？

难道这几个默不作声的人早已心中有数？莫非他们已经猜到了雪地密室的制造者？但是，看他们又不像已经识破真相的样子，他们的脸上只有茫然的恐惧……

乌有想到了两种可能。一种是即便知道凶手就在他们之间，但依然无法确定是谁。另一种是假如凶手另有其人，也就是假如和音岛上还藏着一个人，他们即便知道那人是谁，也不敢轻易出手。

囚犯似的进餐结束了，没有人离席而去，也没有人开口说话。

这种情形究竟要持续到什么时候？乌有喝着已经冷掉的煎茶，打量着四周。沉默比交谈更让人疲惫，因为耳朵会听到周遭的一切声音。风声，涛声，走廊上的吱嘎声，还有黑尾鸥的叫声。自然的声音加上生活中的噪声，世界若只有这两种声音构成，那会非常恐怖。垂下眼睑，眼睛就无法看到一切，但耳朵却屏蔽不了。他们早晚会忍不住的。而且，客厅够大，更适合六个人交谈。

乌有想立刻摆脱这种因寂静而产生的紧张感。挂在客厅墙壁上的那幅圣母玛利亚的油画让他尤其感到恐怖。幼小的耶稣被面带质朴笑容的母亲抱在怀中，凝视着乌有所在的方向，眼神冷静而超然，仿佛能够洞穿一切，这让乌有不寒而栗。

乌有忍不住看了一眼坐在一旁的桐璃，顿时觉得放心了。

太阳升起，温度上升，中院的积雪开始融化，山林也正在恢复原有的苍翠，一串串水滴从房檐"滴答滴答"落下。尽管还未回到炎热的盛夏，但已温暖得如同阳春时节的午后，不如说这种气温让人更觉舒适。乌有已经不再去想夏日飞雪的原因。既然和音岛之外也有降雪现象，自己又不是这个领域的专家，那肯定是想不出正确答案的。电视上该领域的专家也已停止了讨论，一致认定是天气异常所致。

"接下来打算怎么办呢？"

最终，还是乌有忍不住先开了口。乌有不确定自己先开口能否引导大家展开讨论，但后来他发现其他人也想谈论此事。其中村泽回应得最快。

"是啊……还能怎么办呢？情况大家都知道……"

"没办法啊！"结城像在呼应村泽似的，撂下一句便走开了。

"当然，就这么下去也不行。"

神父一脸认真地看着乌有他们几个。

"我们必须想点办法。"

"包括逃出这个岛的办法？"

"距离对岸有一百多公里，不像横渡濑户内海那么容易，逃离是不可能的吧。接我们的船要等到十二日才来。"

"大家都无条件地相信会有人来接我们，但咱们能确定带我们来的人是好人吗？"

从某种意义上来说，结城说出了大家都不想面对的事情。

村泽格外肯定地说："我们必须相信这点。我、你、帕特里克神父，还有如月君两位也一样，周围都有人知道我们来这个岛上。如果联系中断，我们迟迟不归，应该会有人来救援。就算晚一两天，也会有人来救我们。"

"确实，公司同事可能会觉得我们玩疯了，上岛来把我们带回去。"

"是啊，现在最重要的是如何度过接下来的五天。"

说完，神父挨个儿看了所有人一遍，那神态仿佛准备布道一般。他虽然身材矮小，看上去相对单薄，但神情里透着坚韧，看起来比结城和村泽勇敢得多。不过，也可能是身为神父的缘故。

只见他紧握着黑色皮革封面的《圣经》，说："我们必须克服眼下的困难，这样才能找到出路。"

"凶手也可能在我们中间啊。我们能相信吗？"

结城用充满猜疑的眼神朝乌有的方向望去。乌有最初以为对方在看自己，后来才发现他的目光越过了自己，投向了身后的桐璃。好在桐璃没有察觉，但是……桐璃的处境很危险。仅仅因为与和音长得相似，她就招致了这种怀疑，这是乌有最担心的。但事件的确起源于和音，这点毋庸置疑。乌有想赶紧岔开话题，可一时又找不到合适的措辞。

"结果一样。不管凶手在不在我们中间，只要我们几个人在一起，就不会遭到袭击。"

神父主动回答了结城的问题，语气温和得就像能够缓冲一切撞击的海绵靠垫一样。

"我不行。从早到晚都要和疑似杀人狂魔的家伙待在一起，我受不了。"

"救援肯定会来的。"

"你是说主会来救我们？"

结城鄙夷地看着坐在一旁的神父。

"一切都要交给主。"

"哼！动不动就说主，你这种半吊子信徒也有资格谈神论道？"

结城出言不逊，或许想借此发泄心中的不安。

神父的脸一下子阴沉了下来，不过他很克制地压低声音说道："总之……我现在一心追随主。对于皈依基督的信徒，主会赦免一切，不仅仅是以往的悔恨和罪孽。很多人在主的指引下都找到了自己的道路。"

神父坚持反驳。显然，他对结城脱口而出的"半吊子信徒"非常在意。这个说法让神父在众人心中的印象一下子清晰起来，神父自然难以接受。空气中仿佛弥漫着刺鼻的火药味儿，乌有感觉不宜在此久留。

面对神父的强硬态度，结城屈服了，他低声致歉："对不起。"不知道以前小柳与结城谁占上风，但如今神父好像以其独特的方法占据了优势。话说回来，结城刚刚发的牢骚，难道不是神父故意挑拨出来的吗？

"如果不想在一个地方待着，那就只有自我保护了。不过一个人单独行动可能更容易遭遇危险，这点大家都能理解吧？话虽如此，面对面相互猜疑确实也会增加心理负担。"

"真不好办啊！一想到还要待五天，立刻就感觉焦虑了。那……可能都在三楼各自的房间待着最好。万一发生什么，大家都能听得到。"

"反正也不可能晚上睡觉时还在一起。"

刚刚一直洗耳恭听的村泽此时开口说道。神父也点头表示同意。

"就算有人来袭，晚上也比白天的可能性大。咱们干脆解散吧！"

颇具领导风范的村泽一发话，现场众人便达成了一致。问题在于谁也说不清接下来该做什么，这样会让大家都焦虑。一直等在这里耗时间也会让大家压力倍增。当然，他们掌握的信息多于乌有，所以问题更加复杂。

"惊慌最容易带来危险，我们都得保持冷静才行。"村泽轻轻将手搭在夫人肩上继续说道，"保持冷静。凶手只有一个人，我们有六个。"

接着他就像营救队或童子军队长一样，事无巨细地安排了一切。比如晚餐由村泽夫妇负责，洗碗由结城与神父负责。接下来五天所需的工作任务以两人一组的形式逐一分配了下去。每个人似乎都期待着被安排，老老实实地接受了任务，就像刚刚提到的初中生一般。

时隔二十年，他们在和音岛上不经意间再度组成了一个生活共同体。不过，可能是有意的吧，乌有和桐璃被排除在外了。村泽没给他们俩安排任何任务。不过乌有对此没有发表异议，因为他已经没有气力去跨越彼此间的那条界限了。他只想安静地思考，认真审视眼前的形势。他真的有些累了。

在冷清客厅内的谈话到此为止。

*

正要离开客厅时，村泽拍了拍乌有的肩膀，示意他留下来。又不能让桐璃一个人回去，于是乌有将她送到三楼，确保她不会再出门后迅速返回了一楼。村泽不在餐厅。他在客厅打开了一瓶红酒，此时正蜷缩在长毛绒沙发里。

"有什么事吗？"乌有警觉地问道。

为何专门让自己留下？虽然不至于被吃掉，但乌有想不到自己被单独留下的原因。

村泽沉默不语。他表情凝重，双肩颤抖着瞥了乌有一眼，接着仿佛陷入沉思中一般垂下了头，被岁月划出的皱纹越来越深了。他好像在犹豫什么。是有想商量的事，还是有事情问自己？看他的神情似乎两种可能都有。乌有打破沉默，又问了一遍。村泽沉重地坐直身子，开口说道："你怎么看？"

"什么怎么看？"

"是不是觉得凶手另有其人？"

乌有立刻回答："我怎么会知道。"乌有其实想说岛上一共六个外来访客与三位居民，由此看来，凶手应该在你们中间。当然，也许还存在一个身份不定、一直未露面的人。可村泽是他们中的一员，不能这么对他说。这么回答就表示也在怀疑他。

"难道凶手真的就在我们中间？"

村泽好似在自言自语，听起来有些绝望。不过明显是说给乌有听的。

"为什么把我留下？"

"先坐吧。"

乌有听罢坐到了村泽对面。虽然沙发足够柔软，屁股几乎陷了进去，但乌有感觉不能放松警惕。这让他想起到创华社面试时的一幕。

"来一杯吧！"

"啊？"

村泽往玻璃酒杯中又倒了一杯红酒。这次是一种名为"La-Maschera"的红酒，颜色如鲜血。乌有只是湿了湿嘴唇，便又问了一次:"为什么是我?不,为什么把我留下呢?"

"因为你是局外人。可能是唯一的局外人。"

"谢谢!不过,唯一是指什么?桐璃,不,那舞奈呢?"乌有立即反问。

村泽嘴角浮现出嘲讽般的微笑,回道:"舞奈小姐……她……你也看到了,我们都非常关注她。"

"那……不过,这和舞奈无关啊。她只是碰巧和别人长得相似而已……她才十七岁啊。"

"这个我知道,但有些事情只用道理是讲不通的。总觉得还有些东西没搞清楚。就像鞋垫下的小石子,还有一些我们无法忽视的、碎片一样的东西。当然,我并非怀疑舞奈小姐是凶手。我完全没这么想,但是……"

村泽拐弯抹角地说了好多,之后闭上了嘴。的确,桐璃与和音非常相像,这对桐璃有害无益。目前所有人都因恐惧失去了理智,很容易将凶手锁定为和音。如果前天晚上桐璃不穿那套衣服就好了。

大家对桐璃有关心,有猜疑,也有恐惧。从尸体被发现时起,每个人心中都藏着疑惑。乌有了解舞奈桐璃,他自然知道桐璃不可能是凶手。但这些人与桐璃才认识三天,并不了解桐璃啊。他们对桐璃的了解程度,就像自己对他们的了解一样。

乌有比一般人更不容易相信他人,甚至对他人有些抗拒。这是"本我"死亡导致的后遗症之一。所以乌有不认为其他人能像村泽一样理性地控制自我。即便是村泽,乌有也看不透他究竟怎么想,说不准遇到点刺激就会像结城刚刚那样怒火冲天。只是发火还好,万一真动手的话……后果不堪设想。

"好了。你不认同也没关系,我想说的不是这些。我只是想告诉你，我需要你这个局外人的协助。"

"协助？"

本以为谈话肯定与桐璃有关，没想到对方提出这样的要求，乌有顿时没了气势。

"是的。"村泽在沙发里重新坐直了身体，直视着乌有的眼睛说道，"我认为凶手就在我们中间。准确地说，要么是结城，要么就是神父。我想查清究竟是谁。我在大家面前说这五天只需安静等待，其实不止是等待，我还想查出凶手。究竟是谁杀了水镜？是谁将我们困在了这里？所以我需要有人协助，需要像你这样的局外人。"

他的眼眸绽放出真诚炽热的光芒，看来确实是想得到局外人的协助。乌有回应着他的目光，反问道："你是说你要像警察那样查案？"

"对。当然，我不认为自己能像警察那样顺利查出凶手。我办不成重要的事。可能也发现不了什么重要线索。但什么都不调查我心里会很难受。我无法接受从一开始就放弃的做法……我的性格就是这样。"

"你希望我悄悄帮你？"

"你是一名记者，在现场取证方面你应该更有把握……当然，这个不强求。"

乌有心想，虽说是记者，负责报道犯罪事件的记者还说得过去，可自己只是个跑腿打杂的。不过，从某种意义上说，村泽的请求乌有正求之不得，所以他没有多说自己的现状。

……村泽的请求至少没有将他排除在外。关于这件事，自始至终保持冷漠也是一种策略，但自己对这件事的关注愈加强烈，如今早已不再是最初的好奇了。说不定从看到和音肖像画的那个早晨开始，自己就不能无动于衷了。

"那好吧——"乌有面无表情地淡淡回应。这种时候不要显得过于积极才是上策。

"不过，你有证明自己不是凶手的确凿证据吗？"

这种说法其实很不礼貌，但比立刻应允更容易获得对方的信任。乌有早就想到了这点，等待村泽给出意料之中的回答。

"我，没有。"他坦率地承认，"请你对我也严格调查。"

村泽如此精明，早已看出乌有没有太怀疑自己。乌有看着他，微微一笑。

"明白了。我愿意协助你。只是……"

"只是？"

"那你能告诉我，为什么大家那么惧怕和音吗？"

"这是因为……"这个问题就像致命一击，但村泽坦然面对，并未胆怯，"很遗憾，现在还不能说。你可能会不满，但这个问题事关我们的隐私。从二十年前就……不过我保证将来会告诉你，连同和音的事情一起告诉你。"

乌有自然不相信这种空口无凭的承诺，但还是做了让步，因为对方不是那么好对付的人物。村泽真的会告诉自己事情的真相吗？乌有不敢指望。乌有隐约预感到今后也没有机会再问他这个问题了。假如真的有人告诉自己真相，那个人也应该是"半吊子信徒"——帕特里克神父。尽管没有任何根据，但乌有隐隐约约地预感到了这一点。

5

两人首先去了水镜的书房。虽说不是什么秘密行动，但为了避人耳目，两人还是悄悄爬上楼梯来到了走廊，那样子让乌有不由得想起明智侦探和小林少年[①]。自己真是个老得走了形的少年，乌有暗暗自嘲。

穿过装饰着抽象画且十分冷清的变形走廊，两人来到了水镜的房间。村泽看样子一点不担心留下指纹，直接徒手去扭门把手。门竟然没锁。两天前乌有第一次来到这个房间，当时以为门很厚重，没想到失去主人后这般羸弱，开门声轻得几乎都听不到。整间房就像强大的苏联在失去钢铁屏障后一下变成了俄罗斯这种极其普通的国家……

室内没有任何变化。庞大的书桌依然盘踞在原地，书架上的《百科全书》与《巴尔扎克全集》也都还在。

"没有打斗的痕迹。"乌有小声说道。

和房门一样，房间里的氛围也与从前完全不同，仿佛生猛的狮子和被剥了皮的死狮一般对比强烈。失去主人的房间没有了以往的活力与生机，变成缺少灵魂的死物。拥有二十年历史的城堡竟然变成这般模样，乌有内心泛起一股虚无之感。

"如月君。"

村泽朝正在打量房门上非洲雕刻装饰的乌有招手示意，他好像在书桌深处发现了什么。乌有赶紧跑上前去，那里放着一辆银色轮椅，就是水镜用于移动的电动轮椅。乌有对坐垫的图案、圆弧状的把手形状，以及磨损的程度还有印象。

"怎么回事？"乌有问。

村泽没出声，只是耸了耸肩。此时乌有才发现，大家都忘了轮椅的存在，而轮椅几乎是水镜身体的一个组成部分。

[①]日本推理文学之父江户川乱步创作的小说人物，明智小五郎和小林芳雄。

"这么说，水镜是被抬到圆形舞台上去的了？"

村泽默不作声地蹲了下去，开始查看地毯。

"有血。"

轮椅车轮的一侧留有少量的血迹，地毯也是红色的，但血迹已经变成了黑色。

"水镜是在这间房被……"

"不过头不是在这里被砍下的。从出血量来看，肯定是在圆形舞台。"

"水镜的头部应该是在这里遭到了重击，当下出了血。虽然无法判定他是否当场死去，但尸体之后被运到了圆形舞台，在那里被砍了头。"村泽双手抱在胸前如此总结。也许他并没有刻意模仿电视剧或小说中的名侦探，但说话的语气与名侦探非常接近。

"是不是也要考虑可能是凶手的血？"

"也是……然后呢？"

"抱歉，我还没有想到下一步。我还是第一次遇到这种事。"

乌有移开视线，表示不想再说下去。奇怪的是，此时村泽皱起眉头嘟囔了一句"算了吧"。他默不作声地打开了书桌的抽屉。抽屉底是木制的，很深，很厚重，上面两层塞满了公司的债券、证券等事务性文件。乌有不懂经济学和会计，完全看不懂这些东西。村泽则大概浏览了一下。

"好像没什么。还以为能在这里找到水镜的头呢。"

"别说得这么吓人。头可能在海底呢。"

村泽冷静地说出了最实际的看法，乌有也觉得这个判断比较合理。

"……水镜平时过着怎样的生活呢？"

"我也不清楚。昨天我也说过，和音死后，他就好像变成了一个躯壳……"

村泽停下翻弄文件的手，陷入了沉思。

"嗯，他在炒股，可见已经恢复了不少，只是依然抗拒社会。"

这与和音的死没什么关系吧。他们以前与和音居住在此不也是因为抗拒社会吗？一年前，乌有也曾经梦想过这种仙人般的生活。未必风餐露宿，只是在深山幽谷的简朴草屋中生活。如今，乌有感觉无论身处哪里都无聊至极，因此放弃了所有念想，在闹市中过着无欲无求的日子。

"二十年来，难道他都没有任何追求？"

"他与我们不同。我们从岛上回去时才二十几岁，他已经三十多了。而且他本身也比较老成。"

他们回到了外面的世界，这个老人却一直留在了这个牢笼里。自那之后，只能通过远程通讯的方式与外界取得单向的联系。记得昨晚自己也这么想过，但现在意义不同了。假如说二十年来，他仅仅发挥着一个联络点、一个信息源的作用，那他的死难道也只是被社会抹掉的一个数据吗？一个二十年前被社会遗忘了的人，一个不合时代潮流的避世主义者，最后亲身实践了信息化社会中的一个极端例子。真是莫大的讽刺！

"如果只是在这个岛上等待死亡，那无论何时死去结果都一样。"

乌有说得很不客气，村泽却点头表示同意。

"不过，和音的忌日还没到……这可能让他十分遗憾吧。"

八月十日，是和音去世二十周年的忌日，就在三天之后。乌有有种山雨欲来的预感。

"凶手的动机是什么呢?"

"动机?"

"就是仇恨水镜与和音的原因。"

"说有也有,说没有也没有。大家就在一起生活了一年,那么短的时间……"

村泽回答得很笼统。话虽如此,但怒火会不会一直延续到了今天?二十年里,仇恨也有发酵的可能啊。这与感情和得失无关,而是像信念一样坚定不移,如同那把划破和音肖像画的利刃……

"水镜可能一直在期待着什么吧,所以……"

"所以?"

"不。"村泽看了乌有一眼,开始含糊其词。而后他又朝北侧的墙上望去,突然喊了一声:"枪没了!

"以前一直挂在这里的。我不知道是什么牌子,只记得是银色的左轮手枪。以前以为是装饰用的,还觉得特别古典。昨天我来时还挂在墙上,枪身交叉着。"

"交叉……你是说有两把枪?"

墙上挂着一个豪华的装饰框,白色底板上伸出几个深灰色挂钩。右边是一排徽章,由大卫之星①组合而成。如今最关键的手枪不见了。悬挂手枪的位置,就像手枪刚刚脱了模似的,一点没有褪色,格外白。看样子这里应该挂了两把枪身较长的手枪。到达当日来拜访时,乌有应该看到过,可一点印象都没有。或许当时就以为是个装饰品吧。

---

①大卫之星,也称为六芒星或犹太之星,是一种常见的符号,由两个重叠的等边三角形构成的六角星。这个符号在多个文化和宗教中有不同的象征意义。在犹太教中,大卫之星象征着坚韧、力量和信仰,它被认为是古代犹太王大卫在战斗中用以保护自己的盾牌标志,代表着神的庇佑和保护。

"凶手将两把枪都拿走了？"

"可能吧。"村泽点头回答，满脸的不可置信。

"手枪都是真枪，都可以用，对吗？"

"嗯，应该是。"村泽回答得特别肯定，"我以前见过枪里射出子弹。"

"是水镜开的枪？"

"……是和音。"

和音……竟然是和音开的枪。乌有绝望了。

书房隔壁是水镜的办公室。里面有一张 U 形办公台，上面放着两台电脑、一台打印机和一台传真机。除此之外，没有其他物品。虽赶不上无菌室那么干净，却也收拾得相当整洁。不过可查看的东西还没书房里的多。两人只是浏览了一下堆在打印机旁的打印纸上的内容。

出了房间，两人来到楼梯处。村泽想直接去一楼。

"接下来去哪里？"

村泽默默走下楼梯。阳光已经恢复成夏日该有的样子，透过从一二楼转角处的玻璃窗射了进来。彩色玻璃改变了光线的波长，照在铺在楼梯上的红地毯上。虽说如此，和音馆内温度依旧很低，给人感觉既非冬天也非夏日。真不知这个气温究竟属于哪个季节。

乌有一不留神踩空了一个台阶，差点摔倒。竟然忘了楼梯修得不太正常。乌有抓紧扶手，抬头看了看挑空到四楼楼梯间处的天花板。巨大的吊灯此刻正散发着橘黄色的耀眼光芒，让人不由得想到了太阳。楼梯扶手好似螺旋上升的曲线，看得人晕眩。这种感觉在变形的大厅里似乎也会产生。

"去真锅夫妇住的配房看看吧。"

没等乌有回答，村泽就走出了和音馆的大门。雪已经融化，通往配房的小路有些泥泞，一不小心就会摔倒。或许是看到了泥泞的缘故，村泽突然想起雪地密室这个话题。

"你认为是怎么做的？"

"我也不知道。为什么非要这么搞呢？真是恶心！"

"恶心？"

乌有突然觉得村泽在笑话自己。

"你是说砍头，还是说制作密室？"

"两个都有，两个都恶心。"

看到圆形舞台上的尸体时，除了恐怖，还觉得恶心。乌有本以为是想到了十年前那场交通事故的缘故，可后来他慢慢意识到，交通事故和他杀根本是两码事。当时他感觉自己从头到脚都被人故意泡在了福尔马林里。那名青年最后的惨状固然令人不忍目睹，但与遭遇事故不同，谋杀属于人为致死，难以让人感到悲伤，却让人觉得恶心。

"……一开始，"乌有补充道，"我以为尸体是从和音馆的窗户丢到圆形舞台上的，后来发现不可能。毕竟离得太远了。"

"的确。除此之外，你如果还想到了什么，希望都能告诉我。谋杀的方法也好，原因也罢，任何细小的线索都可以。"

"没什么了。关于具体情况，我毫无头绪。只是……"

乌有接下去本想谈谈"和音"。如果能多了解和音一些，这件事可能就容易解释得多。他很想问问，但经过几次尝试后，他明白问也是白问。

"只是？"

"没什么。村泽先生，你有什么想法吗？"

"很遗憾，我也没有。"

村泽没有说出自己的看法，只是耸了耸肩。很难想象他会毫无想法，看样子只是不想对外人说而已。两人默默地低头前行。村泽态度傲慢，摆出一副别指望我说出什么的架势，其实正在不动声色地梳理着各种情况和信息，也许已经发现了不少线索。

乌有不知道村泽是否足智多谋。既然做了社长，按理说应该有一定的才智。只是，对这件事的理解和分析与智商和学历无关，属于两种不同的能力，所以他也有机会查出事实真相。乌有默默鼓励着没有信心的自己。

很快就到了配房。配房收拾得干净整洁，几乎没什么烟火气。村泽对此大为震惊。

"如月君。"他急忙回头喊了一声。

"这么看来……也就是说……"

房子就像刚刚做好的榻榻米样板间一样。乌有脱掉鞋子先走了进去。室内的一切都像刚刚才收拾好。当然，家具不是新的，明显有使用过的痕迹。不过所有东西都摆放得整整齐齐。也许习惯了和音馆的歪斜，家具只是规矩摆放就显得格外整齐。但乌有感觉这个空间似乎蕴含着主人的某种意图。善始善终？主人显然是有意将身边的一切收拾得如此干净利落，就好像提前布置葬礼上的白色装饰。

"逃走了吗？"

"只能这么认为了。只是他们也太镇定了。至少这里感觉不到杀人事件该有的血腥。"

"我也有同感。反倒像要自杀的人收拾出来的房间。"

村泽在房间里来回走动，在水镜的房间里时他也这样，或许只是思考或调查问题时的习惯。但配房里没留下什么东西，似乎找不出什么线索。

打开壁橱，里面有两床被子，叠得整整齐齐，好像昨天下雨前才刚刚晾晒过，棉被十分暄软。

但是，这处房子是纯粹的日式建筑。简朴的日式配房，与高高耸立在上方的西洋式奢华建筑形成了鲜明的对比，其中似乎暗含着贫富的悬殊与阶级的差别。由此固然可以看到过去日本文化在面对西洋文化时的自卑，但对比如此彻底也让人觉得滑稽。不过，在乌有看来，日式房屋尽管小得像兔笼，却让人住得更安心。

"这个房子原来就有吗？"

"没有。"村泽摇摇头，"原来只有一个杂物间，应该是真锅夫妇来工作之后才建的吧。"

村泽拉开推拉门，开始查看里面的房间，依然没有发现可疑之处。

乌有也认为真锅夫妇可疑，但不觉得他们与事件有什么重要关系。如果是在推理小说中，也许他俩最可疑，但眼下乌有不这么想。

和音馆那么大，连同地下室有很多间房，为何水镜要专门建一座配房给真锅夫妇住？不如说这点更令乌有不解。可对于这最奇怪的一点，村泽似乎认为理所当然。

不可能将榻榻米也翻个底朝天吧。两人正打算离开时，发现水池后面的缝隙里卡着一个点心盒。打开一看，里面装着剪下来的报纸。为什么想打开这个装烤荞麦点心的盒子？乌有也说不清楚。往好里说，算是直觉，正常来讲，只是碰巧。也可能因为这盒子被藏在这个隐蔽的地方后被主人遗忘了，还有，因为盒子的盖子用胶带胡乱封着，看起来很别扭。里面的报纸已经泛黄了。

看看日期，都是二十年前的报纸。每一张报纸上的铅字和内容要点都稍有不同，看得出是出自不同的报社，但每一张日期都是相同的。乌有随手看了几张，发现都是关于同一事件的报道。

"医院院长贩卖新生儿，谎称婴儿已死。"

主犯是一对三十多岁的夫妇，在地方经营一家产科医院。其中一张剪报上刊登着照片。尽管照片很小且颗粒粗糙，年代久远已经褪色，但那两张面孔说不清哪里让人想到了真锅夫妇，不，是二十年前的真锅夫妇。的确，眼睛、嘴巴以及轮廓，都能看到真锅夫妇的影子——难怪！怪不得两人甘愿在岛上过着没有自由的生活，原来如此。如果没做亏心事，谁会到这里生活？乌有之前便有些怀疑。此刻，乌有的感觉与其说是惊讶，倒不如说释然更合适。不知道水镜是怎么认识他们的，但双方相互提供劳动力和避难场所，也算是各取所需吧。

但是，逃离日本这个国家和社会，将过去抛在了水平线的另一方，在孤岛上每日每夜伴随着海浪声生活，难道不会害怕吗？这与自己过去十年的境遇很相似。但与真锅夫妇不同，乌有从来没有动过杀人的邪恶念头。是的，不一样。

有个疑问突然涌上乌有心头。不是说真锅先生是 Vinicia 的主厨吗？难道是骗人的？

但他的厨艺的确精湛。乌有另当别论，结诚和其他人也赞不绝口啊。不过，这二十年他们确实一直在做饭，也许水镜出钱让他们专门学过厨艺？

"怎么了？"

村泽似乎要回这个房间了，乌有把剪报收进盒子，慌忙卷上胶带，又放回到原来那个不起眼的角落。

乌有不想将此事告诉村泽。不止村泽，最好对所有人都保密。乌有如此考虑当然不是出于这件事已经过了诉讼时效的所谓人道主义，只是不想水镜被杀事件再节外生枝，牵扯出更多的麻烦。一旦将这件事告诉其他人，自己必定得面对很多问题，这样一来，那名因自己而死的青年也可能会被提及。

"一无所获。"

看来村泽在里面的房间没找到任何有用的线索。

"你怎么想？他们俩到底怎么回事？"

村泽一直在问自己同一个问题。他怎么老问一个毛头小伙的看法呢？乌有有些厌烦，皮笑肉不笑地摇了摇头。

出了配房，村泽又去了临时码头。码头跟乌有早晨看到时一样，没什么变化，依然没看到昨天还在的快艇。

"看来是坐那条船逃走的。"

"不过，为什么要逃走呢？"

乌有问，但立刻有了答案。恐怕是因为乌有和村泽这些外人的到来他们才逃走的。如果是来修房子的工匠，也就在岛上待个一两天，无论如何都能糊弄过去。可面对要待一个多星期的一群人……万一被察觉，被识破，然后有人报警……是水镜命令他们走的吗，还是他们自己的决定？乌有感觉是前者。想必水镜已经在本州岛帮他们找好了住处吧。干净整齐的房间想必是留给岛上的人的推理空间吧。不过，乌有依然有一个疑问，那就是为什么偏偏选择今天早晨逃走？

但村泽不知道剪报的存在，他把真锅夫妇的失踪当成了头等大事。在村泽看来，不管怎么说，眼下失控的局面有一半是真锅夫妇造成的，即便他们是无意的。

这里本该是这个岛上风景最美的地方，却因人的轻率行为被糟蹋了，就像为了修建高尔夫球场盲目地破坏山体一样。和音那因为生前的美貌而不曾长过一朵鲜花的墓碑，那曾经只是一个微微隆起的土堆的墓地，如今都已消失得无影无踪。现在只有一个用铁锹挖出的土坑，大小刚好够埋下一个人。

挖出的泥土被堆在了旁边武藤的墓碑上。土坑里裸露着潮湿的黑色泥土，的确很适合用作墓穴，里面的土块上还沾着残雪。土坑看样子是在这场不合季节的降雪结束前挖好的。这么说来，也是在水镜的头被砍之前……

这可怕的光景让乌有浑身颤抖，他战战兢兢地往坑里望去。坑的深度大约五十厘米，看不出挖好坑后作何打算，似乎挖坑就是目的。坑的内侧并不平整，留有铁锹用力不均的凹凸痕迹。挖这个坑应该需要相当的体力吧，再快估计也得一个小时。

乌有对面的一侧，插着那根寄托着众人念想的、焚烧了一半的木桩（和音的墓碑）。木桩不在原来的位置，想必是土坑挖好后随手插在那里的。

乌有发现土坑里有个闪闪发光的小物件。他跳进坑里蹲了下来，从即将融化的雪里捏出了那个小东西。原来是一个小小的镀金铃铛，上面挂着根绳子，提起来时发出"丁零"的沉闷响声。这个铃铛与乌有昨天在这里发现、后来被结城面朝大海（最后投到了向日葵田里）抛出去的铃铛极为相似，几乎一模一样。从上面的污渍来看，不像是一直埋在土里，明显是有人后来放在这里的。乌有站起身，一言不发地将铃铛伸到村泽眼前。

"这是……"

村泽的反应跟结城一样，但随后却大不相同。村泽接过铃铛后没有抛出去，反倒害怕得后退了一步。

"难道真的是和音复活了？"

之后他便一直沉默不语。从昨天开始，他们每个人都是这副模样，连说的话都一样。这种反应再次令乌有感到震惊。

这里虽说是和音之墓，但和音并未被埋在这里，这里不过是和音认为风景最美的地方而已。和音的尸骨绝不会拨开泥土，从地下苏醒过来。

或许这只是局外人的看法。面对已经失去冷静的村泽，乌有感觉自己不得不改变原有的认识。对他们而言，墓碑被挖似乎意味着和音复活，坟墓里有无尸骨并不重要，重要的是墓碑被挖出所蕴含的意义。而且，他们每个人都充分了解这个所谓的"意义"。

但是……乌有注视着曾被涛声和青草环绕、如今已成虚无的"墓碑"所在地，一个新的疑问浮上心头。一个他曾隐约感到不解的疑问。

……他们为何如此惧怕和音复活？

丁零……一阵风从山上吹来，铃铛在风中摇摆，发出一声浑浊的响声。

6

真的会有所收获吗？虽然学着侦探在调查，可既没有采集指纹，更没有使用现代的科学搜查方法。因为不能毫不掩饰地将他们视为犯罪嫌疑人，也无法使用传统的调查取证方法。假如乌有拥有司法调查权限，事情就好办了……但是，事实上，他并不想获得这种权力。他想要的是一个局外人的身份，而不是作为"侦探"被卷入案件中。事件由他们自己解决就好了。乌有和桐璃本来只需悠闲地游山玩水即可。然而，恐怕不可能了。他开始感觉到一种"天意",越想逃离越会深陷其中。

"回去吧!"村泽低声催促。要回到那个歪斜的房子,那个犹如将二十年的仇恨集于一身,从而变得扭曲的和音馆里。

和音复活了——乌有一直没问村泽这其中蕴含的真意。问了他也不会回答吧。乌有一早就没抱希望。

不过他还是掌握了最重要的情况,过去肯定发生过与和音有关的大事。

"哎呀哎呀!"

回到和音馆,正想在客厅稍事休息时,发现有人先到一步。只见结城正冷冷地盯着这边。他的身边没放酒杯,看来没在喝威士忌。

"原来是村泽和如月君哪。两人凑在一起商量什么呢?"

"噢,是结城啊。"村泽不以为然地回了一句。可能是为了掩饰尴尬而故作的不屑状,但他脸上的表情十分僵硬。

"你怀疑我们倒也罢了,可为什么要把他扯进来呢?"结城笑着说,一副了如指掌的架势。表情轻松无比,眼神里却充满猜疑。

"不是那个意思。他是证人。"

"证人?好,假如我也擅自行动,你会没有意见?"

这就是所谓的剑拔弩张吧。两人死死盯着对方,一动不动。就这么沉默片刻之后,结城先开口了。

"算了,随你吧。现在心中有数了吧。话说回来,你最好还是在尚美身边待着吧。"

"尚美现在在房间里休息。"

"留她一个人在房间?真是不靠谱。"

结城轻蔑地笑了。在乌有看来，这是在挑衅。

"那么担心，你就去陪她呀。"

"说得真好听。还在炫耀啊？这种话别对我说，如果敢说的话，对那个人去说呀。"

"我一直很珍惜尚美，一直将她当作伴侣……"

"当作伴侣？你很清楚那个人想要什么，所以我才让给你的。"

"我知道。尚美的苦衷……有些事情是我控制不了的。人心这个东西……你小子懂什么？"

"你真是听不进去别人的话，总那么自以为是。"

结城将搭在沙发靠背上的夹克随便披在身上，快步穿过乌有身旁，走出了客厅。

"……结城，你看过和音的墓碑了吗？"村泽在身后喊道。

"墓碑？墓碑怎么了？"

"去了就知道了。"

结城瞪着眼睛正想开口询问，看到村泽认真的表情后，似乎意识到了事态的非比寻常，于是将伸出的左手插入了夹克衫的口袋，说道："知道了。我去看看。"

随即朝大厅走去。

村泽目送着他的背影离去，随即将视线转向乌有，抱歉似的说："让你看到了不堪的一幕，抱歉！我跟结城以前就合不来……对了，你还有什么想调查的地方吗？"

乌有犹豫了，不知道该不该说出真实想法。没想到村泽这么问自己，该不该趁机提些要求呢？不敢要求调查和音的房间，一早就知道肯定不行。而且，村泽可能还不知道乌有发现了那个隐秘的房间。

"我想看看武藤的房间……"乌有战战兢兢地说了出来。

"武藤?"村泽像被击中要害一样,结结巴巴地问道,"……为什么要看武藤的房间?"

"有一个疑点。"

"疑点?"

该怎么解释呢?好像怎么措辞都不妥当。虽然有些自找麻烦,但乌有还是直接说了出来。

"武藤真的死了吗?"

"什么意思?"

村泽明显有些慌乱。他提高了嗓门,好像在隐瞒什么。

"你想说什么?你觉得武藤还活着?"

"我不知道。不过据我所知,当时没有发现他的尸体。"

"他是从展望台上掉下去的。下面的水流很急,海底礁石密布,基本无法展开搜救。可也不能说……"

"他与和音不同,没人亲眼看到他掉下去啊。"

"确实如此……可你怎么会想起武藤来?"

"难道没有这种可能吗?"乌有紧紧追问,话里带着些许暗示,也暗含着多重意思。

为了重新确立优势,沉默片刻后,村泽语气温和地说:"这个想法有些离谱……不过,好吧。"

他爽快地点了点头。当然,他肯定想到了什么,否则他不可能立刻接受一个外人莫名其妙的要求,说什么二十年前已经死去的人可能还活着。换句话说,他要么知道二十年前的十二日武藤没死,要么就是一直对此抱有疑问。

没想到事情进展得如此顺利,这次轮到乌有纳闷了。他怎么如此干脆地答应了自己的要求呢?难道比起和音,矛头对准武藤让他更加安心？如果真是这样，那事情接下来就会如乌有所愿了。

"你认为武藤还活着，是他杀了水镜？"

"那我就不知道了。"

自己究竟要扮成披着羊皮的狼，还是狐假虎威？乌有一时没了主意。

"不过，"乌有看着村泽的表情，小心翼翼地回答，"我感觉武藤这个人特别神秘。仅此而已。"

乌有装得很老实。

*

武藤的房间就在村泽房间的斜对面。说是斜对面，可那是指两间房处在一条直线上的位置关系，但由于走廊是歪斜的，实际上两个房间之间不是直线，相当于三角形的两条边。

房门没锁。据说出事后一直没上锁。

"这里只有小偷用不着担心。"

村泽的解释显得多此一举。那和音的房间为什么锁上了呢？乌有本想反驳，或许是有小偷之外的担心吧。村泽刚攥住门把手，就听到房间里传出一个声音，"咔嚓咔嚓"。按理说老鼠或蟑螂不会发出这么大的声响。村泽将食指贴在唇上，示意保持安静。同时眯起眼睛，可能是瞳孔缩小的缘故，他的表情也跟着严肃起来。接着他又将耳朵贴到了门板上。为了不制造任何响动，乌有站在原地保持不动。

房间里的人似乎不知道外面发生了什么，依旧继续活动。村泽朝乌有递了一个"行动"的眼神，猛地推开了房门。阳光随即从窗帘敞开的窗户一下子溢到了走廊上。发出响动的人此时正站在房间中央,就像日环食一般浑身上下披着金光。一两秒之后他们终于看清了那人的真实模样。她似乎无意于隐藏自己,愕然地看着房门的方向。

和音?

乌有忍不住想大叫一声,可又担心若声音吓退那人影,一切都将功亏一篑,于是慌忙吞下了几乎脱口而出的叫声。还是村泽对情况的判断更加迅速,在乌有手足无措地呆立门口时,村泽心中的疑问似乎已经迅速烟消云散了。

房间里随即响起桐璃的声音,竟然听不出一丝的紧张。

"乌有,怎么了?"

她正诧异地看着乌有他们。

"房门突然打开,吓我一跳……啊,村泽先生,你好。"

村泽表情怅然地将双手抱在胸前,紧紧盯着桐璃。阳光反射在他的眼镜镜片上,连眼睛都看不见了。

"看来乌有你们也对这里很感兴趣呀。"

桐璃得意地笑了。只见她双手叉腰,似乎对自己先到一步很是自豪。

"你怎么在这里?我不是刚刚嘱咐过你不要到处跑吗?"

乌有关上敞开的房门,走上前几步,摆出一副家长的架势,将拳头砸在桐璃系着蓝色缎带的头顶上。

"好疼!"

桐璃没想到乌有会来这么一出,气鼓鼓地瞪着他。

"干吗打我?明明是你不对。就因为偷偷来这里调查?你们去真锅夫妇住的配房,我看到了。我们不是约好了一起调查吗?结果你跟别人一起去。那我就只好自己一个人来了,竟然还打我。太狡猾了！残暴！反对暴力！"

面对桐璃机关枪似的还击，乌有迅速思考该如何向村泽解释。任由桐璃这么说下去，她可能会把一切都抖落出来。桐璃知道他在担心这个，或许会变本加厉。为了顾全大局，乌有只能委曲求全，违心地向桐璃道歉："对不起，都怪我。"

乌有瞟了村泽一眼，发现村泽没有关注桐璃，正面向靠墙而立的书架站着。或许是进来了一会儿的缘故，此时可以淡定地审视室内了。室内摆放的家具想必是以前用过的。二十年无人居住的房间，家具也让人觉得有疏离感，完全感受不到生活的气息。

"舞奈小姐，你发现什么线索了吗？"

村泽应该对桐璃有些警惕，但询问时他语调平缓，态度自然，让桐璃完全察觉不出异样。乌有对这种成年人特有的虚伪很是反感，但同时也佩服对方竟然能伪装到这种程度。换成自己，肯定已经掩饰不住了。

"嗯嗯。"桐璃摇头否认，"好像什么都没有。本来以为肯定能发现什么。"

"有什么头绪吗？"乌有插了一句。

"没有。"

"什么都没有？你的意思是你也没什么想法？"

"我试着推理过，所以才来了这里呀。"

乌有心想，说是推理，不如说是直觉更合适吧。话说回来，她能比自己早来一步还是值得肯定的，毕竟桐璃是在信息匮乏的情况下先来到这个房间的。不过，还是等一下再表扬她吧。

乌有仔细打量室内的情况。墙壁和天花板都是纯白色的，窗边放着床和书桌。靠墙立着一排书架，音响和电视机集中放在一处。没有发现让人感觉特别怪异的东西。除了房间的大小和独特的歪斜感之外，和乌有的房间没什么不同。整体来看，就是学生房间的大概布局。

村泽从书架上取出几本精装书，满脸怀旧的神情。书架上的书除文学类外，还涉及哲学、美术、数学、物理学、航空力学、建筑学、宗教、音乐、社会学、病理学、民俗学、戏剧理论等诸多领域。由于其中还混杂着英文与德文原著，种类应该不止以上那么多。这些书的书名都以"近代"或"二十世纪初"开头，内容涵盖阿波利奈尔、乔伊斯、相对论、存在主义、达达主义、第二维亚纳乐派相关，藏书者的博学多识由此可见。其中比较格格不入的是六册装的《希腊悲喜剧全集》。不知是遭到了冷落，还是被额外重视，它们并排放在最下层左边的一角。最奇怪的是，除了理科类书籍之外，以"现代"冠名的书一册也看不到，哪怕是二十年前的所谓"现代"书籍也没有。

"这些书都是武藤先生带过来的吗？"

"一半是带来的，一半是来这儿之后买的。我之前不是说过嘛，为了到本州岛采购，他每周会出岛一次。"

"是有什么目的吗？"

过了一会儿，村泽才答道："……这个就不好说了，可以说有，也可以说没有，我也不太清楚。不过那家伙的确比较喜欢卖弄自己的博学多才和理论知识。"

回答有些模棱两可，乌有感觉听不明白。

"你是说卖弄，对吗？"

村泽没有立即回答，先看了一下书桌的抽屉，里面杂乱地放着一些发黄的白纸和褐色的稿纸，边缘都翘了起来。莫非桐璃已经查看过了？村泽将杂乱的白纸整理好后，整齐地收进了抽屉。

"我先回去了，回头再详细跟你讲。"

不知是对这间房失去了兴趣,还是觉得继续留下来气氛尴尬,桐璃用手肘轻轻碰了一下乌有,留下一句就转身离开了。

"再见,小姑娘。"

村泽对着桐璃的背影喊了一声。室内的祥和气氛到此为止。房门一被关上,村泽立刻看向乌有。

"你到底想在这个房间里找什么?"

"不知道,"乌有依旧这么回答,"只要是没见过的都可以。"

"那来这里看了之后感觉如何?"

"至少知道这里不像一直住着人。"

"这里?"

村泽夸张地大笑起来。

"不要想得太离谱!你不会认为武藤二十年来都住在这里吧?"

乌有就像因做错事被全班同学起哄的学生一样,默不作声地等着村泽止住笑声。

"很明显吧,这里没人住。"

"对……"乌有有气无力地回答。

虽然没有任何收获,但他从一开始也没指望能找到什么,所以并不沮丧。不过,自己是不是太逞能、太多事了?乌有有些后悔主动提出查看武藤房间的要求。

村泽轻轻拍了拍乌有的肩膀,仿佛在安慰他,又像在哄小孩。

"没想到你也会有判断错误的时候。"

这话听起来虽然舒心,可村泽为什么会觉得"乌有不会出错"呢?乌有完全无法理解这句话的意图所在。

虽然感觉彼此存在误解,乌有依然问道:"难不成武藤当时在写小说?"

"啊，这个，是的。"村泽脸上再度露出警觉的神色，"那又怎样呢？"

"没什么。有点想知道他写了什么，随便问问。"乌有这么回答，心里却没太指望村泽能有什么像样的回应。

"嗯，记得他都写在笔记本上了，不过不在这个房间里。自杀前都处理掉了。"

"那本书是关于什么的？"

乌有不敢说出"启示录"三个字。

"他很保密的，没有给我看过，我不知道。"说完，村泽闭上了眼睛，"……可能小柳比较清楚吧。当时他经常就此跟武藤讨论。"

怎么会是帕特里克神父？武藤给人的印象更加模糊了。原以为他与精英型的村泽交往更密切呢。竟然与神父……看来不得不调整对武藤的看法。

*

"回来啦！好早啊！"

乌有一打开房门，就看到桐璃端坐在沙发上，手肘撑在扶手上，整个人就像迈森①出产的瓷娃娃一样。

"好吓人啊！"

乌有装出一副不高兴的样子叫了一句，桐璃"哼"了一声，紧紧盯着乌有。正当乌有靠近她，想叮嘱几句时，桐璃先开口说道："你没带相机？"

---

①位于德国东南部的一个城市，以制造陶瓷器而闻名。

乌有连忙在胸前一摸，什么也没摸到。

"不会是丢了吧？"

桐璃仿佛伺机偷袭路人的狼一般，恶意十足地甩出这么一句，脸上还挂着恶作剧般的笑容。

被她说中了，确实忘了带相机。平时多以文字报道为主，习惯了不带相机。不过这么解释苍白无力。刚刚的搜查活动，乌有忘记自己身为记者的职责，而是以个人，一名被害者或旁观者的身份进行的。如果还记得自己是名记者的话，至少应该拍张照片啊。

"真不像话！"

抢得先机占据优势似乎一直是桐璃对付乌有的策略，这次堪称致命一击。乌有被彻底驳倒。

"和村泽在一起还能拍照？"

乌有试着反驳了一句，但自己都感觉这理由明显站不住脚。

"你这个兼职摄影师怎么样啊？"

这个问题问到了桐璃的心坎儿上，只见她嘻嘻一笑，立刻从手提袋里掏出一个银色的小型相机。是佳能的NS型号相机。虽然是旧款的手动式，价格低，设计简单，就算刚入门的摄影爱好者也很容易上手。

"一切有我呢。请看！"

桐璃得意扬扬地将相机伸到乌有面前。乌有突然想起在武藤房间看到的一幕——桐璃手中拎着一个手提袋。不得不承认，这个玩心很重的姑娘行事冷静且心思缜密。

"那你爬山时为什么带我的相机去？"

"这可是我自己的呀，坏了就麻烦了。"

桐璃厚着脸皮回答，随即将胶片卷到最后又小心翼翼地收进了塑料盒中。

"知名摄影师桐璃由此诞生!"

"名侦探加知名摄影师,你可真忙啊!"

"哼!等回去后洗出来肯定极具震撼力,照片就叫'孤岛奇怪杀人事件'。绝对的独家报道,独家报道。"

她似乎开始想象自己被众多摄影师争相拍摄的场景。

"如果只有武藤房间的照片,那没啥意义。跟正常的家访没什么不同啊。"

乌有自以为报了一箭之仇,一脸坏笑地看着桐璃。

"你该不会……"乌有继续问道。

只见桐璃漫不经心地用手指弹了一下胶片盒,回应道:"正是。这里刚好还有圆形舞台以及无头尸体的照片。

"是有些恐怖。但职业使命感让我必须这么做。"

职业使命感……乌有目前欠缺的便是这种职业使命感和一往无前的热忱,而这两者正支配着桐璃的行动。虽然两者都源于好奇,但总比瞻前顾后好得多。

乌有彻底败下阵来。

"好吧。以后的调查不再瞒着你了。"

听到这句话,桐璃满意地点了点头。两人与动画片中的一休哥和足利义满将军不无相似之处。乌有如同那个被一休驳得无言以对的将军,已经没了斥责桐璃单独行动的底气。

"还有别的收获吗?除了照片之外。"乌有躺倒在床上问。

从早晨,不对,从昨天夜里开始,神经一直紧绷着,真想休息一会儿。床垫恰到好处的柔软,将全身包裹其中,一阵睡意袭来。

"那个房间的就这些了。乌有还真是没个样子。"

"真不想被你说……对了,刚才你怎么那么干脆地回去了?还以为你会和我们一起调查呢。"

"还不是因为……"桐璃狠狠地看着乌有,"村泽希望我赶紧出去,你当时也是这么想的吧。"

村泽当时装得挺好呀,没想到还是被桐璃看穿了。桐璃虽然一脸茫然,其实看出来村泽与乌有都在防备自己。她看似大大咧咧,却比麻木的乌有敏感细腻很多。

"你可真聪明!"乌有毫不掩饰地称赞桐璃。

"现在才发现?你都看到了些什么?冷战结束了,也该公布信息了吧。Glasnost[①](信息公开)!!"

"Glasnost!?"

没想到桐璃还看新闻。乌有感觉很意外,随即用不到一个小时的时间将事情的经过大致讲了一遍,不过隐瞒了真锅夫妇的过去。

"你说手枪被盗了,那接着会有枪战吗?"

"又不是西部片。阿帕契族[②]或加里·库珀都不会出现。"

"谁?那个什么库珀是谁?"

"以前的人。好久以前的影星。"

乌有在床上翻了一个身,变成了俯卧的姿势。关节松弛下来,感觉特别舒服。他暗自懊恼,在枪战片领域中西部片可能过时了,应该拿史蒂夫·麦奎因或者克林特·伊斯特伍德举例的。

"突然想起来,会不会是凶手射中了水镜的头部?所以才将他的头切了下来。这样好像说得过去。"

"不可能。"

---

① 俄语词汇。冷战结束后经常使用。
② 美国印第安人的一个部族。

乌有将脸埋在枕头里，声音含混不清。他并非不想认真听别人讲话，但这样子在桐璃看来就是不怎么认真。

"请认真回答！"桐璃用力抢过枕头，朝他的后脑勺砸去。这一举动似乎也有发泄刚刚在武藤房间受到的委屈之嫌。

"的确，"不知不觉中，乌有说话的语气也变得像在模仿小说中的侦探一样，"推理小说中，常有根据刀伤的独特形状判断出凶手的情节，但这次不同，即便暴露出凶器是手枪也无所谓，因为那把手枪本来就是水镜的。"

"……原来如此。"

桐璃虽然任性，但悟性不错，说不定还比乌有聪明。刚刚照相机那件事就是证明。乌有时常这么想。

"那手枪是不是意味着有连环杀人的可能？"

桐璃半惊讶半好奇地问，乌有却无法淡定应对了。是啊，如果凶手使用的凶器是刀具或者钝器，那还可能进行防卫，但如果是手枪，就毫无招架之力，只能等死。不知道手枪到底落入了谁的手中，万一被枪指着的话……谁也不能保证桐璃和乌有没有被凶手盯上。不过，乌有犹豫着该不该告诉桐璃，他担心直接说会吓到她。

"也可能用于防身呢。吃午饭时大家不都惊慌失措吗？尤其是结城和尚美。"

"结城？那人挺奇怪的。"

"怎么这么说？"

"我正要进武藤房间时看到他从里面出来了。"

"……嗯。看来大家的想法不谋而合啊。"

乌有回答，但心中有些忐忑。

"可能吧。不过他当时东张西望，看起来鬼鬼祟祟的。"

"偷偷去别人房间都是那副样子啦。"

桐璃就在眼前，乌有尽量保持平静，心里却对结城的行为打了一个问号，而且是个巨大的问号。

7

大约一个小时后，乌有从梦中醒来。房间里异常安静，仿佛什么事情都不曾发生。起床时乌有孩子气地想，要是一切都是一场梦就好了。刚过四点，太阳已经西下，在红色地毯上投下十字窗棂的影子，阳光混着红色纤维的光线显得格外柔和。乌有想起了昨天的阳光，记得有些刺眼呢。阳光依旧，今天和昨天竟然给人完全不同的感觉。这种情况本来没什么奇怪，可一想起原因就在于昨天的杀人案，乌有便不由得羡慕起不因外物而变化、泰然自若的大自然。

乌有突然看向椅子，只见桐璃正安静地望着自己。她一动不动，一言不发，自己竟然都没有发现她也在。她换了身衣服，此时穿一条白色连衣裙。室内已经完全恢复到夏日该有的温度。

"你一直在这儿？"

熟睡时被人这么盯着？乌有好像被人窥探到了隐私似的满脸尴尬。自己的睡相一定很傻吧。

"你睡得真香啊！"

乌有原本以为会被嘲笑"睡相真丑"，没想到她竟然这么说。桐璃挪动椅子面朝自己，头发松开，长发从肩膀顺滑地披了下来。

"我就这么任由你睡。"

"睡觉时被人盯着，感觉不可能太好哦。"

"我还没说完你就睡着了。真过分!"

乌有只记得桐璃的前半部分推理。是说到为什么头被砍掉了吗?好像还说了加里·库珀。

"对不起!"

刚刚睡醒,头脑还不清楚,乌有迷迷糊糊地道歉。仔细看去,身穿白色连衣裙的桐璃仿佛与白色的墙壁融为了一体,就像蓝色背景的合成胶片一样,只有手脚和头,对,还有右手手腕上的那只银色手镯凸显了出来。第一次见她戴手镯。不过也不奇怪,她行李箱里连沙滩球都有。

"不过看人家睡觉也不好呢。"

"就是。"乌有照单全收。

"你说,和音是个什么样的人?"

乌有缓缓坐起身,暗自思忖她到底想问什么。过了一会儿终于明白过来,轻轻嘟囔道:"和音啊……"

可这也是乌有想问的问题。和音究竟是个什么样的人?武藤是什么样的人?水镜又是什么样的人?还有,他们……乌有再次咕哝了一声"你是说和音啊"……

"为了问这个你才一直待在这儿的?"

"也不是。就是想问问。"

"我也不知道。"乌有耸了耸肩回答,"我对偶像什么的从来不感兴趣。桐璃应该更清楚才对啊,一说起'克树君'就兴奋不已。"

"哪有?"桐璃不满地瞪着乌有。想问的是与这起凶杀案有关的和音,而不是作为偶像的和音。桐璃应该也察觉到他们谈话中的和音,尤其是结城口中的"和音"的真实含义。

"也许她具有某种超能力吧,很神秘,就像卑弥呼一样。"

"卑弥呼？算是吧。也就是说有宗教色彩，对吧？"

"宗教？"

乌有想笑，但随着对这一词语理解的加深，表情反倒严肃了起来。因为乌有发现"宗教"一词刚好可以合理解释自己的疑问，合理到令人恐怖。

神父曾说和音就是神一般的存在。那不是表示比喻的"像"，而是指神本身。他们几个也不是狂热的粉丝，而是信徒。他们的言谈举止中透露着某种令人敬畏的东西。这个岛也曾是一个圣地，不是吗？

"乌有你怎么了？"

"没什么。"

乌有暂时没有说出内心的真实想法。在查清真相之前什么都不能说。但是，如何查清真相呢？他们会老实承认，并告诉自己事实的真相吗？

"你果然发现了什么吧？"

"在一起生活一年之久，应该会有很多争执。水镜被谁怀恨在心都不奇怪。可这种仇恨没有立刻发作，而是潜伏了二十年，实在难以置信。只是……"

"只是？"

"为什么这时会冒出一个和音呢？就算现在，大家也都将和音看得很重。真不明白和音为什么到现在还阴魂不散。大家确实都对她有所畏惧。"

"看来还是得弄清楚和音是个什么样的人啊。不过……"

"嗯？"

"会不会与二十年前从展望台坠海有关呢？"

"从展望台？"

乌有仰望着天花板，仿佛一个被激发出灵感的艺术家。的确如此。自己竟然从未怀疑过这点，一直以为那就是一起事故。但假如那不是实情的话，如果背后有什么隐情，那很可能就是结城他们害怕和音的主要原因。所以，尸体被运到了圆形舞台上。

"确实。桐璃，你分析得很到位。"

"没错吧。"桐璃得意扬扬地回答。

通过大约十分钟的对话，乌有感觉深受桐璃启发。虽然眼前还不甚清晰，但一条明朗大道已在形成之中，而这多亏了桐璃，可她本人似乎毫无察觉。

不过，若是仔细想想，这些事自己应该也能想得到啊。果然自己不适合做侦探，乌有此刻深有感触。

"不管怎样，圆形舞台在整个事件中好像有着重要的作用。"

乌有突然发现了一点。

"想到这里，所以你就去了武藤的房间？"

"对。怎么想都觉得奇怪呀。尸体为什么出现在了圆形舞台上？好像有复仇的意思。"

"厉害！"

乌有毫不掩饰自己的佩服之情。很明显，桐璃的分析要冷静客观得多。

"但我不确定。因为没有任何证据。"

"我也没有。"

"要不我去问问他们几个？"

乌有用目光制止了桐璃的进一步行动，这么做只会令对方的神经更加紧张。就像太阳与北风的故事一样，无论北风吹得多猛，也吹不掉行人的外套。

"或者你去问一问？"

"你觉得这事能问吗?"

"感觉不行。看来你也不擅长跟人打交道哟。"

桐璃恶作剧似的笑了。确实,在太阳与北风的故事中,乌有只能是北风。尽管如此,乌有也不觉得桐璃能成为故事里的太阳。

"我们终究只是局外人,又不是警察,关键信息人家是不会让我们掌握的,所以还是别再查找凶手了。"

"你说得倒头头是道,很厉害的样子。你不刚刚才去真锅家看了一圈吗?"

"是村泽拉我去的。而且,要是打草惊蛇,那可够我们受的。"

如果此事与宗教扯上关系,他们就会将桐璃当成和音,那就更危险了。这个时候桐璃再去打听情况,等同于自投罗网。尽管如此,乌有也不打算将这些想法告诉桐璃。如果她知道她与那幅被毁的画中人不仅衣服,甚至面容都一模一样的话,恐怕会陷入恐惧之中。乌有不想看到桐璃变成那样。

"好无聊啊!"

"有什么办法?我们只是来采访同学二十年后再相聚的,然而允许我们前来采访的水镜先生第一个死了。"

"第一个?说得好可怕。看来你也觉得这会是一起连续杀人案。"

"我可不知道啊。"

不小心说出了真实想法,乌有赶紧恢复原来的冷漠表情。

"好吧。那我回去了。"

桐璃重重地耸了耸肩,听起来像是要回家似的迅速消失在房门的另一边。她经常这样,乌有没当回事。可他还是有些不放心，究竟是桐璃的哪句话引发了自己的担心呢？乌有仔细想了想，还是不知道。

*

抻了抻衬衫的褶皱，乌有也走出了房间。爬上楼梯，来到四楼。接着又朝楼顶爬去。并非为了搜查什么，只是想看看一望无际的海面。面对浩瀚无边的大自然，也许一直深藏于心底的不安与烦恼就会烟消云散。亲身感受夏日的炎热，哪怕只是暂时的，身心或许也能得到净化。

除了那件事之外，乌有别无牵挂。那时，也就是十年前的那个夏天，自己害怕得躲在母亲身后哭泣。他至今还记得，在那场一片黢黑的葬礼上，当看到据说是死者妹妹的那个小姑娘的眼神时，她正攥着母亲的衣角。之后，乌有便没了朋友。他相信一个人也能孤独地活下去，这份自信一直持续到他的理想和骄傲因大学入学考试而变得灰飞烟灭的那一刻，持续到他无法再从努力的辛苦中获得快乐的那一刻。

爬过歪斜扭曲的楼梯，推开通往楼顶的门，乌有看到楼顶已经有人了。只见那人正扶着低矮的栏杆眺望大海，胸前的十字架迎风摆动。

"神父。"

听到叫声，帕特里克神父转过头，举起一只手打了个招呼，似乎并未因乌有的意外到来而惊讶。

"你也来看海？"

"是的。"

乌有站在神父身旁，也将手放在栏杆上，探出了身子。和音馆构造奇特，楼顶（说是楼顶，最高处是从中央凸出的尖塔状）上基本没有平坦的地方。整个建筑由立体的块状物构成，因此就像北非边塞城市的建筑一样，楼顶有着高高低低的落差。为了连接这些落差，通常会设置一些台阶。神父所在的东侧视野较好，最适合远眺。

海天交接处，两种不同的蓝色似乎正在融合，乌有默默地望着这一幕。柔和的地平线延绵不断，将海天分在两侧，看上去仿佛是将乌有与所有一切分开的界限。曾经，这条分界线更为清晰明确。但最近……尽管只是暂时的，自己与身外世界交错在了一起。这是谁造成的？难道是太阳一般热情的桐璃吗？为了更好地感受海风，乌有解开了衬衫的一粒纽扣。

"过去我经常在这里远眺。"在黑尾鸥此起彼伏的叫声中，神父小声说道。

"看海吗？"

"是的。海还跟原来一样。"

同二十年前一样，毫无变化。一如从前。这是他们来到这里后常说的一句话，但此时听起来格外不同。是因为大海的缘故，还是因为天空？乌有思考片刻后便作罢了。他坚持认为一切都与那件事有关，一切的根源都在那个事实当中。既然已经开始，那就索性追查到底吧。那一瞬间的感受如同巨大的旋涡，无视外力与内力的平衡，将乌有的关注点从优美的风景画世界拖拽到了现实世界的中心。这让乌有涌起一股强烈的责任感，让他从虚妄的泡沫中清醒过来。

"这里可以让人精神放松。"

"神父，我想问您一些事情。"

很明显，宁静的气氛被突然打破了。可乌有忍不住不问。刚刚被桐璃激起的疑窦无法压在心底。他用力地攥住了扶手。

"和音到底是一个什么样的人？你们为什么会聚集到这里？"

乌有自己都觉得问得太直截了当了。神父表情惊讶地看着乌有。过了一会儿颇为理解似的点了点头，说："看来你已经隐约察觉到了。"

果然如此。乌有更加坚定了自己的想法。

对他们而言，和音不只是美的象征，更是神一般的存在。电视里经常报道，新兴宗教的信徒们会聚集在深山或高楼大厦的一个角落里举行集会。二十年前，他们也聚集到了这个岛上，将和音当作"神"来崇拜。不是比喻意义的"神"，而是真正的"神"。这个小岛，也就是和音岛，就是他们的圣地，这栋歪斜的建筑——和音馆，如同圣彼得大教堂或吴哥窟一样，对他们来讲，就是带有浓厚宗教色彩的圣殿。

乌有站直身体，小心谨慎。内容如此敏感，不得不多加注意。

"不过，说不定只有我这么想、这么理解呢……我昨天也说过，对我来讲，和音就是神。"

神父的眼眸仿佛在回望过去，深邃宁静得就像蓄满清水的幽深古井。乌有也像配合着神父似的，静静地凝视着过去。黑尾鸥掠过海浪，传来高亢的叫声，仿佛见证岁月的逆转。不久，风平浪静，叫声随之消失。

"当时我还是学生，很有追求。七十年代学生运动盛行，安保条约、冲绳斗争，以及反越南战争等，学校里贴着或立着各种宣传海报。学生会把椅子和桌子堆起来当成阵地，固守在里面……"

神父平静地回忆着过去，仿佛在诉说百年前的往事。他说的这些，乌有只在电视纪录片里看过，无法想象当时的真实情况，但可以大致了解那种氛围。

"可我无法认同那些人的思想或政治倾向。我不觉得他们不对,但总觉得有什么地方不对劲。他们宣传说美国对越南过度介入,这实在过分,国家的教育管理太过苛刻,等等,而这与极具煽动性的告发没有什么区别。对此我提不起任何兴趣,可我也不想参加以体育集会为主的近乎右翼的反动派别。我的一个亲友,曾在学校阵地驻守过,他指责我这么做只是逃避现实。即便现在我也不那么认为。六十年代发生的事我不太清楚,但那个年代形成的形式主义的印象一直影响到了现在,就是那种切断了与世间一切联系的闭塞感和挫败感……"

乌有只了解当下,在他看来,神父的想法是正确的。或许是因为自己对学生运动中的内斗,以及过激派的炸弹恐怖活动印象深刻的缘故。乌有所在的大学里,宣传栏里只有俱乐部和社团邀约的小广告,根本看不到学生运动的痕迹。

"虽说如此,可我并不知道自己要追求什么。我没有参加过任何活动,但确实在追求着某种东西……就在这时,我结识了武藤。"

"武藤?"

"遇到他之后,我发现,不,应该说在他的影响下,我发现自己追求的是'神'。

"我可能并不适合做医生,学医继承家业不过是外界强加给我的使命。"

他笑着自嘲道:"当然,我读的是医学专业,某种程度上还是相信科学万能的。我相信,人,也就是人体,是一个由各种器官组成的有机体。不然,我无法以医生的身份开展工作。将这种想法简单地进行演绎,就成了全面的唯物观。可是……医生不是科学家,他不可能不注意到生命是不确定的,其中蕴含着神秘的无常,而这点与科学是相违背的。"

"于是,你就相信了神秘主义?"

"没有。对我而言,'和音'可不是那种东西。"

神父坚决否认了乌有的看法。

"命题很简单。如何克服无意义的表象,找出绝对的真理?科学完全抹杀了'神'的存在。也就是说,世界不需要神与科学两个不同的体系。至少日本如此。后来,科学制造出的神——马克思主义意识形态,在七十年代的安保斗争中明显丧失了其绝对性。如果绝对性这个词不够妥当,那也可以说成依赖性或可信赖性。"

乌有想当然地认为,这种情况造成了诸多新兴宗教的产生,但神父轻轻地摇了摇头。

"也不是,那不过是换汤不换药。就像中世纪的欧洲,无论谁是领主,即便是在施政方面的英明君主,也改变不了君主专制的政治本质。"

他是说如果不改变构造本身的话,一切都无济于事的意思吗?

"在没有'神'的时代,如何复兴'神'?现在想来或许愚蠢至极,但当时大家都在认真地思考这个问题。"

乌有内心非常认同这个看法。当然,他并不是追求所谓的"神"。他只是觉得,等过了五年或十年之后,再回头看现在的想法,想必也会觉得愚蠢吧。而且,即便知道这点,即便预感到自己现在的想法多么幼稚青涩,也不能停止思考。

话虽如此,这个世界上果真存在绝对性吗?如果有,那就是乌有想得到的。

"本世纪是一个不幸的时代。因为科学过于发达,'神'被完全抹杀掉了。"

神父像在布道似的,变换各种手势开始了述说。

"科学原本就是神学,是根据内省向世人证明'神'存在的一种方法。它不只为了被挑选到的一部分人,而是为了让所有人都能感知到'神'的存在。笛卡儿空间是为了证明'神'的理性手段。在这里,我们缩小'神'的范围,特指基督教的'神'。也是为了主张'神'赋予人'我思'正当性的一种手段。古代人试图用科学的思考弄清'神'的睿智,但由于过分追求普遍性,无意中使'神'变得毫无意义了。就像属于'神'的一切都被替换成科学术语,'神'就变得只在语言层面与信仰层面具有意义了。最后,科学又用不确定原理将'神'置于死地。这简直比拉普拉斯[①]还要恶劣,因为它彻底破坏了世界的绝对性。假如这个世界因概率或偶然性而发展生存的话……"

比方说,我们在掷骰子的时候,如果各种数字出现的概率相同,那所有一切都由掷骰子时的初期条件,如手握紧的程度,哪一面朝上,如何用力,空气的阻力,地面的硬度,以及摩擦力等决定。这些看起来是概率,但其实是绝对性的世界。为什么这么说呢?因为如果在完全相同的条件下掷骰子,无论你试多少次,只能出现同样的数字。人们之所以认为骰子每一面出现的概率是六分之一,那也只是因为我们无法完全控制初期条件而已。

如此演绎下去,我们会发现世界上根本不存在偶然,所有一切都是事先确定了的。凡事有因必有果,人也不例外。只要人的思考是由大脑这一细胞组织进行的,那大脑,也就是思考,就是由形成蛋白质的原子进行的。而所有现象都是根据原子中的电

[①]法国著名的天文学家和数学家,天体力学的集大成者。

子跃迁并释放出的热量产生并持续的,那我们的喜怒哀乐以及各种性格,究其根本也是由电子的跃迁与原子核的分裂结合所决定的。如果说我们的出生和意外死亡,以及所有物质的初期值都是事先被确定好了的话,那这个世界就是必然的。

举一个浅显易懂的例子。比如路上丢了钱包,菜刀切了手,感冒,以及乌有你活到了现在,等等,这一切都不是偶然的,都是在遥远的以前由原子和素粒子的排列决定好的。推而广之,这个想法也适用于未来,即现在的条件决定了未来。而知道这一切的就是"拉普拉斯恶魔"。当然,在这个恶魔面前,"神"毫无还击之力,但作为抽象概念的"拉普拉斯恶魔",也就是"神",至少无所不知,且能预见未来。

然而,这个恒久不变的绝对性,被韦纳·海森堡①的不确定性原理彻底否定了。

所谓不确定性原理,简单说来,就是不能同时决定速度和位置的理论。在现实世界中这个理论看来有些荒谬,但在原子层面,其内部无一例外存在误差。因此,假如限定位置,速度就会变得不准确,假如规定速度(比如速度为零,即静止),那位置只能通过概率确定。也就是说,只能用"最有可能在这个地方出现"的说法表达。推而广之,就成了万事万物都取决于概率或偶然。

虽然在人类的未来由过去决定这一层面,不确定性原理具有一定意义,但它同时也意味着未来只能通过概率推测(即便是"神"也不例外)。这样一来,这个世界上就不存在任何绝对性的东西了。通常来看,"神"必须是万事万物的"绝对者",所以这

---

①德国理论物理和原子物理学家,量子力学的创立者,提出了"测不准原理"和S矩阵理论等。

一原理等于否定了"神"的存在。

神父想说的大概就是这些吧。

"现在如何将非科学的'神'恢复成科学的存在呢？在不否定科学的前提下，如何创造出一个超越这一原理的'神'，以及神的体系呢？"

科学的"神"……乌有不由想起了某种电脑怪物，比如HAL9000[①]。

"非科学、超科学、反科学的'神'随处可见，但毫无意义。如果真的是'神'，那应该与一切不相抵触才对啊……也就是说，就像过去一样，我们如何通过科学的手段去创造以及规定'神'？这种想法可能太狂妄，但既然作为天启的'神'不会告诉我们方法，那我们就只能上下求索。"

"那你们找到了吗？"

当然找到了，不然就不会有和音的存在了。神父缓缓闭上眼睛，将手贴在额头上，似乎在重新梳理思绪。

"我们只有一个追求，那就是如何在这个被科学相对化的世界中找到'绝对'。"

"后来你们在和音身上找到了绝对，是吗？"

"是的。我们将和音假定为'神'。正确地说，是将她作为'神'的象征……于是，我们就得到了属于自己的'神'。"

神父用圣母般的眼神注视着乌有，眼眸中闪耀着平静祥和的光辉。

[①]电影《太空漫游2001》中的人工智能电脑，号称从不犯错，是人类最高科技的结晶。

*

"对了,你知道立体主义吗?"神父突然主动发问,"……二十世纪初期出现的一种绘画风格。"

"知道。"乌有回答。以毕加索和乔治·布拉克为代表,立体主义画作给人感觉是将碎片凑在一起进行的重构,比如《亚威农少女》那种画风。

"就像和音画的画一样。挂在二楼的那些。"

"啊,这么说来,昨天我们还说过呢。"

帕特里克神父频频点头,似乎想起来了。"那些都是分析立体主义作品。"

神父用食指轻轻敲了下额头。

"所谓分析立体主义,是指将原来的三维嵌入二维空间的画法。也就是打破持续到十九世纪的透视法对画家的限制,否定在油画布上直接进行的三维再构成,将对事物的把握过程用时间体现出来,通过不同时间点不同视角对事物进行重构与展示。"

不知是引用了别人的说法,还是因为以前说过多次,这些拗口的句子神父竟然能够脱口而出。

"明白了吗?"

乌有摇了摇头。冷不防用复杂的语言解释,不可能一下就听懂。即便乌有知道立体主义,也只是略懂皮毛,不具备任何理论知识。刚才那番物理理论姑且不说,绘画理论方面他只学过一点透视与二点透视而已,加上美术又不是升学考试的科目,高中的美术课他从未认真听过,上课时怀里总揣着一本《英语单词手册》。

"噢……比如你从正面看我时,应该会在脑海中想象我的后背。虽然你从现在的位置看不到,但只要你移动到我的背后,就可以看到我的后背,如此就完成了对我的完整把握。"

说着,神父突然转过身,将瘦弱的后背对着乌有。

"从一个视角把握一瞬间的风景……这是原来的透视法表达的画面。通常意义的风景画和人物画都是用透视法立体性地构成画面。"

在乌有看来,将远处的物体画得小一些,将方形的建筑画成菱形,这就是所谓的透视法。

"可是,这种旧式画法尽管能够想象到我的后背,却无法画出来。"

神父再次转过身,面向乌有。

"此时,立体主义应运而生。如何将我们捕捉认识事物的过程,以及从结果中获取的认识在二维画布上表现出来?当然,传统的透视法无法画出事物正确的样子,至多画出一个像干竹荚鱼那样的平面。"

"这么说,立体主义画法可以做到,对吧?"

看画时乌有从未想过透视法之类的问题,现在倒觉得蛮有趣。但是,乌有也不觉得后背能出现在那些好似彩色玻璃碎片的画中。

"是的。立体主义忠实地再现了科学认识的实践过程,换句话说,这是在近代科学的胜利中产生的艺术。"

这句话很重要吗?神父说得意味深长。

"科学产生的艺术?"

"是的。为了超越二十世纪这个时代,艺术不得不与同时代的科学紧密结合。原因在于,如果艺术无法超越万能的科学,或无视科学一味后退,艺术将失去它存在的根本意义。当然,我并不认为毕加索或乔治·布拉克在创作初期也抱着这种想法，但他们应该天生具有顺应时代要求的直觉。还有一点不可否认，二十世纪的绘画中包含着对无视科学、一味沉溺于浪漫主义的十九世纪绘画的深刻反思。"

"你说的与科学紧密结合，具体是指什么？"

乌有听得一知半解，于是问了神父这个问题。

"比如欧几里得几何学对透视法的放弃，以及由相对性理论产生的有限化认识。这些与存在主义思想相辅相成，在当时明确了'物体'的连续性和相对性。"

神父特地用了"当时"一词。因为直到现在，超弦理论仍然强有力地证明着时空的非连续性。当然，这是基于狭义相对论的看法。

"'物体'只有在与外物或者自身的过去、现在、未来相关的情况下才得以存在。迄今为止的画家采用透视法画出的画与照片相同，都不过是截取了物体一瞬间的景象而已。它们都忽略了时间这个第四维概念的存在，都具有三维的特性。而实际上时间与'存在'密切相关。物体往往通过与光速相关的时间以及时间的流逝被人们认识，并在与无限拓展的空间的关联中，确立彼此的差异。"

说完这些，帕特里克神父停顿片刻，用舌头润湿嘴唇后，再次开始讲述这个让人难以理解的问题。

"也就是说，十九世纪之前的绘画，无论风景画、肖像画，还是静物画，都没有描绘出物体的真实模样。因为画家忽视了时间这个概念，未能做到写实。真实存在于空间和时间的相互关系之中，物体只有在时间进程中随着视角的改变才具有称之为'物体'的属性。"

难道神父真的以为乌有能听懂他说的话？他刚刚说的那些，即便用文字记录下来，乌有也未必能看懂。神父可不傻，说不定他是故意不让乌有听懂的。

"若换成一座三维雕像的话，我们在欣赏时可以不断变换角度，很少存在此类问题。但如果要在一张二维的画布上做到这点，就不得不将物体各个角度的样子都显示在一个平面上。而实际上，根据不确定原理，我们不可能将时间、动态和位置同时表现出来。传统的透视法也默认这种不可能，却试图巧妙地掩饰这点，所以，透视法不过是一种欺瞒的手段而已。传统画家虽然大都尝试过印象派画法，但基本都是避重就轻的盲从罢了。新的时代需要一种写实的、在二十世纪通用的新型透视法。"

"您是指立体主义吗？"

"当然，从纯粹的科学角度来看，也可能存在其他机械性的方法。比如精巧的计算机图形学。不过，我们并不能将之运用在绘画上面。既然是绘画，就必须具备科学和艺术两种特性。不仅要有传递信息的意义，还得具备鉴赏的价值。"

这一点乌有倒是明白。完全写实的风景画，以及最符合要求的肖像画，都不是画，而是照片。从某种意义上来说，正是由于摄影技术的发展，绘画才不得不开拓出一条与之相反的道路。作为一种表现手段，绘画要表现的不是物体的表象，而是潜藏于内部的本质。

"毕加索他们采用的画法，不是呈现结果，而是描绘过程。也就是将世界上不断变化的各种关系置于认识的过程中，不停展示每个瞬间的片段，最后再统合起来。当然，每个人的认识都是主观的，但通过同时展示多个不同过程以及不同视角的画面，立体派画家创造出了一种新的透视法。立体派画作中的那些碎片代表着一个个不同的视角,画布这一平面同时展示了这些视角集合或统合性的真实样态。这就是所谓的'展开'。"

毕加索之所以在侧脸的旁边画上原本看不到的另外半边脸与睁着的眼睛,就是基于这种理论。这是一种将两个视角同时展示于一个平面的朴素画法,只用两个时间轴构成了一幅画。分析立体主义鼎盛期的作品则更加复杂。画家从诸多角度描绘对象物,随着视点的转移使画面向周围缓慢"展开",并让相邻片段之间呈现出微妙的差异,以此给人一种主题与背景相互交叉的错觉。画家借助这种错觉产生的"干扰",从而构筑出一个中心物与周围空间相互依存并相互联动的世界。

这是关于对象物认识过程的描绘。莫非这就是所谓的"展开"?而所谓的"干扰"并非由"展开"产生的主要效果,而是"展开"时各个片段之间必然出现的差异带来的附带性效果。如果比作一列行进中的火车,前进运动如果是"展开",那随之而来的小幅度晃动就相当于"干扰"。乌有利用仅有的物理知识,总算理解了神父的那番话。当然,乌有的理解与神父想表达的意思是否一致还有待商榷。

但有一点与列车不同,那就是对于列车来说"干扰"没有任何意义,但在立体主义中,"干扰"尤为关键,似乎是其构筑世界的重要因素。

"我好像明白了一点。不过你为什么突然跟我提起立体主义呢?"

帕特里克神父看上去很高兴,眼睛眯成了一条缝。

"你没发现吗?和音馆这栋楼就是根据分析立体主义建成的。"

乌有听罢,立刻用神父的所谓"展开"视角反复打量脚下,审视周遭。

"这座建筑就是用'展开'的视角构筑起来的。你刚到这里时是不是就觉得奇怪了?和音馆的奇特造型就是在'立体—平面—立体'的再构过程中形成的。一切都是为了表现真实……"

"真实?"

究竟什么才是真实?一方面将和音当成"神",即真实的源头来崇拜,同时又相信科学的真实。而且两种真实都出自同一个人之口。乌有不由得怀疑,莫非神父在跟自己开玩笑?

就在这时,乌有脚下突然开始晃动,原本坚实的地面一下子消失了一般。黑尾鸥大声鸣叫,连天空都在摇晃。地震了。来到这个孤岛后已经地震过几次了。整座和音馆都在剧烈晃动,乌有也有些站不稳了。屋顶上的震感尤为强烈,不用力抓住扶手,很可能会被甩出栏杆摔到楼下。乌有赶紧蹲到一旁,静等地震结束。

乌有抬起头,突然发现神父蹲在地上,正一脸镇定地看着自己。脸上还带着一丝笑意……乌有将目光移向大海。整个岛都在晃。更准确地说,小岛才是震中,海浪仿佛在画同心圆一般,正以小岛为中心朝着四周的水平线无限扩散。

地震大概持续了十秒钟,大海又恢复了原有的平静。

"也许是和音在警告我,不许我继续往下说了。"

说,还是骗?神父没有给乌有思考的时间,说完就起身朝楼梯走去。乌有的手依旧抓着栏杆,像着了魔似的望着神父那袭黑色长袍。他突然回过了神,朝神父喊道:"我还想问最后一个问题,你为什么要信奉基督呢?"

乌有以为神父肯定不会回答这个问题,没想到神父竟然站住了,转过身后满面笑容地说了一句:"因为以前信错了神灵。"

答案竟如此简单，而且没有一丝犹豫。与奥古斯汀的忏悔完全不可同日而语。乌有却更加迷茫了。

8

——钢琴声。

乌有回过头去。钢琴声从走廊传来。大门开着，所以声音传到了客厅里。吃完晚餐，乌有正独自在客厅休息。或许是想继续关注电视中有关今早降雪的新闻报道，也可能想放松一下绷紧的神经，不然一个人在房间里总会胡思乱想。看电视的确可以转移注意力。乌有现在有大把空余时间，不知是好是坏。时间是有了，思维却处于停滞状态。

不过，眼下解决问题的关键就是从新兴宗教入手，这点毫无疑问。虽然神父否认了这点，但事实明摆着，毋庸置疑。但是，乌有不知道接下来该怎么办，也不明白和音同这件事究竟有何关联？预测不到接下来可能会发生的事情，就无法思考对策。说到底，乌有依然处于被动状态。问题过于敏感，无法四处询问。神父虽然那么说，但目前依然有人信奉和音。比如结城。至少杀人凶手就是和音的信徒。

乌有有些怀疑神父。说是怀疑，应该说感到可疑更合适。乌有一直没弄明白神父那番令人费解的话，吃饭时也一直在想，他为什么突然说起立体主义，为什么非要说这个？实在搞不懂他的真实意图。

乌有让自己停止思考这件事，可不知不觉又开始回想起往事。十年前目睹的那具尸体再次浮现在脑海中，那张血淋淋的脸在控诉自己就是杀人凶手。本以为一直在思考眼下这件事，可谁知动辄就想起往事。等回过神来，乌有正战战兢兢地望着自己的双手，再次意识到心灵创伤的可怕，而这次杀人事件令多年的心灵创伤凸显了出来。

自己现在的所作所为究竟能不能被外界所认可？高考的失败让这十年过得毫无意义，乌有活得只剩一个躯壳，至今没有生存目标。乌有常想，自己没有受到和音教的影响，却也活得如同行尸走肉。他渴望找到发泄郁闷以及逃出黯淡未来的出口。

在昏暗的房间里盯着电视屏幕时，乌有听到了钢琴的演奏声。声音谈不上悦耳动听，也不像劈开空气般节奏激烈的摇滚和重金属音乐，当然也不是爵士或流行乐。每个音符之间似乎隐约相连，节奏也是忽上忽下，仿佛猫咪在钢琴上行走时发出的声响。可那旋律又不像漫不经心弹奏出的，说不清哪里，似乎被人有意识地控制着，让人听了不免心生凄凉。

"莫非……"

有人曾说和音在圆形舞台上唱过韦伯恩的歌曲，难道就是这个？若说是古典乐，曲调未免生硬，乌有不禁猜测，难道是勋伯格或韦伯恩的作品？琴声或许从远处传来，传入耳中时已经很弱。乌有靠着沙发靠背侧耳倾听了一会儿，琴声很快就消失了。消失前既没听到类似于曲终的部分，也没听到旋律渐弱的过程，就这么毫无征兆地停止了。好似练琴的人对这个曲子不中意，突然在中途放弃了一般。

谁在弹琴？曲终不久，乌有开始思考这个问题。演奏令人舒心，且意犹未尽。旋律乍一听毫无章法，整个听下来却能让干涸的心变得充盈快乐。想不到还有人有此等闲情逸致。房子太大了，别说一架钢琴，就算有个音乐室也没什么奇怪的。只是，这种情况下竟然还能心平气和地弹钢琴，够蹊跷的。不过至少弹奏者不觉得眼下弹琴有什么蹊跷……换句话说，弹奏者就是蹊跷的源头。对，这种可能性很大。

乌有突然想到了歌曲的伴奏，自己一直没有意识到这点。和音唱歌时应该有伴奏啊。在这个岛上无法用乐队伴奏，应该是用钢琴吧。也就是说，二十年前的和音岛上肯定有一个会弹钢琴的人。

不必操之过急，乌有宽慰自己，顺势躺进了沙发。明天问问村泽就可以了。乌有不想在深夜去探索陌生的房间，虽然不至于遭到袭击，但很容易招致怀疑。况且，即便现在去音乐室搜查，人应该也已经不见了。乌有的直觉这么告诉他。

罢了，还是回自己房间吧。走进大厅时，乌有想起神父说过这栋楼是根据立体主义建成，所以是歪斜的。乌有从一楼大厅中央向上望去，只见楼梯呈螺旋状上升，扶手直逼拱形天花板乃至更高的空中，整栋楼的确是歪斜的。想起神父提过的新型透视法，乌有有意识地望向楼梯和其他附属物，发现所有物体的大小和远近都没有变化。换句话说，从一楼自己站的位置环视整个大厅，即便四楼的楼梯也和连接一楼二楼处的楼梯看上去形状相同。当然，为了达到这种效果，必须扭曲物体的实际形状。尤其是天花板和四楼这种离得较远的部分，扭曲得更加厉害。乌有突然意识到，原来上楼时感受到的不安与别扭都出于这个原因，自己竟然一直没有发现这样设置的目的是为了让物体看起来更真实。

对这种采用类似错觉画技巧的设计，乌有有点佩服。之所以只是"有点"佩服，是因为眼下所处的状况，以及天生的别扭性格都妨碍了敬佩之情的油然而生。

不过，仔细望去，感觉从大厅中央处开始就出现了小幅度的歪斜。或许因为这里本来就不是画布被固定的视点。这个房子里肯定存在一处采用立体主义新型透视法固定下来的地方。一处可以使所有一切都显得没有变化的地方。乌有很想知道这个地方在哪里。难道是四楼那间被隐藏起来的房间——和音的房间？

……尽管不确定，但乌有觉得就是那里。

就在这时，他听到有人缓缓走下楼来。楼梯上铺着地毯，因此声音很轻，但在徐徐靠近。来人在右侧的墙壁上投下了大大的影子。

是村泽夫人。乌有下意识地躲到了走廊一角。只见村泽夫人趔趔趄趄地走下楼梯，穿过大厅向中院走去。难道她在服丧？村泽夫人穿着一身黑衣，衣服与肖像画中和音的着装特别相似。她的侧脸毫无表情，但给人感觉内心已不堪重负，精神几近崩溃。

晚餐时，感觉夫人的精神状况就算不上稳定。她好像在害怕什么，机械地往口中送着自己做的千草烧，神情酷似犯罪分子被逼到绝路时的样子。当然，也不能仅凭这点就怀疑夫人是杀人凶手。

乌有感觉，能制造出当下这种状况的，肯定是那种能把控全局、内心极其强大的人。吃饭时，夫人只顾着同结城说话，完全没有理会丈夫村泽。村泽也毫无参与谈话之意，默默地吃着饭，好似在思考什么。比起夫人的精神状态，村泽好像更担心这起事件。

乌有躲在纱帘的阴影里望着夫人。月光很亮，对方在稍远处的举动也能清楚看到。尚美摇摇晃晃地向圆形舞台走去，走着走着突然停下了脚步。她在砂砾地面上站了很久，好似犹豫着要不要登上舞台，看样子不像在打量周围或者等待他人。她只是死死盯着水镜的尸体出现的位置。月光下，尚美困惑的表情一览无余。

很快，尚美再次迈出脚步，走上了舞台。黑色身影融进屋顶下的阴影之中，从客厅已经看不清楚尚美的举动和表情了。乌有着急地注视着对面，慢慢地，或许是眼睛习惯了黑暗的缘故，依稀可以看到对面的轮廓了。虽然有些模糊，但看得到尚美正在舞台上翩翩起舞。不过依旧看不清她跳的是西方舞蹈还是日本舞蹈，只看到她在圆形舞台上忘情地跳着。只见她在凉飕飕的夜色中伸手、收手、旋转、下蹲、踮脚、伸展身体……乌有突然想起和音也曾在那里跳过舞。难不成夫人在模仿和音？可究竟是为什么呢？

不久，夫人的身影滑出了乌有的视野，像被磨掉了似的消失在了黑暗中。再次看到夫人的身影时，夫人不是在舞台上，而是在舞台后方的展望台上。展望台没有顶，月光倾泻下来，所以看得很清楚。或许是跳累了吧，夫人的肩膀微微抖动着，有些气喘。她的手搭在栏杆上，或许在眺望大海。也许是为了看清楚下方的海面，她将身体用力探出了齐腰的栏杆，脚尖踮起，脚跟甚至离开了大理石地面。

……莫非她想跳海？

乌有心中掠过一丝不安，他忍不住想打开纱门飞奔上前。虽然她和自己毫无瓜葛，但也不能眼睁睁看着她自寻短见。但是，当乌有想要将手搭在纱门上出去时，被人从背后牢牢摁住双肩拽了回去。对方用力太猛，以至于乌有的后背撞在了对方的前胸上。难道是杀人凶手？乌有顿时浑身僵硬，回头一看，原来是村泽。

"村泽先生。"

"没事的。"村泽表情严肃地说道。但那份严肃并非针对乌有，而是针对夫人。

"可是，您不觉得那样很危险吗？"

担心被夫人听到，乌有压低了声音。这句话自然少了些魄力，但村泽威严地注视着乌有，再次强调"没事的"。

"你一直在这儿？"

"嗯。"村泽点头。这么说，他知道自己一直在这里偷看夫人跳舞。想到这里，乌有不禁感到羞愧。但村泽似乎不以为然。

"随她去吧！"他垂下视线，缓缓摇了摇头，表情苦涩。尚美那令人不解的举动无论是被他自己看到，还是被别人看到，对他而言仿佛都是一种折磨。

"她怎么了？"

"只是一时情绪失控。"

"可是她冷不防跳起舞来，然后……"

"能有什么办法呢？是和音，是和音要她这么做的。"

"和音……这是……"

在他们争执时，尚美很可能会坠入大海。此时，尚美的上半身已经完全探出栏杆，头垂到了栏杆的下方。乌有的视线自然地望向了展望台。

"别担心！尚美不可能掉下去的。"

村泽该不会盼着夫人坠落大海吧？一刹那，乌有甚至对村泽产生了怀疑。毕竟夫人对他一直不够忠诚。或许村泽读懂了乌有的表情，只见他叹了口气，说道："好吧，我去阻止她，这样总行了吧。"

乌有没有回应。不反驳就意味着肯定吧。

"……真是没办法。"走到中院后，他听到村泽叹着气又说了这么一句。皎洁的月光下，他看到村泽的脸被痛苦折磨得变了形。

"……我们杀死了和音……在那个舞台上。"

他说的是实情,还是悔恨之余的比喻,抑或是月光让他一时胡言乱语了起来?乌有不敢追问。若他所言属实,那他们就等于杀掉了自己信奉的"神"。村泽说的不是"我",而是"我们",这个"我们"究竟指的是谁和谁?村泽、尚美,还有谁?

想到这里,乌有吓得汗毛倒竖。如果他们将和音这个"神"杀掉了的话,那水镜召集他们回来的目的难道不是为了将此事追究到底吗?

而且……想想都觉得恐怖,"犹大"未必都会后悔然后自杀。

"先告辞了。"

乌有对圆形舞台上的尚美和村泽轻轻说了一声,便逃也似的离开了客厅。

*

在三楼走廊处遇到结城时,乌有不由得感慨太不凑巧了。他本来打算回到房间仔细整理一下思绪的。

"还在调查?"

结城走近时问了一句,语气充满讥讽,而且满身酒气。他今天一整天都在喝酒,但竟然脸不红,说话还非常清晰。若不是身上酒气太重,根本看不出他喝多了。真够能喝的。

"没有,刚刚在下面看电视。"

说完乌有就后悔了。结城如果现在去客厅,肯定会遇到村泽夫妇,那情况就麻烦了。村泽可能会觉得是乌有通知的结城,结城又会误会村泽这次把夫人也牵扯进来了。这么一来,乌有的立场就会越来越不利。

"结城先生,刚刚听到钢琴声了吗?"

为了磨蹭时间,乌有没话找话。

"没……有人弹钢琴?"

"嗯,声音若有若无的,大概二十分钟前吧。"

"没听到。最近好像耳朵不灵了。"

结城突然笑了。结城看上去比乌有还要健壮,应该不是开玩笑,听起来也不像在说谎。对,关着门,难怪听不到。为了拖住他,乌有进一步找话题。

"说起这个,我就想起和音在那个圆形舞台上唱过歌,对吧?"

"嗯,是的。"他的声音明显变紧张了,"那又怎样呢?"

"是谁弹钢琴给她伴奏的?"

"伴奏?啊,是武藤。"结城冷冷地回答。他似乎已经没那么警惕了。

"原来是武藤先生啊。"

乌有故意放低声音,做出失望的表情。结城有些意外地睁大了眼睛。

"我说,中午议论了武藤那么多,你不会是怀疑他吧?"

"不是这个意思。我只是在想,大家都在听和音独唱,会是谁给她伴奏呢?"

乌有无法说清自己心中的疑问,竟然有些结巴了。结城却一副了然于胸的样子。

"原来如此。不过,你以为是和音在弹钢琴吗?"

"也不是。"

"算了、算了,和音确实会弹钢琴。和音什么都会……不过,你最好不要这么想……毕竟和音在二十年前就去世了。"

这句话冷冰冰的，语气中带着胁迫乌有接受这个结果的味道。说是警告乌有，更像是说给他自己听的。如果是在一小时之前，为了自保，乌有可能就直接接受了。但是就在刚才，乌有才听到村泽说出了实情。万一结城也参与了杀害和音的行动呢？乌有想再问，哪怕是旁敲侧击也好。

"还有人会弹钢琴吗？"

"没有了。不过说不定有人在这二十年里学会了呢。水镜小时候也学过，瘫痪之后就无法踩踏板了。尚美可能也不会，没见她弹过。"

结城抬头望着天花板。走廊的天花板上贴着壁布，上面有黄色的刺绣图案。中间是女性的背，从西向东延伸，展示了一个女性从少女到女人的变化过程。似乎可以看成"和音"成长的历史演进。从画面来看，犹如装饰教堂的基督宗教画的系列作品。而画在旁边众人中的一个会是结城吗？

结城突然严肃地问乌有："我有话问你。你现在是打算回房间吗？"

有话问自己？乌有装作没有注意到对方的眼神，谨慎地反问："什么事？"

结城向四周看了几遍之后，压低声音说："能不能老实告诉我，你和舞奈小姐认识多久了？"

"桐璃？为什么这么问？她怎么了？"

"没什么，没什么，和这件事没有直接关系，只是想问问而已。"

看着乌有皱成一团的额头，结城弯着腰慌忙解释。

"一年左右。"

"一年啊！"结城沉思片刻后问，"舞奈小姐今年十七岁，对吧？"

"是的。请告诉我，你到底知道些什么？"

"没什么。她父母怎么样？"

"都还健在。她只是个普通的高中生。结城先生，你到底想说什么？"

"都说了没什么。话说，你跟村泽是一伙的吧。"

这个时候，不能就此撤退。

"你如果怀疑桐璃，那可搞错了。"

"我没有怀疑她。"

说得轻巧。他肯定认为桐璃有嫌疑，只是乌有搞不清楚他的疑心有多重。他究竟如何看待桐璃，是凶手，还是一系列骚乱的策划者？是导致这一切的根源，还是最终的目标，是主谋，还是"神"？乌有不得而知。从他越发沉重的口吻听得出，他已经将桐璃与和音联系在了一起。而事实上，桐璃与和音的相似纯属巧合。但是，这种错误而危险的认识，会因为随意的解读，而将桐璃毫不留情地拖入整个事件的旋涡之中，甚至是旋涡的中心。

"这都是误会。"

结城无视乌有的解释，不以为然地换了一个话题。

"对了，你看到尚美了吗？"

"没有。"

"那村泽呢？我有点事情想问他。"

"不知道。他不在房间里吗？"乌有撒谎道。

*

乌有推开桐璃的房门，看到她正盘腿坐在床上听随身听。发现乌有进了房间，桐璃只摘下了右耳的耳机。乌有本想问问她钢琴的事，但看她在听随身听，当然听不到钢琴声，所以也就没问。她好像刚刚洗完澡，穿一件T恤，湿漉漉的头发垂到肩头。水珠顺着黑色的耳机线滴下来，脸颊红扑扑的。

"怎么了？"

戴着耳机，桐璃的说话声很大。乌有将食指贴住嘴唇，示意她小点声。桐璃看了看书桌上的闹钟，不情愿地坐直了。白皙的长腿从超短裤里伸了出来。

"你突然进来，吓我一跳。"

"没有啦。"乌有好像受到了责备似的，含含糊糊地问道，"你在听什么？"

"X，就是之前翻录的那个。"

好像之前听过一次，后来就一直搁在抽屉里了。

"我就带了三盒录音带，只能听同样的曲子。《杰拉西》都听五遍了。你要不要听？"

她将右边的耳机递给乌有，乌有拒绝了。现在哪还有听歌的心情。

"房间里要是有电视机就好了。"

"那也太奢侈了吧，又不是酒店。你不是带了杂志吗？带了几本？"

"昨天就全看完了。"

只见桌上胡乱放着三本时尚杂志，封面基本都是红色调的，花里胡哨。

"这里太安静了，不适合读书。"

"想想密室之谜不就好了。怎么了？对侦探游戏不感兴趣了？"

乌有试着将对话引入正题。

"怎么可能！"桐璃猛地抬起头，湿漉漉的头发从肩膀上滑了下去。

"我在认真思考。你不会明天又想一个人悄悄去调查吧？"

"我会记得带上你的。只要村泽同意。"

"那个人不喜欢我，肯定不会同意的。不过，乌有一个人什么也不敢做？"

"那样太引人注目了。"

这倒是真的。乌有最不想引起他人的注意。这并非性格使然，而是他猜测其他人不乐意他这么做。对他们来说，乌有是个局外人（桐璃当然也是），出格的行为只会招致他们的反感。在电视剧或小说里，侦探或刑警经常遭到犯罪嫌疑人的疏远。他们之所以敢"多管闲事"，是因为背后有身份和国家权力在撑腰。可乌有现在并没有揭开谜底的义务和责任。

"我们到处闲逛会打扰人家。侦探小说中，单独行动的调查者最后肯定会死于非命。"

"还说没看过侦探小说，知道得挺清楚嘛。"

"看个两三本就大概知道了。所以你一定要小心啊。"

可桐璃只是不满地噘了噘嘴，似乎并没有听进去乌有的忠告。不过乌有从未指望她老老实实听自己的话，所以也没感到焦虑或失望。

"对了，桐璃。"

"嗯？"

"你知道立体主义吗？"

桐璃歪着头，摇了摇头。

"什么东西？新式魔方？"

"不是。"

桐璃的回答不得要领,乌有反倒放心了。不知是钢琴声,还是结城说的话,乌有感觉自己似乎也将和音与桐璃混同起来了。

"是一种画风,在绘画史上非常有名。"

"没听说过。真的很有名?女高中生都知道?"

看着把试图将无知正当化的桐璃,乌有心想,不知道才好。

"啊,你耍我呢!"桐璃迅速反应过来,大声责备乌有,"乌有也不知道啊。仗着自己年长一点,老这么耍我。"

大声嚷嚷了一会儿之后,她又开始小声嘟囔。过了不久,可能是累了吧,她不出声了。乌有才想总算息怒了,她又突然换了个腔调,小声嘀咕道:"这栋楼里有个杀人魔哟。"

也许是过于冷静的反作用吧。

"你害怕了?"

"怎么可能。不过我也不是这个意思。"

"别担心!我肯定会保护你的。"

"你说什么呢?还说肯定会保护我。我不是这个意思。"

桐璃大笑起来,露出了洁白的牙齿。自己是很认真的……乌有有些沮丧。

"怎么?不高兴啦?"

桐璃似乎看出了乌有的不悦。

乌有只好提高嗓门说:"傻瓜!谁不高兴啦?"

自以为说得很大声,可传到耳朵里时声音却轻飘飘的。可能只是自己没发现自己不高兴吧。没办法,乌有站起身,打算离开桐璃的房间。

"你不是有事要说吗?"

"没有。"

"真奇怪……"桐璃伸长细细的脖颈，目不转睛地盯着乌有的脸，仿佛想从那张面具般的脸上找到点表情。

"你对我隐瞒了什么吧？被我猜中了？老实交代！说出来才会轻松哟。"

"都说没什么了。"

"骗人。你肯定是有什么才来的。"

"没有啦。"

乌有认真回答完就转身离开了，没有留给桐璃接着发问的时间。再待下去肯定得露馅儿。乌有不想被桐璃彻底看穿。

门被砰地一声关上了。

只听房间里传来一声"晚安"。

"晚安。"乌有小声回道。

回到房间，思考片刻之后，乌有开始为熬通宵做准备。毛毯、咖啡，还有少许食物。可能是结城的话让他担心。不，不仅如此，尚美怪异的举动，村泽的倾诉，以及神父留下的谜团，这些都让乌有感到不安。假如有人对桐璃直接采取行动，后果将不堪设想。虽然只是假设，乌有也无法泰然处之。可也不能像个保镖似的冲到桐璃的房间去，这样只会令她格外不安。

退而求其次，乌有决定在自己的房间里守护桐璃。他把房门打开一条缝，就可以清楚地看到斜对面桐璃的房间。锁这个东西是不牢靠的，说不定有备用钥匙呢。这栋楼如果是正常的结构，自己与桐璃的房间应该是正对着的，那样反倒不能守护她了。乌有竟然有些感谢和音馆这歪斜的造型了。

乌有也觉得对桐璃有点过分在意、过分担心了。如果自己只是杞人忧天，那就再好不过了。但已经有一个人被杀了，就算再发生点什么事也不足为奇。为了鞭策疲惫的身心，乌有如此说服自己。

保护桐璃对乌有来说义不容辞。桐璃的监护人，也就是她的父亲也曾拜托过自己。何况就算为了自己，为了与过去的自己诀别，乌有也必须保护好桐璃。这件事让乌有找到了弥补过去十年空白的新目标。与桐璃刚刚的对话让乌有确信自己即将开始新的人生，今后的人生将具有崭新的意义……或许，他们眼中的和音就等于自己眼中的桐璃。尽管意义不太相同。

唯独在这点上，桐璃就是和音。

IV　8月8日

0

乌有开始去创华社上班,是因为某个秋日发生的事。

那天,乌有因感冒久治不愈,没像往常一样去桂川散步,一整天都窝在被窝里。对身子骨虽弱却从不患病的乌有来说,感冒卧床算是个新鲜事。这或许是上大学之前只顾着学习,生活作息非常规律的缘故,也可能是上大学之后很快就频频旷课,睡眠时间比较充足的原因。这次突如其来的感冒,让乌有多少体会到身体的笨重与不适,一整天都望着公寓窗外的单调景色发呆。

就这样到了傍晚,等暮色开始浸染满天的白云时,乌有听到有人敲门。

快递,还是收费的?

"来了。"乌有在被窝里含含糊糊地应了一声,看到从门缝里露出了桐璃的面孔。只见她打量着房间内部,仿佛搜查住所的警察。

"哦,原来你住这里。"

"桐璃。"乌有慌忙起身,"你怎么找到这儿来了?"

"真的是什么都没有啊。"

桐璃对乌有的话充耳不闻,表情愕然地叹了口气。

这间八张榻榻米大小的朝北单人房,在他人看来,也许就像刚刚搬完家的空房间一样寒酸冷清。除厨具之外,房间里只有乌有正在用着的棉被、靠墙立着的暖炉,和一台十九英寸的电视,其他东西半年前已被乌有一股脑塞进了壁橱。家里寄来的生活费并不少，只是乌有的世界里除了那位青年的亡灵和自己，再也容不下其他东西。电视机也只是用来看看天气预报而已。

"你感冒了？今天没看到你，有些担心。"

从那天起，不知何故，乌有每天都能在桂川河畔遇到桐璃。接着两人会在河心岛上闲聊一个小时，这样的生活持续了两个月。于是，乌有的散步时间从原来的一个小时延长到了两个小时。对乌有来说，生活没有因此受到任何影响，只是每天在宿舍面壁的烦闷时间减少了一小时而已。不知道是不是因为这点，乌有对这个新的改变既不强求也不抗拒。

只是，最近梦到那位青年的次数似乎减少了些。

"你怎么知道我住这里？"乌有忍着身体的不适，再次问桐璃。

"我什么都知道。"桐璃面不改色地撒谎。

也许以前她跟踪过自己。但脑袋昏昏沉沉，那一瞬间乌有竟然信以为真了。

"你感冒好像挺重的。"

桐璃脱了鞋，连个招呼都没打就直接来到了棉被旁。她双手叉着腰，长吁一口气后说："没办法，我来给你煮点粥吧。"

她手脚麻利地打开电饭煲的盖子。

"啊，竟然没有米饭。"

"我今天没煮饭。"

"没打算吃饭吗？"

她夸张地挥着饭勺，满脸难以置信的困惑样子。

"真是的。我要是不来，你就饿死了……还是我来做吧，米在哪里？"

"在灶台下面。"乌有感到特别难为情，指着灶台愈加轻声地说。

灶台下面的柜橱被塞得乱七八糟，桐璃在里面窸窸窣窣地找了好一会儿，突然惊叫一声"没米了"，说着从里面捏出一个沾着碎米渣的白色空袋子。

"不是吧？你怎么搞得？难道一个人过都是这样？"

乌有不了解其他人的生活，只好默不作声地望着桐璃。

"真没办法，我现在去买。你好好活着等我回来啊。"

说完她又打开了小冰箱，"连个鸡蛋都没有。"桐璃忍不住吐槽。何止没有鸡蛋，看到冰箱里除了调味料之外什么都没有时，桐璃无奈地说："那我再顺便买点菜吧。"

"不用那么麻烦了。"

等一直听之任之的乌有试图阻止时，桐璃已经走出了房间。

"乌有，你说没在读大学了，难道你放弃做医生了吗？"

太阳开始下山时，桐璃用平底锅熬着粥（粥里放着鸡蛋和鸡肉，接近杂烩粥），一边忙一边问乌有。她将长长的直发扎在脑后，穿着自己带来的白色围裙。

"嗯，医生嘛……"

既然知道自己远不如那位青年，就没必要为了做医生而奋斗了。乌有如今一点斗志都没有。也可能因为自己从来没有真正想过当医生。或许一直以来的努力只是为了保持灵魂完整的"自我保护"。乌有越来越搞不懂自己到底是怎么想的了。

"真可惜！好不容易进了大学。"

从桐璃的语气里倒是听不出多少同情和遗憾。对桐璃来讲，这毕竟是他人的事。

"也好、也好，多亏了你不想当医生，我们才能每天见面。不然你还得经常去上课吧。"

"可能吧。"

乌有突然想起，一年未见，那些曾一起玩耍的社团朋友现在怎么样了？他们还像去年那样过得悠闲自在，经常夜不归宿吗？还是在认真学习专业，按时去上课呢？想必没人像自己这样天天逃课吧。乌有倒没有感到离群索居的寂寞，只是觉得遇到了这种烦心事的自己不太走运。

"想不想做兼职？我有一份有趣的工作可以介绍给你。"

"兼职？"

桐璃突然像个职业中介似的问自己，乌有一下子不知所措了。

"嗯。京都有家杂志社，叫创华社，规模不太大，定期出版杂志。听说现在采访助理人手不够。我与总编认识，我跟他提起过你，说你每天无所事事，他好像蛮感兴趣。乌有，你不想试试？"

"兼职啊……"

"最初是兼职，但做得好了，也可能转成正式编辑。"

乌有完全没去上过课，今年不可能拿到学分。好的话就是留级，情况不好也可能会被迫退学。家里还有个弟弟，马上要考大学，父母不可能只供乌有一个人。乌有用手按着昏昏沉沉的脑袋，思来想去，发现自己必须认真考虑立身之计了。

得先活下去才行……就这么死去，是对那个舍身相救的青年最大的侮辱。对要强的乌有来说，这是明摆着的道理。

"那就试试吧！"

考虑了一会儿后，乌有答应了桐璃。虽然完全不知道采访是个什么样的工作，但如果只是做个兼职助手，就算自己再笨，应该也能胜任吧。

"太好了，那我去推荐你。"

桐璃高兴地笑了起来。粥眼看要溢出来了，桐璃关掉煤气炉，将粥倒进碗里，然后在上面撒了些紫菜。

"做好了。"

"啊，谢谢！"

自己答应做兼职，桐璃怎么这么开心？不过，既然桐璃开心，那应该就没错。乌有发着烧迷迷糊糊地想。

"味道怎么样？"

乌有吃了一口。焦煳味很重，而且有点咸，可乌有已经好久没吃过这么热腾腾、像样的饭了。

"真好吃！"

乌有发自内心地这么想。

1

这天,乌有十点就醒了。说是自然醒,不如说是被摇醒的。在连梦都没有的深度睡眠中,乌有突然感到全身被剧烈摇晃,仿佛有人用超出桐璃百倍的力气上下左右地摇晃自己。察觉到是地震时,已是余震停歇之后好一会儿了。震感之强,让平时爱赖床的乌有都抓紧爬了起来。等回过神来,才发现不仅毛巾被掉了,连自己的一只脚都已经踏上了地毯。

乌有熬夜守护着桐璃的房门,睡着时已是早上七点,算起来也就睡了三个小时。尽管如此,感觉休息得还挺充分。可能因为习惯了时间不规律的采访工作,短时间内也能熟睡吧。可是这次,虽然还有些低烧,但就像"病由心生"所说的那样,精神已经没那么紧张了,所以才能睡得这么沉。

虽说如此,就算十点钟起来也无事可做。也许跟昨天一样,要协助村泽继续调查,可那也得村泽请求自己这么做才行,乌有可是一点都不想主动调查。至于去采访他们几个,那就更不可能了。说不定采访内容登上周刊会很受欢迎,但乌有毫无兴趣。

乌有只想安安静静地度过接下来的五天时间。可能的话,希望他们能忘掉自己的存在。乌有暗自祈祷。尽管他知道这祈祷毫无作用,就像往香资箱里投入一万元也无法实现自己的愿望一样。

希望每天都平稳度过,乌有还是第一次这么祈祷。两年前,好好做人的信念指导着他的一举一动,他甚至忘记了平稳这个词

（当然，专心学习也算一种平稳）。那之后，他彻底脚踏实地，生活变得如同一潭死水，他也深刻体会到仿佛在地面爬行一般的平稳。对他来说，比起平稳，找到方法摆脱平稳的日子更加重要。因此，乌有从未为别人祈祷过平稳。

由于第一次遇到这种情况，乌有发现想要保持平稳也困难重重。对不擅人际交往的乌有来说，别人的行为都与自己无关，他完全没有主动去了解的念头。所以他最初这么祈祷时，对这几个人的不配合甚至感到没来由的气恼。

但是，这可能是个不错的机会。往好里说，乌有离开了只有自己的世界，开始关注他人的存在。如果还像以往那样，只是一个人待在昏暗的房间里苦苦思考，什么问题都解决不了，事情也不会有任何进展。乌有还清晰地记得等待时的着急和被动状态下的焦虑。如果说乌有有什么欲望的话，那就是想在最安稳的时候记住安稳有多好。

换成那家伙的话，这种时候肯定能处理得很好。乌有想起高中时代唯一的"朋友"。他在班上很受欢迎，是唯一不用姓氏而是用名字称呼乌有的同学。乌有当年是一个"超用功少年"，同班同学都对他敬而远之，只有他极其自然地跟乌有打招呼。乌有当时甚至对他的自来熟有点反感。现在想来，那却是自己高中时代唯一值得怀念的回忆。然而，不幸的是，他在乌有高考落榜复读那年因单车事故夭折了，结束了自己短暂的人生。参加他的葬礼时，乌有看到遗像中的他一直朝着参加葬礼的人微笑。

醒来后，乌有在床上躺着望了会儿天花板，之后就无奈地起身打开了窗户。对面依然是那片森林，但他不知何时已将目光投向展望台。从这个位置几乎看不到被屋顶遮住的圆形舞台，因此也看不到留在舞台上的血迹，只能看到沐浴在朝阳下的白色砂地和展望台上的大理石反射出白色的耀眼光芒。

昨晚,夫人在残留着血迹的舞台上翩翩起舞。现在回想起来,那一幕真是恐怖。夫人应该不是疯了,但究竟是什么力量让她那么做呢?

然而,最让人惊奇的,还是一直冷眼旁观的村泽。想到这里,乌有故意夸张地耸了耸肩,试图切断所有杂念。因为他还有其他事情需要思考。

*

"乌有,早上好!"

没一会儿桐璃就杀了过来,一大早就扯着嗓门喊道。高亢的声音立刻响彻整个房间,对刚起床、头脑还未完全清醒的乌有来说实在太吵,几乎要震出脑震荡了。墙上挂着的那幅立体主义画作中的人似乎也不满地拧着面孔。

"刚才地震震得好厉害啊!我帮你把早餐拿来了。"

只见桐璃端着一个托盘,托盘上的碟子上放着四片焦黄的吐司,刚刚烤好的香味直冲乌有的鼻端。

竟然又独自去了厨房……算了,太阳都升起来了,还是不说她了。

乌有没有责备桐璃。反正天亮之前自己一直盯着她的房门。

"看着很好吃,可我吃不完四片啊。"

四片厚厚的吐司,加起来可能有一斤重。

"两片是我的。"

"给。"桐璃将其中两片递给了乌有。仔细一看,上面涂着厚厚的草莓酱,每一片都有手指那么厚。草莓酱呈半透明状,里面密密麻麻地挤满了黑色的小小颗粒,真让人反胃。一大早就吃这么甜的东西,感觉胃都在抗议了。

"你不想吃?"

"不。我吃。"

人家特意做的,加上也饿了,乌有就咬了一口。果酱那黏腻的甜味立刻在整个口腔扩散开来。

"好吃吗?"

"呃……"乌有无奈地点点头。

"给,这是咖啡。"

"咖啡里不会也放了糖吧?"乌有担心地问道。

桐璃如此喜爱甜食,若真往咖啡里放三四块方糖的话,那胃怎么受得了?

"怎么会?我知道你爱喝黑咖啡的。"

"啊,多谢!"

乌有放心地喝了一大口,用咖啡将黏在嘴里的果酱冲淡咽进了喉咙。可能是咖啡豆放多了,味道有些苦,但也比甜腻腻的味道强多了。

"喂,你知道吗?"

乌有怎么会知道。桐璃也清楚这点,于是不管不顾地径直说了下去。

"刚刚结城和村泽在客厅发生了争执。"

"吵架?"

"嗯。吵得可凶了,真可怕。"

原来只是吵架……知道不是打架之后,刚刚坐起身的乌有又躺了下去。前天晚上村泽才跟太太吵了一架。看来极限状态下感情冲突难以避免。乌有衷心希望矛盾不要波及自己。

"一起去看看？"

桐璃向乌有发出了邀请，双眼瞪得圆溜溜。一到这种时候，桐璃的眼眸就像猫咪看到了木天蓼，成群的工蚁看到了砂糖。在这种极端状态下，她竟然还有这种兴致，这一点倒是让乌有深感佩服。

"真拿你没办法。"

乌有决定陪桐璃一起去。乌有如果不去，桐璃也会再次一人前往，那还不如盯着她。乌有披上针织衫，将碟子放回床头柜上就出了门。心情还算轻松……

2

"你们来得正好。"

帕特里克神父朝乌有喊了一声。此时神父正从背后抱着试图殴打村泽的结城。只见结城一边破口大骂，一边举着拳头，像个公牛似的正准备朝眼前的猎物——村泽发起进攻。神父则用双臂牢牢地抱着结城，可他个头太小了，一个人根本无法制止暴怒的结城。乌有虽不清楚状况，但也赶紧冲到结城身旁，试图用橄榄球中抱人截球的方法抱住结城的腹部，阻止他的进攻。

结城一下子愣住了，暂时停止了进攻，可就算力气不足的乌有加入也无法扭转局面。只见结城怒吼一声"躲开"，猛地甩开乌有，朝着呆立在一旁的村泽额下就来了一记右勾拳。

"啊！"

桐璃大叫一声的同时，村泽已被击飞到身后距离挺远的墙上。那架势仿佛在以前的棒球动画片里看过，似乎直接会将墙壁击穿一样。随着一声沉闷的声响，村泽的背部和后脑勺狠狠地撞到了墙上，整个人随即摔在了红色地毯上。

"村泽先生！"

乌有想走上前去，可在结城的注视下，双脚有些发抖。结城的眼神不同以往。

"小柳，你也早就知道了是吗？"

神父没有回答，但也不像乌有那样吓得不敢动。他静静地看着结城，似乎在用眼神肯定结城的提问。

"原来……只有我……这二十年来……天大的傻瓜！"

像在嘲讽自己似的，结城一脸苦笑，眼含热泪。他低头看了看耷拉着脑袋的村泽，然后像着了魔似的，用力踢着一动不动的村泽。两下、三下……每踢一下，村泽就发出一声呻吟。而乌有只能无奈地听着。

"原来只有我……"

结城一边重复着这句话，一边反复踢向村泽的腹部。力度很大，乌有忍不住担心，这样下去会踢死人吧。

"别踢了！别再踢了！"

夫人惊叫着跑过来，用身体护住了村泽。

夫人就这么抱着村泽，泪眼蒙眬地仰望着结城，说："别踢了，孟（结城孟）先生，求求你了，够了，真的够了。"

只见结城双肩剧烈抖动，满脸愤怒地俯视着如死尸一般躺在地上的村泽，骂了句"畜生"之后，转身离开了客厅。

……究竟发生了什么？

一阵暴风骤雨过后，乌有总算回过神来。不过，虽说事态暂时平息了，可他还是不知道究竟是怎么回事。客厅内的气氛与昨天之前完全不同了。

"到底怎么了？"

乌有问神父，可神父只是一味地摇头，那表情似乎在说"别问我"！

"拿水和毛巾过来！"神父吩咐乌有。

"可是……"

"先治疗了再说。"

那语气真是不容置疑。

"我去拿吧。"

桐璃比乌有先反应过来，立刻到厨房找水和毛巾去了，乌有见状，也只好跟了上去。等两人找到这些东西回到客厅时，村泽已经被神父和夫人两人架到沙发上躺下了。他好像恢复了意识，而夫人正满脸担心地用手帕擦拭着他裂开的嘴唇。仔细望过去，他只是下巴上有块乌青，骨头好像没什么问题。看到曾学过医的神父一脸平静，乌有推想其他部位应该也没事。

"谢谢！"

接过乌有递过来的湿毛巾，尚美就拿掉手帕，将湿毛巾敷在了村泽的下巴上。

"你还好吧？"

"啊……实在抱歉，让你看到这么不堪的一幕。"

夫人擦拭着，村泽轻声说道，声音非常虚弱，平日里的自信完全不见了踪影。可能是下巴和腹肌被结城打得没了知觉的缘故，发音也含混不清，断断续续的。这么看上去，精神似乎出了点问题。

"没想到让你看到这副丑态……"

"别再说了……"

"尚美，对不起……都是我不好。结城是对的，是我辜负了你。"

"好了，别说了……"

听到夫人这么说，村泽宽慰地笑了。夫人用毛巾擦了擦他的嘴角。

"好了，别说了。"

看到神父要起身离开，乌有也拉着桐璃跟随神父一起向大厅走去。倒不是乌有懂得随机应变，只是感到身为一个局外人，实在不好意思看到如此激烈的打斗场面。

"到底怎么了？结城说过你也知道的。"

一走到走廊上乌有再次问神父，神父依旧沉默不语。他仿佛没有听到乌有的提问，一直面无表情地注视着客厅里面。这种状况下，桐璃也很识趣地没有刨根问底，只是安静地躲在乌有身后，好像突然怕生了似的。

"罢了，早就知道这一天无法避免。"神父沉默片刻后，异常冷静地这么说，"你最好不要知道，知道未必是好事。"

当然，这和乌有没有关系，纯粹是他们之间的纷争。可亲眼看到如此激烈的场面，就总想听到一两句解释，不然不知道哪天这暴力就对准了自己。

"……我只想确认一点，今天的事情和谋杀案有关吗？"

令人意外的是，神父的眼睛突然变得清澈明亮起来，仿佛没有受过任何污染的白神山地冬日的湖泊一般。接下来他会说什么呢，乌有相信他不会撒谎。不过若是撒谎，乌有也毫无办法，因为从一开始，乌有这样的人就不是他的对手。

"这……不能说完全没有关系，不过我认为关联不太大。"

神父似乎很有把握，可他为什么非要加一个"我认为"呢？乌有想继续问他，但神父已经悄无声息地离开了。

只剩下乌有和身边的桐璃面面相觑。

乌有满怀心事，想去楼顶散散心。这可能是刚染上的坏习惯。楼顶又有人比他先到。只见那人手扶东边的扶手，一动不动地望着海面。因为是背影，乌有不确定他是否在看海，但确实像个石雕般纹丝不动。

"结城先生。"过了一两分钟，乌有主动打了个招呼。

"是你啊……"

结城回过头，勉强地笑了笑，表情比刚刚在客厅里时平静多了。失控的情绪看来已经基本控制住了。

"刚才实在抱歉，不该让你看到……"

"没关系。"

乌有不知道该说什么，只能含糊其词。虽然主动打了招呼，但还没想好接下来说什么，可也不能就这么回去吧。乌有只好在离结城一米远的地方站住，学着结城，将手放在栏杆上，眺望大海。可能是时间还是上午的原因，大海看起来与昨天完全不同。水面上的波光，从水平线涌过来的浪潮，都与昨天的感觉不同。

"结城先生您也是来看海的？"

"站在这里，内心可以平静下来。"

这句话听起来有些软弱，不像结城说出来的。看来刚才发生的事情背后隐藏着太多故事。

"你也觉得我是个爱惹事的人吧？"

"没有。"

"没错，我是。只是过了四十岁，愤怒就不会那么持久了。换作以前，我可能会暴跳如雷。"

可能还是无法控制情绪，只见结城用双手胡乱抓着头发，接着又紧紧抱头蹲下身去。乌有以为他哭了。

"你爱过谁吗?"

问题太过唐突,乌有不懂他想问什么。

"我是说女人。"

结城仰起头盯着乌有。他的眼睛又红又肿,但目光炽热。

"是的。爱过。"

"就是那个姑娘?"

"不,不是。"

乌有不知道自己为什么说了实话。换作平时,他可能会立刻岔开话题,绝对不会告诉对方真实的答案。

"后来怎么样了呢?当时是什么心情?"

"心情啊……我也说不好,不过可以肯定……也不是。我都忘了。"

"这样啊……"看了看语无伦次的乌有,结城闭上了眼睛,"是吧……不过,应该不会像村泽那样。"

海风太猛,结城的声音几乎听不清楚。

"好歹还是爱过的,对吧?也就是说,现在不爱了。"

乌有无言以对。

结城竟然咧嘴笑了。在乌有看来,那不是揶揄的笑,而是深有同感的笑。乌有也曾爱过,与她———一个叫紫乃伶子的姑娘——交往了不到一年。是什么时候忘记的?刚刚相恋时,自己的确想要告别过去,开始新的生活。用勇敢和努力换来瞬间的快乐、轻松、激动与不安,经历了这些之后,乌有相信自己不是那位青年,而是成为自己。他们曾一起坐在鸭川河畔,一起去看电影,一起去琵琶湖,一起去动物园,一起去海洋馆,一起去看祇园祭,一起去打保龄球,一起去平等院,一起去天桥立,一起去高岛屋，一起去酒店，一起去赏夜景，他们曾经那么想见到对方。然而……当对方提出分手的时候，他坦然接受了一切，他再次劝自己，这就是被诅咒过的命运，这就是转瞬即逝的幸福……而这一切，自己竟然都忘了。

乌有在直面事实之后不禁愕然。自己就像一个不知道战争已经结束，依然担心会遭受敌人袭击、始终躲在山里不敢出来的士兵。然而，问题是忘记本身，乌有不想把这一切解释为忘记，而是想要忘记的自制力战胜了想念。

"你怎么了？"

"没什么。"乌有勉强地笑了笑，他不想被结城看出内心的波动。

"在你们年轻人看来，我这人很老派吧？一直爱着一个人。"

"怎么会？"

"不过，我曾深爱过一个女人……现在依然爱着。不是和音，是尚美。"

他们之间究竟发生过什么？乌有动辄就想将自己一年前那剪不断理还乱的思绪往结城身上套。

对一个二十岁的小伙子吐露心声，看来事情挺严重，绝不只是三角恋情那么简单。

"我一直以为她是自愿跟村泽在一起的……"

"你的心情我懂。"

乌有也不由得感伤起来。也许因为发现自己竟然忘记了那些往事吧。明明在听别人的事，可内心深处又觉得那不完全是别人的事，乌有被一种不安的情绪控制着，被一种对他人之事无法如往常一样置之不理的无奈控制着。

"真的？"结城的目光里满是怀疑，"没关系的，你不用迎合我。"

"我没有故意迎合，我也有过类似的经历。有一个无论多久都忘不掉的人。"

就算时间的流逝可以带走关于紫乃伶子的记忆，却无法抹去那位青年的影子，那个十年前因自己而死的青年……

为什么……乌有不想知道答案。虽然与结城的情况有别，但也不无相似之处。乌有不是那种擅长抒发感伤的人，更何况是连性格都深受影响的痛苦遭遇……乌有突然想，假如救自己的人是个女的，情况会怎样？迄今为止，自己一直生活在"他"的阴影里，今天还是第一次想起假设这种情况。如果性别不同，那就不会有太多共振。无论多想复制别人的人生，也会陆续发现很多地方压根儿不可能。那样的话，自己就不会因复制别人而失去自我。

"所以，我真的明白。"

乌有已经在心底将伶子与那位青年混同起来，将对他们的感觉彻底揉碎后再融合。所以他用真挚的语气轻声说着。

"好吧。"

结城久久凝视着永不消逝的水平线，似乎在反复品味乌有的话。

"现在也还爱着她吗？"

"是的。爱得要死……很可笑吧，我都这把年纪了。"

"没有。"

乌有用力地摇头。从桐璃那里听说时，自己的确也这么想过，都这把年纪了……但现在不一样了。

"我觉得她也一样……"

听到这句话，结城安慰般轻轻点了下头。

"来不来？"

他把手从栏杆上拿下来，稍稍放松了下肩膀后就朝楼梯处走去。仿佛在邀请乌有一同前往。

去哪儿？乌有问不出口，只能默默地跟在结城的身后。

*

"这里是？"

乌有被带到了靠近三楼中间的那间房。这间房朝北，门上没有挂姓名牌，也没有上锁。结城拧开门把手悄无声息地进去了。房间里摆着白色丝绸沙发、弧形边缘的玻璃茶几、带顶篷的床、新艺术派的花瓶、圆筒形落地灯，还有橡木书桌。窗户上挂着和乌有房间相同的白色蕾丝窗帘。

回头一看，门边的墙上挂着一幅立体主义画作，恐怕也是和音的作品之一。这是四幅画中画面被分割得最细碎的一幅，完全看不出对象物的原型，配色也最不起眼，只用黑色和灰色区分出了明暗。这应该是在讽刺之前的印象派。也就是不用光线，只靠对象物相互之间的关系构造得以成立的概念方法论所追求的……

画中央朝上三分之一处，有两根红色的线条垂了下来。红色线条在灰暗的画面中显得异常醒目，似乎在燃烧一样，比作为技法的立体主义更具视觉冲击力。

结城将整个身体窝进沙发里说道："画的名字叫'摘下面具的女人'。"

"面具？"

乌有仔细端详，发现模糊中确实有个轮廓。将空间切得似断非断的线条虽然与背景融在了一起，但同时也有一种从后方黑暗中凸显出来的立体感。所谓立体主义，就是让从不同视角看到的碎片相互冲撞，从而描绘出对象物的存在和立体感。但是，两个境界相连处的线条乍一看又是各自境界的边缘，但由于绘画者巧妙的配色，同时也充当着向两边自然过渡的临界线。被切割出的碎片不仅限于原本的形状，也存在赏画者根据不同视角在其脑海中重新思考并组合出的新"形状"。这幅画大概是四幅画中画得最晚的一幅。很明显，立体主义的技法在这幅画中得到了非常娴熟的运用。

这是一幅只有上半身的侧身肖像画。画中人双肩纤瘦，与修长的脖颈连成一条平滑的曲线。侧脸和唇部上方有一个碗状的东西，应该就是所说的面具。看样子画中人正用一只手摘下它。两根红色线条从面部中央向下垂，一直伸到了画布的底端，看似有点倾斜，不知是面具的系带还是带血的眼泪。

"这里是？"乌有再次问道。

"是和音的房间。"

"和音的……不是在四楼吗？"

乌有仰望了一下纯白色的天花板，心想这间房的上面才是和音的房间呀。

"四楼那间也是，不过那里是'圣域'，宗教意义、偶像意义的和音住在那里。这里住着和音这个真实的人，是绝对不能给我们看到的私人空间。"

乌有本来担心结城发现自己知道和音的房间隐藏在肖像画的后面，从而产生怀疑，但他好像没有察觉到自己的担心。也可能虽然察觉到了，但事情在他的容许范围之内，所以他不以为然。

"和音作为普通人生活在这里。"结城凝视着墙上那幅画，平静地解释道。

莫非戴着面具同他们一起生活的和音在这里才能恢复真正的自我？

然而，环视整个房间，除了这幅肖像画，几乎没什么东西能让人感受到和音的存在。甚至可以说这房间毫无生趣。事实上，刚进来时乌有还以为这里不过是一间普通的客房。武藤的房间在二十年后还残留着当年生活过的痕迹，可这里什么痕迹都没有。和音画油画的工具、和音的衣服，以及首饰什么的，都没有。就像搬家后的房间一样，所有痕迹都被抹去了。

"这里没有被封起来吗？"

"对水镜来说，没必要吧。"

水镜？结城竟然直呼其名。

"那家伙只在意作为偶像的和音。他甚至很想毁掉这个房间。"

乌有走到床边，望向窗外。圆形舞台就在对面。和音跳舞，坠海……昨夜，尚美在圆形舞台跳舞。这是能与和音联系在一起的三角形。圆形舞台……这间房……还有正上方和音的圣域，这三处连在一起就构成了一个不规则的钝角三角形。这个三角形，就像立体主义中三角形这一基本形状的碎片，也像人类那如同扇形、两边却无法展开的狭窄视野。

只是，乌有感觉似乎还缺点什么。在几何学或力学中，三角形拥有最稳定的结构，而这个钝角三角形却给人感觉极其不稳，仿佛平衡稍微受到破坏就会崩塌一样。

结城为什么来这里？不是想谈一下村泽夫人吗？虽然没指望听到事情的详细经过，但被这样晾在一边也挺气人的。结城没有看出乌有的不满，但在沉默片刻之后，他开始说起了尚美。

"尚美是个温柔的女子。一直就是。七岁时她的父母同时离世，但即便初次见她时，也完全没有发现她有如此悲惨的经历。他们兄妹被寄养在冷酷自私的叔叔家，应该受了不少苦，尤其是年幼的尚美。不过她对这段经历绝口不提。"

"原来如此。"

面对一味诉说的结城，乌有找不到合适的回应。

"因为这段经历，武藤的野心日益膨胀。他想要报复作践过自己的人……也就是尼采所说的 Ressentiment[①]。于是尚美就成了他报复别人的工具，被他玩弄于股掌之中。"

结城突然捂住了脸，好似无法再说下去一样，声音也变得含混不清。

"看看周围全是人，还有只是表面轻松的社会生活。优秀的哥哥，只宠爱亲生儿子的温柔婶婶……当她受够了这样的生活时，和音出现在了我面前。我满怀希望地开始了新生活，盼着和音拯救我的灵魂……可是，我信仰的并非和音，而是尚美。她似水的温柔温暖了我，感化了我。等我意识到这一点时，已经晚了，尚美成了别人的妻子，成了村泽夫人。我一直以为尚美对我也有好感，不是我自作多情……不，也许是我自作多情。"

说罢，结城陷入了沉默。或许在反思自己刚刚说过的话。黝黑健壮的结城在这一刻看起来很虚弱。过了一会儿，他抬起头继续说道："那时我还信仰着和音……这让我产生了错觉。我后悔了整整二十年，多少次，我都试着忘掉尚美。当我遇到已经分手的前妻时，我以为可以忘掉她了……可是，依然忘不掉。我抱着前妻，脑子里浮现的却是尚美的面容。经常这样……可悲的是，如今我又被另一种后悔折磨着……"

[①] 指被统治者、弱者将对统治者及强者的憎恶或嫉妒深藏于内心。尼采认为在此基础上形成了奴隶道德。

乌有有些鄙视眼前这个嘴角抽动、无情自嘲的男人。这个一味陶醉在自我感伤之中，不停后悔的男人，他不过是将和音与尚美放在了天平的两端而已。而自己的不幸是在一刹那袭来的，连选择与后悔的余地都没有。

换作以前，他可能会立刻拂袖而去。看着结城可怜的身影，却生不出一点怜悯、轻蔑和厌恶。乌有也说不清楚是自己变了还是世界变了？

"……如月君。"

结城突然站起身，从抽屉里取出一本书，是一本三十二开的精装本，厚度不到两百页。封面的上方三分之一为红色，下面的三分之二是黑色。封面很旧，有些褪色，书页已经泛黄。

"你看看这本书吧。"

结城说着将书递给了乌有。

"这个？"

"看了就知道了。"

结城坏坏地笑了。乌有看不明白这种笑容究竟表达了一种怎样的感情。

"看看吧，以免后悔。别等回过神时一切都晚了，一切……"

说完这些他就摇摇晃晃地走出了房间。他的背影似乎充满了邪魅与疯狂。

3

眼前是盛开的向日葵田，对面是日本海的惊涛骇浪。本以为向日葵会在罕见的寒流中枯萎，没想到它们丝毫未受影响，在万里无云的晴空下迎着耀眼的太阳，开出硕大的金黄色花冠。和音的墓碑无人掩埋，依旧暴露在外。残雪已融，坑底一片泥泞，只是在夏日阳光的照射下，周围开始变干，泥泞的面积在逐渐缩小。铁锹刨出的尖锐爪痕昨天还在，或许因为肆虐海风的风化作用，今天已经变得模糊不清了。但那即便盖上雪也能清晰看到的爪痕，就像和音那幅被割裂的肖像画的切口一样，至今依然深深地留在他们的记忆之中。

"神父，是您告诉结城的吧？"乌有看着神父问道。

此时神父就站在坑边，再往前一点脚下似乎就会塌陷。他正静静地凝视着坑底，凝视着坑底那片泥泞。

"我？"

神父吃惊地抬起头，眼神就像释迦牟尼凝视背叛咒骂自己的提婆达多一样安详。神父的眼中映出了用提婆达多似的眼神望着自己的乌有。

"假如结城知道了秘密，那就只有神父……"

"如月君，你知道那个所谓的'秘密'吗？"

"不，我什么都不知道。"

"结城他应该知道真相，二十年前就应该知道。我当时认为瞒着他比较好。想不到……"

"正是因为这个，才发生了那件事。"

"你是不忍心看着结城痛苦吗？"

"不，我没有那种无谓的同情。可这种时候，您特意……"

看来神父又埋下了新的祸根。情况如果更加混乱，注意力更加分散的话，乌有本就不多的脑细胞可能会爆炸。发生了什么？接下来又会发生什么？乌有现在都搞不清楚……难道神父预见到这种情况，故意告诉了结城？乌有用充满猜疑的眼神凝视着正在欣赏向日葵田的神父。

"那是因为你在结城的身上看到了与自己相似的东西吧?"

乌有不由得愣住了。这句话简直一针见血……

乌有略加思索之后,毫不掩饰地回答:"正是。"

"那不就明白了?应不应该告诉他?假如你是结城的话,是不是告诉你比较合适?"

对神父布道般的询问,乌有不知该如何回答。结城并不知道"秘密"的真实内容,但他多少猜到了一点。如果换作自己的话……

"难道此事与水镜被杀有关?"

"等我们从岛上离开时一切就会清楚啦。就像告诉结城那样,我也会告诉你的。"

神父的话里好像包含着相反的意思,"从岛上离开"似乎暗示着大家都无法离开。而且,从他的语气里听不出担心与抗争,却透露出心底的期望。

——这个神父究竟在想什么?他好像无所不知,从他嘴里说出的话,比其他人的哭诉和预言更加令人不安。

神父仿佛布道似的伸出双手。

"你最好什么都不要知道。是的,就像帕西法尔那样……"

"帕西法尔?"

帕西法尔是瓦格纳歌剧《帕西法尔》中的英雄,是一位"不知道肮脏为何物的傻瓜"骑士。他凭借天真和憨厚,从恶魔手中抢回了圣矛。他抵制住了孔德利的诱惑,击退柯林莎的进攻,成功地完成了自己的使命。

乌有虽不像骑士那般威武,但至少也想为了荣誉身穿盔甲、手持利剑,骑马征战四方,不惧死亡地战斗到最后一刻。

"可我知道肮脏污秽为何物。"

"不。"神父纠正他,"你还不知道,如果知道,你不可能如此忠于自己。"

难道神父在说那位青年,那个因自己而死的青年?乌有感觉自己被神父看透了,不由得想后退几步,腿脚却不听使唤。他感到正被一股强大的力量牢牢控制着,甚至比被结城盯得无法动弹时更甚……

乌有内心背负着一个沉重的十字架,这点连桐璃都不知道,神父怎么会察觉?帕特里克神父用近乎全能"神"的眼神看着乌有,似乎在享受甚至怜悯乌有的反应。

"很惊讶吗?这没什么不可思议的。我只是通过你的言行,在你身上看到了不属于你的部分而已。"

乌有体内住着那位青年,不,也可以说乌有就是那位青年的替身。即便在痛知自己无法变成那位青年之后,他的灵魂依然住在他的体内。所以即使有人看出这一点也不稀奇。只是到目前为止尚无人指出,如今竟然被神父说穿。神父的观察力与洞察力都让乌有吃惊不已。

"想必你有要保护的东西吧?就像帕西法尔珍视的圣矛、圣杯那样。"

难道他在说桐璃?这种情况下乌有必须要保护的桐璃。可圣矛、圣杯又是怎么回事?莫非神父把桐璃当成了和音?将和音这个"神"比拟成了具有宗教意义的圣矛、圣杯。

"您是建议我什么都不要知道,只管保护自己想要保护的东西?"

神父缓缓地点了点头。

"智慧有时会破坏甚至损毁单纯。我不想将你拖入我们苦苦挣扎着的地狱。因为对你来说,舞奈小姐(桐璃)并不具备和音之于我们的意义。"

"可是……如果不做了解，就无法知道如何保护以及从何处着手保护啊。"

"相关的知识当然必不可少，不过现在的你很清楚什么最危险吧。"

"知道一些。可是神父，听您这么说，好像谁都想加害桐璃，不，是加害和音。包括你在内。"

神父不置可否，反倒大大方方地笑了起来。

"我只是希望和音能够复活而已。问题是如何使她复活。"

神父就像行刑后在抹大拉的马利亚和信徒面前复活的耶稣仆人一样嘟囔着，他从斜坡上摘了一朵花，然后静静地投进了和音的墓穴之中。

"和音不是已经复活了吗？"望着缓缓落入冰冷坑底的白色花瓣，乌有小声说道。

不知是谁掘了墓，但这个坑不正意味着和音的复活吗？

"不知道。这么做究竟是代表已经复活，还是希望她复活？我也不知道。"

"不会是想把桐璃葬在这里吧？"

"怎么可能。舞奈小姐毕竟不是和音。"

这话不可信。神父只是当着乌有的面说出了个人看法，暗地里是承认的吧。

"那为什么会发生这种事？难道武藤的《启示录》里写着复活和音就得这么做？"

耶稣复活被当作真实发生过的故事，记录在《马太福音》与《路加福音》中。但复活之后的悲惨结局，即"最后的审判"则记录在约翰的"启示录"而非各种福音书中。据说武藤也撰写了《启示录》。难道这只是巧合吗？即便只是巧合，后人也有可能偷梁换柱，进行曲解。另外，武藤真的是在那个时候死去的吗？

"你为什么要把这些事与《启示录》联系在一起？"神父皱着眉头，惊讶（至少在乌有看来如此）地问道。

"不知道。只是感觉和约翰的'启示录'听上去相同而已。"

"'启示录'这个词并非世界末日之意，它是指'主'公开了与我们缔结的契约和启示。换句话说，武藤不过是把从和音那里得到的启示写下来了而已。"

事实也许如此，但这也不过是神父的一家之言。假如武藤把启示录一词当作大家理解的、普遍意义上的"启示录"去用的话，那很容易成为暗示和音复活，以及他们的末日来临之意，现在甚至可能刺激他们采取相应的行动。

"武藤的《启示录》现在何处？"乌有毫不让步，继续问道。

"难道不在武藤的房间里吗？"

"不，不在。"

"那就是被人拿走了。"

神父以若无其事般的口吻说出了令人恐怖的猜测，尽管他所信奉的圣书"启示录"也经常让读者产生世界末日的理解。最可怕的是"启示录"中的"启示"二字。这两个字有很大的解读空间，很可能给读者造成错误的暗示。

"咱们赶紧回去吧！"神父适时地提议，"不用担心结城，他已经不是二十年前血气方刚的小伙子了。"

果真如此就好了……看他刚才暴怒的样子，感觉完全不像一个理智的成年人。二十年来一直爱着尚美，从这点可以看出二十年来他或许本性未改。乌有虽然讨厌人在阅历丰富之后丧失本性，变得麻木不仁，但他不信任成年人却另有原因。无论表面上装得多好，多适应环境，可一旦被逼急了，还不是跟自己一个样。

神父转过身，已经顺着通往和音馆的小路下山了。

乌有转过头去，发现海风正将刚刚投出去的小花吹向大海。

4

乌有翻开结城递给他的书。不知道结城为何要他看这本书，但从神父制造的谜团、和音馆的结构，以及和音画的四幅画都与立体主义有关这件事来看，这本书应该与这起杀人事件有着某种形式的关联。书不厚，阅读不会太花时间。此刻，乌有正在翻看《立体派的奥秘》一书。

库尔特·亨利希（1902—1969），生于德国，美术评论家。作者简介中写着他于一九三八年离开德国前往美国。本书是他移居美国之后，在一九五七年完成的作品，距今已经有三十年，日文译本问世于一九七〇年，由美准堂这一美术专业出版社出版发行。从发行年份来看，该书的出版似乎有追悼作者之意。其中有段乍看比较通俗易懂的文字，具体如下：

按照惯例，本书首先要从立体主义的形成说起。一九〇七年，由巴勃罗·毕加索创作却未完成的大作《亚威农少女》算是立体主义的源头。起初，乔治·布拉克对这幅画存在质疑，后来开始关注其创作手法。不久后，两人一起完成了立体主义的技法与理念，共同创造了立体主义。两人在立体主义创始期经常一起创作，但二人的资质并不相同。相较而言，毕加索喜欢采用类似

《亚威农少女》这样的直观风格，在创作时贯彻立体主义理念，而布拉克更注重画面的整体效果，倾向于使用分解和重组的手法，并试图将其作为理念与技法确立下来。因此，在立体主义成熟时期，毕加索的作品色彩丰富，更为大气，而布拉克的作品给人质朴踏实的印象。不久，在立体主义逐渐丧失其前卫性时，毕加索开始根据灵感创作超现实主义作品，布拉克则终生坚守立体主义的象牙塔，使自己的技法日臻完善与纯熟。若将两人进行分类，也许毕加索属于天才，布拉克则可归于画匠之列。

立体主义还有一位名为胡安·格里斯的著名画家，评论家普遍认为他的作品与立体主义最为接近。但从另一方面来看，他的作品似乎未能脱离教条主义，整体风格比较僵硬。

——关于这点，在看了旁边的彩色插图后，乌有也颇有同感。事实上，在立体主义运动中，教条主义成了立体主义追随者的学习模板，换句话说，它起到了一种广而告之的作用，被称为将立体主义提升至美术界一大运动的幕后推手。

一般来说，立体主义的作品开始在独立沙龙画展中展出的具体时间是一九一一年，整个二十世纪前几年为其鼎盛时期。到二十世纪二十年代其地位被日渐崛起的超现实主义完全取代，立体主义运动至此宣告结束。

立体主义大致可分为两个时期，即初期的"分析立体主义"时期和后期的"综合立体主义"时期。所谓分析立体主义，如神父所言，多采用将三维转换为二维的多重视角，将对象物进行分解、连接之后再重组。与此相对，综合立体主义则采用在画布上突出实物、剪报、壁纸、椅子的一部分，或比较克制地将其隐含在作品之中的所谓剪贴法（蒙太奇手法的一种）进行创作。

关于以上内容的展开，书中这样写道：

如上所述，一般而言，立体主义经常被认为是一种从多角度解剖对象物，然后再按照画家的感觉重新整合对象物的手法，也就是通过所谓的"立体主义还原"，将分解出的对象物在二维平面上描绘出来。

立体主义作品之所以不像几何图形般僵化，其原因就在于画家可以根据感性将肉眼能看到的部分与肉眼看不到的部分都表现出来。对象物通常包含其本质形态，尤其是人，具有丰富的精神世界，如何将这些东西突出地表现出来，非常考验画家的艺术天分。形式与精神在毕加索与布拉克等天才的手中得到了充分融合，随之诞生了经得起品鉴的一种艺术形式——"立体主义作品"。

同为体现事物本质的作品，立体主义与马列维奇抽象画的不同之处在于，前者在表现"本质"的同时还注重表现"形态"。

也就是说，立体主义是一种想要表达一切的贪婪手法。对于物体本身，立体主义不仅关注其外部形态，在认识现实层面的真实之外，还试图描绘出事物的内在本质。

从这个意义上来讲，对于立体主义画家来说，剪贴法的使用可谓水到渠成。要想推进立体主义视为根本的彻底现实主义，就得通过将表象视作现实物，将对象物的本质与所有维度的对应都表现在画面之上。因此，立体主义画家不得不采取一种新的方法，即将现实生活中的实物粘贴或插入图画之中。

*

在最后一章"立体主义画家隐藏的意图及变迁"接近结束的

书页里，乌有发现了一枚黄色纸片。难道是结城放在里面的？纸片已经褪成黄色，看来是二十年前留下来的。或许结城从这本书的这一部分得到了些启示，所以也想让自己看一下？于是乌有认真地看了下去。

——也就是说，在立体派绘画中，我们只能看到对象物。我们在观赏立体派作品时，每个片段按照时间顺序依次凸显，重叠着铺满了整个画面，我们便想当然地认为每个片段在画中占有相同的比重。然而事实上，只有构成画面核心的对象物才会经由某种支配作用得到异化。

每幅画仅有一个核心点或核心物，画面以该点或该物为中心，向周围逐渐展开。也就是说，核心占有绝对重要的地位，其他各片段所占比重相同。

用圆规画圆时，我们以一只脚为圆心，转动另一只脚。不管从何处开始，总能画出一个完美的圆形。圆周上的每个点都是平等的。此外，所有圆的周长都取决于圆规打开的角度，也就是半径的长度。无论是圆，还是圆周上的各个点，都是均等的，起决定作用的是规定其本质的东西——圆心，也就是所谓的核心。圆心占据着绝对重要的地位，唯有它不受制于任何事物。

立体主义通过科学，在将所有相关事物看成均等要素的同时，也能将对象物与周围环境（整个画面）分成绝对与相对两个部分，共同表现一个整体。

而传统的透视法平等地对待所有事物。无论对象为何物，都取决于观众的主观认识。即便是仅有一人的肖像画，将其中人物视为绘画主题也是由我们的经验性认识决定的。朱赛佩·阿尔钦博托[1]的一系列作品，如《四季图》《老妇人与美女》《鲁宾的花瓶》等立体画作，玩的都是些扰乱主观认识或质疑价值观的把戏。而立体主义画作只要明确地追溯远景，就必须表现出画家所要描述的主题。当然，画家必须掌握追溯的方法，但这就跟数学证明一样，是产生于基本定理的科学共同法则。

而且，这种定理规定了对象的绝对性。但另一方面，我们在立体主义作品中看到了近代人不得不进行条件限定的虚无感。在这个只能寻求确定答案的世界上，知道"虚无"的人们不得不下意识地隐藏自己内心的真实想法。

经过立体主义还原后的世界，被展现在空白的画布上，表现为一种虚无的空间。实际上，描写对象物的形态，不过是表达绘画者的内在情绪和心理罢了。立体主义中散乱的形状并未真正还原，它们不过是投射画家内心需求和愿望的一面镜子。因此，必须将对象物彻底地分解开来，同时，为了抽象出作品的意义，就要从画法上舍弃掉不必要的部分，直取对象的本质。

然而，讽刺的是，这意味着将描绘在画布上的对象物从现实世界中抽离出来，创造一个"虚无"的世界。

但是，立体主义画家基于二十世纪精神之要求将对象绝对化这一目标并未实现，反倒在意想不到的地方制造出了很多漏洞。

根据立体主义还原被重新组合或被部分遮蔽而成的空间，最终凝聚成无法消除的一点。画家们越是想把这个点从画布上抹掉，它就越明显。就像把一个长方形一分为二，再将那两部分一分为二，如此循环往复，永远无法将其消除。因为光速以及人类

---

[1] 朱赛佩·阿尔钦博托（Giuseppe Arcimboldo, 1527—1593），出生于意大利米兰的艺术家。他以精细的手法描绘蔬菜、水果、花，很神奇地把它们组合成人像，在当时是很新奇古怪也很有创意的做法。

认识事物的能力有限，最终，这便成了真正的虚无空间。

这一空间与作为核心的绝对空间相对而立，而前者才是正负电子以及正负质子组成的绝对物质空间。也就是说，到此为止，同一时空内存在两个绝对唯一的事物，而且作为核心的绝对空间其存在的意义被最后的虚无空间损毁。就像电一样，同时存在着正负两极，人们认为独立存在的对象物只是其中的一极而已，也就是相对化的极限。正负两极之间还有许多电子与质子，它们被两极控制着，同时存在于某个特定的载体。

就这样，分析立体主义的目标暴露出其局限性。事实上，布拉克并未准确地反映事物的本质。不过，他凭借良好的艺术直觉，开创出一条新的、有望克服原有局限性的道路。

在这种情况下，综合立体主义应运而生。在综合立体主义中，报纸碎片、木头纹理、椅子等对象并未出现在作品中，它们被"剪贴"这种方法处理掉了。

前面讲过，毕加索等人宣称他们几乎可以表现出所有的真实，其实是存在一种如何从虚无的空间中得到解脱的潜意识。

将"核心"实体化是从虚无空间中解脱出来的唯一办法。客观事实与绘画中被制约的现实（非客观事实）产生冲突，使得现实物质产生异化。也就是说，仅存在于绘画中的虚无空间，证明了被异化的客观事实的绝对性。

在画布的二维空间内表现三维空间这一最初目的逐渐消失，事实上这只是布拉克等人为了达到将对象物绝对化的目的而对其进行的巧妙的艺术处理。

遗憾的是，这种处理只能在绘画中进行。人们在现实世界中，只能通过相对的认识来区别其他事物。

＊

抽离客观事物？无中生有？通过虚无空间达到相对化？这些观点非常重要，但乌有没有完全看懂，只是模模糊糊了解了个大概。合上书之后，他觉得还需要参考一下更加通俗易懂的资料。

5

"找到了吗？"

"没有。"乌有摇头。在武藤房间的每个角落都找不到看似《启示录》原稿的东西。昨天和村泽查看武藤房间时只是粗略地看了一下，说不定藏在了哪个角落。于是，乌有和桐璃又偷偷到武藤房间搜查。当然，这个提议不是乌有提出的，而是颇有侦探气质的桐璃提出来的。

不知道武藤写的《启示录》究竟有多重要，乌有想，也许自己和桐璃所做的一切都是徒劳，这本书与谋杀案根本就毫无关系。两人就像被媒体蛊惑的大众一样，不过是被那个极具煽动性的题目吸引了而已。然而，没有其他任何可靠的线索，眼下只能寄希望于这本书。对于神父口中的和音，以及立体主义的含义，在读了结城给的那本书后，乌有依旧是一头雾水。

如果桐璃不在岛上，只有自己一个人，应该不会玩这种侦探游戏，绝对会老老实实待在房间里，专心防卫，力求自保。难道是因为桐璃也在？一想到桐璃可能会像昨天一样擅自行动，乌有发现自己只是不放心，希望桐璃行动时自己也在一起。

"这里也没有。"

桐璃把书从书架上都拿了下来，在书架背面嘎叽嘎叽地认真检查，依然一无所获。她抬起沾满灰尘的脸，鼻头上还沾着一块煤灰似的黑色污迹。

"啊，头发乱七八糟，我得回去洗澡。"

"就这么放弃了？"

"不可能。"

话虽这么说，但她脸上明显露出了失望的神情。可能她满心期待在这个设计奇特的建筑里，在密室或隐身书架里藏着类似于古书的戏剧性的东西吧。

"难道是被结城拿走了？"桐璃沮丧地问。

"可能吧……不过，你只是碰巧看到了结城而已，也可能是其他人呢。"

房门没上锁，不止结城，谁都可以随便进出，拿走那本书。

"那结城为什么来这个房间？"

"是不是跟我们一样，也想找到那本书？"

"难道他来的时候，那本书已经不在了？"

"可能，也可能是结城找到了。不管怎样，书好像已经不在这个房间了。"

"这么说，《启示录》可能与谋杀案有很深的关系呢。"

"不知道。猜不到里面到底写了些什么。"

乌有装作若无其事地回答。如果这本书真的存在，或许里面会有些启发性的东西。当然，很可能武藤在二十年前就把它毁了。不管怎样，乌有都不想让桐璃对这件事更加好奇。

"对了，咱们去问问结城不就好了嘛。"

桐璃高兴地大喊一声，就像发现了浮力的阿基米德一样兴奋。她立刻站起身，迅速整理了一下头发，大有不洗澡就直接冲出去找结城之势。

"喂!"乌有连忙制止她。

"怎么了?"桐璃不满地盯着他问道。

"你问了他也不可能告诉你。而且,那个人还在气头上呢。"

尽管两人不是为了桐璃打的架,但现在最好不要再去刺激他。他现在都快被自己的事搞崩溃了。

"也是。"桐璃总算被劝住了。她在房门前停下了脚步,"看来不能去问他。"

"肯定不行啦。"

"好吧。"

桐璃垂头丧气地回到房间,一屁股坐进了沙发里。她将身体靠在沙发靠背上,咕哝道:"《启示录》里究竟写了什么?"

"二十年前的事啦。应该都是关于和音的秘密吧。"

"和音的秘密啊。看来很有深度呢。"

"深不深度的……"

乌有不太相信所谓的"深度",说到底,和自己没有任何关系,对这样的东西,如何探知深度?如何客观评价呢?对他们几个可能特别重要,但对他而言,不过是轻描淡写的一个小插曲罢了。没错,本来就是这样。

可为什么自己对这事如此……乌有的心情再度沉重起来。为什么对这件事这么在意呢?

"怎么了?怎么突然不说话了?"桐璃一脸纳闷地问他。

"桐璃。"乌有缓缓抬起头。

"嗯?"

"你为什么不去学校?"

"啊,你说现在?"

乌有也不知道自己为什么会问桐璃这个问题。只是……桐璃抱着玩游戏的心理参与谋杀案的调查,一看到她生动的表情,就能感觉到她与自己之间存在隔阂,就会不由感慨为何只有自己总是莫名其妙地感到郁闷。

"不知道。太无聊了吧。你觉得上学有意思吗?"

"……不觉得。"乌有思考了片刻,肯定地回答。

对他来说,高中除了上课之外别无用途,就是个为考入东大不得不去的补习学校而已。

"对吧?那你应该懂吧?"

"不过我当时可是按时上学的。"

"我有我的自由。那么无聊,去了也没用。"

真是小孩子脾气,但乌有对桐璃的直率很是羡慕。

"这么说,河边很好玩了?"

"怎么说呢?有时也会觉得无聊,但比起挤满了人的教室,看看河边的花草还是要好一些的。何况还遇到了你呀。"

"啊,谢谢!"

"不用谢。"桐璃礼貌地回应。

"你父亲什么都不说你?"

"我爸?开始时总说我,后来就不管了。他很尊重我的想法。"

"太惯着你了。"

"是我说服了他。我对他说,人在年轻时就应该过得悠闲一些。尤其是女孩子,没必要一直学习。"

"这应该是那些不负责任的外人说的话呀,哪有自己这么说自己的?"

"才不是呢。我爸好像很理解我,还对家访的老师这么说了。"

桐璃的父亲也挺不容易的。乌有见过桐璃的父亲两次，个子不高，看起来稳重踏实。虽然与自己无关，乌有却有些同情他。

"而且，我懂很多东西呢，比同学知道的多多了。比起物理、数学，我懂的那些将来可有用得多。"

这话听起来天真得令人羡慕。这么说来，自己在这二十一年里好像没学到一点有用的东西……实际可能也是这样。

"所以，不光你父母，连老师都让步了。"

"因为我聪明啊。考试的时候成绩还不错，大家都羡慕不已。"

桐璃得意地挺起胸膛，由于身体往后仰得太厉害，头轻轻地碰到了沙发后面的墙上。真看不出到底哪儿聪明。

"桐璃，你确实比较机灵。"

"是聪明。"

桐璃再次挺起了胸膛。这次很小心地朝前挺，以免从沙发后背飞出去。

好像也有些自学能力。

6

乌有没打算偷听，却只能站在原地一动不动，因为结城和尚美正在客厅里隔着餐桌面对面坐着，且表情十分严肃。两人都默不作声，一脸沉重地低着头。看来谈话刚刚告一段落。

乌有正打算走进客厅，发现气氛不对，赶紧把迈出去的右脚收了回来。站在门口阴影处，一边观察大厅的动静，一边像油蝉似的贴在门口往客厅里看。他们在聊什么？尽管神父曾提醒他什么都不知道最好，可他忍不住，只要与杀人案有关，他就想知道,即便像个悲惨的油蝉。

不久后两人又开始了对话。

"尚美,我带你回去吧。"

结城的声音听起来果断而坚决。

"不行。"

尚美断然拒绝,声音冷漠。

"那家伙已经死了,你还顾虑什么?"

"难道是你……"

"胡说,怎么会是我……"结城拼命否认,"不过,如果让我知道了的话,我可能会毫不犹豫地杀掉他。"

"是啊……换作是你,会这么做的。"

夫人叹了口气,不过已经不是责难的表情了。

"但真的不是我干的。"

又是一阵沉默。四下没有任何动静,只有吞咽唾沫的声音和挂钟的嘀嗒声。乌有很想知道客厅里面是什么情形,却又不敢伸头去看,不过根据谈话的内容和语气也大概可以想到。乌有本来就对在外面偷听有罪恶感,一旦对方停止谈话,安静的气氛让乌有觉得尤其别扭。

"但不可能。"夫人总算说话了。

"是太迟了吗?还是村泽他……"

"不是。来这儿之前我就打算和村泽离婚了。"

"啊,为什么?"

随即传来手掌拍打玻璃餐桌的声音。肯定是结城拍的。

"但和你不可能……"

"不可能?二十年来,我一直这么爱你。"

"别说了!"夫人干脆地打断了结城的话,接着不无悲凉地说,"你一直爱着的,不是我,是和音。二十年来一直是这样。"

"不,尚美,我爱的是你。"

"不,是和音。你的眼里只有和音。一直如此。那个房间,你今天也去了,对吧?我看到你从里面出来了。"

"可那个房间……"

"那个房间是和音的房间啊。一直都是,从来都不是别人的房间。"

"不对……那个房间……"

"没什么不对的,都一样,我好累……村泽的眼中也只有和音。这二十年里,他一直爱着死掉的和音、消失不见的和音。我已经受够了。一个人时他就会想起和音,我只是再次体会到了。其实我根本不想来这里,但想着这是最后一次,所以就来了。原本是想跟过去告别的……"

"混账!"又传来拳头捶在桌子上的声音,"你难道不懂那幅画的意思吗?那是我为你……"

"不,让你感到难过的是和音变了。如果和音一直没变的话,你肯定不会这么难过。"

"不是这样的。"

结城那找不到归宿的强烈爱意连乌有都感受到了,他压抑着难过的心情,非常克制地又低声说了一次"不是这样的"。

夫人默不作声。

"真的不可能吗?"

夫人保持沉默。

"和我真的不可能吗?"

结城再次确认,声音饱含哀切。

"是的。"尚美回答得斩钉截铁,好似最后通牒。

"因为你一直爱着和音。因为是和音治愈了你受伤的心。所以你也……"

"不,我杀死和音就是为了救你。"

"你撒谎。"

"真的。为了你,我可以杀死她很多次。"

"不可能。你并不是真的想杀掉和音。"

本来幽怨的声音突然变得非常决绝,像是要停止谈话。

"我要离开。我想逃离和音,永远逃离。离开这座岛……在这里,我就还是村泽的妻子。"

他们好像要离开了,乌有连忙躲进了餐厅。

结城也杀了和音?每个人都是杀害和音的凶手。这究竟是怎么回事?至少所谓的"秘密"都与和音有关,可到底有什么关系呢?乌有只听到了些零零散散的信息,完全想象不到事情的全部。

"我不会放弃的。"结城还在客厅里,冲着已经来到走廊、表情悲壮的尚美喊道。

*

不止午餐,晚餐时结城也没出现。不知是怕和大家碰面尴尬,还是不想和村泽一起用餐。继水镜之后,又少了一个人一起吃饭,餐厅里飘荡着秋风吹过般的阵阵寒意。回想一下,来到这里之后好像还没吃过一顿正常的晚餐。第一天,因为桐璃过火的着装,整个餐厅死气沉沉,鸦雀无声;第二天,因为和音的肖像画被毁;昨天,因为水镜被杀;今天,因为结城和村泽打架,好不容易在如此气派的餐厅享用如此奢华的美食(从第三天开始,因为真锅的离去，晚餐变得普通了），结果都搞得不欢而散。恐怕明天后天，以及接下来在这座岛上的每一天，来这里吃饭都会如坐针毡。唯一的解决办法就是有人提前来这里，把大家都救出和音岛。

桐璃一只手端着盛有番茄肉蛋盖浇饭的土耳其盘子，用勺子一下一下地往嘴里扒着饭，时不时从盘子上方偷偷窥视周围。桐璃还不知道打架的原因，她可能觉得就算打听也没人说，还不如自己观察研究一下。结城这个关键人物没来，估计也问不出为什么，乌有索性放松了警惕，不但没有提醒桐璃注意餐桌礼仪，反倒饶有兴致地望着桐璃间谍般的举动。

在这个杀气腾腾的空间里，桐璃的可爱举止让乌有很放松。在座的每个人心里都住着魔鬼，对周围充满猜忌，但都用笑容掩饰了起来，大家的眼神虽不如盛夏太阳般炽热，但也明亮得像冰雪融化时穿过云层与树叶缝隙的阳光，给了乌有些许温暖。说起来，自己在桂川漫无目的地闲逛时，给予他安慰的，不是伶子，而是讲话天真的桐璃。寄居在自己体内的那位青年的灵魂尽管没有因此得到净化，但至少自己开始关注周遭的事物了。如果桐璃不在那里，想必迎来大学第三年的自己依旧独自在河滩上散步吧……乌有深知桐璃有恩于自己，所以发誓要竭尽全力保护好她。这么说或许有些夸张，保护好她是两年般空白人生之后上天赋予自己的使命，他不想逃避。当然，也为了彻底告别以前的自己……这次行动，不许失败，只能成功。

晚饭后，村泽来找乌有。他红肿的脸颊上贴着白色创可贴，看起来让人心疼，可能身上也很痛吧，他的动作有些笨拙。

看到稀客来访，乌有特别意外。村泽专门来找自己，乌有以为他会讲一讲今早打架的原因，结果谈的都是其他事。

"如月君。"可能是下巴受了伤的缘故，他的声音比平时低，"事情有些眉目了吗？"

乌有好奇他会说些什么，没想到竟然是问这个。乌有望着伤痕累累的村泽，说："毫无头绪。不过你为什么专门问我？"

"没什么，只是感觉你会知道些什么。看来你不想告诉我。"

他吐字不清，说话时就像后槽牙里塞了米粒。看他的眼神好像在怀疑乌有，又像是在向乌有求助。他到底希望自己说什么？把今天做的一切都告诉他？这样的话，疲于相互猜疑的他们就可以相安无事了？

乌有有点生气，在村泽面前他毫不掩饰心中的诧异。自己曾经有负众望，因此不喜欢被人毫不客气且满怀期望地望着。

"那之后有什么新发现吗？有关密室或水镜的房间。"

乌有冷漠地摇了摇头，问道："究竟怎么了？"

"没什么，只是尚美她……"村泽小声咕哝道。

"你太太怎么了？"

"没什么。"说完他思考了片刻，接着继续说道，"她说都是和音在搞鬼……"

"真宫和音？"

"对。"

村泽一脸严肃。遭到结城殴打之后，他的身体和精神似乎都受到了很大的创伤，给人感觉比之前脆弱了许多。

"不可能，和音已经不在了呀，好早之前就死了。但尚美就是不相信。她真是太傻了……所以希望你早日查出凶手。"

"凶手？"除了村泽和尚美，就只有结城和神父了。乌有说了一半就停住了。他突然想到为什么村泽对自己寄予如此厚望呢？他把自己当侦探了。难道就因为自己是纯粹的局外人，还是因为和桐璃在一起？

"不过，我认为和音没有复活。"

"是啊。"

村泽放心地点了点头，这也从侧面证实了他的确曾担心和音会复活。但是为什么又放心了呢？难道他们不是都盼着和音复活吗？作为和音的信徒，作为和音的追随者，他们应该盼着和音复活才对啊。

乌有想起村泽昨晚说过的话。

"对了，您昨天说你们一起杀死了和音，那是什么意思？"

乌有本以为只是随便一问，没想到村泽原本苍白的脸更加苍白了，贴着创可贴的下巴竟然抖动起来。

"我说的？"

"是的。"

"不会，我怎么会说我们杀死了和音呢？和音是被海风从展望台上吹下海的。我不可能这么说。"

他用力摇头，矢口否认。看来他不记得自己昨晚说过什么了。难道他那时不是在跟乌有交谈，只是自言自语吗？无论如何，他越是强烈否认，就越证明那些话的真实性。

看来就是他们杀了和音。可是，为什么呢？是怎么杀的？他们竟然杀了自己的偶像、自己的神吗？结城和神父都说自己也曾参与，难道他们一起将和音抛进了大海？难道他们都是像犹大一样的叛徒？假如《最后的晚餐》中除了耶稣之外的十二信徒都是犹大，那耶稣得多绝望啊！

乌有思考这件事时，村泽离开了房间，嘴里反复嘟囔着"这不可能，这不可能"。他走后乌有感觉很不舒服。望着敞开的房门,乌有开始思考村泽来访的目的。和音真的被他们杀了吗?和音是不是还活着?

不知道二十年前这座岛上究竟发生了什么,但如果被他们抛入大海的和音九死一生还活着的话,如果前来复仇的话,那他们的恐慌就不难理解了。

但是这个假设有一个很大的漏洞,那就是和音复仇为什么要等二十年之久呢?

7

"密室之谜解开了吗?"

乌有试探着问了问把玩侦探游戏当消遣的桐璃。她身上还是那条白色连衣裙,可能晚上特别喜欢穿它吧。裙子的裙摆很小,乍一看像件晚礼服。目前为止,他们只检查了武藤的房间。乌有没有任何权力,无法到村泽他们几个和上锁的房间内进行调查。不过,昨天是村泽邀请自己一起调查的,那就另当别论了。但村泽刚刚说了好多莫名其妙的话,又跟结城发生了那么大的冲突,看来眼下最好不要轻举妄动。

话说回来,乌有一直没能静下心来好好梳理整个事件的经过。接二连三发生的新情况,让乌有疲于应对。今天一天他都在与结城、神父和村泽三个人周旋,看似平安无事的一天马上就要过去了,可调查没有任何进展。这让乌有很着急,忍不住问了桐璃这个问题。

"还没呢。"桐璃摇了摇头,她正在用细长的手指梳理刚刚洗过的长发,"不过我有些初步的想法。"

"还不能确定?"

"对，还不确定。"

难得她老实承认。不过反过来看，也可能是有所保留的自信表现，就像侦探埃勒里·奎因一样，不到推理完美呈现，绝不透露任何推理过程。只是，这个女奎因（好笑的叫法）好像忍不住了，迫不及待地开始披露她现阶段尚未成熟的推论。

"比如，凶手有可能准备了好多与积雪相同厚度的冰块。"

桐璃往床沿上一坐，就开始说了起来。乌有在椅子上坐着，看她的视线自然成了由上而下。

"然后呢？"

"在雪地上行走之前，凶手在会经过的地方埋上冰块，然后踏着冰块前行。边埋边走，稍微绕远一点，就这么一直走到圆形舞台。因为高度相同，从远处看不出来有区别。"

"原来是用冰块做踏脚石啊。"

"现在是盛夏，天热，雪和冰块很快就融化了，证据也就消失了，对吧？"

"的确。"

乌有首先表示了佩服。但这个想法说着容易做起来难，而且有很多漏洞，根本无法实施。

"不过，雪和冰的融化速度好像不同吧。感觉冰比雪融化得慢呢。"

雪融化了，白砂上还残留着一些冰块做的踏脚石，这不可能不被发现啊。

"是哦。这里说不通呢。"

桐璃似乎也认可，双手交叉抱在胸前，用力点了点头。

"另外，怎么制作刚好与积雪相同厚度的冰块呢？而且还要走五十米那么远。绕远的话就更远了，那需要很多块哦。得多大的冰箱才能做出这么多冰块呢？"

"对啊，这里也不可能。"

"还有，下雪前如何判断积雪的厚度？神父说谋杀发生在雪停止之后。即便用急速冷冻的技术也来不及呀，何况大半夜切割冰块，肯定会被人发现的。"

"是啊，这里说不过去啊。"

"夏日飞雪本来就很罕见，很难想象有人能预测到这点，而且还能想出这种诡计，并如此费功夫地去实施。"

"对哦，太不靠谱了。"

桐璃的附和虽然每次都差不多，但声音越来越低，最后干脆变成了叹气。

"所以我刚刚说不确定嘛。只是突然想到了这点，感觉也不是太离谱，所以就着急忙慌地想说出来。乌有，说说你有些什么好想法。"

"没有。"乌有耸耸肩，干脆地回答。

"什么呀！自己什么想法都没有，还装模作样地批评我。"

"是啊，我本来就不擅长推理。"

桐璃不满地瞪着乌有，意犹未尽地说道："不过，你不觉得我的推理还是有可取之处的吗？"

"算了吧。一百分满分的话，你是零分。"

乌有夸张地挖苦桐璃，桐璃被气得满脸通红。只见她扬起下巴哼了一声，说道："好吧，下次我想出个更厉害的。"

"一定要加油哦！我很期待。"

乌有的语气一直不冷不热，里面可能还混杂着嫉妒的成分。虽然桐璃的推理漏洞百出，可自己连这些都没想到。桐璃的想象力的确丰富，说不定她会比自己更先了解到事情的真相呢。不知何故，想到这里，乌有内心酸酸的。

"凶手是谁弄清楚了吗？"

"乌有你怎么总问我？"

"哪有……"

村泽也总问自己啊，乌有苦笑。

"那就是还没有眉目了。"

桐璃用力摇摇头，说："也不是一点没有。"又是像刚才那样的暗示。

"啊，那是谁？难道是尚美？"

"嗯，不是那个女人。是神父。"

"帕特里克神父？"

"嗯。"

尽管肯定的声音不大，但桐璃很确定地连连点头。

"怎么会是神父？我倒是没看出来。"

"那天村泽要求神父说说自己的看法，神父在说到水镜的尸体时，是不是说水镜的头是被砍柴刀砍下来的？"

乌有立刻明白桐璃想说什么了。

"他没说斧头，也没说菜刀，一口咬定是砍柴刀砍的，这让你觉得可疑对吗？所以认为是神父用砍柴刀砍的。"

"嗯。"

"不过，看刀口，多少也可以猜出来一些吧，毕竟是学过医的人。"

刀口血肉模糊，乌有现在都记得清清楚楚。当时他自己也感觉是用柴刀或斧头之类的东西砍的。

"可他在说其他问题时都很模棱两可，只有说这个的时候一副把握十足的样子，我还是觉得可疑。而且……"

"还有啊?"

乌有忍不住坐直了身体。

"同一件事。他说头是在尸体被运到舞台上之后砍掉的。他怎么知道是那之后呢?也可能是在圆形舞台上被杀的呀。"

"确实。言之有理。"

乌有将双手抱在胸前,反复思考着桐璃的话。

"难道是神父?"

客观线索和证据虽然还很欠缺,但正确的想法会随着推理的深入逐渐形成。

"绝对是他。"

刚开始时桐璃还不敢说得这么肯定,可能乌有的反应鼓舞了她,她现在充满自信。

"不过……神父看起来不像杀人凶手,人挺稳重……虽然不知道他在想些什么,但……难道是人格分裂?"

"怎么可能?!"

乌有笑着否定了桐璃的说法。说起人格分裂,乌有觉得自己才是。因为自十年前开始自己就被另一种人格支配着,不过好在不是解离性失忆症①。乌有的情况是,两个人在乌有的身体里同时存在,相互交融,相互影响。但说到人格,那就只有"眼下的乌有"这一种。

"不过,乌有你说人格分裂是什么样的?"

"什么什么样?"

桐璃偏离了话题,但乌有觉得这样挺好。桐璃的推理尽管很

---

①解离性失忆最常见的是忘记了个人身份,但对一般资讯的记忆则是完整的。解离性失忆症发作通常很突然,患者会无法回忆起先前的生活或人格,且主要是失去过去的记忆,特别是创伤性的事件。

有道理，但跟桐璃在一起时总谈论杀人的话题，这几乎让人窒息。可以的话，最好还是说点轻松的。

"应该是指一个人的体内有两个人的意思吧？"桐璃问道。

"不知道，没这种经历。"

"不会觉得很难受？"

"如果意识到了，那肯定难受。自己不认识的另一个我，在自己不知道的时间里，做着自己不知道的事情，这肯定不好玩。两种人格一旦相处不好，就会走向毁灭，就像杰基尔与海德① 那样。"

乌有胡乱说了一通。记得那个故事里说的是，杰基尔博士的内心隐藏着做恶人的愿望，主动变成了双重人格。所以，这与两种人格能否相处融洽的情况略有不同。杰基尔博士的最后毁灭是因为对双重人格的生活过于依赖。平时经常有人将"人格分裂"拿来做比喻，电视剧里也能看到类似的桥段，但在实际生活中从来没有遇到过这样的人。当然，若真有这种人，肯定早被送到精神病院里去了。

"神父会像书里说的那样吗？"

"杰基尔最后走向毁灭，是因为他了解海德。如果不是因为喝药，而是因为生病造成的人格分裂，那海德犯下的罪行会让杰基尔莫名其妙地被警察抓起来。"

"太惨了！"桐璃同情地说道。

"现在大家已经能够理解这种情况了，但在过去，会被认为是很丢脸的事。"

"那如果发现自己人格分裂怎么办？"

---

① 罗伯特·路易斯·史蒂文斯小说《化身博士》中的主人公杰基尔与海德。

"是啊,如果另一种人格是海德那样的话,可能会像博士……不,可能会先去医院吧。现在这种病说不定能治好呢。"

桐璃沉思了片刻。

"杰基尔博士发现自己时日不多所以自杀了对吗?在失去作为杰基尔的自我之前。"

"嗯,算是自杀吧。"

乌有想,留下悔过书,不是自杀也相当于自杀行为吧。对,这么做的确是一种自我毁灭的行为。

"可是……假如另一个自己不是海德那样的坏人,是个普通人,说不定是比杰基尔博士好得多的人,即便那样,如果知道自己将会丧失自我,也会选择自杀吧?"桐璃微笑着说,那笑容看起来格外自信且意味深长。

"嗯……杰基尔知道变成海德那种坏人情况会很糟糕,但即使变成善良的海德又能怎样呢?索性听之任之吧。或许杰基尔这么想吧。事实上杰基尔博士也没有自杀。"

"但那是因为确信海德将会被捕入狱吧?我觉得如果海德是个好人,杰基尔也会在丧失自我之前选择自杀。"

面对桐璃的疑问,乌有一下子不知该如何回答。那难道不是故事的最终结局吗?杰基尔一直盼望自己变成海德那样的恶人,但最后又无法忍受海德的恶行而选择了自杀。

"知道自己活不久了的癌症患者都未必会自杀,这是同样的道理。你想多了。"

"不一样的。"可能感觉乌有在糊弄自己,桐璃较真地反驳道,"如果我知道自己将被某个人杀掉,也知道自己死后那个人还能活很久,那么既然自己不得不死,至少也要拉那个人做陪葬。我不能容忍那个人继续活着,要死就一起死。可癌症患者的情况不是这样,他们总希望能活得更久一些。"

桐璃很少一下子说这么多,而且表达得很清楚。

"所以,海德在知道了另一个自己是杰基尔博士后选择了自杀,对吧?"

"不过海德本来就是由杰基尔的邪恶因子构成的异类,他的自杀只是回归正常而已。"

"可是,既然已经存在,那对海德来说自己才是正常的,杰基尔博士的存在反倒不正常。"

桐璃说的有一定道理。如果没有他人的暗示,任何一个人格分裂的人都会认为当下的自我才是本质、是常态,另一个自我是一种不正常的状态。对乌有来说,哪个自我才是正常的呢?世上只有一个"乌有",可乌有自己却一直用"那位青年"的标准来要求自己。

"我认为,海德是一个坏人,所以自暴自弃。如果他是个正常人,恐怕会自杀吧。"

"我觉得他如果是个正常人,可能会两种自我都放弃吧。"

"是吗?"

桐璃不满地望着乌有。

"喂,乌有,如果你人格分裂了,你会怎么做?"

"嗯,如果两种人格都正常,也发觉了彼此的存在,应该能和平相处吧。比如会给另一个自己写写信呀什么的。就像笔友那样,通过通信加深友情。"

这回答很不上心,一听就能听出来。

"净骗人,你明明不是那种性格。"

"谁知道呢。"

"当你意识到第一自我的存在时间越来越短了,你会怎样呢？"

"是啊，我会是什么样呢？"

乌有开始思考。不是因为桐璃这么说，是因为他最近就开始思考这个问题了。乌有感觉自己越来越不像自己，似乎正在向那位青年靠近。但是，一这么想，自己就会走进自虐式的死胡同。

"那样也不错啊。"乌有言不由衷地回答。

但是，两年前，乌有并没有变成那位青年那样。桐璃满眼猜疑地望着乌有。

"骗人，你没说实话。"

"如果是你，你会怎么做？"乌有反问桐璃。

"我？如果我遇到这种情况，即使想自杀，也肯定自杀不成吧……"

乌有何尝不是这样。这两年，那位青年压在乌有心头，如同千斤重担，逼得乌有数次想自杀。但乌有一次也没真正试过。想自杀，试着自杀，两种表达看似很像，实际却相去甚远。

"所以嘛，肯定会像海德一样千方百计让另一个自己选择自杀。"

"像海德？"

"难道不是吗？如果不这么做，说不定杰基尔博士要研发新药呢。虽然研发不出来，但海德不知道啊。所以在那之前，他会做很多很多令杰基尔博士讨厌的事，逼着杰基尔自杀。这样一来，就不是自己了结自己的生命了，结果虽然相同，但感觉是自己一手促成的。"

接着，桐璃啪地拍了一下大腿，开始总结道："那并不是一个关于杰基尔失败的故事，而是杰基尔肆意编造的关于自己的分身复仇的故事。"

这么说有点牵强，但也不是不能接受。但这么一来，在那本书中，海德的企图就彻底失败了。因为杰基尔也做了同样的坏事，而且想在海德还活着时结束自己的生命。

总之，乌有从未考虑过这个问题。因为他马上会找回原本的自己，可以避开人格分裂的危险。

但是，说不定那位青年也会像海德一样将"乌有"逼上绝路。他突然想到，如果自己不先下手的话……

"不过我不想过多地考虑自己的分身。"

"是害怕哪天会失去自我吗？"

乌有陷入了沉思。

V 8月9日

0

从和音岛南侧海岸稍稍往上走一点，应该就是成片盛开的向日葵。在那块地势稍高的草地上，向日葵正朝着大海绽放硕大的黄色花盘，顺着从海滩吹来的海风摇曳着粗大的枝干。象征着夏天的向日葵此时呈现出近乎疯狂的金黄色。乌有虽不曾像电影中那样在广阔的向日葵田中奔跑过，但可以想象，即便面带微笑地奔跑，肯定也会气喘如牛。

岛的北侧好像是一座树木繁茂的山，不知树是什么树，只见白雪落在翠绿的枝叶上，好似给山戴了一顶白色的棉帽。在等高线地图上看时，山不高，但从山脚向上望时，感觉高出了几倍。不知道山那边是什么，肯定还是海，应该没有什么想看到的东西。

往山的西边拐去，就是那座线路不知被谁破坏了的信号塔。这是连接孤岛和本州岛的唯一线路，竟然被人切断了。信号接收器的内部构造太复杂，从外观来看看不出异常，但那个黑色的信号箱已经被搞得不能用了。或许只是一根配线的事，但外行就是不会修。而且，看到那些缠在一起的红、黄、蓝塑料皮电线，大脑就会陷入混乱状态。

向日葵田的东侧有一座小巧的配房，日式建筑风格，那是仆人真锅夫妇的住处。离海岸稍近的地方是为真锅夫妇出岛采购用的快艇修建的船坞。现在虽已人去楼空，但三天前还在正常使用。

小岛中部稍偏南的位置耸立着一栋造型奇特的建筑，给人感觉是脑子有问题的人设计出来的。整个建筑由几个立方体错落有致地叠放而成，风格接近立体主义，仿佛直指近代真理，就像和音岛的主人一般傲然挺立在这个半径不足一公里的小岛上。不……如同岛和建筑的名字——和音岛、和音馆，这座岛真正的主人应该是那位叫作和音的少女。

建筑往北一点的中院深处，有座圆形的大理石舞台。二十年前，那位名为和音的少女背对着海在这上面唱歌跳舞。虽然还是夏天，此时舞台却被冰雪覆盖。那上面曾被丢弃一具孤独丑陋的无头男尸。

死者似乎叫水镜，好像就是那位大富豪水镜三摩地。

下一个会是谁呢？

1

醒来时，乌有发现自己半边脸靠在门框上。原本垫在墙壁间的枕头也落到了膝盖上。左脸贴着墙壁，已经被压得变了形。不用照镜子，用手一摸，就能感觉到凹凸不平的压痕。乌有揉了会儿脸庞，意识到自己昨晚睡着了。头脑还不够清醒，但也知道天亮了。随后对梦境的记忆也苏醒了——一望无际的蓝色天空下，盛开着金黄色的向日葵。昨晚乌有好像体力不支，没能通宵守夜。前天才下决心要保护好桐璃，没想到只坚持了发誓的那一晚——真没用！乌有忍不住斥责自己。

正要起身时，乌有发现关节疼得厉害。他想站起身，身体却不听使唤，浑身上下酸软无力，好像鬼附身了一般。身上滚烫却阵阵发冷，难道是发烧了？他用手触碰额头，果然发烧了，而且很烫。他用手扶着墙，尽量保持身体的平衡，只是这样也非常费劲。呼吸急促，喘息声自己都能听到。虽说是夏天，却冷得下了雪。气温太低，昨天才刚刚好些的感冒似乎又严重了。仔细一看，自己带来的毛巾被此时正皱皱巴巴地缠在脚上。

"怎么在这个节骨眼上……"

大脑依旧迷迷糊糊，乌有懊恼地咂了咂舌。现在得先确认桐璃的安全。乌有拖着绵软的双脚来到铺着红色地毯的走廊上，轻轻推开斜对面的房门往里看了一眼。门竟然没锁。等下必须好好说说她。

只见桐璃在宽大的床上睡得正香，表情非常平静，睡相谈不上好看，但看上去没出啥事儿。乌有双膝跪在走廊上，长吁了一口气。万一早晨醒来时发现桐璃遇到了什么不测，那他得多后悔呀。那将意味着失去桐璃，失去刚刚找到的目标。无论是哪层含义，都又一次证明了自己的无能。

乌有看了看手表，七点十九分。走廊上只是射进了些细碎的阳光，却没有听到窗外鸟雀的鸣叫，好像是一个缺少朝气的早晨。加上发烧，乌有心中莫名有些焦躁。此时，本已歪斜的房屋倾斜得好像更明显了。

天已经亮了，没什么危险了吧，至少可以睡到中午之前。乌有拖着沉重的身体慢慢走回了房间。这次他关好了房门。一躺到白色的床垫上，乌有就闭上眼睛再次进入了梦乡，就好像忙碌了一天总算到了晚上一样。

*

梦到自己杀了人，乌有从梦中惊醒。

外面传来吵闹声。和音馆的隔音效果还不错，可见外面有多吵，声音直冲耳膜。他看看枕边的闹钟，才发现已是下午。竟然睡了五六个小时。乌有的脑子嗡地一声，仿佛很多爆竹在脑袋里同时炸响，就像在中国台湾过年时那样。大爆竹比头盖骨还大，是怎么塞进去的呢？乌有生气地来回打量着房间里面。一觉醒来，疲劳缓解不少，可感冒好像没有任何好转。嘴唇发干，喉咙渴得要命。

村泽夫人应该正在厨房做饭，就算现在去餐厅可能也吃不上饭。何况自己这个样子，能走到一楼吗？乌有眼睛都被烧红了，白色的墙壁看上去成了黄色，连盖在身上的毛巾被都感觉无比沉重。

并非因为感冒才变得神经过敏，乌有感觉整个和音馆都充满了看不见的不安定因素。即便躺在床上也能感到那种危险在慢慢逼近。其实从昨天，不，从前天开始就是这样了。那种危险不是叫声或争吵声，而是先紧张、膨胀，然后又降至零度以下的冷漠、执拗、猜疑，以及其他一些负面情绪。

"这种状态还要持续四天吗……"

感冒时乌有总是很脆弱，他会担心自己会不会就这样睡过去，会不会因为高烧不退虚弱至死？真可笑，这个时候，自己竟然最怕死。

乌有平时看问题就不乐观，这种时候更容易变得忧郁，他一直不停地抱怨、责怪自己。或许因为周围的情况还不明朗，找不到苛责的对象，不知不觉就从自身找起了原因吧。自己是对的吗？因为发烧，妄想与现实交错在一起，结果再次陷入十年前那场事故带来的虚妄与癫狂往复的无限循环之中。那位青年的死成了连环杀人案开始的象征，水镜的无头尸首先从黑暗中浮现出来。这一幕消失后，又出现了和音从展望台上直线坠入大海的身影。只是，与昨天不同，这些画面中多出了两条笔直伸出的手臂，不，是好几条。

发现桐璃推门而入，是在那之后不久。

"今天也睡懒觉啦。还赖在床上呢。"

桐璃戴着耳机，说话声音有些大，不满的语气显得有些夸张。

"发生什么事了吗？"

"不知道，不过好像出事了。我怕你说我，就没敢跑去凑热闹。"

"难得你这么听话。"

桐璃取下耳机，嘿嘿笑出声来，仿佛想说"那当然"。

"想着你肯定会去，所以我就一直乖乖等着，想不到你竟然睡到这个时候。"

"啊！"

"乌有，外面形势这么紧张，你好像还挺轻松。这么下去，说不定什么时候脑袋就被人砍下来了。"

"你才是吧，睡觉时连门都不锁……"话没说完，乌有就赶紧停住了。不能因为说这种无聊的小事搞得桐璃睡不安稳，干脆就让我一人牺牲吧，乌有心想。这么做也是为了那个长远而伟大的目标。

"你少管吧！你刚刚说错了，应该是遭暗算，不是被砍头哟。①"

"真烦！就会挑别人语病。"

"因为你不去上学，才老是说错话。还是偶尔去上上课吧。"

"别像个老爸似的数落我，再这么说我就烦你了。"

桐璃吐了吐舌头。小小的粉色舌尖从红润的嘴唇里露了出来。

"烦就烦呗。"乌有无力地嘀咕道。他想坐起身，可手肘撑不住，一下子又倒了下去。桐璃似乎这才发现他状况不妙。

"乌有不会是感冒加重了吧？"

桐璃疾步上前，用手摸了摸乌有的额头。"啊，好烫！"桐璃好像碰到了开水壶似的连忙缩回手。"好烫啊！看来很严重。"

"别吵！"

乌有的怒吼听起来像呻吟，声音沙哑，好似发不出声了。

"你还好吧，好像很严重呢。"

---

①日语中，遭暗算是"寝首を掻く"，上文桐璃说的是"寝首を切る"，直译为"被砍头"。

"没什么。"

病情一再被人指出时，经常会让患者自身也误以为病情真的加重了。看到桐璃的反应，乌有感觉自己的病情似乎又严重了。

"我下去给你拿药来。"

说完，桐璃就一阵风一般地跑了出去，连门都没关。

"桐璃……"

望着半开的房门，乌有再次感叹自己的不争气。怎么能在如此紧要的时候生病呢……走廊上的冷风灌进房间，轻抚着乌有的脸颊、脖子和肩膀，背部肌肉不禁颤抖起来。抬头一看，发现空调已经调成了暖风。

五分钟后，桐璃回来了。她小心翼翼地端来了一杯水，往水里放了一包冲剂后递给了乌有。费力坐起身的乌有因空气干燥且发着高烧，口渴得不行，接过水杯后一饮而尽。不知道这里的水引自哪里，比本州岛的水还甜。

"不过你是怎么回事？很少看到你生病呢。"

"神经太敏感了吧。"

"净瞎说。你住的房子那么脏，都没见你生病。"

这是事实，乌有无从反驳，心里却想，敏感和粗糙虽然不同，但又不相互矛盾。不过这次感冒并不是因为神经敏感所致，就不跟她多说了。

"楼下发生什么事了吗？"

"楼下？刚拿药的时候问了一下，好像是结城先生失踪了。"

"结城？"

"嗯。"桐璃点点头，若有所思地看着乌有。看她的眼神，难过似乎多过好奇。怪不得说话的声音也不如平时那么悦耳动听了。

"莫非遇害了？"

"不可能!"

乌有忍不住叫出了声,叫声太大,震得他头疼。

"村泽他们也这么说吗?"

"不知道,他们只是说结城先生失踪了,其他的都没说。"

"哦……"

"当然,也有可能是逃跑了。"

桐璃竖起食指。

"是哦。不过他怎么逃走呢?又没有船。"

"可能藏起来了呢……虽说我觉得不是。"

桐璃装成开玩笑似的耸了耸肩,接过空玻璃杯,到洗脸台去又接了一杯水。

"结城先生……"

"难道是意外?"

"不。"

乌有诚实地摇头。除了这个,不知道该说什么。

"我去看看……"

还在发烧,身体不听指挥,完全动不了,想要迈步时大腿也使不上劲。看来病毒松弛了肌肉却僵化了关节。

"不行不行,你得好好躺着休息,再加重的话,有可能变成肺炎。"

桐璃把乌有按下去重新躺好,在毛巾被上啪啪拍了几下。接着从洗脸台那里取来濡湿的毛巾敷在了乌有的额头上。她的动作温暖轻柔,像位母亲一样。桐璃毕竟是女孩子,这样也是理所当然,可乌有还是觉得很感动。真切地感到(虽然是事实)桐璃果真是一个女孩子(他经常忘记这一点)。

她要是总这么温顺就好了……也可能因为现在是非常时刻

吧，一想到这里，乌有的心暖融融的，觉得感冒也不是什么坏事。这样的心理就像是一感冒就能吃上桃子和哈密瓜的孩子，不同的是，他不能直接表现出这种喜悦之情。

"等下给你拿点吃的来。"

"谢谢。"

听似漫不经心，其实乌有心里很感动。感觉体温也降了一些。看来湿毛巾吸走了不少热量。

别再胡思乱想结城的事了，等身体好点之后再想也不迟。

"桐璃……"

"怎么了？"

"咱们有言在先，千万别一个人跑去调查啊！现在人人自危。"

没等乌有说完，桐璃就将食指轻轻按在了他干燥的嘴唇上。

"你可真啰唆！乌有，都说没事了。你就别担心啦。"

这句话是什么意思呢？是表示愿意听从乌有的建议，还是说没那么危险呢？乌有想进一步问问她，但感觉已经看到了结果。

白天大可放心，乌有劝说着急的自己，最后决定静观其变。接着在桐璃的注视下，再次昏昏沉沉地睡去。

2

"是如月君吗？"

客厅里首先跟乌有打招呼的人是村泽。他的眼睛周围有一层淡淡的黑眼圈，面容憔悴。看到乌有后，他朝门口迎来。

"听说你在发高烧，现在好点了吗？"

"好多了，多谢您关心！"

窗外的阳光已逐渐变成红色。天空好似末日的景象，杂糅着火红与湛蓝的阴影偷偷潜入了客厅。已经五点了，看来又睡了四个小时。

"那就好，前天去打搅你，真不好意思。"

"没什么，跟那件事没有关系。"

乌有朝尚美望去。尚美正坐在客厅的一角，心不在焉地盯着电视。她没有化妆，面颊上的肌肉有些松弛，完全不似平日那般端庄。莫非从中午开始她就一直这么坐着？

"听说结城先生失踪了？"

"啊，是舞奈小姐告诉你的吧。你也没看到结城？对了，你一直在睡觉。"

"现在还没找到吗？"

"其他房间也都找过了……很难想象他会一直在外面闲逛。"

"什么时候发现他失踪的呢？"

乌有觉得站着很累，便与桐璃一起坐到了村泽对面。感觉沙发比平时硬，坐着不舒服。

"上午发现他不见的。"

也就是说，是五六个小时之前发现他不见的。村泽的话似乎透出一种绝望，不过那也没办法。水镜之后的遇害者是结城，这种担心可能正在变为现实。

头还是晕，可无论如何也得先搞清楚状况。乌有漫不经心且淡定地打量了一下四周。客厅里的人比昨天又少了一个，而且分散在几处坐着。也许因为话最多的结城不在，客厅里非常冷清。只有他们几个人的客厅显得太宽敞了。

坐在斜对面的神父双手一会儿交叉一会儿分开，似乎等待着什么。乌有本想请教他前天那些话的含义，但眼下明显不合适。

"结城先生果然……"夫人轻声咕哝,"消失了,是吗?"

"消失?这么说可不吉利。"神父插嘴道,"应该说'藏起来'或者'被藏起来'才对。说消失,听起来好像在恶作剧似的。"

神父的语气很冷淡,有些不合时宜。夫人望向神父,眼神里带着些轻蔑。这句话在乌有和尚美夫妇看来只是毫无意义的坚持,但神父觉得很有强调的必要。他表情严肃地回望着夫人。帕特里克神父眼中的"消失"非常神秘,似乎有上天显灵的含义。这让乌有突然想到犹太教的荒神——撕裂地面,把结城吞进了地缝里。神父似乎不想在这里将人为与天意混淆在一起。不,乌有重新解释,说不定反倒是神父不清楚这到底是人为还是天意,才如此想从语言上将两者区分开来。

于是神父刻意回避着"消失"这种说法。

"这种小事有什么好在乎的?不过,您认为他'藏起来'是什么意思?"村泽坐直身体,挑剔般问道。

"你应该也想到了吧,那个人做得出来。"

"你是说……结城是凶手?"

神父轻轻点头,"很有可能。"声音虽小,却颇具说服力。

"也是。"

乌有也表示赞同。虽然并非真正认同,可神父说的也有一定道理。自己这么做有些多事,但为了不让看法一边倒,乌有认为还是很有必要的。村泽他们不也毫无根据地认定结城遇害了吗?可谁又能断定这不是结城布下的障眼法呢?

"结城是凶手?这不可能。"

夫人大叫起来,难以置信地来回望着乌有和神父的脸。

"你们撒谎。"

"尚美,神父说的是有可能。"

"有可能？那就说明他在怀疑结城。"

"没办法，谁让他现在没在这儿呢。"

这次轮到村泽来回注视乌有和神父了。乌有的脑袋依然有些迷糊，但他猜测，村泽的眼神似乎在说别再争执了。估计自己下楼前的几个小时里他们已经彻底地讨论过这件事了。

"那个人肯定被杀了，跟水镜一样，被那个人杀了。"

那个人……难道只是用词的问题？听语气似乎很熟悉的样子。夫人身穿单薄衬衣，双臂交叉着抱住肩头，浑身颤抖。她的恐惧有可能是装出来的，但在目睹过前天晚上那一幕后，乌有也觉得她确实神经脆弱。虽然并不同情她，但也得小心言行，以免激怒她。

"不过，要是遇害了的话，应该能看到结城先生的尸体呀。就像水镜先生那样。"

桐璃的一句话，把乌有的苦心彻底化为乌有。

夫人瞪着桐璃，好像在说"这个姑娘真惹人厌"。桐璃条件反射似的往乌有身后稍躲了躲。看来她试图将乌有这个病人当成挡箭牌，真是不厚道。

"村泽先生，在和音馆外查过了吗？包括真锅他们住的配房。"

没办法，只好跟村泽搭话，此时他正用手撑着下巴。

"还没有……一个人出去调查太危险了。"

由这句话可以看出村泽的担心，但他果真这么害怕凶手吗？还是因为最可疑的结城不见了，因而不知所措呢？如果那样的话，就两个人一起去搜查……说到这里，乌有突然发现，结城不见之后，事态变成"鸡、狼、大白菜过河游戏"的样子。不能用同一艘船只搭载鸡和狼。他们都很清楚贸然行事极有可能被杀，所以才绷着神经一直聚在客厅,同时又等待着什么。

"至少没在和音馆周围发现异常。"

"考虑到前天的情况,如果有人杀了结城,会不会也像水镜那样,给我们看到结城的尸体?"

"凶手也有可能神不知鬼不觉地杀人,以此制造恐慌。"

帕特里克神父这次站到了相反的一边。他本人可能想站在宏观的立场上来谈论这件事,但冷静客观的语气给人感觉很严厉。接着神父将十字架拿到眼前。

"不管怎样,他不可能只是单纯地出去散步。"

"当然。"

村泽很着急,手指不停叩着桌面。就像冷战结束后美国一手承担管理世界的重任一样,结城失踪后,只剩村泽独自一人面对眼下的困难。

"请大家保持冷静,假设结城先生是凶手,他怎么会突然消失?这只是大家想多了。"

乌有的立场与刚刚略有不同,但没人注意到。

"你现在看起来像个侦探,乌有,可以前你好像很讨厌说这些。是发烧的缘故吗?"桐璃在乌有耳边嘀咕,"好像换了一个人。"

"啊。"乌有简单应了一声,没做任何解释。原因很简单,事已至此,无法回避。既然警察暂时不能介入此事,自己也不能像原来那样冷眼旁观下去。在有船来接之前,哪怕是为了自卫,就算做不成侦探,也得积极地采取些行动。因为这里只剩下三个局内人了。

正在这时——

放在桌上的玻璃杯发出了声响。最初声音还不明显,只有玻璃杯碰撞的"咔嗒咔嗒"声，但碗橱、红酒瓶也随即摇晃起来，连续发出声响，声音从四面八方传来，彼此交错重叠，整个客厅响成一团。

咔嚓，桌上的玻璃杯倒了，滚到了地板上，淡褐色的液体渗入红色地毯。不久，整个客厅都开始晃动起来。

"地震！"

来不及叫出声，震感已经遍及全身，看来震级很大。乌有条件反射地用身体罩住了整个沙发，以便更好地保护桐璃。前震后的大地震随即袭来，整个房子犹如一列提速到新干线速度的老旧电车，摇晃得厉害，沙发和地板随着波浪般的震动上下起伏。

"咔嚓"，随着一声声响，格子门开裂。无数条白色裂缝像蜘蛛丝般迅速向周围蔓延，格子门顷刻间破碎不堪，很多东西眼看着裂成了碎片。那场面就像在看计算机模拟出的画面一般。许多碎片飞到了眼前。究竟是几级地震？此时乌有无暇思考这个问题，整个屋子摇晃得特别厉害。玻璃破碎的声音，红酒撞击酒柜玻璃门最后跌落在地上的声音，加剧了地震带来的恐怖。

桐璃不断尖叫着往乌有身后躲。看来天不怕地不怕的桐璃也害怕地震。天花板上只有三根链子吊着的枝形吊灯大幅度摇晃着。链子眼看就要断开，吊灯似乎马上要从天花板坠落。更恐怖的是，整栋楼摇晃得非常厉害，感觉很快就会倒塌。

"乌有，想想办法！"

"我能有什么办法。"乌有用手紧紧扒着沙发大声叫道。

"和音，这肯定是和音干的。"夫人抱着餐桌的桌腿喊道。

她好像已经神志不清，反复念叨"和音"二字。神父与村泽并未制止她。唉，哪儿还有心情制止她。每个人都被吓得魂飞魄散。

不知地震到底持续了多久。五分钟，还是十分钟？

也许实际时间没那么长。不过，这都是事后的回忆。地震发生时，即便理智告诉自己地震不可能一直持续下去，还是会害怕晃动永不停止。

地震结束后，大家待在原地一动不动，茫然地望着室内。每个人都在担心接下来是否还会有余震。

不久后，众人恢复了理智，开始关注周遭的惨状。窗户玻璃都碎了，地毯上到处是玻璃碎片。从酒柜跌落的酒瓶有一部分也碎了，红酒和威士忌洒了一地，客厅里弥漫着浓浓的酒气。三个月前采访过的香水工厂也没有这个气味刺鼻。

——或许因为是夏日飞雪后的大地震，简直就像世界末日。不用乌有说出来，在场的每个人肯定都是这么想的。

"刚来岛上的时候也有过几次地震，这么强烈倒是第一次。"村泽回过神，站起身，轻声嘀咕道。他绝对不会提和音。

"新闻里可能会有相关报道。"

一直紧握着十字架的神父也缓缓站起身，随后打开了电视。连一向泰然自若的神父这次好像也慌了神。电视机没有反应，一直黑屏，神父连着按了两三次电源键，依旧如此。会不会是遥控器的电池没电了，神父又摁了摁电视机机身上的开关，还是黑屏。

"插头插上了吗？"

"插上了。"

"难道电视机坏了？"

神父遗憾地抬头看向天花板，枝形吊灯灭了，客厅里显得十分昏暗。现在还在轻微晃动的大灯泡还没亮。

"可能是停电了。"

这么说，是因为刚才的地震吧？

"其他房间呢？"说完村泽就跑出客厅，几十秒后回来说，"到处都没有电，肯定是电源出了问题……希望别出什么大问题。"

"这该如何是好？"夫人悲痛地问道。她的表情仿佛雪上加霜，充满绝望。乌有却暗自庆幸，好在不是晚上。如果整栋房子都陷入黑暗之中，情况恐怕就不止是夫人哀鸣这么简单了。这个脆弱的小团体说不定会全军覆灭。而且，桐璃肯定得抱怨到处黑乎乎，不能洗澡……

"我们一起去看看配电盘吧，如月君。"

村泽努力保持镇定，朝乌有招了招手，再次走出客厅，手里握着手电筒。

"大家别出客厅，接下来可能还有余震。小柳，这里就拜托你了。"

"我们去哪儿？"乌有追在已快步来到走廊上的村泽身后问道。

村泽回答："地下发电室。"

"这里有发电机？"

乌有很惊讶，不过稍想一下就会明白，这里离本州岛太远，专门铺设海底光缆成本太高，还不如自己发电划算。

"您说的地下，是那天去过的地下吗？"

乌有想起前天放置水镜尸体的地方。现在是夏天，就算地下室也可能充满了腐尸的臭味吧。

"是另一个地方。"村泽好像猜透了乌有在担心什么，冷淡地答道。

果然，下去的楼梯与前天不同。楼梯处的照明也是坏的。这次走的楼梯比较宽，楼道也比较长。发电室占地面积很大，肯定得比储藏室更深一些，但地下室特有的冷气与气味都大同小异，让人不想久留。

楼梯尽头出现了一扇涂成蓝绿色的铁门，门没上锁。不过有一把锈成土黄色的荷包锁挂在一旁，看上去已经多年没人用过了。

"万一发电机出了故障就麻烦了，我们谁也不会修啊。"

村泽没有回答，可能是不想开口吧。乌有有些后悔自己的轻率。

好在是乌有杞人忧天。在这个连扇天窗都没有、如同暗箱般的地下室里（工具扔满地，油污味与热气混杂），发电机在一个黑色的铁匣子内，嗡嗡地匀速转动着，坚持履行着自己的使命。看来不是发动机的问题，而是接触不良。

"看来问题不大。"

村泽松了口气，随即看向乌有。尽管发电机本身没有问题，可要是电线断掉了的话，这几个门外汉照样不会修啊。

村泽盯着发电机看了一会儿。他不是工科出身，想必找不到什么有效的方法，可他竟然小声嘀咕了声"不对吧"，转身向配电盘走去。

"您发现原因了吗？"乌有在黑暗中担心地问道。

可能还没确定问题出在哪儿吧，村泽没有回答。

"我认为这次的地震范围并不局限于这个小岛。如果其他地方也发生了那么大的地震，震感又那么强，应该是大海啸所致。"

以前听说过由智利大地震引发的海啸曾危及太平洋沿岸地区，海浪在所到之处，比如车站大楼等建筑上都留下了印记。可以想见浪头有多高。在地球另一面发生的海啸都影响到了这里，这座岛如此靠近震源，那海浪应该更强烈才对。同样，就算整栋房子遭受海浪袭击，也没什么奇怪的。乌有这么想，尽管没什么理论根据。

"这座岛有点诡异。"

"也许。"

"岛上难道正在发生什么事情吗？"

岛上一人被杀，一人失踪，此刻问这种问题，只能说是愚蠢。但在乌有看来，与人世不同的异度空间存在某种神秘力量，这种力量似乎在看不见的地方操控着这一切。如果非要具体解释，那就是"神"……

"如月君。"

"怎么了？"

感觉村泽的声音格外生硬，乌有有些不安。看来修不好了。

"不行吗？"乌有赶紧跑到村泽旁边。

村泽望着配电盘，说出了一个意外的答案。

"根本不是故障。"

"不是故障？"

"对，没有发生故障，只是主电源掉了。"

说着，村泽将门口的操纵杆推了上去，地下室的指示灯立刻亮了起来，虽然油污的气味没变，但室内显得宽敞了一些。

"这样就没问题了。"

现在客厅里的吊灯以及电视也都恢复正常了吧。此举好像避免了事态的进一步恶化。

"没想到是总开关掉下来了，搞得虚惊一场。可能是地震导致短路，总开关就自动断了电源吧。"

"不可能。"村泽斩钉截铁地说，表情僵硬，仿佛在宣布审判结果，"不是总开关，总开关没有问题。是主电源。你认为这么重要的开关会自己掉下来吗?"

"那……"

乌有立刻明白村泽想说什么。

"你是说有人在地震时,或者地震刚刚结束时切断了电源?"

"那个时候大家都在客厅里待着呢。"

乌有立刻想起昨晚的钢琴声。看来是弹钢琴的人,是弹和音唱的勋伯格的曲子的人,他把电源切断了。那个人并不在他们六人之列,是岛上的第七位来宾……

"和……不对,也许是结城。"村泽苦笑着咕哝道,"走吧"。

"可是为什么呢?"

"不知道。我也不希望是结城干的,可是……对了,如月君,这件事请你一定保密,以免引起不必要的恐慌。"

村泽一脸严肃地交代乌有。

"明白。"

乌有不清楚村泽是否真的以为事情就是结城所为(至少乌有看不出来)。不管是谁,那个人似乎掌控着一切。看来第七个人已经登场了,以一种最有效又最令人恐怖的方式。他(姑且假定是位男性)在这场意外的大地震中采取了如此大胆的行动,肯定是个拥有强大行动力的人。

这个人如此勇猛,以至于乌有都感到恐慌,看来不止他们几个,连自己也被这个人看透了。

3

"你是说还有另外一个人。"桐璃眼神惊异地反问。

村泽说过要保密,乌有擅自理解为不能告诉神父和夫人,对桐璃，最好还是说一下。一个新的外敌出现了，乌有想通过这个消息让桐璃多少产生些危机感。况且，独自一人扛着这么大个秘密，真有点吃不消。乌有想找个人谈谈，这也是告诉桐璃的原因之一。

"不是结城先生？"

很难想象结城藏身于和音馆的某个角落，以嘲笑捉弄他们为乐。这不等于宣告自己就是凶手吗？

乌有在床上侧躺着，点了点头，应了句"有可能"。他的感冒没有严重到需要静养，见桐璃没完没了，只好附和上几句。因为还未痊愈，躺着说话才舒服。说到桐璃，她真是精气神十足。只见她穿了件有EVE标识的彩色T恤，外面套了件淡蓝色的马甲，一身轻薄的装束，与穿着睡袍的乌有形成鲜明的对比。寒流导致的天气变化，夜晚另当别论，白天则几乎已经感觉不到了。

"到底是谁呢？"

桐璃仰着头喃喃自语，不一会儿，她把食指凑到嘴边。

"莫非是武藤先生？"

"不会，更有可能是……"

"和音？"

乌有模棱两可地点了点头。他并不认同和音复活这种说法，但一直觉得她本来就没死，毕竟没人见过她的尸体……昨天之前只是模模糊糊地这么觉得，今天这件事之后，这种猜测似乎越来越有道理了。

"和音……难道还活着？……那应该已是个中年妇女了。"桐璃似乎意识到了自己与偶像和音之间的隔阂，神情失落地咕哝道。

简单算来，和音应该三十七八岁了，说是"中年妇女"好像为时尚早。不过在十七岁的桐璃看来，可能只能这么形容了……即便不少女演员韶华已去却依旧美丽，但往昔的朝气与活力，尤其是肖像画中那种带着成熟韵味的少女所特有的妖媚，恐怕已经消磨殆尽了。

不知何时起，桐璃也开始直呼"和音"了。看来在桐璃心中，和音已经从人升华成了一种概念。

"结城先生怎么样了？"

桐璃的声音透出浓浓的担忧。换作平时，她肯定会口无遮拦地说"他肯定被杀了"。奇怪的是，今天的她好像有心事，说话很注意措辞，而且欲言又止。莫非她也被这房子的气氛感染了？

乌有茫然地望着靠窗站着的桐璃。站得笔直的桐璃正摆弄着在微风中摇曳的窗纱，或许是阳光的缘故，此时的她看起来竟然有些透明感。一直以来都格外醒目的桐璃难道变得不起眼了？是乌有这么觉得，还是桐璃自身发生了变化？太阳般的桐璃被太阳的光芒遮蔽了。

乌有突然担心，自己的感冒会不会传染？

"可能。"

"可能？"

"没什么。"乌有摇了摇头

"这会不会是村泽先生设的一计？"

"村泽？"

桐璃"嗯"了一声，点了点头，接着关上窗，在床边坐了下来。

"提前在发电机的开关上设置好可以用遥控器控制的那种机关。然后在与你一起进入地下室时将设置拿掉。这样一来，就能让人感觉地下室里还有一个人。"

"很有道理。"

停电后的发电机房一片漆黑，照明全凭村泽带着的那只手电筒。就算他提前做了设置乌有也不会发现，就算他悄悄将设置拿掉乌有也不会察觉。可是……

"不过，村泽不可能预测到大地震的发生。这绝无可能。"

"所以呢，"桐璃诧异地看了看乌有，"这跟地震没关系吧。只需要趁大家都在的时候让电断掉就好啦。地震只是碰巧，让他幸运地赶上了而已。"

村泽有没有在心里狂呼"真幸运"，这点暂且不说，桐璃的话确实有一定道理。地震将大家的不安与恐惧推向了极致，不过就算没有地震，单单是停电，也会让大家相信岛上确实存在第七个人。

"桐璃，你好聪明！"乌有发自内心地感慨。

"现在才发现？"桐璃有点难为情地继续说，"也许他想让大家认为结城先生是凶手呢。"

"把结城的尸体藏起来就是因为这个？"

"不知道，但有可能。"

可是这么干未免太幼稚了吧。就像桐璃刚刚推理的那样，他很容易被怀疑啊。村泽会如此冒险吗？有这个必要吗？

"可他为什么只让我看到呢？村泽让我保密，跟谁都不要说……"

"觉得你藏不住话呗。你刚才不就告诉我了吗？他可能觉得比起自己说，从你嘴里说出来可信度更高吧。"

"不会吧。"

乌有自知理亏，将身体转向了一边。他确实告诉了桐璃，可自己也不是个口松的人啊。随便她怎么想吧。这么说来，村泽只想让自己看到那一幕。如果有外人在场……可为什么只想让自己看到呢？乌有想不明白。

村泽的确对自己有所期待。可他希望内向怯懦的自己干些什么呢？这次还专门哄骗乌有，特地上演停电闹剧。村泽的目的到底是什么？

当然，这一切的前提是桐璃的推理完全正确。真是为了假设成立再设定假设。乌有也搞不清楚什么样的前提才确凿无疑。

"你睡着了，乌有？"

看到乌有转过身去一动不动，桐璃以为他睡着了。

"没呢，不过有点困了。"

"哦。"桐璃尴尬地应了一声，耸了耸纤瘦的肩膀说，"那我走了。你放心吧，我不会一个人去调查的。"

看来她懂事了不少，乌有有点惊讶，在床上目送着她的背影。

桐璃走后，只剩下乌有自己一人，房间里一片静寂。之前一直压在心头"想要思考"的事情此时全部浮现在了脑海。那位一直困扰自己的青年自不必说，还有上岛后遇到的各种怪事，乌有想仔细梳理一下。他总担心自己是不是漏掉了至关重要的东西。现在好了，感冒导致的头痛症状已经消失，自己现在能正常思考了。乌有在床上伸了个懒腰，重新盖好被子，盯着天花板开始思考。天花板依旧歪斜，但天花板表面很平坦。乌有重新放好枕头，开始认真思考各种各样的事。

4

天黑了，晚餐吃得很简单。同客厅一样，餐厅的窗户玻璃也碎了，不得不遮上了防雨板。这样一来，晚餐时的气氛比以往更沉闷了。

吃完晚餐，乌有爬到楼顶看星星。到和音岛后，他曾多次到楼顶眺望蓝天大海，不过还是第一次晚上来。天空似乎近在咫尺，触手可及。有关夜空的描述很多，但这清澈澄明的日本海上空的满天星辰，让乌有切身感受到那些老套的表达根本无法形容的浩瀚与璀璨。

在这无边无际的银河中，哪颗星星是乌有？是那颗气息奄奄、即将消逝的六等星①，还是那颗在大熊座尾部眨着眼睛、却不属于任何星座的孤星？

不……夜风迎面吹来，乌有改变了原来的想法。那颗星也许已经不在了，也许那只是一个虚幻的光亮。对，那只是数百万年前散发的光亮跃入了我们的眼睛，其实它早已消失在遥远的太古时期，只剩下光亮在孤独穿行数百万光年的距离后，毫无缘由地给乌有的眼睛带去了一种幻象。不为别的，它只想将曾经的身影展现在人们眼前，只想证明自己曾经真实存在过……

乌有突然想到，那颗星不仅像自己，也像和音。

也许是这闹市中无法看到、星光不停闪烁的清澈夜空让乌有不由心生感慨。似乎有些自虐，乌有也意识到自己不知何时沉浸在了一种甜蜜的伤感之中。接下来的三天，真想把床搬到这里，什么都不想，忘掉一切，只管躺在床上看星星……乌有闭上眼睛，憧憬着这不可能实现的光景。

常说的"星语"真的存在吗？乌有闭上眼睛，在黑暗中侧耳倾听，耳畔传来与世俗世界的声响全然不同的声音——"随它去

---

① 恒星的亮度和它的温度有着密切的关系。我们用肉眼就能区分出恒星间的不同亮度，古代人类按照这种光亮程度的不同，将星光分为六个等级，一等星最亮，六等星最暗。每等星间亮度相差二点二五倍。

吧!"乌有对此并不认同也不接受,但声音戏谑而洪亮,随着海水的起伏声不断传到乌有的耳边。无论谁被杀,谁杀的,杀了谁,随它去吧。也许真的是星星说的,也可能只是星星对乌有内心真实想法的如实反射。

"你也爱看星星?"

乌有回过头,看到帕特里克神父出现在门口。月光迎面,他脚下出现了一个小小的身影。神父缓缓走近,将手搭在乌有一旁的栏杆上,开始眺望星空。

"夜晚的星星真美,就像被水洗过一样。"

"是啊。"乌有附和道,声音有些紧张。

"每一颗星星都是神的眼睛,注视着我们这些凡人。也包括水镜和结城。"

他的意思难道是注视着水镜和结城被杀的情景?……注视的人,是"神",还是神父呢?

"我想问您一些前天的事,可以吗?"

神父没有回答,但也没有拒绝。或许是默许的意思吧。

"'和音'与立体主义有什么关系吗?在我看来,他们似乎完全相反。"

"你的意思是……"

神父眯起了眼睛,似乎很有兴趣。

"您前天说,大家向和音要求一种绝对化的东西,而立体主义坚持用科学将一切相对化,主张相对主义。那这两者如何兼容?"

"立体主义的本质是将对象物绝对化。"

"绝对化?"

"正如我之前说的，立体主义是一种在将一切（甚至使用光线）相对化的科学中衍生出的绘画技法。但只有其核心是无法相对化的。为什么呢？因为立体主义式还原，即'展开'的方法，是由其核心的'本质'决定的。"

结城给的那本书里也提到了相似的内容，乌有连这个都还没搞懂，神父却兀自说了下去。

"立体主义作品并不受某种公式或法则的限制，呈现出各种形态。之所以如此，是因为画家对核心对象物的理解不同。"

"可是……"

"核心外围的'展开'方式是相同的。只是片段与片段之间的接触面存在微妙差异，这种差异通过色彩、形状、还原与展开的顺序表现出来，但是'摄动'却左右着整张画布。你知道摄动从何而来吗？"

"由对象决定？"

"是的。由对象，也就是由对象物的核心部分决定。它不受相对化的影响，而是以绝对的方式存在。就像此刻，星辰看起来均衡地分布在空中，实际上它们都是围绕小熊座的尾巴，也就是北极星在转动。"

神父仰望夜空，望着距地球四百六十六光年的北极星……当然，刚刚只是个比喻，太古时的北极星与现在的北极星不同，这与本质无关。可就是因为这个，乌有感到自己不愿彻底认同"绝对"这一说法。

"核心决定所有背景，就是那个用科学手法将对象物平衡分解的背景。"

"那就是所谓的'绝对'吗？"

"分解的片段之间微妙的摄动，即不断堆积的背景相对下沉、上浮或对比，但决定'摄动'的还是画家从对象物中找到的本质。本质才是整幅画的起点。"

"可那不就很主观了吗？"

画家理解对象物的本质时见仁见智，绝非凌驾于一切的所谓"绝对"，想必只是画家的随心所欲而已。那本书里也没提到这方面的内容。

"'神'存在于对主客观的超越之中。你懂吗？客观等于科学，要求把一切相对化；主观等于规定，要求绝对化。将这两者巧妙结合起来的立体主义作品表达了'神'的存在。你现在知道和音为何是'神'的化身了吧？我们在主观与客观的冲突过程中创造出'神'。那种'运动'，正是'神'。"

感觉充满了诡辩。

"和音等于'神'是指？"

"如果和音只是和音本人，她不能被称为'神'。过去多认为'神'是一种具体的物，这是一种完全错误的想法。真正的'神'只存在于我们'重组'时进行的'展开'这一过程之中。"

"您的意思是，于是，你们就在这座岛上展开了将和音创造成'神'的过程？"

"'神'是通过立体主义'重组'而进行的'展开'这一过程本身，绝非'展开'的目的或结果。"

"那么，原本的和音变成什么样了呢？不再是和音，或者变成什么样都无所谓了吗？"

乌有这句话似乎削减了神父的尖锐，他冷静地说道："相反。"

"相反？"

"'和音'的意义在于她依旧是'被确定的核心'。可那并不是'神'的全部，而是其属性的一部分。"

乌有的思维陷入混乱。他大概明白不可以将"神"假定为具体的物，过去的许多宗教也经常因无法说清"神无处不在"而困窘。可"展开"的过程才是"神"，这一说法实在太难理解。讽刺的是，莫非他们受到了当时风靡但神父敬而远之的左派思想的影响？

"这么说，这座岛就是你们的画布？"

"不。"神父微笑着说，"画布是指我们所居住的世界，也包括精神世界。通俗地说，物理法则是'展开'的一般法则，'摄动'是由对象物规定的这个世界的固有法则。这样一来，和音岛不过是一个将'核心'变为'对象'的场所而已……可我们在这一步失败了。"

失败？难道是指和音的死？

"你们在这里一起生活的时候，都做些什么呢？"

"'展开'。"

乌有料到神父会这么回答。但回答过于抽象，具体情况依然一无所知。如果是绘画，"展开"的过程还容易想象，但如何将一个真实存在的人——和音"展开"呢？二十年前，他们在这座岛上应该实践过才对呀。

"赋予她作为人的属性。"

"人？"

神父这次的回答出乎意料。

"是的。正如立体主义作品中对象的'核心'在融入周围的同时又保持其绝对性一样，我们将和音作为人的日常生活分解，然后再以她为中心进行重组，也就是进行'展开'，这样和音就有可能成为一个独立于绝对维度之上的人。"

"也就是说……"乌有早就想到过,"唱韦伯恩或者勋伯格的歌,跳舞,画立体主义风格的画,都是'展开'这一过程的片段?"

圣域下面和音的另一个房间,就是"和音"这个神在作为人的时候居住的场所,莫非这也是"展开"的片段之一?

"对。我们取出一个个纯粹的片段,将作为人存在的和音纯粹化、具体化。和音在这座岛上的生活状况,也许你难以想象,感觉无法从整体上把握。就像初学者看立体主义作品一样,和音的所有行为虽然被分解成一个个独立片段抽离了出来,但又通过一种难以察觉的力量连接着。"

"那么,选择片段,并将其重组的并非和音,而是你们,对吧?"

"没错,"没想到神父爽快地承认了这点,"但是,只有信'神'的人,才能看到'神'。基督教中有一句名言——'神与言同在'。不信'神'、脑中没有'神'这一概念的人,不可能看到'神'。"

照神父所言,"神"的形象就是其概念,而并非人的模样。可事实上,他们需要的神,是"真宫和音"这个偶像般的人。这时,乌有突然产生了一个疑问,尚美为什么也信奉和音呢?其他人都是男性,在选择"神"的时候,本能地将"神"指定为异性。可同为女性的尚美,为什么也对此表示支持呢?难道是受了武藤的影响?

"而且,和音本应是'神'。"

神父说这句话时,明显没了先前的气势,好似带着一丝伤感。乌有这才意识到,他刚才说的都是二十年前的事,曾经的"神"——和音,已经去世了。

"……但是，我们遇到了挫折。"

原本轻柔的海风越吹越猛，吹动了神父长袍的下摆。

"……有些冷了。"

说完这句话，神父悄然离去。乌有在他的背影中似乎看到了失败者的落寞。难道神父是因为造"神"失败才改变信仰的吗？可令人奇怪的是，在这个失败者身上，为何还能隐约看到挑战者的影子？

5

之后不久，安放在地下室里的水镜的尸体不见了。第一个发现的人是村泽。

他怀疑结城的尸体被藏在某个地方（乌有都没想过这点），拿着手电筒去地下仓库找，结果发现狭小潮湿的仓库里只有沾满污渍的水泥墙，不仅没看到结城的尸体，水镜的无头尸骸连着包裹的窗帘也不见了。仓库没有上锁，任何人都能自由进出。直到尸体被盗，他们才想起来存放尸体的地方也应该上锁。不过，大白天公然偷走尸体的可能性极小，恐怕是昨晚趁着天黑干的。

没人知道这件事与结城的失踪是否有关，就算有人知道，也不会说出来。为什么要偷走死尸呢？没人回答这个问题。

"如果是同一个人干的，他何必要收回曾经丢弃的尸体？虽说在半夜，可大家最近都很警惕。冒这么大的风险应该另有原因吧……"村泽表情严肃地问道。声音沉重，却无人回应。

在座的人中，至少有一个人知道答案。一楼的客厅眼下已经成了临时会议室，乌有在暗中关注着大家的神情。

"原因……"片刻之后，村泽夫人咕哝道。尚美憔悴的样子让人瞠目结舌。下午，得知结城失踪时就担心她会晕倒。眼下，无论身心，她看上去都不堪一击。一阵风，甚至一枚别针落地，都让人害怕会将她击垮。

"只有一个。"

乌有勉强听到了夫人微弱的声音。只见村泽听到后双耳泛红，表情严厉，对着夫人喊了一声"尚美"，可眼神依旧充满了温情与疼爱。

乌有小心翼翼地瞄了一眼桐璃，看样子她不会突然插嘴，乌有暂时放下心来。也许因为太累了，她看上去没有平时那么精神。

尚美猛然回过神来，意识到自己的失言后，无力地垂下了头，之后开始哭泣。她极力压抑的呜咽声随即在客厅响起，这对她本已脆弱的神经无疑又是一个刺激。村泽把手放在夫人的肩头。

"你的心情我能理解……"

若是彼此深爱、相互信赖的夫妻，这话听起来绝对令人宽慰。但在此时的尚美听来，这些话不过是暗含嘲讽的词语罗列，甚至具有完全相反的含义。那感觉与乌有大学落榜后，听到同班同学的安慰时极其相似。

"是吗？"

她依旧抽泣着，声音却很冷淡。

"我想是这样的，尚美。"村泽重复道。

"你只知道那个人……"

尚美严厉地看了村泽一眼，之后眼神显得越来越失望。那个人也许是指和音。看到乌有他们在场，所以尚美没有明说。这句话，在昨晚她与结城的对话中乌有也听到过。尚美似乎认为，无论村泽还是结城，虽然都很在意自己，但内心最重要的人还是和音。结城且不说,一同生活了二十年的村泽,偶尔也能看出他心里装着的是和音,尚美内心会充满挫败感也不足为奇。就像乌有无法彻底忘记那位青年一样,村泽他们也无法彻底与过去告别。

突然,乌有想起,尚美二十年前来和音岛的原因是"缺乏安全感"。

"因为二十年前那个人死了,你就把我当成了她的替身……总想着她什么时候能够回来……一直以来,我是什么样的心情,你们想过吗?为什么要选择我?!"

"不是这样的!她的确死了。但绝不是因为她死了我才选择了你。她的死不过是一个契机。"

"别再辩解了,我已经听够了。"

"不是辩解,是我抛弃了和音,选择了你。"

"撒谎。"

夫人泣不成声,将脸埋进了沙发靠垫里。这种情况下,村泽无论怎么解释都无济于事。

"走吧,桐璃。"

没办法,乌有只好带着桐璃悄悄离开了。两人似乎都失去了理性,越发悲伤,继续待下去,或许能听到什么关键的信息。但乌有这些年内心备受煎熬,早已丧失了应对这种场面的耐心与活力。感到身心疲惫的不光他们,乌有也一样。

"爱,不止给予一个人。"帕特里克神父在身后兀自说道,声音很轻。可是,除了《圣经》中的"爱"和向信徒布道时说的"爱"之外,神父知道真正的"爱"是什么吗?对此,乌有持否定态度。

6

乌有再次浏览亨利希的《立体主义的奥秘》。他感觉必须反复看几遍，要想透彻理解神父话中的含义，好像也只有这样了。

但是，都看到第二遍了，他还是连一半内容都理解不了。看得很认真，一字不落，看的时候感觉懂了，但看完一章打算重新梳理这一章的内容时，发现已经忘了一大半，要么就只记得一排排整齐罗列的铅字。乌有不禁感慨，自己不仅缺乏绘画方面的基础知识，而且理解能力和记性都很差，这也是他考不上东京大学的根本原因。这种时候、这种事情，让他不得不再次接受这一点，他忍不住感到羞愧难耐，悲从中来。

即便如此，他还是强忍着看到了那张纸片所在的位置。此时，一阵敲门声传来，村泽随即走了进来。他的神情无比沉重，让人想到面对癌症患者的主治医生。看到乌有桌上摆着立体主义方面的书，他叹了口气，仿佛一下子没了力气。

"你终究还是注意到了……真厉害！"

语气中没有嘲讽和愤怒，似乎是发自内心的佩服。看来他不知道立体主义方面的知识乌有都是跟神父学来的。

"不愧是名侦探。"

"侦探？"乌有马上反问。

村泽刚才确实说了"名侦探"一词。出于无奈，自己的确在扮演侦探的角色，可被称为"名侦探"又是怎么一回事？

"我不明白您的意思。"

"事到如今，你就别再装了。"

村泽嘴角带着微笑向乌有走来，一副看穿一切的样子，那架势给人感觉就像个勒索者或名侦探。看到对方如此自信，乌有决定谨慎地问一问。

"装？您指什么？"

村泽似乎很不耐烦，皱着眉头说："我一开始就知道，你是京都有名的侦探。"

"我？"

乌有拉过椅子，沉默片刻，尽量让自己保持冷静。这句话并非毫无道理，京都确实有位大名鼎鼎的侦探，名为"木更津悠也"。多年来，他协助警方破获多起疑难案件。乌有经常听人提起他，他在京都可谓家喻户晓。"如月乌有"与"木更津悠也"，汉字写法不同，可发音非常接近（Kisaragi uyu 和 Kisarazu yuuya）。这位侦探年近三十，比乌有年长近十岁，不过在村泽看来，大概都算是年轻人。而且，村泽住在横滨，假如只是听说"京都有位名为木更津悠也的年轻侦探"，把两人弄混了也不奇怪。尤其现在这个情形，让人一头雾水，急需侦探出手相助。这么说来，乌有想起半年前去采访，采访对象也曾误以为他就是那位名侦探。

"哦，既然你知道了，我也只好承认。我的确是名侦探。"乌有双手抱胸，声音威严地回答。

村泽一副果不其然的表情，随即微笑着与乌有握手。态度与昨天之前完全不同，俨然一副对待客户的商人面孔。

乌有决定让误解继续下去。前天村泽带乌有去查看水镜的房间，昨晚前来询问有何建议，这下都能够理解了，因为他把乌有当成知名侦探了。如果此刻澄清误解，之后肯定不会再像昨天那么自由。得到村泽的信赖看来多亏了"名侦探"这个头衔。显而易见，没了这个头衔，乌有立刻就会遭到怀疑和疏远。全靠木更津悠也这位侦探的名气，乌有和桐璃这两个本来可能受到怀疑的人现在成了局外人。至少村泽是这么想的。总之，在这里一天，最好就装一天。

"你为什么会来这里？"

乌有耸耸肩，不置可否。当然，他也不知道该如何回答。

"水镜请你来做什么？"

村泽说"从一开始就知道"，应该是指在舞鹤见面、登上送迎的快艇时就知道乌有的身份了。这么想来，难道从那时起他就怀疑自己是侦探了？如果真的怀疑自己的话，那只能说明村泽不希望侦探出现。也就是说，村泽对侦探的到来格外在意。水镜会有什么事需要请侦探来岛上呢？会是什么对村泽（或村泽几人）不利的事情吗？

村泽拉着乌有四处查看的第二个原因可能就是这个吧。他想让乌有以为两人是伙伴，打探乌有对情况了解到什么程度，包括自己和水镜之间发生过怎样的矛盾。当然，乌有不知道他们之间的秘密，因为水镜既没有拜托自己做什么，自己也不是什么头脑清晰、手段高超的侦探。只是，这件事绝对不能让村泽知道。

"不，没有具体要我做什么，但从他的话里有时可以猜到些什么。当然，关于水镜先生为何被杀，您心里应该有数吧。"

乌有模仿着电视剧里名侦探的说话方式说道。可他演得并不像，自己都觉得不好意思了。

"您能不能告诉我一些情况，比方说和音与武藤，以及立体主义者三者的关系。"

乌有想，这个时候应该能问这些问题吧。他有过多次采访经验，多少知道对方愿意说什么。村泽在床边坐了下来，沉思了一会儿，似乎在苦苦思考到底能透露多少、透露多少才不会有危险。

乌有一点不着急，在椅子上安静地坐着等待。窗外夜幕已经降临,但离睡觉还有充足的时间。现在了解的情况越多,就越有可能安全度过接下来的三天。

然而……事与愿违,村泽还是没有回答他的问题。就算对方是名侦探木更津悠也,他似乎也觉得为时尚早,只是顽固而痛苦地摇了摇头。看他犹豫不决的态度,可以确信事情的背后隐藏着一个巨大的秘密。乌有失望地叹了口气,说:"不说就算了吧。"

他前后交叉的双腿换了个位置,故意在对方面前表现得不以为然。让村泽产生错觉对自己最有利,对桐璃也一样……今晚就到这儿吧,挺好的。

7

"乌有你的意思是,他把你当成名侦探了?"

桐璃不但没有害怕,反倒笑得前仰后合。乌有心想,也不至于笑成这样吧,但自己既不能捂上耳朵不听,也不能反驳。如果反驳,有可能被她嘲笑得更厉害,索性让她笑个够吧,乌有安静地等待她的笑声停止。乌有也觉得滑稽,怎么会有人把自己当成名侦探呢?而他居然还虚张声势地装了起来。自己也许就像寓言故事中的乌鸦,用其他鸟儿漂亮的羽毛打扮自己,搞得行为举止生硬丑陋。现在站在桐璃面前,借来的羽毛全被拔掉,恢复了笨拙的原形。

"真搞笑!"

桐璃一直在笑,嘴巴张得好大,双手不去捂住嘴巴,反倒隔着白色连衣裙捂着肚子大笑不止。她右手腕上的银镯子,就像飞过夜空的飞机信号灯一样从乌有眼前掠过。乌有有点坏心眼儿地想,她若看到村泽刚刚那既认真又害怕的表情,恐怕就笑不成这个样子了。但是，与白天的情形不同，她现在非常有活力。这让乌有感到欣慰。人还是有活力好啊，可以像一个皮球一样弹力十足地活着。看来这座岛也需要像桐璃这样活力四射的人。

"然后呢？"

桐璃总算止住了笑声。她伸出纤细的双腿，重新坐好。眼中充满了好奇，似乎满怀期待。

"不知道。"乌有不耐烦地回答，"尽管以为我是名侦探，他也没有透露任何信息。"

"果然。"

桐璃用大拇指顶着下巴，似乎在认真思考。乌有暗想，反正不关她的事，她才不会在意自己内心到底有多纠结、多不安呢，她肯定想最大限度利用这个偶然产生的误会，找出一个最佳方案。那可能是一个乌有想也想不到的，极其聪明有效的方案吧。

乌有望着墙上名为"和音"的画。画上的和音比桐璃多了些阴郁（因为整体色彩太暗），衣服不是鲜亮的白色，而是纯黑色的。因为是立体主义作品，以乌有尚未成熟的鉴赏力，还无法根据这些碎片想象出实物的原形。可是，他突然发现这幅画和武藤画的、如今挂在四楼武藤房间的那幅肖像画不知哪里有几分相似。如果那幅画运用了神父所谓立体主义中的"展开"手法，那眼前的这幅也一样。难道和音在画自己的肖像时，参考的不是镜子里的自己，而是武藤的画吗？乌有想象着镜子中的影像，想起了"自我—非我—他我"这个人们常常挂在嘴边却难以理解的术语。

这不会是毫无根据的空想吧。乌有正想着这个问题时，眼前的碎片突然出现了神父所说的秩序，从画布中隐约浮现出"和音"——武藤所描绘的和音的模样。接着，那位妖娆的少女，他们的"神",就像影像一般鲜明立体地浮现在乌有的脑海中,而不是视网膜上。

那模样……酷似桐璃。

乌有一下子怔住了。

"喂,这样如何?"

乌有在桐璃轻快的声音中回过神来。

"乌有你装死,装作被杀死的样子。真正的凶手并没有杀你,他可能会感到恐慌。他可能会想,这个名侦探被杀是因为知道的真相太多了,比如他查明了凶手的身份。可凶手不记得自己杀过你,他就会想,杀你的人是为了保护他才除掉了你。"

"然后呢?"

"凶手认为他暴露了,就会杀掉那个知情人,这时可能会出现破绽。我桐璃就在这时出场,一把把他揪出来。"

"原来如此。"这个方案似乎还可以,但可行性不大。

"可我不想装死。"

乌有不情不愿地回了一句。这当然是客气话,其实他心里在想,你少多管闲事。

"一定会成功的。"

她究竟觉得这个方案哪里好呢?

"不可能。哪有你想的那么好!"

"试一试嘛!"

桐璃非常兴奋,开始反攻。真不知是推理带来的兴致,还是看到乌有为难产生的兴奋,恐怕两者都有。乌有觉得她的建议太危险,弄不好的话,很可能把自己置于最危险的境地。他果断地拒绝了。

"难得有这么个机会,真可惜!"桐璃噘着嘴说,"要是有位名叫舞奈桐璃的侦探，我很乐于替她这么干。"

这并不表示她甘当配角。要是她被人误认为侦探，她才不管什么情况，肯定暗示对方自己什么都知道，然后开始设圈套诱捕凶手。

"要是这样，你就宣称自己是和音就可以了。"

刚说出口，乌有就后悔了。就算不小心，也不应该如此失言啊。自己明明知道不能让桐璃与"和音"扯上关系，必须确保桐璃只是桐璃。乌有努力将和音那幅画从脑海中删除。

果不其然，桐璃琥珀色的瞳孔一下子变大了，她觉得乌有的点子妙极了。

"太棒了！那我试试？"

"傻瓜，那样只会遭遇不幸。而且，万一把你当作祭品祭奠了'神'，你就不可能活着出去了。"

"你真坏！"

可能乌有的语气太吓人。桐璃生气地瞪着乌有。

"总之，我们不能刺激他们，他们现在的神经已经绷得够紧了。"

"我都快成神经病了，都死了两个人了。"

这可没看出来，乌有心想。

"只剩三天，再忍忍。大大后天就有人来接我们了。"

乌有耐心地劝着桐璃。万一桐璃宣称自己是"和音"，他们肯定会强行将她"展开""重组"成和音，就像二十年前他们团结起来把和音打造成神一样。虽然乌有现在也没搞清楚所谓的"展开"到底是怎么回事，却有一种强烈的不祥预感。

"好了、好了，我们换个话题吧。"

桐璃把不安丢在一边，若无其事地将半干的头发扎在了脑后,接着说道:"继续昨天的人格分裂话题?"

话题转变之快,让人瞠目结舌。乌有愕然地望着桐璃。尽管类似的情况之前出现过几次,但对她跳跃式的思维,乌有还是无法适应。

不过,在这种紧要关头,她对奇怪的东西依然兴致不减。

"上次说到一个人体内有两个人对吧?如果我是那样,两个人在我体内各占一半,那到底哪个才是真正的'我'呢?"

这个问题让人摸不着头脑,乌有稍稍思考了一下。或许她体内的两个人都强调自己才是真正的桐璃,尽管都不是很确定。从这个意义上来说,两者中的任何一个都算是真正的桐璃。当然,脸皮厚的一方可能会更加强调自己的主体性。

多重人格本来就是各种欲望的单纯外化。只是,"真正"这个词的含义通常是指周围或社会的认同。如果从这层意义上解释"桐璃",那结果就不一样了。

"两个都算是真正的桐璃吧。"

乌有不是专家,只能给出这样一个不尽如人意的答案。桐璃好像不太满意,可能觉得答案太平常了,表情纳闷儿地盯着乌有。

"那么,如果'我'分裂成两个人,乌有你会怎么办?"

又是捉弄人的眼神。但乌有回答不出,索性说道:"我才不管呢,跟我又没有关系。"

"是吗?我要变成两个人了哦……"也许想看看乌有是什么反应,桐璃不厌其烦地又追问道。

她到底想听到什么样的答案?乌有猜不到。她如此天真无邪、热情奔放,乌有想象不到她会因过于压抑而人格分裂。

"如果她们两个让我说哪个好,该怎么办?"

"别选那个好的。"乌有马上说道。

"好的那个?"

"就是那个乖乖上课的。"

乌有总算报了一箭之仇。桐璃很不服气,不甘心地瞪着乌有。乌有稍占优势,乘胜追击。

"对你来说,另外一个桐璃更好用啊,可以代你去上课。"

话虽这么说,可那位认真上课的桐璃恐怕已经不是桐璃了吧。即便与桐璃长得一模一样,对乌有来说,也不是能取代那位青年的桐璃了。他的桐璃,就是眼前的这个。

"哼!多管闲事!"

桐璃说着就把靠垫一通乱扔,被随意甩出的靠垫"啪啪"地撞到了墙上。

"我是认真的,你好好想想再回答行不行?"

乌有想,认真思考是好事,可你也得弄清楚眼前的情况啊。安全离开这里之后,有大把时间考虑这个问题,现在必须认真思考、必须小心谨慎的事情堆积如山,竟然还有闲心想这些。虽说如此,虽说乌有感受到了强烈的危机,但他并不想让桐璃知道。

"知道了。我好好想想。"

"假如……"桐璃思考片刻,"两个'我'的性格完全相同怎么办呢?两个都率性而为,两个都很可爱。"

可能是突然想到的问题吧,意思不太明确。她可能想说,两个人性格完全相同,只是相互的记忆会交错?这不太可能吧。如果两种人格完全相同,那就谈不上分裂了。乌有仅仅在旧书上看到过,所谓人格分裂通常是指因受环境压抑、扭曲而产生的第二、第三人格与原本的人格交错……

"你是说两个都是现在的桐璃?"

"嗯。"她高兴地点头。

"那就用硬币或者骰子来决定吧。如果两个都一样,反正没差别,选哪个都行啊。"

两种人格只有在有差别的时候才会强调自我。乌有感觉这与量子力学的 Fermi-Dirac[①]统计相似。电子与质子等粒子如果是同类,就无法区别。到底哪个人格是真正的桐璃?假如仅凭人格无法区别的话,那就没有必要将两个区别来看。如果 A 等于 A′,那么 AA′ 就等于 A′A,也等于 AA。这样一来,社会生活中的各种记忆,就与基于 SPIN[②] 的排他原理十分相似了。

"你的意思是,你不知道到底是选我,还是选择那个并非真我,但又与我相似的'我',对吗?"

真绕啊!一下子出现这么多的"我",桐璃自己都糊涂了吧。乌有明白她的意思,但来不及思考她的表达是否正确。

"不是我不知道该选哪个,而是我根本就分不清楚到底谁是谁。"

"但我知道我就是桐璃,是可以分辨出来的呀。"

"如果两种人格相同,另一个桐璃也会这么说呀。"

"我也不太懂了……"

桐璃有些蒙了,可乌有自己也不清楚呀。桐璃突发奇想,竟然问出这么个有难度的问题。乌有苦思冥想,希望想出一个满意的答案。片刻之后,乌有猛地拍了一下膝盖,有办法了。

"既然两个桐璃都一样,不区别对待不就完了?把两个桐璃当成一个。"

[①]热平衡体系中粒子按能量分布的一种规律,表示一个电子占据能量为 E 的本征态的概率。
[②]一种顾问式销售技巧,通过一系列提问启发准客户的潜在需求,使其认识到购买此产品能够为其带来多少价值。

"那能行吗？"

桐璃气恼地瞪着乌有。看样子是真生气了。

"对我来说，桐璃只有一个，另外一个桐璃绝对不是我。"

桐璃说得很认真。她耍小性子倒是挺常见，可这么认真还是头一次。对乌有来说，这比结城失踪或发电机开关被切断都要印象深刻。

VI 8月10日

0

耳边传来猫的叫声。

循声望去,乌有发现前方不远处有只黑猫,好像想带着自己一起去哪里似的。

黑色的长尾巴突然翘起,在刺眼的阳光下散发出淡紫色的光晕。每走一步,它的身体都会轻微地左右摆动。

毛色是黑白条纹,黑色的斑点点缀在条纹之间,仿佛是缝合黑白条纹的针脚。乌有眼见它渐行渐远。

但乌有站着没动。

喵——猫咪回过头来,冲着乌有再次高声叫。清澈的眼眸就像高纯度的翡翠一样,紧盯着乌有。

它似乎在引诱乌有,"再不来,我就不管你了哟"。

所有一切将在此刻确定。今后的一切,也都取决于这一瞬间。不可更改、无法重来的唯一道路,属于自己的所有一切,都将在此刻确定……乌有还在犹豫,难以决断。

那只立于彼岸、悠闲自得的猫咪究竟意味着一切的开始,还是一切的结束,抑或是与此事毫无关系?乌有无从得知。但有一点可以肯定,它绝对不是一只普通的猫咪,可也未必具有特别的含义,或许只是一个具有象征意义的契机而已。

而且,乌有必须立刻做出选择。因为这是事先被设定好的程序,并非乌有的主动选择,即便他有无数次机会,最终也不得不选择已被事先定好的道路。

是谁？为什么？关键的答案都在那团黑色迷雾背后。乌有没有得到任何指点，但身为乌有，他不得不做出选择。

为什么？为什么？为什么？为什么？

乌有反复问自己。无数个执拗的为什么在乌有的头盖骨中横冲直撞，一时间，他感觉耳朵好像失聪了。

黑猫见乌有一动不动，似乎有些着急。它再一次叫了起来。

乌有终于迈出了脚步。

1

今天是和音的忌日。

本应举行盛大或庄严肃穆的法事。本应上映真宫和音出演的电影《春与秋的奏鸣曲》，让大家通过银幕再次回忆和音的音容笑貌，缅怀这位俨然"神"一般存在的偶像，并一起追忆曾经的美好时光。然而，和音曾经的三位信徒似乎都没有举办纪念活动的意思。过去的五天非同寻常，他们被折磨得迟钝、恐惧而且充满猜疑。乌有甚至不知道除了放映电影之外，本来还安排了什么其他活动。

结城的浮尸出现了……就在他们不得不与和音彻底告别的这一重要日子里，大家再次见识了和音的巨大威力。实在是太讽刺！

结城的尸体漂到了和音岛南边的海岸上。经过海水一昼夜的浸泡，皮肤发白、面庞肿胀，惨状让人不忍直视。通过着装和模糊的面容才勉强辨认出死者是结城。想必是凶手将他的尸体从展望台抛入海中后，海浪恶作剧般地带他绕岛半周，之后又将他推到了海边。他们三个好像都这么认为。可同样落入海中的和音和武藤，为何一直沉尸海底？如此戏剧性的结果，不免让人心生疑窦，莫非有人精心安排？然而，面对夏日飞雪的现实，乌有也只能将这件事理解为偶然中的必然。

乌有悄悄咒骂着那个也许逍遥自在地生活在天上的"神"，咒骂他的安排和喜怒无常。结城尸体的出现，将会再度激起他们几个对桐璃的关注与猜疑。如果结城一直下落不明，只要尸体没被发现，就算大家不相信他只是失踪，也多少能分散些注意力。除了咒骂那位自己不愿相信的"神"之外，乌有难以从正面理解眼下的状况。

不管怎样，他们中还活着的只剩下三个人了。当然，假如和音二十年前真的已经死了……

结城浮肿的右手攥着一枚生锈的铃铛，一只系着红绳的镀金铃铛，就是结城在墓碑处扔掉的那只。每当波浪拍打结城的下半身，铃铛就会随之发出浑浊的"丁零"声。这让他们更加恐惧了。夫人晕倒在海滩上，神父则不停地在胸前画着十字。

"和音……"村泽小声念叨着。

可是，这个铃铛是在尸体被发现之后，有人塞到他手中的。不知道村泽他们发现了没有……红绳只湿了一点点。

乌有下意识地将手伸进了夹克口袋。"丁零"，从口袋里传来铃铛轻微的响声。哦，是桐璃送给自己的铃铛。幸好没人听到。

乌有顿时后背发凉，手心冒汗，在口袋里将铃铛紧紧攥住。这种时候，绝不能让它再次发出响声……他很快意识到，不管过程如何，自己已被卷入这桩离奇的连环杀人案，已经身不由己地成了这个链条上的一个齿轮……送给自己铃铛的桐璃也一样。乌有望向站在一旁的桐璃。

发现自己的推理失败后，桐璃很不甘心，却没有表现出丝毫的悲伤。她可能还觉得自己是个局外人，结城的死与自己毫无关系。结城的尸体不堪入目，她只是一个劲儿地催乌有赶紧离开。

事实上，乌有对结城也没有丝毫的怜悯。无论出于理智，还是情感，乌有心中只剩下一件事，那就是——剩下的两天，该怎么熬过去？

不久后，神父与村泽开始收拾结城的尸体。

*

有人填平了和音的墓穴。昨天还是个大坑，今天却成平的了。墓碑的残片也被放回了原处。也许是他们中的哪一位干的吧。这个人到底是以怎样的心情填平了这个墓穴呢？

难道是害怕和音复活，强忍着想要逃开的念头，匆忙填平了墓穴，还是为了否定被埋入墓穴中的自己，才用铁锹这件利器将幻影击破？只要生而为人，就无法逃离吞噬一切的黑暗。一心想要逃离黑暗，即使知道自己身后拖着黑暗的影子，依旧一心一意地寻求光明。在那个墓穴中看到了无边黑暗的他们，也想从黑暗中逃离。

我们杀了和音……三天前，村泽这么说过。到底是什么意思？是字面意思，还是另有深意？他们杀害的和音，他们曾经的偶像，曾是唯一光明的象征，现在却化作最黑暗的阴霾向他们发起了攻击。

乌有学着结城曾经的样子，将口袋中的铃铛用力扔进了向日葵丛中。桐璃难得送他礼物，本应珍惜才对。还是从岛上回去之后再好好解释吧，桐璃会原谅自己的。乌有很清楚铃铛与这件事毫不相关，但他无法忍受随身携带这个铃铛时从心底冒出的不祥之感，以及对铃铛发出的、似乎要震破耳膜的声响所产生的厌恶。桐璃送的、崭新的漂亮铃铛，就这么"丁零丁零"地响着，消失在了向日葵丛中。

乌有朝脚下望去，发现木桩旁放着一朵花。是朵乌头花。乌头花有毒，因此这种花的花语是"复仇"。虽然不够细心，但乌有也知道这个。

突然刮起了大风。与平时的风向相反,这次的风是从山的方向吹向大海。风卷着旋涡把一切吹得东倒西歪。周边的青草齐刷刷地倒在了地上,连顽强的向日葵也被吹得弯成了弓形。乌有感觉自己要被吹跑了,赶紧弯下了腰。

可这朵放在木桩旁的花,这朵花语为"复仇"的深紫色美丽毒花,却像沐浴在春风里一样,摇曳着曼妙的身姿,完全没有受到暴风的影响,淡然地绽放着,仿佛怀着异常坚定的信念,昭示自己的存在。

复仇……乌有突然领悟到这个危险之物的真正含义。

*

"你们为什么要杀死和音?"

今天,是神父先来到的楼顶眺望台。乌有知道来这里能遇到神父。遇到他后乌有想问几个问题。他可能不会回答。的确,身为局外人,问这些太过突兀。不过结城的尸体已经发现,他的死亡已是事实,事到如今,自己不能再犹犹豫豫了。

"我们遇到了挫折。"沉默片刻后,神父低声说道。

"挫折?"

"对,我们失败了,没能将和音绝对化。"

"难道不是她死后才失败的吗?"

"不是。"帕特里克神父望着乌有,用确定的口吻说道,"我们意识到自己的方法是错误的……在看了一本书之后。"

"一本书?"

"对,库尔特·亨利希的《立体主义的奥秘》。"

《立体主义的奥秘》……就是结城给自己的那本书。那本书的作用真的如此重要吗？

"书里的最后一章明确指出了我们的失败。在将和音绝对化的过程中，我们使用的分析立体主义的'展开'方法，彻头彻尾都是错的……"

就在夹纸条的地方……

"书中写着，绝对化必然产生与之相对的虚无空间，本该被绝对化的对象，因此会去向相对的那一方。北极星的'另一方'存在于我们肉眼看不见且试图无视的南天的中心。也就是说，我们在将'和音'绝对化时，一个虚无的东西同时也被设定了。只要'和音'不是唯一的绝对，无论我们如何'展开'，都不可能将她打造成'神'。最终我们意识到，在这座岛上的造神活动彻底失败了。"

就是书上以电的正负两极举例说明的部分。

"于是你们就杀害了和音？"

"我们只能亲手破坏自己创造出来的虚无。"

"于是你们就……"

"我们看不到继续留在这里的价值了……"

神父声音哽咽。他是在演戏，还是真实情感的自然流露？乌有无从得知。但有一点可以肯定，二十年前，他们离开这座岛，并非因为和音的死去，而是因为理想的破灭。

难道和音仅仅因为他们自己定义的挫折，仅仅因为这个就被杀害了吗？那朵放在墓碑处的乌头花，那朵花所蕴含的意义一下子变得格外鲜明，鲜明得让乌有感到恐惧。

"因为这个原因，你们就杀了和音？然后从展望台……"

"是的。"

神父对二十年前自己犯下的罪行作何感想？仅仅因为十年前的一个过失，乌有至今都如同身处地狱，备受良心煎熬。而这位神父……从这番话来看，他难道认为自己已经完成赎罪了，还是像那些执迷不悟者，从来就没有过罪恶感？乌有对他的态度感到愤怒。

不过……神父当年应该是寻求了救赎的。

"对了，您为何皈依基督教呢？"

他竟然答非所问。

"我也想过。"

神父第一次用"我"而不是"我们"。

"真的能将某物绝对化吗？我们为什么杀死了和音？"

乌有无言以对。

"我感觉大家都在内心深处期待着和音的复活，只是都还没有明确意识到。科学的方法虽然已被证明无效，但大家应该都想依靠与之相反的神秘方法吧。"

"神秘方法？"

"复活……也就是奇迹。"

奇迹？听到这个词，乌有感觉这就是一种低级的诱惑。

"这是唯一的办法。和音得以超越科学，是因为在综合立体主义中混入了异物，与此相同，我们必须把不受日常生活法则支配的异物作为'核心'。换句话说，就是我们必须调整一个维度。"

"那就是奇迹吗？"

"对，"神父点头，"在人类的所有行为中，最不可思议的奇迹莫过于复活。死亡是实际存在过的证明，任何人都会经历死亡，但复活颠覆了人死不能复生的真理。也就是说，唯有复活，才能显示绝对。我们只有在奇迹中才能寻求特异化。综合立体主义寻求特异化的手段是混入某种绝对物。简单来说，就是通过导入象征绝对性的'奇迹'，完成'展开'这一过程。当然，这仅仅是我个人的观点。"

神父没有把话说透，乌有感觉到了神父的不满。究竟是对放弃"和音教"，重回俗世的同伴不满，还是对二十年来一直寄情于基督的自己不满？

"接下来说说'奇迹'的定义。所谓'奇迹'，就是用科学这种常识无法解释的情况。它之所以与'偶然'界限分明，是因为它有着明确的意图。"

"明确的意图？"

"就像立体主义作品中的'摄动'，是一种决定'展开'的具有指向性的意图。"

神父凝望着眼前的整个世界。

"所谓'常识'，是指人类达成一致的共同认识。我相信奇迹，于是皈依了与常识最为接近、最充分利用'复活'这一特异物的基督教。我那时就在等待奇迹的发生。"

这话听起来冠冕堂皇，其实只是对杀害和音这一事实的回避。乌有注意到，神父说的是"那时"，他用的是过去时。

"奇迹发生了吗？"

"发生了，就在这座岛上。"

说这话时，神父的眼睛湿润了，仿佛回到了二十年前的青年时代。

"在这座岛上？"

"发生了两个奇迹，都有着明确的指向性。提醒我们和音即将复活。"

"两个?"乌有愣住了。难道在他不知情的情况下发生了两个奇迹?

"下雪和密室。"

"可是,下雪暂且不论,密室……"

"那也是一个奇迹。"

乌有突然想起桐璃的话。假如是神父制造了密室,那就是在制造奇迹。

可这能被称为奇迹吗?当然,在不了解这个把戏的乌有和其他人看来,这可能像个奇迹,但亲手导演这场戏的神父知道那不是奇迹,那只是个骗局。

"我坚信,普遍的奇迹呼唤着绝对的奇迹。这些奇迹同时出现,预示着绝对奇迹的发生。"

"你是说和音的复活?"

"对。"

神父坚定地点了点头。

"我一直在等。在等和音的复活。不,也许她已经在某个地方复活了。"

乌有心头一紧。他不会是说桐璃吧?

"可怕的是,那些人误解了和音的意义。和音死后,他们对'展开'的理解实在太粗浅,连那个武藤都……"

"误解?粗浅?这是怎么一回事?"

神父没有回答这个关键的问题。他整理了一下长袍,仿佛事不关己一般悄然离去。

乌有站在原地,完全没了欣赏夜空的兴致,只见他生气地朝栏杆狠狠踢去。

奇迹?神父所说的奇迹,无非是走投无路时拿来做挡箭牌用的神秘主义。就连这个神父，纯粹的理性也输给了蒙昧无知。实在可悲！

*

房间里，桐璃一边等待乌有，一边调皮地用根"く"形的红色吸管搅动眼前的蜜瓜汽水，试图让冰激凌一直浮在水面上。汽水是在厨房做好后拿过来的。只见黄绿色的冰块在玻璃杯中相互碰撞，发出"咔啦咔啦"的轻微声响，传达出夏日特有的清凉。汽水上露出了还未动过的香草味冰激凌球。乌有想起与桐璃的初次相遇，那时她也在吃冰激凌。真有几分怀念。汽水有两杯，看来也给乌有做了一份。

"你去屋顶了？"

"嗯，去看星星了。"

乌有没说在屋顶遇到了神父。若提起这个，她会欣喜若狂，还是再度讨论人格分裂？看来还是等时机成熟了再跟她说吧。

"原来你喜欢看星星啊。"桐璃无动于衷地说。

确实，就算没有发生这起事件，乌有可能也会独自一人到楼顶的眺望台看大海和星星，就像一年前去桂川沿岸去散步一样。相反，桐璃似乎对观测天体毫无兴趣。虽然早就知道这点，乌有还是觉得有些遗憾。

"你怎么知道我经常去屋顶？"

"因为我了解你呀。"

桐璃的话让乌有高兴了一些。他当然不会喜形于色，而是不以为然地回了句"是吧"。

"冰都要化啦。"

桐璃把杯子递给乌有。玻璃杯上挂满了水珠，好似皮肤上冒出的水痘。

"……对了，桐璃。"

"怎么了？"

"你信神吗？"

乌有啜了口伸出杯子的吸管，用蜜瓜汽水润了下干渴的喉咙后问道。他走到床边，伸手一摸，被褥有点潮。仆人不在，房间无人打理。明天得把被子拿出去晒晒。当然，前提是明天有空。

"神？"

"嗯，信则有，不信则无的那种神。"

"你说什么呢？我不知道什么信不信的，但神应该是在的吧。就在那边。"

桐璃指着乌有头顶的右上方，身后神[①]可能会出现的位置。

"没想到你是个泛神论者。"

"还是你想说阪神老虎队？我不懂棒球……看，有东西在那边呀。"

桐璃嘎啦嘎啦嚼着冰块，像个通灵者一样朝乌有示意。

"如果我说我是'神'，你相信吗？"

"说什么呢？不知道有什么梗，但你那么一本正经很吓人哦。"

桐璃大笑起来，差点把嚼碎的冰喷出来。

"乌有，看来你压力不小啊。心理老师说，这种时候，人容易患夸大妄想症。"

"确实……可能是我有点奇怪。"

[①]日本神道教认为人的周围存在监视人的行为、影响人的运气的神灵。

乌有心想，你要是听了神父那番话，肯定也纳闷得不得了。

"别总想着那些了，跟我们又没什么关系。"

听桐璃随口这么一说，乌有觉得很有道理。确实没什么关系啊……但是，乌有在心中反复念叨这句话，突然发现它对自己不起任何作用。昨天之前一直用这句话劝阻桐璃，现在她又原封不动地把这句话还给了自己。看来，深陷其中的不是桐璃，而是自己。乌有像着了魔似的，他垂下头，闭上了眼睛。

"不过，你要是那么说的话，我会信的。但不会有什么表示，我不会祭拜你，也不会供奉你。"

桐璃似乎误会了乌有的反应。可能是想宽慰自己吧，她的语气比以往都要温柔。

2

客厅里灯光昏黄，夫人靠在沙发里独自饮着红酒。她将一只手肘抵在桌子上，撑着前倾的身体，眼神空洞地盯着墙壁，不时将半透明的淡粉色液体倒入口中。酒杯薄薄的边缘碰到牙齿，发出细碎的响声。昨天起她一直没梳头，发梢散乱。浅灰色连衣裙上也有许多歪七扭八的褶皱。她没有化妆，瘦削的脸颊素面朝天，干裂的嘴唇也没有颜色。刚到岛上时绝对想不到她会变成这副模样。不过，这种时候，打扮得再漂亮得体又有什么用？

尚美把酒杯从嘴边拿开，让微暗的灯光照到淡粉色的液体上，开始让酒杯在手中转动。红酒表面漾起细微的波纹，将夫人的素颜映射成大大小小的各种形状。突然，她左边嘴角颤动着上扬，发出"噗"的一声，说不清是在叹息还是在笑。放荡的表情尽显颓废，却极其美艳。

尚美赏玩了一会儿在红酒杯中晃动的光影，再次把酒杯拿到嘴边时竟然一饮而尽。喉咙里响起吞咽的声响，脸上开始出现红晕。接着，夫人似乎终于注意到站在门口的乌有。

乌有默不作声，正犹豫着要不要离开，但紧接着就像被尚美蛊惑般的眼神迷住了一样，三步并作两步走到夫人对面的沙发旁坐了下来。

"喝吗？"

不等乌有回答，她就开始往新拿出的酒杯里倒酒。乌有出神地接过酒杯，没等拿稳就一饮而尽。红酒很甜，缺了点酸涩。

刚放下酒杯，夫人就立刻倒满了。无奈，乌有只好接过第二杯。他酒量不行，第二杯只能做做样子。夫人醉意朦胧地望着乌有，说："肯定是在做梦。"

声音很小，乌有没有听清。也许酒精已经进入血液，这话不像是对乌有说的。

"……噩梦。来这座岛……想看看二十年前的自己……明明对过去毫不留恋……不来就好了。结城也不在了……真的……最终，连那个人也……"

夫人眼含热泪地望着乌有。

"您以前喜欢结城先生？"

"我啊……可是他喜欢的是和音……"

乌有无意中听到过两人在客厅里的对话。当时她也是这么拒绝结城的。但是，前天乌有在展望台与和音的房间里都听结城说起过这件事，估计是尚美想多了。结城当时说自己一直深爱着尚美。

"和音还在这座岛上……被我们在二十年前的今天杀了的和音，还在……"

"是在哪儿杀的？"乌有小心翼翼地追问。

"真正的和音，在你那里呀。"

"您是说桐璃？"

"她就是和音。"尚美突然笑了，"现在才现身……"

"桐璃不是和音。虽然长得很像，但是是完全不同的两个人。"

这句话乌有不知道重复了多少遍。接下来还要重复多少次呢？为了打破他们蒙昧的信仰，他像去到异国他乡的传教士一样，迷茫、疲惫、苦恼、忍耐，即便如此也不得不执拗地反驳他们。

"你这么肯定？"尚美盯着乌有，眼神中带着醉意和挑衅，"我看到啦。前天晚上，和音从结城的房间里出来。"

"别乱说！不可能。"

那晚，乌有一直盯着桐璃的房门，到拂晓才睡去。桐璃根本没从房间里出来过，她不可能去结城的房间。

"桐璃那晚没有去过结城先生的房间。我敢断定。"

"是吗？"夫人哼地冷笑一声，将杯子里的酒一饮而尽，"可我亲眼所见，看得清清楚楚。只是当时没想到她竟然是去杀他。"

"不可能。"乌有非常坚决地否定了尚美的话。

这个女人到底想说什么，想挑拨什么？此时她真像蛇妖。莫非她想用谎言把桐璃与和音混同起来，将桐璃锁定为杀人凶手和罪魁祸首，以此来逃脱自己的罪行？太过分了！对夫人的愤慨打消了乌有的顾虑，让他决定直接切入正题。

"第一个被杀的人，真的是水镜先生吗？"

"你什么意思？"

夫人表情僵硬。乌有感觉到自己的话击中了要害。

只有乌有知道谁不是和音那张脸部被划破的肖像画的破坏

者。他们都没有作案时间。结城和神父当时去徒步了，村泽夫妇一直待在客厅里。剩下的就只有水镜了，可和音的肖像画跟真人一样大小，坐着轮椅不可能把肖像的脸部划破。

"可以想见，只有在一种情况下水镜先生才有可能破坏肖像画，那就是水镜先生的腿脚没毛病，也就是我见到的水镜先生不是他本人的情况下。"

乌有极其简单地做出了解释，然后等待尚美的回答。

"是吗……"

"那个人并非水镜先生，而是您的哥哥——武藤先生，对吧？"

乌有追加了一句。

"武藤"……听到这个名字，夫人的身体随即颤抖起来，同时发出邪魅的笑声。

"哥哥……啊，我的哥哥。"

只见夫人手中的酒杯倾斜了，淡粉色的液体滴在了桌子上，接着打湿了灰色连衣裙的下摆，然后好似舔舐着小腿一般沿着丝袜流到了地上。夫人没有把酒杯拿正，只是盯着桌面上不断扩散开来的粉红色椭圆状液体。

乌有不敢上前收拾，因为尚美的反应让人难以接近。索性让红酒随便滴落吧，乌有安静地等着尚美接下来说什么。

"哥哥……"

她又一次笑起来，又一次念叨着"哥哥"二字。只见她目不转睛地盯着自己颤抖的双手，仿佛在自我怜惜。

"……不过三天前，您看到哥哥的尸骸时，并未感到一丝悲伤。"

乌有怀疑她没有听到自己说话，因为她依旧在自言自语。

"到底是为什么？我明明一直为他而活，为了哥哥，我什么都做了……不论多辛苦，多难过……我一直期待着时隔二十年后与他再次相逢。就像以前那样……"

"水镜先生到底怎样了？"

尚美沉默不语，眼神空洞。乌有难以忍受这种沉默与随之而来的紧张，以及自己的鲁莽草率。他给自己倒了一杯酒，一饮而尽。他从来不喜欢为难别人，可这次为了桐璃，为了自己的重生，他只能这么干了。

不久，夫人表情麻木地放下了酒杯。

"哥哥……在和音死后两天，杀了他。那个人死有余辜。他太坏了，利欲熏心，俗不可耐，脑子里只有钱……"

夫人攥紧拳头，在桌子上重重地砸了几下，似乎想彻底宣泄压抑至今的情绪。

"尚美。"

回头一看，发现村泽正一脸沉痛地站在门口。那张深邃、知性的面颊上，如今刻满了深深的疲惫与皱纹。

"别说了……"他低声叫嚣着跑过来，将如同破损收音机般嘀嘀咕咕的夫人紧紧抱在怀里，在她耳边再次说道，"别说了。"

"别说了……"第三次的声音就像是温柔倾诉。

"别说了……"这次像在安抚，像在抚慰，声音比以前听到过的都要轻柔，都要温和。

他把近乎神志不清的夫人轻轻安置在了沙发上。

"你给我出来。"

村泽瞪着乌有，用堪比结城的强劲臂力抓着乌有的手腕，把他拉出了客厅。

"你到底想干什么？你对尚美说了些什么？"

"只是问了几个问题，为了弄清真相。"

乌有也生气地喊了起来，挑衅般直视着村泽灰色的眼睛。也许有些虚张声势，但这个时候道歉，肯定会丢掉气势败下阵来。不管对村泽，还是对那位青年，无论自己做事多不道义，都已无法退让。

客厅里传来夫人近乎哭泣的笑声。莫非最可怕的结果出现了，她真的精神崩溃了？可这是乌有的错吗？不，是他们，是这群种下恶果却隐瞒真相的人。乌有不过是指出了问题所在。

"我记得我只拜托你查出杀害水镜的凶手。"

"你知道的，查找凶手并非我的本意。只要能让我们平安回去，回去之前我会当什么都没看到过。"

乌有并不想知道别人的秘密。只是在得知自己和桐璃一起被卷入本案时，他才迫切地感受到了义务，不，确切地说，是有种调查事情真相的使命感。

"也就只有两天了。"

"是你们把我卷进去的。你无法理解困在这个无法逃离的岛上、自始至终都被蒙在鼓里的恐惧。"

村泽停住伸向乌有胸前的手，颤抖着攥了起来。

"现在不是跟你争执的时候，不过……"他无力地垂下肩膀，声音里满是疲惫，"……如果你已经知道了，那也没办法。让我来代替尚美告诉你事情的真相吧。所以，请你，请你别再打搅尚美。"

乌有静静地点头。真相由谁来说都行。追问尚美，并非他的本意。

"那就到我房间里说吧。"

村泽发出邀请，乌有朝他的房间走去。

*

"从哪里说起好呢？你好像已经知道了一些。"

村泽似乎有些紧张。他从胸前口袋里掏出一根七星香烟，点上火，狠狠吸了一口后又吐了出来。情绪逐渐稳定下来后，他似乎有所释然。他弓着背，有气无力地说道："先从武藤、水镜以及尚美说起吧……"

村泽真的会说出实情吗？乌有现在都还无法确信。有些人死到临头依旧满口谎言。村泽默不作声，可能在思考措辞，思考如何既不触及问题的核心，又能让乌有信以为真。疑心难以避免，但也只能先听听看。

"武藤……那就从武藤说起吧。他是我的姐夫。"

村泽总算再次开口了。

"我和武藤从小一起长大，我很了解他。那家伙既有艺术家的热情狂放，又有理论家的理智冷静。他和尚美还很小的时候，父母就去世了，后来被寄养到了叔叔家。他们的叔叔家在当地很富裕，拥有一家印染厂和大量土地。武藤父母的离世又让叔叔一家趁机掌握了武藤家，听说他叔叔以监护人的名义将他父亲留下的几乎所有财产都据为了己有，老宅也被叔叔卖掉了。在叔叔家开始的新生活对武藤姐弟来说一点也不幸福，对只有十岁的尚美来说更是如此。尚美只有哥哥可以依靠，对她来说，哥哥意味着去世的父母，是唯一的家人。"

说到尚美时村泽看似十分心痛。莫非他当年想取代武藤？莫非他想承担起武藤的职责？

村泽接着往下讲，乌有无法充分展开想象。

"武藤高中毕业后，叔叔就要求他去工厂工作，但并非以前任社长之子、武藤家遗孤的名义,而是去做一名普通工人。这对三年前还是'名门之后'的他来说,实在太过屈辱。当时他经常向我倾诉愤懑之情。他想接着读大学,叔叔自然不会答应。我想他叔叔是害怕武藤将来太有出息吧。高中一毕业他就离开叔叔家去了京都,在那里工作一年,攒了些钱,上了大学,很快就将尚美也从叔叔家接了出来。为了维持兄妹两人的生活,他晚上工作赚钱,白天上学……"

村泽停了一下,把已经烧了一半的烟重新放回嘴里。也许是为了平复心情吧,他试图通过麻痹神经的方式,减轻还原事实的痛苦。

"也许是不幸的遭遇造就了他。父母双亡,财产被亲戚夺去,曾经的幸福生活瞬间失去,他不得不面对这种令人无奈的事实。周围充斥着不信任与猜疑。他亲眼看到、亲身经历了这一切……他是真的聪明,除了体育项目,无论做什么,即使是学习之外的事,他都能遥遥领先。我想正是因为才华横溢,他才越发怨恨试图压制自己才能的叔叔,对无法施展才能的环境越发绝望。他经常无意间流露出总有一天要从社会底层爬到顶点的想法。也正是这种急于成功的野心,最后让他变得癫狂。"

谈到昔日好友,村泽的语气中不光有责备,还充满了同情。

"大二那年春天,他遇到了和音。具体情况他没有告诉我。好像随后又认识了水镜……由于身体严重残疾,水镜性格比较阴郁,他一直在寻求精神方面的依靠。后来,他基本听信了武藤的花言巧语,做了和音的金主,当然不是肉体方面。因为和音是'神'嘛,是超凡脱俗的'神'。"

和音是"神",神父早就说过多次,但听村泽说还是第一次。看来"和音"对他们来说,不止是简单的偶像,还是伟大的

"神"。

"但是,水镜这人太世故,精于算计,而且有些卑鄙。二十年过去了,与年轻时的看法不同,现在我觉得他那样也不是不能理解,成年人本来就是那样的。人只靠理想或单纯的信念根本活不下去,水镜也不例外。他答应我们来这里生活,但前提是要武藤把妹妹尚美交给他,满足他变态的性欲。"

"那……"

村泽默默地低下了头,似乎不愿再说下去了。乌有突然觉得,原本浅色调的世界突然被墨汁涂得乱七八糟。

"可那时我并不知情,结城和小柳也不知道。那一年,这个小岛对我们来说是乐园,对尚美来说却是地狱。如果不是对哥哥如此依赖,又多少被和音所吸引,她可能早就无法忍受,要么逃跑,要么就自杀了。"

村泽的语气很平淡,但乌有却不愿细想他说的话。

"但那种表面轻松和谐的生活在和音死后很快就结束了。水镜打算解散我们,理由是'和音'死了,这座岛也失去了继续存在的必要。或许他厌倦了这种生活吧。可这样做意味着武藤的失败,他试图说服水镜,结果两人发生了激烈的冲突,武藤最终杀了水镜。"

正如乌有所料,武藤忌日那天死掉的人果然是水镜。尽管自己也这么猜测过,但在知道了肮脏的事实真相后,乌有还是有些郁闷。他非常后悔,心想早知如此,就不问了。

"武藤在第二天早上告诉了我们这件事。他说两人起了冲突,他杀了水镜,将尸体埋在了山上。接着他又说了自己的打算,他说自己将化身为水镜,继续守护和音馆与这座岛……坦白说,大家最初都很惊慌,不知如何是好。不过这也是自然的反应吧。但事情已经发生了，就得想办法应对呀。而且，和音岛将继续存在这个提议，对失去和音的我们来说也很有吸引力。在我们心里，和音岛就是一个时间胶囊，留下了我们青春的伤痕与回忆……我们每个人都不喜欢水镜，他的死，虽不至于让我拍手称快，但内心还是非常高兴的。他平时的态度极其傲慢，就算是金主，也让人无法忍受。"

说到水镜，村泽的表情有些可怕，给人感觉如果武藤不下手，他可能也会杀掉水镜。

"武藤要我去说服结城和小柳。因为我最有可能说服他俩。而且，我知道他的目的。"

"目的？"

"恐怕武藤一开始就想杀掉水镜，从他安排水镜与和音见面时开始。深陷不幸的武藤是为了得到水镜的优越环境才杀的他。他想将水镜拥有的资产与权势全部据为己有。为了成就自己的野心，他将尚美当作了弃子，将水镜当作垫脚石。想想看，就算水镜不喜欢抛头露面，他也不可能轻易取而代之。在这座岛上的一年里，武藤也许一直默默地做着准备。"

不过，武藤也算是成功了，现在的水镜甚至被称为关西的幕后之主。但神父心心念念的"和音"，难道在武藤眼里也只是个工具吗？

"后来我也提出了一个条件。"

"条件？"

"对，他得给我提供创业的资金，还有尚美……"

村泽背过脸去，仿佛看到了污秽之物。污秽之物……恐怕就是他自己吧。

"仔细想想，不，想都不用想，我和那个令人唾弃的水镜如出一辙。尚美爱着结城，那个性格开朗、感情丰富，却不知情的结城。我也发现了这一点。但是，我也想要尚美。就算有人说我没有人性，我也想把她搞到手。"

村泽颇为激动地说完之后，就垂下脸不停地用手抓挠头发。乌有则静静地望着他可怜的样子。很快，村泽抬起了头，好像要向乌有诉说什么似的盯着乌有的眼睛。他对自己有所渴求吗？他会渴求自己做什么呢？是救赎，是安慰，还是指责？乌有猜不出来。

"那武藤先生怎么说？"乌有只能问下去。

"武藤啊……武藤立刻就答应了。他毫不犹豫地再次出卖了妹妹，这次是把她送给了我。"

"那结城先生打你……"

"对，就是因为这件事。尚美被当成礼物送给水镜和我，还有武藤的野心，结城对这些毫不知情，也没有人告诉过他。结城是我们几个人里面对和音最虔诚的人。他以为尚美跟我在一起，是发自内心的选择。"

"是神父告诉了他真相？"

"我感觉小柳二十年前就知道了这一切，只是与他无关，他便选择了沉默。"

神父当时为什么不告诉结城？为什么不让结城知道这一切？难道真的如神父所言，是为了结城好才有所保留的吗？尚美等人的悲惨结局，神父作为局外人理应轻易看破，难道是不想破坏和音岛的存续，还是……

乌有想起墓碑旁的深紫色乌头花。莫非这是神父对所有背叛抛弃和音的人的报复……

"那武藤先生为什么没出过岛，二十年来一直待在这里？虽然在这里可以通过计算机完成他的宏大计划，但……是担心被人认出来，还是他化妆成了另一个样子在本州岛大摇大摆？"

"不，武藤应该一直在岛上生活。"村泽有些吞吞吐吐，"听我说了这么多，你可能会认为武藤只是为实现野心利用了和音。的确有这个因素，但他也是真的信奉和音。在我们之中，他对和音，以及对自己构筑的教理信奉得最为虔诚。所以二十年来，他从未离开过和音岛。"

"不过，我感觉难以置信。那个利用和音，杀害水镜先生，企图在金融界发迹的武藤，和在岛上一直保护和音，写下《启示录》的武藤竟然是同一个人？"

然而，事实如此。乌有不敢相信，也不想相信。现实、充满野心、冷酷自私，这些特点竟然会出现在一个狂热的宗教信徒身上。真的会有这种事情吗？乌有想起昨晚与桐璃的谈话。一个人有两种人格，不，是性格。难道在武藤身上也有类似于硬币两面的所谓的"双重人格"吗？

"为什么二十年之后要安排重聚呢？"

时隔二十年，重新把他们召回岛上的，到底是哪一个武藤呢？

"我也不知道他到底有什么意图。我原本以为他请你这个侦探过来，应该会对你开诚布公，但好像也不是。不过，事情之所以变成这样，都是我们的问题。因为我们杀了和音。"

"为什么呢？"

"这座岛不是乐园，至少在最后一个月不是。我们与水镜太不相同，岛上气氛紧张，这让大家都觉得压力沉重，知道这个集体不久就要崩塌。在这种状况下，发生了那件事。就因为一本书，我们的身份认同感瞬间坍塌。所以我们杀死了和音。大家一齐动手，用自己的双手，为这个狭小封闭的世界画上了句号。就从那个展望台……"

从村泽房间的窗户望出去,展望台就在正对面。展望台此时静静伫立,仿佛在倾听乌有两人的谈话。

"推向了海底……为了让我们创造的东西能够复活……这或许与我们当初的信念背道而驰。和音的死与耶稣之死太过相似,结果我们还是未能彻底摆脱神秘色彩。我们一无所获,只是将过去的传说重演了一遍。为了用死亡净化和音,为了我们能被赦免。"

"你们一直期待复活?"

"结果可能只是年轻人的理想主义。只有小柳不甘于此,也许他看出了其中的相似性。"

如果不是之前听神父说过,乌有完全搞不懂这究竟是怎么一回事。不过村泽似乎并未察觉这点。他继续往下说,说是诉说,其实更像在忏悔。

3

乌有来到中院,一个人站在展望台上。他现在一头雾水,想好好整理一下思绪,却不知从哪里开始,完全没有头绪。听完村泽的诉说之后依旧如此。

乌有感觉这座岛以及和音身上都隐藏着更大的秘密,那种驱使他们杀人的秘密。不过,仅凭目前听到的这些还不足以证明这点。自己知道的是些只言片语,离事实还有一段距离,不能完全采信。无论收集多少证据,也难以还原如同眼前这座和音馆一般巨大的事实真相。乌有感到似乎还缺少些什么,还有什么被隐藏着。水镜,不,武藤已死,结城已死,要打破目前的僵局,必须继续发掘那些秘密……

然而，最大的问题是，发掘那些秘密，需要像木更津悠也那样的洞察力和推理能力，而这正是乌有所欠缺的。他只是个软弱而又别扭的普通人。

还有两天就有人上岛接他们了。短短四十八个小时，若能平安度过，他与桐璃就自由了。到时，将村泽、神父、尚美都交给法官处理，自己只需以局外人的身份提供完全不会伤及自己的证词即可。一切都将公之于众，这件事也会迎来大结局。乌有与桐璃将一起回到京都，回到杂志社，开始新的采访工作。乌有也会很快找到新的生活目标。

来到和音岛，让乌有多少看到了一点希望。他会通过继续保护桐璃来认清自己，不是那位青年，而是作为乌有的自己。

虽说只有四十八小时，眼下却感觉格外漫长。如果是一年前浑浑噩噩的时候，两天时间不过是弹指一瞬。可现在的每一天都漫长得如同一个月甚至一年。感冒，加上这两三天的精神紧张，乌有已经身心俱疲。接下来的两天自己能保护好桐璃吗？眼下，他的双腿在海风中颤抖，如果不是强忍着，早就已经跌倒在地。

乌有伸手紧紧抓住栏杆，探出身子俯视大海。分辨不出夏天还是冬天的海风猛烈地吹打着面颊，让因用脑过度而发烫的身体感觉特别舒适。烧得迷迷糊糊的脑细胞被再次激活，开始活跃起来。

靠事实的碎片无法完整呈现的地方，只能靠仅有的一点想象力补充。首先，得找一条合理的主线……尽管整个事件都无法用合理来描述。夏日飞雪、天崩地裂、可疑的密室，以及和音的亡灵再现……若是换成那位青年，他会怎么想？……不行，这是禁区。自己现在是乌有。乌有用力摇头，试图赶走对那位青年的依赖。

如果和音没有死的话，二十年前十七岁，现在也三十七岁了。就像桐璃喊她阿姨一样，若还活着，曾是肖像画上的美貌肯定也显露出苍老了吧。无论那群人如何视她为"神"，说到底也只是世上的一个普通人。这座岛上，没有人与和音年岁相近。不可能是真锅夫人，她年纪太大。这么说来，真锅夫人可能藏在了某个地方，比如空房间或者地下室。这么大的房子藏身之处应有尽有。从这奇怪的结构来看，就算有几间密室也难以发现。和音也藏在某处吧，说不定正注视着乌有他们的举动。自己一直隐约感觉到的不安，莫非都是来自和音的视线。可和音为什么要关注这些呢？

就在此刻，乌有第一次，真的是第一次，开始怀疑桐璃。就在一瞬间，只是一闪念，他对桐璃产生了怀疑。尽管桐璃在他深埋沙漠时向他伸出了双手，尽管桐璃是他唯一的绿洲，他还是怀疑起了桐璃。怀疑一旦产生，就像滴在白纸上的一滴墨水，不断向周围晕染。乌有开始展开联想。

假如桐璃与和音长相相似不是偶然的话，假如他们肯定在桐璃身上看到了和音的话，假如和音注视的并不是乌有，而是旁边的桐璃……

想起桐璃天真无邪的举止，乌有觉得自己很蠢。那不过是些邪恶的妄想罢了。那阳光般的笑容背后难道会藏着什么秘密吗？她只是个十七岁的少女，怎么可能揣着这么大的一个秘密，还能表现得如此天真烂漫？不可能！乌有坚决地否定了自己的猜测。有生命危险的人应该是桐璃才对。

在彻底推翻自己的猜想后，乌有松了一口气，可这并不能否定和音的存在。她到底想对他们、对乌有做什么呢？他们承认为了获取自由，为了创造奇迹杀害了和音。可真的杀掉了吗？

乌有难以相信。可又不觉得结城、村泽，还有神父说这件事时眼神有闪躲。这么说来，和音二十年前真的死了。那藏在这栋房子里的人会是谁呢？难道是昨天地震后切断主电源的人？结城已死，也不可能是武藤，他两天前就死了。那么，难道还有其他相关人员，还是就像桐璃猜测的那样，仅仅是有人用遥控器切断了电源？

若是这样，这个人也未免太厉害了，简直是上晓天文下通地理。杀水镜，也就是武藤前，预测到天降大雪，事先制作雪地密室，接着又预测到大地震来袭，提前备好了遥控器。那三个人里不会有这样的人物。他们跟乌有一样，都是普通人。对乌有来说，能称得上"鬼神"的人只有一个……那就是为了达成自己的野心，不惜将亲妹妹送给恶魔，并企图"战胜"一切的人——武藤纪之。

乌有不知道武藤最后的作品，就是那部被称作《启示录》的书里究竟记录了什么。乌有迫切希望看到这本书，他感觉书里的内容足以让自己解开迷局。

"先看看电影如何？"

循声转头望去，原来是桐璃。她身穿白色连衣裙，背朝大海站着。

"桐璃……"

"《启示录》就是电影的续集，对吧？"

"电影？"

《春与秋的奏鸣曲》……《启示录》的出现让乌有几乎忘了那部电影。电影也是记录和音的作品之一，同样出自武藤之手，里面的和音最为真实。本来，今天就要放映这部电影，以示对和音的追悼。是的,《启示录》的确是电影的续集……

"是哦,还有电影。"乌有握紧了拳头,"可是,你怎么知道我在想什么呢?"

"乌有你说什么呢?"

桐璃整理着被海风吹乱的头发,嗤嗤笑道:"你一直在自言自语呢,那么大声,谁都能听到啊。"

"啊,这样啊……"

乌有不好意思地挠挠头。桐璃从什么时候开始关注自己的?自己像个梦游者一样在展望台上自言自语,看起来肯定特别白痴。不过,从桐璃现在的反应来看,她应该没有听到自己被怀疑的那一段。乌有松了口气。

"这就去让村泽放给我们看。"

乌有松开栏杆,走在白色砂砾上。

"挺好的。"

好像与她无关似的。

"咦?你不去吗?"

"我好像被你传染了重感冒,想一个人待在房间里休息。你看完后告诉我电影的内容吧。"

"好吧。"

难得她如此乖巧。换作以前,即使感冒了,她也会隐瞒病情一起去看。搞得乌有都想硬拉着她一起去了。今天格外想得开呢。难道是感冒很严重?可能是这段时间太累了。仔细看看,脸色的确苍白。

"吃药了吗?"

"嗯,刚吃过。"

桐璃说着咳嗽起来。

"感冒了就别往外跑，衣服也穿得太少了，赶紧回去捂着被子好好睡一觉吧。"

"嗯，这就去。"

"桐璃……"

"什么事？"

乌有本打算把村泽说的话转述给桐璃。可转念一想，那么肮脏的故事，可能还是不知道的好。

"没什么。"

他把自己的夹克披在桐璃身上，手搭着桐璃的肩膀一起从砂砾上走回了和音馆。因为地震，一楼的格子窗大多碎掉了，覆盖着挡雨板，好在二楼以上的窗户玻璃没碎，现在依旧反射着阳光。

就在进和音馆之前，乌有无意识地抬头望了一眼，心头随之一惊。

"房间不见了。"

就是那间房。乌有站在圆形舞台上，有个女人一直盯着他的那间房。就在四楼的正中间，和音曾经生活过的所谓"圣域"，窗户的地方现在竟然成了白色的墙壁，已经完全看不到窗户的痕迹。难道是白色窗帘让自己产生了错觉？一瞬间乌有怀疑是自己看错了。可其他窗户都反射着阳光，看上去异常刺眼。这和窗帘无关，如果真有窗户，应该一下就能看见。此时，左右两边的窗户分外醒目，这让乌有十分愕然。

到底是怎么回事？

乌有停住脚步，拼命地想找出答案。

"怎么了？"桐璃在一旁惊讶地问道。

"没、没什么。"

说出来她也不会相信吧。估计只会说一句"会不会是看错了"?

*

"电影?"

村泽一脸的不情愿,可禁不住乌有的一再强求,最后勉强同意了。此刻,乌有不是如月乌有,而是木更津悠也。或许是这一点让村泽做了让步吧。更何况村泽曾以忏悔的形式向乌有暴露过弱点,最终只能同意乌有的请求。

乌有被带到二楼的一个房间。这是一个可容纳三十人的小型放映厅,白色幕布前放着五排木质椅子。

"请坐在这里稍等一下。"

村泽进了隔壁的一个小房间,好像是去取胶片。不久后传出放映机转动的声音,接着灯灭了。一束白色光线从背后穿过头顶,投向了幕布。室内飘浮的尘埃被照了出来。银幕上出现了倒数的字样。

⑤……

④此时乌有感到强烈的不安。

③不知道那不安具体是什么,是一种预感吗?

②不该来看的。有种强烈的厌恶感。可是……

……电影开始了。

《春与秋的奏鸣曲》

长长的葬礼布幔。

从远处围来，又伸向遥远的前方。布幔挂在笔直向前的石阶两侧，仿佛指明了这世界的唯一通道，吸引着人们走向分辨不出远近的终点。

布幔外侧，乔木林立。浓绿的乔木枝叶肆意生长，很是繁茂。树干上停着的褐色油蝉，正奏出沙哑低沉的和声。雨过乍晴，石阶还带着晨露的湿润。低洼处残留的清水，映射着从云间洒下的阳光。那点点闪光仿佛被棱镜折射成了七彩光束，与乔木枝叶的浓绿以及水汽的蒸腾遥相呼应，刺痛了人的眼睛。

不远处传来"嘎哒嘎哒"女人穿着木屐踩在地上的声音，接着很快消失。脚步轻快，远去后也在人的心头留下了悦耳动听的回声。"啪嚓"，飞溅的水声传入耳中。"别调皮！"随即听到女人提醒孩子的声音。

周遭再次恢复寂静。

表面刻成斜方格形状的石阶小道很快就到了尽头，眼前出现一座背靠深山的大宅。大宅正门的上方中央凸起，两侧如同仙鹤的双翅向左右伸展，那气势给人感觉宅主应为地方名流。黑白布幔在此处也转向两边继续延伸，好似在仿效宅门的形状一般。

入口处的格子门正中央嵌着一枚菱形家徽，门上挂着面朝里的布帘。往里走去,用墨汁写在日本纸上的"忌中"二字尤为刺眼。

——屋内是取下隔扇后两间合一的大房间。诵经声中,身穿丧服的宾客正静悄悄地传递着玛瑙色香炉。大家神态各异,有人面无表情地默默上香,有人一只手拭着眼角,一只手捏着线香,有人则拼命忍着不哭出声……屋内香气缭绕,仿佛几种特别的香薰交织在一起后沉淀了下来,整个灵堂笼罩在令人沉重的烟雾之中。

祭坛覆盖着白色丝绸,设了五层,上面有牌位、灯笼、烛台、菊花……正中央安放着死者遗像——一张放大的黑白照片,顶部悬挂着黑色缎带。照片中的面孔还很年轻,二十岁上下的模样,笑容灿烂,双唇微启,露出了洁白的牙齿。死者或许做梦也不曾想到会有今天。

祭坛前坐着一对中年夫妇,貌似是死者的父母。只见母亲弓着背,似乎悲痛难忍,此刻正用丝绸手帕捂脸啜泣。伴随着压抑的哭声,她的双肩、背部,甚至整个身体都在微微颤抖。抑制不住的啜泣声传到后排,加重了出席葬礼者对故人的怀念。

前来吊唁的人脚步沉重且缓慢,捻动佛珠的声音让人想起冥河河滩上堆石头的情景。昏暗烛光映射下的遗像主人虽不至于年幼到去堆石头,但人生也未免太过短暂。

死者父亲黑眼圈很重,虽然努力保持着严肃的表情,十指却紧紧抠着大腿。从翘起的指尖来看,他似乎已无法承受更大的压力。

死者母亲身边端坐着一个六七岁的小女孩。此刻她正不安地攥着母亲的衣襟,时不时打量一下周围,一脸茫然。女孩长着一对黄色眼眸,目光迷离惶恐。不知何时她才能明白此情此景的真正含义。

方才的一家三口也从烧香台的香盒中取出了线香。母亲满脸疲惫，神色尴尬，烧完香后深深鞠了一躬。十来岁的儿子站在一旁，捏着线香郑重地插进了香炉。父亲则一直低着头，看似非常紧张。

烈日炎炎，远处的油蝉依旧聒噪地鸣叫着。时值盛夏，唯有这间房吹进了与季节相悖的冷风。或许是山风吧，才会如此冰冷无情。风车随风疯狂转动，转出了螺旋状的轮回棱线，仿佛故人的灵魂在缓缓升空，却无法慰藉亲人内心的悲痛。

葬礼一结束，身着白衣的遗体周围便被装饰上了白色的鲜花，有百合、菊花、女郎花和桔梗。自古以来，这些花专门装点葬礼，虽然美丽，却给灵堂平添了些许寂寥与哀愁。几位亲友在告别遗体时碰落了一些花瓣。隆重的遗体告别仪式之后，棺柩便被钉上了。咚、咚、咚……随着一根根钉子被敲入棺木，死者父母的表情也愈发痛苦。母亲已强忍不住呜咽，面部因悲伤而扭曲变形。身穿丧服的小女孩静静地注视着这一幕，眼眸里满是纯真。

不知何时，石阶小路已干。送葬队伍在一盏灯笼的指引下整齐有序地前行。草鞋、木屐和皮鞋踩踏出的嘈杂脚步声打破了森林里世外桃源般的寂静。将世界分出内外的布幔此刻纵横交错，犹如莫比乌斯环一般扭在了一起。

死者的黑白遗像被高高举起，正对着前方。照片中的他唇角上扬，目中含笑，皓齿微露，仿佛在歌颂已确定无疑的美好未来。由于先于双亲离世，父母无法送葬。此时母亲正靠着父亲的肩头，在檐下目送送葬队伍离开。那个黄色眼眸的小女孩则一脸不安地抱着牌位，低头走在棺柩的前方。

这是通向墓地的唯一道路。大家都低着头默默前行，面无表情，好似戴着能面一般。

亲人手中的鲜花被特写在了银幕上，讽刺的是，花朵此刻正在风中优雅地摆动。

银幕随即转暗。

《春与秋的奏鸣曲》

字体娟秀的白色标题出现了。

*

乌有的心在诉说着什么。红色的应急灯亮了。此情此景，他好像在哪里见过。似乎在遥远的过去经历过。他身体僵硬，无法活动。由大脑发出的神经系统仿佛被切断了一般，整个身体都无法动弹。眼睛被画面牢牢吸引，无法转移视线。鬓角、脖颈、额头上汗流不止。房间里应该开着空调，可不知何故，周围的空气异常湿热。

突然变成这样，绝不是因为演员演技精湛或摄影技术高超。说到底，这不过是一部二流电影。技术方面，现在的电视剧都比它强多了。是其他什么地方，是与乌有相关的其他什么地方，如此吸引着乌有。可究竟是什么地方呢？乌有想不起来。不，不是想不起来，是他的内心、精神、脑髓、神经……其中的某处在拒绝着这段回忆。

"这是二十年前的电影，可能偶有相似之处。"乌有安慰自己。但呼吸愈加急促，以至于说不出话来。所有的感受都消失在了干渴的喉咙之中，只有一些窸窸窣窣的响声在室内回荡。这些画面，这些影像，正不由分说地将乌有拖回到遥远的过去，那令人不愉快的遥远过去。

乌有冷静地意识到自己已经失去理智，但电影没有给他调整的时间，毫不客气地继续播放。无视他的抗拒，接着播放下一幕。

*

被父母带去参加葬礼的少年（名字似乎叫子虚）将来想报考东京大学的理科三类，也就是医学部。葬礼之后，他变得异常好学。不，好学二字太过平常，不足以形容他的刻苦程度。他简直像着了魔，一天到晚都在学习，几乎到了废寝忘食的地步。放学后也不跟同学玩耍，当时没有补习班，每天下午四点一放学，他就立刻回家复习预习。七点走出房间吃晚饭、洗澡，之后一直学到凌晨两点。窗外，青蛙、知了、土鸠、麻雀、蛐蛐等昆虫动物的叫声此起彼伏，但他根本听不到。每天六点钟他会准时起床。他就这样每天、每月、每年，按部就班地重复着近乎机械般的生活，连父母都对他非同一般的刻苦深感不安。在学校，课间或放学后，不到万不得已他不会和同学交流，他经常沉浸在自己的世界里，像部机器似的专心看书做题。

子虚的努力没有白费，初中和高中都考上了名校。

子虚可能真的着了魔。他经常做同一个梦。梦不长，但很可怕。是一个与交通事故有关的梦。

——有些冷清的商店街边，突然窜出一只黑猫，横穿十字路口。小学五年级的子虚在后面紧追不舍，正要闯红灯过马路时，一辆大型卡车鸣着喇叭向他冲了过来。司机猛踩刹车，但已躲闪不及，轮胎与沥青路面之间传出异常尖锐的摩擦声，响彻四方。子虚吓呆了。当他的视线被卡车的挡风玻璃遮住的那一瞬间，一股强大的力量将他推向了马路对面。右边出现了青年的粗壮手臂，接着眼前一片鲜红。

这时，画面转暗……

下一瞬间，卡车在留有轮胎刮痕的十字路口外几米远的地方停住了，旁边躺着一个满身是血的青年。不，应该说是青年躺在血泊之中。青年趴在地上，背对着子虚。左臂严重扭曲，贴在背上。双腿歪七扭八，仿佛多出了几个关节。已经看不出人的模样。侧脸沾满鲜血，瞳孔已黯然无神。仔细辨认才能看出他就是片头遗像中的那个人。与遗像不同的是，现在的他没在微笑，眼神空洞，脸部严重变形。救护车很快呼啸而来。子虚站在人行道旁，用力摁着疼痛的膝盖，呆呆地望着眼前的光景。

造化弄人。子虚的寒窗苦读没有得到应有的回报。高考失败，无奈复读。子虚意识到实力与理想、使命与现实之间的巨大差距，黯淡人生也由此开始。那位因救他而死的青年是东京大学医学部的学生。青年因自己而死，子虚觉得自己必须活得不逊色于青年才行。为了青年的遗属，为了青年本人，为了偿还因自己的轻率而惹出的祸端，必须考上东京大学医学部才行。然而，他落榜了。他被大学拒之门外。同学们都考进了心仪的大学，只有他一人落寞地望着三月的冰冷天空。对于子虚的落榜，同学们纷纷表示震惊与同情，但来自胜利者的关心根本起不到安慰的作用。

他的使命在第一阶段就一败涂地。

整整一个月，子虚都像得了心病。他总觉得邻居们在说自己的闲话，嘲笑自己，"那小伙子死得可真不值啊"……

到了五月份，子虚像逃离周围人的目光一般进了京都市内的一所补习学校。子虚下定决心，这次一定考上。那时的他依旧积极向上，依旧对未来充满希望。他给自己安排了比以往更加严苛的学习计划，并严格执行。尽管大城市里充斥着各种各样的诱惑，但他都全部战胜了。

然而……第二年再次梦碎。莫说东大落榜了，连那些自认为屈就应考、有些名气的私立大学都给他吃了闭门羹，最后好不容易才进了一所原本打算用来保底、地处京都的三流私立医科大学。事到如今，原因已经不言而喻。只怪自己既无实力也无天分。在学习上付出的辛勤努力，到头来几乎颗粒无收。为什么直到现在才醒悟？自己只能是自己。

就算不值一提，也是所医科大学……子虚试图乐观地安慰自己。同样都是学医，心里多少舒服了一些。

七月，新校区刚刚建成，子虚恋爱了。对一直在逃避自我的他来说，对终于开始关注社会与周围人群的他来说，这是必然的结果。为了弥补八年来的付出，子虚积极参加各项娱乐活动。因外表颇有乡下富家子弟的味道，他女人缘还算不错。交了几个能玩在一起的朋友，其中益友损友都有。开始时与人交流比较笨拙，后来越来越得心应手。与鸟边乃梨子就是在同班同学邀请参加的网球俱乐部里认识的。子虚当时以为这就是纯粹的爱情。

然而，事情要比预想的严重。随着在三流大学学习生活的展开，子虚根深蒂固的自卑终于现出了冰山一角，并很快变得难以抑制。自卑感犹如残留在体内的炸弹，一点点腐蚀着子虚的身体。就算从事医疗方面的工作，也不可能超过那位青年。但事已至此，悔之晚矣。子虚背负的十字架无比沉重。

他与鸟边乃梨子在半年后分手。原因是那位青年反复出现在子虚的梦里。就算乃梨子躺在身边,他也无法安睡。不仅如此,一种难以言表的罪恶感犹如瘴气一般束缚着他的全身,沾满鲜血的尸体仿佛要对他倾诉什么似的反复出现,血淋淋的。每个早上他都从噩梦中惊醒,从被子里猛地跳出来环视四周,直到发现是在做梦,才能放下心来。乃梨子常常不解地,甚至不愉快地望着这一切。

"你连自己都照顾不好。"

这是乃梨子离开时留下的最后一句话。对此,子虚也很无奈。也许是天堂里的那位青年嫉妒自己的幸福吧……当然,真正的原因子虚一时也无法判断清楚。

在大学生活迎来第二个春天时,子虚判断自己终将一事无成。这是在八年的辛苦努力和走了一年弯路之后得出的结论。这样下去后患无穷,他越发焦虑。当大家都忙于专业课程的学习时,子虚却躲在昏暗的寄宿式小公寓里痛苦挣扎、懊恼难过,过着与世隔绝的生活。从"唯学历论"的束缚中挣脱出来——这是子虚逃避现实的理由,听起来很像样,但他明白这不过是一个自欺欺人的托词。几十天里,子虚每天端坐在榻榻米上,紧握拳头,咬紧牙关,死死盯着墙壁。

五月到了,情况不见任何改变,精神未获解脱,只是重复着寻找不到人生意义、目的与结果的每一天。课已经上不了了,到学校正门十五分钟的单车路程就像"芝诺的乌龟"[①]一样看不到终点,学校正门的门槛如同"柏林墙"般高高耸立。话虽如此,内心的强烈自卑又让他不好意思在河源町这种喧闹街区闲逛。子虚

[①]指古希腊学者芝诺提出的著名悖论。

活得像个通缉犯，他也觉得自己就是个尚未被审判的罪犯——杀害了一名前途无量的青年的杀人犯。

子虚终于走出小公寓，开始到桂川河畔一带溜达，不过这已是一个月之后。从桂川到岚山的清雅景色多少温暖了子虚的冰冷内心，但他一直没有找到已然迷失的人生目的。漫步在绿意盎然的河畔，子虚的视野却被一片灰暗所笼罩。就这样，又过了一个月。

与少女的相遇就在那时。

少女穿着深蓝色的西式上衣与浅灰色的半身裙，打着深红色的领带。这是附近私立学校的校服。时间是工作日的上午，可见她逃课了。她坐在公园的长椅上，正吃着冰激凌。化了的冰激凌流到了蛋筒上，她张开嘴用舌尖舔掉，样子滑稽可爱，特别引人注意。若是给诗人看到，想必会立刻记到手头的笔记本里。

"看来还有跟我一样的人哪！"

子虚那两个月也一直逃课，对她一下就产生了亲近感。不过最初也就仅此而已，当时对她的关注无异于在河边擦肩而过的路人。而且，那两个月里，子虚对"人"并未格外留意。在子虚看来，除自己（还有自己杀死的那名青年）之外的其他人，与不断流淌却永无变化的河流，与岁岁年年落叶新芽交替出现的行道树毫无区别，子虚也根本不想留意。他的世界里，已经无可救药到只剩他自己。

但是，从那天开始，子虚每天都能看到她。子虚不厌其烦地沿着河边的同一条路线散步，少女也总在同样的时刻出现在同样的地方。有时吃着糖果，有时大口嚼着甜甜圈，有时将石子向河里投去，一副无所事事的样子。这一切子虚看在眼里，却也没有特别在意,每次都是静静地从一旁走过。

之后又过了几日,日头强烈起来,夏蝉也开始鸣叫的那天,少女没穿校服,穿着一套黑色正装站在河边,鞋子、袜子和帽子都是黑色的。虽然没拿手袋,但全身上下一身黑,好像要去参加葬礼。帽子的蕾丝宽帽檐遮住了夏日的阳光,在眼睛周围投下淡淡的网状阴影。细长白皙的脖子上戴着根银项链,她年龄不大,打扮得却像一位美丽端庄的黑衣少妇。

少女看上去比以往成熟许多。她挺立的身姿犹如风景画中的远处背景一样从容淡定,又好似从平淡无奇的桂川中浮出的绝世佳人,让人无法忽视。

子虚第一次停下脚步。他惊诧于眼前这一幕,忍不住仔细欣赏起这幅没有边框的画面。少女眺望着水面,神态好似站在悬崖边上。她的脸上看不到悲切与哀怨,反倒让人想到了海边凸出的岩石,有种莫名的锐利与坚硬。桂川的景色依然如故,远处北山的山棱也亘古不变,将时空分成了昼夜与天地。少女伫立在缓缓凸出的河岸边,只有黑色的身影不同以往,像一个奇异的黑点一样吸引着子虚的眼球。

子虚不由得向前迈出了两三步,脚下随即响起砂砾的摩擦声。他仿佛被什么吸引着靠近了少女,但平时的自律突然阻止了他的脚步。他喘了口气,试图像平时那样漠然地从一旁走过。

这时,一阵风从河流上游吹来,少女的黑色蕾丝帽被风吹落,顺着河沿飘飞,好在没有落到河中。帽子如同纸飞机一般摇摇晃晃地飘过子虚身边,最后卡在了长椅的扶手上。子虚走上前,弯腰捡了起来。

"谢谢。"

少女小跑着过来,轻轻点头致谢。子虚第一次听到了少女的声音，从正面看到了少女的身姿与容颜，比想象中还要漂亮。这两周每天都从她身旁经过，竟然没有好好端详过她的脸庞。少女比子虚矮，眼眸呈现出黄色，像是两颗蕴含光芒的琥珀。似曾相识，却又想不起在哪儿见过。

"您常在这一带散步呢。"

"……嗯"子虚回头答道。除必要的公事以外，好久没人跟自己这么说话了。接下来的谈话也是。

"你也是啊……"

"和音，我叫真宫和音。"

和音有些害羞，掸去帽檐上的灰尘后将帽子重新戴好，阴影再次落在她的眼周。子虚第一次从岸边眺望下游的风景，之前散步时从未回头看过，只是呆望着上游的风景信步。看多了河水从上游流淌而来，却是第一次看到河水顺流而下。不知何故，子虚不喜欢回望身后，直到被少女叫住，视野旋转了一百八十度，子虚才发现背后以及自己的身后也有风景。

"我留意你很久了呢。呃……"

"子虚，我叫子虚。"

"子虚呀，"和音噗嗤一声笑了，"你总在同一个时间散步，我想你应该很闲吧。"

多管闲事，子虚轻轻咕哝了一句，装作没听到。心想，我可不是在玩，是真的很烦恼。无论多烦都无法解决的烦恼。

"你怎么不去学校？"

"好久没去了。没意思。"

"为什么？"

"不知道。对呀，为什么呢？"和音摇了摇头。

"最好还是……"子虚没说完就停住了。自己现在也在逃课，有什么资格提醒别人呢。

"今天怎么了？一身黑衣。"

"啊，原来你也注意到我了。"

她欢快地叫了起来，就像落入漩涡的树叶。

"怎么样？好看吗？"

"不错。"子虚和气地回答。

纯黑的套装在阳光下熠熠生辉，本该吞噬一切光芒的黑色此时却亮得耀眼。

"今天是个特别的日子。"

"特别？"

"嗯。但是得保密。"

不过是随口一问，子虚没有再追问下去，和音也没再透露什么。

"我们去那个河心岛看看吧！那里的风非常舒服，像风扇吹出的风一样。"

"不去。"

子虚冷淡地摆了摆手，后退了一步，表情也瞬间变得僵硬，这些改变连他自己都感觉到了。

"……我还有事。"

"骗人。你看起来一点都不忙。子虚，你是做什么的？"

"大学生。"子虚报出了自己所在大学的名字，羞愧的语气若让同班同学听到肯定会发火。

和音点头"嗯"了一声，然后笑着说道："那你将来要当医生呢。"

"大学生时间真是多啊！"

与成熟的外表相反，和音说话时一脸天真。眼前的少女与印象中逃课的学生完全不搭边，子虚略感惊诧。虽然没见过逃课学生，但他早已认定那都是些因身受校园霸凌或家庭关系不和而有心理阴影的孩子。和音内心什么样尚不可知，但外表看来没有一丝阴霾。不过看她总是穿着校服，想来逃课的事父母是不知道的。

"大学现在在放暑假吗？"

子虚这才想起自己没有参加期中考试，看来今年的努力又白费了……虽说早已不把学习当回事了，但想起来还是不免有些感伤。

"是的。明天还能见面吗？一个人没什么意思。"

"去学校不就好了。"

大学在放暑假，高中的暑假应该一周后才开始。

"学校更没意思，吵吵闹闹，跟动物园似的。"

和音把嘴噘得老高，像只狐狸。

"我也这么觉得。再见。"

子虚冷冷地说完这句就沿着河边走开了，仿佛厌烦跟人说太多话似的。

"子虚，那种装腔作势的样子不适合你哦。"和音在背后大声喊道。

但是第二天，子虚没有改变散步的路线。穿鞋出门之前他还想着要不要去金阁寺，回过神来，发现已经到了河边。

"子虚君！"和音在很远的地方就看到了他，大声喊道。今天她依然穿着校服。

"这里，这里。"她用力摆手，这让子虚有些不好意思。

"你到底还是来啦。"

"顺路而已。"

子虚漫不经心地回答,自己也说不清为什么会来这里。

"我就知道你会来。"

"我每天都出来散步。"

"嗯,太好了。"和音的双眼满含笑意,"我们去那边的河心岛吧!那里风吹得可舒服啦。"

"河心岛?"

她昨天似乎也这么说过,但被子虚冷漠地回绝了。

"那里没有堤坝,河水清澈见底。"

放眼望去,宽广的河面中央有片青草覆盖的三角形绿洲。有座小木桥架在河畔与绿洲之间。

"不想去。"

子虚提不起兴致,再次回绝。和音不以为意,快步向小木桥走去。

"这里、这里。"

子虚不理会她,开始在河畔漫步,可已到达小岛的和音喊了他几次。子虚无奈地耸了耸肩,回头走向小木桥。

和音先到岛上,选了一块干爽的草地蹲了下来。

"看,小鱼在河里游泳呢。"

水流不急,她用手掬起一捧清水。时值初夏,和风煦煦。清水映着阳光慢慢从指缝中漏出,回到了河里。

和音开心地用手中的清水洗脸。在阳光的照耀下,溅起的水滴仿佛七彩光点一般四处飞散。看着和音,子虚感觉到一种久违的清新。

"你今天没化妆啊。"

"嗯。"和音仰起刚刚洗过的脸,笑着点头。

"昨天比较特别……其实我不太喜欢化妆。"

"……哦。"

"是不是昨天更好看一点？"

"那倒没有。"

河边没有其他人，子虚也在一旁坐了下来，随即又毫无顾忌地仰面躺了下去。好久没有在公寓之外的地方躺下了。放眼望去，上面不是布满木纹的天花板，挂在湛蓝的天空上的不是圆形的荧光灯，而是耀眼的太阳。子虚用手挡住太阳，望着布满天空的云彩。四周飘来青草的芳香。正如和音所言，顺着河流吹过来的微风在两岸间相互交融，形成仿佛旋涡一般的气流，轻轻拂过面颊，非常舒服。

"怎么样，喜欢吗？"

"还行。"

子虚轻轻闭上眼睛，耳边传来潺潺的水声。可是，晚上一个人的时候，耳边总是回响着卡车的急刹车声。

"子虚，你认识这种花吗？"

和音手里拿着一朵小白花。

"好早就看到过，多美啊！可惜不知道它的名字。"

"是雏菊。"

"哦，原来这就是雏菊呀。名字倒是听说过。"

和音佩服地望着子虚。

"大学生就是不一样呢。"

"这有什么？跟上不上大学没啥关系。"

"你说这有什么，那我连这个都不知道，岂不是像个傻子？"

"可能吧。"

"你太过分啦。"

望着和音气呼呼的样子，子虚笑了。

"你总算笑啦。"

和音小声嘀咕了一句，似乎放下心来。

"昨天起你就一直板着脸，现在好了，原来不是不会笑啊。"

"是吗？"

子虚可不这么认为。经过十年前的那场变故，他觉得自己已经不会笑了。

"啊，好不容易夸你一下，你马上就变回原形了。"

"没啥。我就是这种性格。"

小时候，他也经常笑，经常哭。最近也会哭，但已经流不出眼泪了，哭泣时只会发出空洞的哭声。

"真奇怪！"

子虚没有答话，再次闭上了眼睛。不知道为什么，闭上眼睛就会觉得轻松一些。虽然微不足道，却是个新发现。

"子虚，你为什么每天在这一带散步？"

"只是随便走走。"子虚闭着眼睛答道。

"撒谎，你看起来不开心。"

"我在思考问题。"

"什么问题？"

子虚没有回答。

"每天出来散步，也就是说每天都在思考问题了。什么问题这么严重？上课要写的报告，还是考试？"

"都不是。"

如果只是那种小事，该多轻松啊。

"说了你也不会明白。"

"小气！一个人怎么都想不出答案的。大家一起想，就会想出很多好办法。三个臭皮匠赛过……"

"诸葛亮。"

"对对对，诸葛亮。尽管我们现在只有两个人，可总比一个人强啊。"

这是子虚个人的问题，跟她讲了也无济于事。这件事只能自己解决，别人再指手画脚都没用。

"还是说说你的情况吧。你好像每天都逃课。"

"啊，得回家了。不然就该挨训了。"

和音看了一眼手表，连忙站了起来。

"明天见。"不等子虚回答，她就穿过小木桥向堤坝跑去。

子虚留在原地，一脸的莫名其妙，只好"啊"了一声表示回应。然后又重新躺在了草地上。

从那之后，子虚与和音开始在桂川的河心岛见面。没有什么特别目的，只是坐在干爽的草地上闲聊一个小时。于是，子虚的散步时间从原来的一个小时延长到了两个小时。对子虚来说，生活没有因此受到任何影响，只是每天在宿舍面壁的烦闷时间减少了一小时而已。

子虚对社会上的事情不感兴趣，几乎没有什么可聊的话题。但和音的话比他多得多，多出了十倍甚至是二十倍。与和音在一起的日子，子虚依旧没有找到生活目标，但至少有了个聊天的对象。与乃梨子在一起时不同，子虚对和音没有特别的想法，只是想听对方说说话而已。这么一想，子虚心里就会好受些。而且，最近那位青年出现在梦中的次数也变少了。

有一天，子虚因感冒加重，没像往常一样去桂川散步，一整天都窝在被窝里。对身子骨虽弱却从不患病的子虚来说，感冒卧床算是个新鲜事。这或许是上大学之前只顾着学习，生活作息非常规律的缘故，也可能因为上大学之后很快就频频旷课，睡眠时间比较充足的原因。这次突如其来的感冒，让子虚多少体会到身体的笨重与不适，一整天都望着宿舍窗外的单调景色发呆。

就这样到了傍晚，等暮色开始浸染满天的白云时，子虚听到有人敲门。

快递，还是收费的？

"来了。"子虚在被窝里含含糊糊地应了一声，看到从门缝里露出了和音的面孔。只见她打量着房间内部，仿佛搜查住所的警察。

"哦，原来你住这里。"

"和音。"子虚慌忙起身，"你怎么找到这儿来了？"

"真的是什么都没有啊。"

和音对子虚的话充耳不闻，表情愕然地叹了口气。

这间六张榻榻米大小的朝北单人房，在他人看来，也许就像刚刚搬完家的空房间一样寒酸冷清。除厨具之外，房间里只有子虚正在用着的棉被、靠墙立着的暖炉，和一台十九英寸的电视，其他东西半年前已被子虚一股脑塞进了壁橱。家里寄来的生活费并不少，只是子虚的世界里除了那位青年的亡灵和自己，再也容不下其他东西。电视机也只是用来看看天气预报而已。

"你感冒了？今天没看到你，有些担心。"

"你怎么知道我住这里？"子虚忍着身体的不适，再次问和音。

"我什么都知道。"

和音面不改色地撒谎。也许以前她跟踪过自己。但脑袋昏昏沉沉，那一瞬间子虚竟然信以为真了。

"你感冒好像挺重的。"

和音脱了鞋，连个招呼都没打就直接来到了棉被旁。她双手叉着腰，长吁一口气后说："没办法，我来给你煮点粥吧。"

她手脚麻利地打开电饭煲的盖子。

"啊，竟然没有米饭。"

"我今天没煮饭。"

"没打算吃饭吗？"

她夸张地挥着饭勺，满脸难以置信的困惑样子。

"真是的。我要是不来，你就饿死了……还是我来做吧，米在哪里？"

"在灶台下面。"子虚感到特别难为情，指着灶台愈发轻声地说。

灶台下面的柜橱被塞得乱糟糟，和音在里面窸窸窣窣地找了好一会儿，突然惊叫一声"没米了"，说着从里面捏出一个沾着碎米渣的白色空袋子。

"不是吧？你怎么搞得？难道一个人过都是这样？"

子虚不了解其他人的生活，只好默不作声地望着和音。

"真没办法，我现在去买。你好好活着等我回来啊。"

说完打开了小冰箱，"连个鸡蛋都没有。"和音忍不住吐槽。何止没有鸡蛋，看到冰箱里除了调味料之外什么都没有时，和音无奈地说："那我再顺便买点菜吧。"

"不用那么麻烦了。"

等一直听之任之的子虚试图阻止时，和音已经走出了房间。

"子虚，你说没在读大学了，难道你放弃做医生了吗？"

太阳开始下山时，和音用平底锅熬着粥（粥里放着鸡蛋和鸡肉，接近杂烩粥），一边忙一边问子虚。她将长长的直发扎在脑后，穿着自己带来的白色围裙。

"嗯，医生嘛……"

既然知道自己远不如那位青年，就没必要为了做医生而奋斗了。子虚如今一点斗志都没有了。也可能因为自己从来没有真正想当过医生。

"真可惜！好不容易进了大学。"

从和音的语气里倒听不出多少同情和遗憾，对和音来讲，这毕竟是他人的事。

"也好、也好，多亏了你不想当医生，我们才能每天见面。不然你还得经常去上课吧。"

"可能吧。"

子虚突然想起，一年未见，那些曾一起玩耍的社团朋友现在怎么样了？他们还像去年那样过得悠闲自在，经常夜不归宿吗？还是在认真学习专业，按时去上课呢？想必没人像自己这样天天逃课吧。子虚倒没有感到离群索居的寂寞，只是觉得遇到了这种烦心事的自己太不走运。

"想不想做兼职？我有一份有趣的工作可以介绍给你。"

"兼职？"

和音突然像个职业中介似的问自己，子虚一下子不知所措。

"嗯。据说现在采访助理人手不够。是家杂志社，在京都，规模不大，但定期出杂志。"

"你也在那里兼职？"

"我认识总编，你想不想试试？"

"兼职啊。"

"最初是兼职，但做得好了，也可能转成正式编辑。"

子虚完全没去上过课，今年不可能拿到学分。好的话就是留级，情况不好也可能会被迫退学。家里还有个弟弟，马上要考大学，父母不可能只供子虚一个人。子虚用手按着昏昏沉沉的脑袋，思来想去，发现自己必须认真考虑立身之计了。

得先活下去才行……就这么死去，是对那个舍身相救的青年最大的侮辱。对要强的子虚来说，这是明摆着的道理。

"那就试试吧！"

考虑了一会儿后，子虚答应了和音。虽然完全不知道采访是个什么样的工作，但如果只是做个兼职助手，就算自己再笨，应该也能胜任吧。

"太好了，那我去推荐你。"

和音高兴地笑了起来。粥眼看要溢出来了，和音关掉煤气炉，将粥倒进碗里，然后在上面撒了些紫菜。

"做好了。"

"啊，谢谢！"

自己答应做兼职，和音怎么这么开心？不过，既然和音开心，那应该就没错。子虚发着烧迷迷糊糊地想。

"味道怎么样？"

子虚吃了一口。焦煳味很重，而且有点咸，可子虚已经好久没吃过这么热腾腾、像样的饭了。

"真好吃！"

子虚发自内心地称赞。

杂志社的工作比子虚想象中要忙碌、繁重得多，对身体是个很大的考验。作为记者助理，他经常要横穿京都市内，总结采访笔记，帮助录音。虽然无法去河边见和音了，但她会过来帮忙，跟总编聊聊天，告诉子虚一些他不知道的新鲜事。

工作时，子虚就会忘掉那位青年，但晚上一回到公寓就会记起。这个毛病无法彻底根除，只是用忙碌分散了注意力而已。但工作毕竟是和音介绍的，也不好马上辞职。先干一年吧。反正除了思考和烦恼，自己也无事可做。

过了一段时间后，总编开始安排子虚单独采访。不知何时开始，他竟然有了准正式员工的待遇。就在那个夏天，总编命令子虚去一个岛上采访。

为什么自己会被选中负责这次采访，子虚也感到很意外。采访任务非常轻松，只要别惹那群年长二十多岁的人不高兴，采访就如同去避暑圣地度假一般。确定由子虚负责此次采访时，几位前辈都面露遗憾。这家杂志社规模虽不大，且只做月刊，但平日工作十分繁忙。从他们的反应可以明显看出，大家都想以工作为由离开家人到外地放松一下。难道是因为上个月负责的"小京都特辑"获得了好评，总编给自己的奖励？

子虚起初并不想去和音岛，因为担心这次采访会引发同事的不满甚至嫉妒。而且这件事说不定也会透支好运。子虚认为假如"神"镇守在某处，均等地安排着一个人的幸与不幸，那接下来等待自己的就只有不幸了。这是子虚对自己的基本认识。最终，子虚没有屈服于周围的无形压力，接受了这个安排，并登上了驶往小岛的渡轮，忍受海上的颠簸，是因为和音在听闻这件事后十分任性地表示自己也要去。不幸的是，总编竟然答应她作为助手同行。真不知道总编当时是正在兴头上，还是单单对和音偏爱有加。这么安排搞得其他记者都以为两人要结伴去度假，出发前的那段时间，总对他俩说些不冷不热的祝福话。

"你到上面来行不行？还要在船上待两个小时哦。"

游艇驶离港口后不久，和音说自己晕船了，后来就躺在船舱里的座位上休息。

"啊！还要那么久啊……不过到了岛上肯定也无聊，都是些老人。而且到处都是灰尘，衣服都搞脏了。"

和音像是回过了神，用力拍拍格纹半裙。裙子有些湿气，粘上灰尘就很难弄掉，好似黏在筷子上的纳豆一般，拍也拍不掉，怎么折腾都是在同一个地方打转。

"哎呀，真讨厌！"和音着急地小声嘟囔。

"去学校好好上课，别跟着来不就没事了？"

"好遗憾！现在是暑假，学校想去也去不了呀。"

"还有几天就开学了吧？"

"还有一周呢。"

"那你就忍忍吧！"

"啊？"和音惊叫一声，脸色都变了，仿佛误食了发霉腐烂的苹果，"我忍不了。"

"跳下去心情可能会好一些吧。"

子虚再度将视线移向海面。海水撞击船舷，海面变得扭曲。子虚凝视着海面上的零碎身影，不禁想起被大卡车碾压后血肉模糊的情景。明明想要忘掉的，可这段记忆一有机会就会浮现于脑海。真奇怪！

"好恶心！"

"这是一次难得的体验，让你切实感受到，任性在大自然面前完全行不通。"

"干吗那么一本正经，还说什么'大自然'。我是认真的……"

说着，她作势要回船舱，右手捂住嘴，左手急忙拉住子虚的手臂,想把子虚也带回船舱。她的臂力很小,却有股不可思议的魔力。子虚难以抵抗,只好被她拽进了船舱。

"目的地很快就要到了。"

……两个小时后,扩音器里传来游艇驾驶员的声音,船头前方开始出现小岛的朦胧轮廓。

接着,镜头转向晴朗的天空,很快便静止了下来。整个银幕都是湛蓝的天空,右下角闪出"剧终"二字。沉闷单调的背景音乐随即响起,演职员名单开始在银幕上滚动。电影结束了。

接下来,室内只剩下胶片空转的声音。

*

乌有坐在黑暗中,回味着看到的影像。竟然一句话都说不出来,不,是无话可说。

到底是怎么回事?

眼前所见远远超出了他的理解范围。那个子虚……难道就是自己吗?

到底是怎么回事?

乌有发现影片中的一切他都曾经历过。太离奇了!这难道不是二十年前的电影吗?的确是二十年前的京都啊,市内电车在街头穿梭……

然而,有一个不可否认的事实,那就是这些事情才刚刚开始。乌有的大脑一片混乱,思维停滞,无法判断……同时他的内心翻江倒海,好似受到了陨石的集中撞击,被全裸着丢进了宇宙空间。一股无法抗拒的强大力量冲击着乌有的内心,以往的经历在这两三年间蛀出的体内空洞里刮起冰冷狂暴的飓风。

到底怎么回事……

到底怎么回事……

到底怎么回事……

到底怎么回事……

到底怎么回事……

到底怎么回事……

到底怎么回事……

到底怎么回事……

到底怎么回事……

到底怎么回事……

到底怎么回事……

到底怎么回事……?

他反复地、不断地问自己,脑子里满是问号,却完全不能思考。只是,桐璃是那个少女吗?那个琥珀色眼眸的女孩?

冷静下来,好好思考。为了看透堵在眼前的这面巨大墙壁,乌有用尽各种办法想要冷静下来。必须从自身的肉体中抽离出来思考才行。

这根本算不上一部电影,只是几件事情的简单罗列而已。既无印象深刻的场景,也无高潮与主旨,更没有传递出任何信息。名为"奏鸣曲",内容却未体现这一主题。充其量只是部纪录片,不具备一部好电影的任何要素。可为什么要拍这种东西呢?

而且,出演十七岁"和音"的女演员,并非真宫和音。她不是和音。真正的和音没有在电影里露面。饰演"真宫和音"的是二十年前的村泽尚美,不,是武藤尚美。

难道尚美就是和音？……不，不可能。那幅肖像画与尚美一点都不像。

"▆▆▆▆▆▆▆▆▆"

就在此时，一阵撕心裂肺的哀鸣在整栋楼里响起。就在乌有所有的脑细胞胀开几欲破裂的那一瞬间，这声哀鸣让呆坐在乌黑银幕前的他回过神来。

乌有一下子清醒过来，这个声音如此熟悉。他飞快起身，朝三楼奔去。

4

那是桐璃的声音。尖锐，且拖着长长的尾音。那用尽全力从喉咙深处发出的尖叫，的确是桐璃的声音。

乌有以最快的速度赶到三楼走廊的拐角处，裂帛般的哀鸣让他知道事态有多严重、多可怕、多么不可挽回。

他太着急了，脚步踉跄，在柔软歪斜的地毯上几次差点跌倒。桐璃怎么了？一直担心的事情难道真的发生了？

实在不该一个人去看电影的，乌有后悔不已。他太大意了，让坏人有机可乘。一切还来得及吗？他匆匆赶往桐璃的房间，心里默默祈祷着。

门半开着。房间里传出的呻吟声清晰而急促，好似濒临死亡时发出的声音。隔着房门乌有都能想象出她垂死挣扎的痛苦模样。一瞬间，那位青年的身影与桐璃的影子如同快进镜头一般重叠在了一起。

"桐璃！"

握着门把手的手在颤抖,却又不能逃开。他伸出右手用力推开了房门。

桐璃蹲在房间的正中间。

"桐璃!"

乌有已经说不出别的话了。大脑停滞,就像头顶的天花板一样,一片空白。

桐璃蹲在房间的正中间……她的身体剧烈颤抖着,不停喘息着,似乎强忍着难以承受的痛苦。她整个人就像遭到了雷击,肌肉抽动得厉害。躯干剧烈抽搐,四肢也随之抖动,仿佛敲响教堂的大钟时引发的共鸣。她像只虾一样弓着身体,忍受着巨大的疼痛。

"……桐璃!"

"好疼、好疼、好疼!"

断断续续的尖叫声中,乌有勉强听清了这几个字。桐璃痛哭着,双手紧紧地捂着面颊。鲜红的血液从方才还纤细白嫩的指缝里喷涌而出,滴落在地。鲜血像泉水一般源源不断地奔涌而出,流过她白皙纤细的手臂,染红了衣服,在她身旁积成一摊。

——是脸被划了吗?尽管看惯了血,但如此惊慌失措还是头一次。

"桐璃!"

"……有?乌有?"痛苦中的桐璃总算听到了乌有的喊声,用尽全身力气发出了微弱的回应。颤抖的右手本想伸向乌有所在的方位,无奈痛得钻心,只好作罢。

"怎、怎么了?你的脸怎么了?"

乌有快速走上前去,把桐璃抱在胸前。

"怎么了?"

"不,啊——"

声音里充满了恐惧,乌有真害怕这会是她临终前的最后一句话。桐璃随即晕了过去。太过疼痛,还是遇袭时受到的惊吓太大?桐璃躺在乌有的臂弯里,全身瘫软下来。纤细的手臂也无力地垂在了地毯上。她就像服装店里的人体模特一样,变得冰冷僵硬。头也向后耷拉下去,微启的双唇间流出一丝血迹。她整个人就像灵魂出窍的空壳。

顾不得桐璃满身的鲜血,乌有凑上去仔细端详她苍白的面孔。她的头发已经被鲜血染成了红褐色,闪着光泽,白皙的脸庞可能因为用手捂过,如今已是一片血红。从耳朵到脖颈处的发际还在滴血。因为她晕厥着,右眼只看得到眼白,而左眼……原本是左眼的位置,竟然有一个黑色的洞……一个一眼望不到底的黑洞。

鲜血源源不断地从左眼处那个深深的洞穴里冒出来,就像泉水从沙漠中的绿洲汩汩而出。

"……桐璃!"

在那里镶上一颗珍珠是否合适?镶上钻石、红宝石、祖母绿……

不。那个幽深的洞里失去了最重要的东西——光。那里黯淡无光。就算把全世界所有的宝石都集中起来,也改变不了这个事实。

"怎么了?"

谁的声音?好像是村泽。但乌有已经没有心思分辨这个了。乌有陷入深深的自责之中,惨剧的发生都是因为自己。

"别过来!"

乌有背对着村泽吼道,声音颤抖。"……别过来!""……别过来！"第二声、第三声，声音逐渐低了下去。乌有抱紧桐璃。血还在流，无法止住。鲜血渗进了乌有的衣服。随它去吧！桐璃的面容被鲜血和乌有的眼泪染成了粉红色。可是仅仅靠这几滴泪，又能洗刷干净什么？

"我、我去拿点药，水镜那里好像有。"

村泽的声音很紧张，说完就立刻离开了。"砰"的一声，门被关上了，声音不大，但乌有什么都没听到。

乌有看着自己沾满鲜血的手，看着这双在关键时刻未能保护桐璃的手，这双形同虚设的手……乌有几乎要疯了。他恨不得逃离这里，跳进日本海的惊涛骇浪。永远沉在海底！！！

自己一直在做什么？所做的一切不都是为了保护桐璃吗？这难道不是自己确定的新的生活目标吗？

但是，新的目标几乎彻底崩毁。就算桐璃得救了，留下的伤痕未免也太大了。这实在太残酷了！

自己果然一事无成，无论做什么，无论如何努力……望着桐璃脸上的黑洞，乌有哭着嘲讽自己。汩汩冒出的鲜血竟然都止不住，只能袖手旁观。直到两年前，自己还想做一名医生。可现在，却连个普通人都不如。乌有忍不住苦笑起来，嘴角不停地抽搐。

如果桐璃就这么死了……他不清楚被剜掉一只眼睛后是否还能活下去。就算能治好，对一个十七岁的少女来说，这是何等残酷的打击。换作自己……绝不苟活。反正这条命本来就是捡来的，十年前就该失去。

想到这里，乌有放声大笑。这么说来，十年来，死去的总是周围的人。他有过心灵创伤，但肉体从未受过伤害。就像背负着原罪的亚当，就像杀死弟弟的无能之辈——该隐，一辈子活在痛苦之中，却没有勇气结束自己的生命。这时，乌有感悟到，如果自己选择结束生命会怎样？这么多年，自己只是在假装痛苦而已。真正死去的，是那位青年；被剜掉眼睛的，是桐璃。一直以来总是别人代替自己受伤，甚至死去。

悔悟、伤心，终究只是自己的一厢情愿。乌有，你究竟受过什么样的惩罚呢？

人生失败？

不，考不上大学只是因为自己没有实力，并非别人的过错。而且自己才二十一岁，随时可以重新来过。比起桐璃，比起那位青年，以及在岛上丧生的这几位，命运对自己是何等优待。

乌有试图抱紧桐璃。用颤抖的双手，战栗的手臂，紧紧抱住这具几近枯萎的身体。可越用力，桐璃的血似乎就流得越厉害。自己竟然连抱紧她都做不到。

吱呀一声，门开了。村泽和神父出现在眼前，手上捧着急救箱和绷带，还有一条床单。

"太残忍了。"

帕特里克神父不由得站定，快速地在胸前画着十字。

"我来看看，好歹有点经验。"

跟乌有不同，神父读过专业课程，处理起来毫不含糊。他拿着急救箱来到桐璃面前。看看桐璃蜡像般的脸庞，再看看被剜去的左眼，神父忍不住倒吸了一口凉气。但他依旧十分镇定。乌有已经麻木了，一动不动，神父从乌有怀里接过桐璃，在她的脑袋下面垫好靠垫，用床单擦去了她满脸的鲜血。

"必须马上止血。"

说罢，他叫来村泽，让村泽打开印着鲜红十字标记的急救箱，从里面取出药品和器械。

后面的事情，乌有已经记不清了。神父打麻醉针的时候，他应该呆坐在一旁，神志恍惚地看着的，可后来的事几乎什么都不记得。大脑死机了。如果一直清醒地看着接下来的场面，恐怕他会神经错乱。估计现在已经不正常了……

神父和村泽，他们中可能就有伤害桐璃的凶手。可现在还不是追查责任的时候。先保住桐璃的命最要紧。人渣也好，恶魔也罢，只要能救活桐璃，就暂且不去追究。

"这样应该就没事了。"

大概一个小时之后（当然，乌有已经感觉不到时间了，是桌上的闹钟显示的），帕特里克神父一边擦着额头上的汗水，一边低声说。接着，他和村泽一起，把昏死过去的桐璃抬到了床上。

"如月君，接下来就交给你了。"

桐璃的脸被绷带包住了一大半，像极了木乃伊或透明人。最终落得如此下场，对漂亮可爱的桐璃来说是多么悲惨啊。她只有十七岁……左眼处虽然包了几层绷带，但还是看得出轻微的凹陷。

"记得每五个小时给左眼换一次药棉。还有，她在发烧，最好搞个冰袋降温。另外，再喂她吃点急救箱里的退烧药。"

"我们轮流照顾她吧。"村泽建议道。

乌有坚决拒绝，没有说一句多余的话。

"至少命留住了，也挺好的。"

村泽的话虽然有些残忍，却说出了所有人的心声。毕竟，这里已经死了两个人了……

"麻烦您了。"乌有本想表示感谢，可舌头僵直，根本说不出话来。最后只从喉咙里挤出了几声干咳,就像从口中飞出的痰一样。他很想问问两人……

——桐璃到底做了什么,要遭此惩罚?

乌有隔着绷带,用指尖轻轻抚摸着桐璃的面颊。从下巴到耳朵,再到太阳穴和额头。崭新的绷带有些扎手,这让乌有更加自责了。

"桐璃……"

那天,乌有一直在哭,哭了一夜。

Ⅶ　*8月11日*

· 直到黎明，桐璃也没有退烧的迹象。几次烧到四十度上下，人一直处于昏迷状态。"乌有，乌有。"她在梦中喊着乌有的名字，似乎想向乌有求助。因为无言以对，乌有只能用手捂住耳朵……乌有陷入深深的自责之中，自己真是一无是处啊。

· 在桐璃最需要自己的时候，自己竟然没能守在她身旁。面对过去的痛苦现实，自己却毫无招架之力。泪已流干，只剩下痛苦的呜咽声。不知桐璃能否经得起这种高烧和体力的消耗。神父会不时来看看，但也没有明确地说什么。他只是担心，所以来看看桐璃的情况，也没表示"有救"或是"没救"。真是应了那句老话——自作自受。自己和桐璃介入这件事情太深了，不是所有事情都像侦探小说里写的那样能够顺利进行。和之前的好多次一样，乌有再一次后悔自己的贸然介入。

· 究竟是谁？……过了中午，乌有总算冷静了下来。半天过去了，他终于有心情关注周围。说是有心情，但也远不是平日里的那种轻松愉快。是谁对桐璃下了如此毒手？是躲在暗处的人，还是其他人？是那位躲在暗处的凶手，还是别的什么人？难道是村泽、尚美、神父……

· 可怕的是，他们都对桐璃抱有敌意。从这点上来说，每个人都有动机。因此，自己必须全方位保护桐璃。

· 乌有无意中往地毯上看了一眼，上面还残留着血迹，随即又看到不远处的三根长发，捡起来凑着光亮一看，乌有发现都是微卷的黑色长发。显然不是桐璃的头发，桐璃是棕色的直发。那么……难道是尚美？这里只有她留着黑色长发。可她应该没来过桐璃的房间。乌有突然想起，昨晚一次都没见到她。而且，能够冲动残忍到剜掉别人眼睛的，肯定是"女人"。或许是偏见，但乌有的直觉告诉自己，就是尚美干的。

·可为什么要剜掉眼睛呢？而且为什么只剜掉了一只？若是害怕和音，应该要取桐璃的性命才对。他们以前做过这样的事啊……为什么只是一只眼睛？

·在乌有认定凶手是尚美的同时，又发现了新的疑问。不过，比起对尚美强烈的愤怒与憎恶，那些疑问简直不值一提。

·夕阳西下，又到了换药棉的时间。乌有迅速解开绷带，取出左眼处被鲜血浸染得有些发黑的药棉，换上了新的。他最害怕看到那个黑洞。那个黑洞宛如烙印，仿佛展示着自己曾犯下的所有罪行。若是自己遇到这种事情，还可以自嘲一下，但为什么要对无辜的桐璃下毒手？越是这样，乌有就觉得身上背负的十字架、犯下的罪行越重。看着桐璃那只再也回不来的左眼，乌有又哭了起来。他用颤抖的双手将药棉填了进去，背着脸缠上了新的绷带。

·那一整天，乌有都与桐璃待在一起，一直茫然地望着窗外的大海、天空与水平线。太阳升起，落下，月亮升起……世界依然。自然流转，亘古不变……窗外的世界还是那么悠然自得。乌有心头不由涌出一股无名之火。

·接着，又过了一夜，清晨来了。

VIII 8月12日

0

与桐璃初次交谈后的第二天,乌有没有改变散步的路线。穿鞋出门之前他还想着要不要去桂离宫,回过神来,发现已经到了桂川边。

"乌有!"桐璃在很远的地方就看到了他,大声喊道。今天她依然穿着校服。

"这里,这里。"她用力摆手,这让乌有有些不好意思。

"你到底还是来啦。"

"顺路而已。"

乌有漫不经心地回答,自己也说不清为什么会来这里。

"我就知道你会来。"

"我每天都出来散步。"

"嗯,太好了。"桐璃的双眼满含笑意,"我们去那边的河心岛吧!那里风吹得可舒服啦。"

"河心岛?"

她昨天似乎也这么说过,但被乌有冷漠地回绝了。

"那里没有堤坝,河水清澈见底。"

放眼望去,宽广的河面中央有片青草覆盖的三角形绿洲。有座小木桥架在河畔与绿洲之间。

"不想去。"

乌有提不起兴致,再次回绝。桐璃不以为意,快步向小木桥走去。

"这里、这里。"

乌有不理会她，开始在河畔漫步，可已到达小岛的桐璃喊了他几次。乌有无奈地耸了耸肩，回头走向小木桥。

桐璃先到岛上，选了一块干爽的草地蹲了下来。

"看，小鱼在河里游泳呢。"

水流不急，她用手掬起一捧清水。时值初夏，和风煦煦。清水映着阳光慢慢从指缝中漏出，又回到了河里。

桐璃开心地用手中的清水洗着面颊。在阳光的照耀下，溅起的水滴仿佛七彩光点一般四处飞散。看着桐璃，乌有感觉到一种久违的清新。

"你今天没化妆啊。"

"嗯。"桐璃仰起刚刚洗过的脸，笑着点头。

"昨天比较特别……其实我不太喜欢化妆。"

"……哦。"

"是不是昨天更好看一点？"

"那倒没有。"

河边没有其他人，乌有也在一旁坐了下来，随即又毫无顾忌地仰面躺了下去。好久没有在公寓之外的地方躺下了。放眼望去，上面不是布满木纹的天花板，挂在湛蓝的天空上的也不是圆形的荧光灯，而是耀眼的太阳。乌有用手挡住太阳，望着布满天空的云彩。四周飘来青草的芳香。正如桐璃所言，顺着河流吹过的微风在两岸间相互交融，形成仿佛旋涡一般的气流，轻轻拂过面颊，非常舒服。

"怎么样，喜欢吗？"

"还行。"

乌有轻轻闭上眼睛，耳边传来潺潺的水声。可是，晚上一个人的时候，耳边却总是回响着卡车的急刹车声。

"乌有，你认识这种花吗？"

桐璃手里拿着一朵小白花。

"好早就看到过，真美！可惜不知道它的名字。"

"是一年蓬。"

"哦，原来这就是一年蓬啊。名字倒是听说过。"

桐璃佩服地望着乌有。

"大学生就是不一样呢。"

"这有什么？跟上不上大学没啥关系。"

"你说这有什么，那我连这个都不知道，岂不是像个傻子？"

"可能吧。"

"你太过分啦。"

望着桐璃气呼呼的样子，乌有笑了。

"你总算笑啦。"

桐璃小声嘀咕了一句，似乎放下心来。

"昨天起你就一直板着脸，现在好了，原来不是不会笑啊。"

"是吗？"

乌有可不这么认为。经过十年前的那场变故，他觉得自己已经不会笑了。

"啊，好不容易夸你一下，你马上就变回原形了。"

"没啥。我就是这种性格。"

小时候，他也经常笑，经常哭。最近也会哭，但已经流不出眼泪了，哭泣时只会发出空洞的哭声。

"真奇怪！"

乌有没有答话，再次闭上了眼睛。不知道为什么，闭上眼睛就会觉得轻松一些。虽然微不足道，却是个新发现。

"你为什么每天在这一带散步,乌有?"

"只是随便走走。"乌有闭着眼睛答道。

"撒谎,你看起来不开心。"

"我在思考问题。"

"什么问题?"

乌有没有回答。

"每天出来散步,也就是说每天都在思考问题了。什么问题这么严重?上课要写的报告,还是考试?"

"都不是。"

如果只是那种小事,该多轻松啊。

"说了你也不会明白。"

"小气!一个人怎么都想不出答案的。大家一起想,就会想出很多好办法。三个臭皮匠赛过……"

"诸葛亮。"

"对对对,诸葛亮。尽管我们现在只有两个人,可总比一个人强啊。"

这是乌有个人的问题,跟她讲了也无济于事。这件事只能自己解决,别人怎么指手画脚都没用。

"还是说说你的情况吧。你好像每天都逃课。"

"啊,得回家了。不然就该挨训了。"

桐璃看了一眼手表,连忙站了起来。

"明天见。"不等乌有回答,她就穿过小木桥向堤坝跑去。

乌有留在原地,一脸的莫名其妙,只好"啊"了一声表示回应。然后又重新躺在了草地上。

* * *

从那之后，乌有与桐璃开始在桂川的河心岛见面。没有什么特别目的，只是坐在干爽的草地上闲聊一个小时。于是，乌有的散步时间从原来的一个小时延长到了两个小时。对乌有来说，生活没有因此受到任何影响，只是每天在宿舍面壁的烦闷时间减少了一小时而已。

乌有对社会上的事情不感兴趣，几乎没有什么可聊的话题。但桐璃的话比他多得多，多出了十倍甚至二十倍。与桐璃在一起的日子，乌有依旧没有找到生活目标，但至少有了个聊天的对象。与伶子在一起时不同，乌有对桐璃没有特别的想法，只是想听对方说说话而已。这么一想，乌有心里就会好受些。而且，最近那位青年出现在梦中的次数也变少了。

1

又开始下雪了。

乌有感觉一切都失去了意义。一直持续到前天的紧张感，虽然是种痛苦的经历，却让人感觉充实。而现在……村泽和帕特里克神父再三劝乌有吃点东西，可他完全没有食欲，一点饥饿感都没有。东西吃进去恐怕就会吐出来。而且，乌有不想比桐璃先吃东西。

乌有再次陷入悲痛之中。

"看到尚美了吗？"村泽推门进来问。他尽量克制，担心刺激到乌有，可声音还是很大。

"尚美不见了。"

只见村泽一脸惊慌，判若两人。乌有没答话，他一夜没睡，黑眼圈很重。乌有冲他轻轻摇了摇头。坦白说，乌有根本不想听到"尚美"这个名字，一听到这两个字他就不由得血脉偾张，血管欲裂。

"打、打搅了。"

村泽有些口吃，说完缓缓后退，顺手关上了房门。

"乌有……"

门被关上，室内恢复了安静。此时桐璃抬起头，微微睁开右眼，轻声呼唤着乌有。

"桐璃！"

乌有慌忙俯下身去，用手碰碰她的额头，发现烧退了一些，似乎脱离了生命危险。

"你醒啦？"乌有暂时抑制住内心的慌乱，尽量平静地问道。他想挤出一个笑容，可嘴角一直在抽搐。是啊，他从来没有练习过如何微笑。

"已经没事了。"

桐璃望了望天花板，问道："这不是在天堂吧？"

"嗯？"

"你哭了？"

"啊……不，我没哭。我在笑呢。"

"骗人。"桐璃声音微弱，伸出手轻轻摸了摸脸。她太虚弱了，手才动了两下好像就没力气了。

"是绷带啊。我的脸受伤了吗？"

她的右手摸索着向左眼伸去。乌有没来得及阻止。桐璃感觉到了左眼的异常，似乎意识到绷带下面只剩下一个黑洞……

"怎么了？这是怎么回事……？"

桐璃的右眼一下睁得好大，瞳孔散开……乌有判断不出她是否都知道了。但随之而来的是惊恐、哀叹、喘息、尖叫，接着神经错乱一般在床上胡乱翻滚，甚至试图跳下床。乌有用尽全力摁着她。也许是体力过度消耗的缘故，桐璃只能在被子里挣扎。她用红色的指甲用力地抓自己，白皙的皮肤上渗出一道道血痕。棕色的头发变得乱蓬蓬，张大的嘴巴发出一阵阵尖叫……

"冷静！"

乌有用尽全身力气摁着桐璃的双手喊出了这句话，但是连他自己都觉得苍白无力。如果自己成了这个样子，肯定也跟桐璃一样无法冷静下来吧。按着桐璃的手像灌了铅一样，比此时的心情还要沉重。

过了一会儿,桐璃总算安静了下来。她好像被抽光了所有的力气,一动不动,毫无反应。她已经两天没吃东西了,这样似乎也正常。

"桐璃……"

"出去!"

她用尽最后的力气虚弱地喊道,然后转向一旁,弓起了身子。

"桐璃。"

"不要看我!"

悲痛万分的叫声。乌有非常理解桐璃现在的心情。旁观者尚且目不忍睹,当事人肯定比旁观者难过几万倍,几千万倍。

"求你了……"

乌有离开窗边,将已经凉了的粥端到了床头柜上。

"过会儿记得吃了。"

他声音嘶哑着说完这句话就默默离开了桐璃的房间。乌有把自己房间的床搬了出来,像屏障一样放在桐璃的门前。虽然不会再有什么危险,但万一再有外人来袭,有张床挡在门口,至少可以争取些时间。尽管现在这么做已经于事无补……

乌有回到房里,坐在桌前,开始思考整件事的来龙去脉。可能是松了口气的缘故,他想认真地梳理一下。此时,一阵饥饿感袭来,他咬了一口神父送来的面包……可全身依旧不停地发抖。

不管怎样,桐璃总算捡回了一条命。难得他这次能往好处想,不过这也是没办法的事。

总之,先想想吧……

长时间睡眠不足,加上一直犹豫不定,乌有始终无法厘清思路，可自己必须尽力而为，为了桐璃，也为自己……还有那位青年。

乌有已经不打算等待警察来处理这件事情了，必须亲自揭开隐藏在背后的秘密……这是留给他的最后使命，也是对桐璃一点微不足道的补偿。没能保护好桐璃，对他来说，现在唯一能做的事情就只有这个了。

乌有转过身，望向窗外，刚好可以看到远处的展望台。雪越下越大，看样子会像七日早晨那样积起来。中院的砂砾渐渐被雪盖住了。没想到夏日飞雪象征着死亡。今天的大雪给人不祥的预感，似乎预示着悲剧会再度上演。莫非正如神父所言，一切都是"神"的安排？

乌有凝视着手掌，上面沾满了血迹——已经干掉的黑色血液渗进了皮肤。满手都是桐璃的血。

*

乌有走出房间，往桐璃的房间里看了看。她又睡着了，呼吸声很轻。乌有一直担心桐璃会想不开，现在看来不过是杞人忧天。也可能是刺激太大，她暂时还没想到……乌有呼出一口气，再次将床挡在门前，随即走下楼梯。他努力压抑着内心的疑虑，打算下楼看看其他人的动静。

事到如今，乌有越发迷茫，自己和桐璃究竟是不是局外人。尤其在看了那部电影之后。在《春与秋的奏鸣曲》中，男主人公子虚似乎就是乌有，女主角和音则很像尚美。出现在葬礼上的那个小姑娘，就是那位青年的妹妹，却像极了桐璃。

但这一切都是真的吗？……莫非自己陷入了怪异的轮回之

中？没人告诉过自己那位青年的名字，只记得十年前参加葬礼时见过一次死者的姓氏，但感觉不是"舞奈"。还是自己下意识地回避着这个姓氏？

乌有莫名感觉这座岛本身就是一个巨大的陷阱，自己已经深陷其中。身体被看不到的蜘蛛丝紧紧缠住，无法动弹，眼下正被牵着往预定好的方向走去。不知何时才能走到尽头……

村泽在客厅里喝酒，似乎很焦虑。

"村泽先生。"

乌有叫了一声，村泽竟然有些受惊，立刻回头朝乌有所在的方向看去。看样子夫人还没找到。活该……乌有有些幸灾乐祸地想，随即又苦笑起来，自己不也是自作自受吗？

"尚美还没找到吗？"

"是。"

村泽沮丧地点了点头。看来他在绝望中仍然抱着一线希望。

"舞奈小姐之后，是尚美……"

也许是喝多了，村泽的言语动作都与平时不同，显得很夸张。没想到他如此在乎尚美。换作以前，乌有可能会安慰他一两句，但他现在根本没有这种心情。他的感情，已经在自己和桐璃身上消耗完了。他板起脸，语气坚决地说道："请让我看看和音的房间。"

"不行。"

早就知道他会这么说。

"我要去看看。"

乌有从背后亮出一把菜刀。他的手在颤抖，刀尖也随之抖动着。不过这又有什么所谓。

"我一定要看。"

村泽轻轻转过身，瞪着乌有，却毫不恐慌。看样子他不觉得乌有在虚张声势，但也不认为乌有有多危险。

"够了。"

乌有一步步靠近。

村泽咽了口口水，开口说道："随便你，反正尚美也不在了。你随便吧。"

他从夹克的内口袋里掏出钥匙，扔给了乌有。金色钥匙落在乌有脚边。乌有警惕地目测着与村泽和钥匙的距离。

只听村泽说："我没想趁机偷袭你。"

说完，仿佛为了证明什么似的，他背过身去又喝了一口酒。

乌有飞快地拾起钥匙，说了声"谢谢"。乌有是诚心表示感谢，但村泽似乎不以为然。只见他挥挥右手，做出一个请出去的手势，同时说了句"去吧"。

"你真的那么担心夫人吗？"

村泽似乎被这句话击中了要害，表情一下僵硬起来，但接着笑着自嘲道："当然，至少对我来说，她非常重要。只是不知道她是怎么想的。"

乌有后悔自己问了一个这么愚蠢的问题，可一时也不知道该说什么。

"就像你和舞奈小姐一样。"村泽低下头，又说了一句，"再坚持半天，就有人来接我们了。"

如果计划不变，今天傍晚就会有人来岛上接他们。直到前天乌有还热切盼望着有人来出手相救，事到眼前却突然改了主意。桐璃已经受伤了，外面的人来了又能怎样？……自己可能办不到，但事已至此，还是想亲手了结了这件事情，就用这双沾满桐璃鲜血的手。

"好了吧？快去吧。"

乌有慢慢退出客厅，轻轻关上了门。正当他迈着沉重的脚步准备上楼时，看到神父跑进了客厅，他声称发现了尚美的尸体。客厅随即传来玻璃杯碎裂的声音……

2

——终于可以看看这间房了。

乌有心跳加速，手伸向画框，将肖像画向一侧移动，随即看到一扇厚重的白色橡木门。六天前就看到过，比其他房门看起来都要结实。门板闪着耀眼的白光。

门背后到底隐藏着些什么？祭坛，"神"，还是和音本人？不管怎样，答案马上就会揭晓。

乌有将金色钥匙插进门把手下方的锁孔。手抖得厉害，试了几次都未能成功。为了让右手抖得别太厉害，他不得不用汗津津的左手攥住右手手腕。

试了几次，总算将钥匙插进了锁孔。但钥匙生锈了，很难拧动。乌有本以为死去的那几位都用过这把钥匙，可看这钥匙生锈的程度，已经多年——不，肯定是从来没用过。也难怪，这里毕竟是被封印的圣域。

这个房间会不会跟本次事件毫无关系？一丝恐惧掠过乌有心头，但他决定相信直觉。必须勇往直前，一切只能靠自己。

乌有双手用力，很快感觉到锁芯向右转动了，随即"咔嚓"一声，门锁似乎被打开了。

乌有调整呼吸，握住门把手，终于打开了这扇通往圣域的门。

突然，雪花被风裹挟着扑面而来。眼前是无边无际的夏日海洋、天空和水平线。接着传来黑尾鸥的鸣叫，还有盛夏似火的骄阳……

乌有就那么一动不动地呆立了足有几分钟。他彻底蒙了，究竟发生了什么？所有一切似乎再次回到混沌之中。就像人最终归入泥土一样，随着虚空之门的打开，岛上的圣域完全消失在这盛夏之中，消失在这随时可能回到寒冬的夏日景色之中。

低头望去，中庭的展望台显得很小。那是白色大理石砌成的展望台，曾是和音唱歌跳舞的地方。乌有终于发现，原来这扇门就是和音馆的外墙。这里真的就是圣域？

这时脚下突然晃动起来。这是上岛后的第几次地震？小岛周围的海面翻起白色海浪，就像"神"发怒了一样。晃动越来越剧烈，持续了好久，似乎比前天在客厅里经历的那次还要剧烈很多。

乌有立即用双手抓住门框，总算没有被甩出那扇门，不过还是滚到了走廊深处。歪斜的走廊、歪斜的红色地毯，此时就像海上遇到风暴的船只一样上下起伏。窗户玻璃碎了，墙上裂开很大的缝隙，油漆噼里啪啦地迅速剥落。整栋和音馆都在摇晃，似乎随时都会坍塌一样。

"咯噔"，传来一声沉重的声响。只见那幅被移开的油画从画框脱落，落在了走廊的地面上。木制的画框出现了很大的裂痕。那幅被利刃划破的肖像画斜靠在墙上，正面朝着乌有，两相对峙。

这幅武藤倾尽心血为真宫和音创作的肖像画，仿佛渴望得到他人的解读一样，直直地盯着乌有。乌有在地震中一动不动，注视着面带诡异微笑的和音,久久地注视着……于是,他悟出了这幅画的真正含义。

他忍不住发出一声巨大的哀号。

和音用冰冷的眼神望着处在惊愕中的乌有。那双眼眸……乌有发现那只被残忍划破的左眼里竟然被填上了一只新的"眼睛"。那只眼睛还残存着生动、湿润的光泽……天哪!那是桐璃失去的眼睛。

拼贴画……和音被"展开"了……在一阵天崩地裂般的晃动中,乌有终于明白了"展开"的真正含义。

3

地板似乎还在晃动。

地震结束后,乌有有了新的发现,同时也陷入了深深的绝望。他心情沉重地来到桐璃的房间。所谓新发现,就是与"和音"相关的情况。巨大的绝望则是新的发现让他意识到自己一直以来有多蠢。

——绝对纯粹的"核心",只存在于人们的观念之中。也就是说,"人"不能通过"人"来表现……

这些日子,这帮人对一个虚幻的、幽灵般的谜团怕得要死,被它耍得团团转。那么焦虑,那么恐惧,如今才发现所有一切都是剧场休息时上演的滑稽剧。这八天里,乌有不过是一个出演滑稽短剧的可笑小丑而已。

乌有很想哭。不是因为难过,而是因为漫无边际的虚空。

"乌有……"

看到乌有来了，桐璃抬起头小心翼翼地喊了一声。她也许在想，你去哪儿了？那只依旧闪亮的右眼央求似的注视着乌有，好像在问，你要丢下桐璃去哪儿呢？能去哪儿呢？尽管乌有感觉自己现在什么都没有了，只剩下桐璃……

"桐璃。"

乌有快步走到床边，双手紧紧抱住桐璃，想尽量给她一些安慰，也想借此平复自己的心情。不必去想曾经受过的伤害了，乌有在心里告诉自己。

"乌有，我很难受。"

高烧过后，桐璃的声音异常沙哑。但乌有不想放开她，真想就这么一直下去。

"真的很难受。"

"不怕，都过去了。"

乌有终于松开了双臂。为了让桐璃安心，他扶着桐璃的肩头试图微笑着说。可脸上的肌肉不住地痉挛，最终也没能笑出来。桐璃的半边脸都裹着白色的纱布，让他怎么笑得出来！何况还有那不易察觉的凹陷，以及隐藏在那里的无尽深渊。

……桐璃可能还有危险。都怪自己没有保护好她。因为一个那样的和音，害她失去了宝贵的右眼。

为了不让桐璃看到自己湿润的眼睛，乌有把脸转向了一边。

"……我想过了，假眼的颜色。"桐璃在乌有耳旁轻声说道。

"假眼？"

"嗯，我喜欢绿色，就那种透明的浅绿色。是不是很时尚？"

"桐璃……"

乌有用力抓住了她的肩膀。想要坚强乐观起来的桐璃，拼命微笑的桐璃，眼中饱含着的泪水映出了吊灯的光芒。你这个样子是想安慰我吗?……想到这里,乌有悲从中来,愈加觉得桐璃的可贵。

"乌有觉得怎么样?"

"啊,肯定很好看。"

"真的吗?太好了,就知道你会这么说。"

你要想听,我愿意说上几千次,几万次……所有的感情涌上心头,乌有没能忍住,哭得一塌糊涂。

"我都说没事啦。快别哭了!那么大一个人还哭,真不像样。"

"啊,也是。对不起。"

乌有用袖子擦去眼泪。桐璃拼命地想对着自己笑,自己却先哭了起来。

"所以……"

"所以?"

"不要再杀人了。"

乌有吃惊地望着桐璃,眼看着她的表情严肃起来。

"求你了。"

"桐璃……"

桐璃怎么会知道?

"我大概能猜到,你做这一切都是为了我……"桐璃垂下眼睑,语气平静地说。

"如果你没保护我,我可能早就这样了。水镜先生或结城先生都有可能这样对我。所以……"

"所以?"

"不要对尚美……"

是想说不要杀害尚美吗?可是……

"太迟了。昨天晚上已经……"

桐璃什么都知道。乌有的手无力地从桐璃肩头垂下。他注视着这双沾满三个人鲜血的手。

"哦……"桐璃难过地移开了右眼的视线。但乌有并不后悔。桐璃是他活下去的唯一希望,他不可能放过那个伤害桐璃、夺去桐璃左眼的女人。不管尚美的过去多么悲惨、多么值得同情,那都和他没有关系,她伤害了桐璃,自己就一定要实施报复。就算桐璃事前阻止,他也不会手下留情。

时间就像停滞了一般,两人回避着彼此的目光,陷入长久的沉默。

桐璃会怎么想我?会害怕我这个残忍、遭人鄙视的杀人凶手吗?……乌有不敢看她的眼睛,也不敢看她的脸。但是……

过了一会儿,乌有鼓起勇气问道:"你是什么时候发现的?"

"结城先生失踪之后……"桐璃低着头小声回答,"我都看到了。你跟结城先生半夜在我房前打斗。后来,你把他从展望台扔到了海里……那天开着暖气,太热了,我没睡着。"

"原来如此……怪不得,那天早上你的脸色有些奇怪。"

桐璃轻轻点了点头。

"我尽量掩饰,不想让你知道,没想到……"

全都怪自己,桐璃明明看到自己杀了人,但为了丑陋的自己,还要装作什么都没看到。

"你,不觉得我很可怕吗?"

乌有做了最坏的心里准备,战战兢兢地问道。如果桐璃说是,他恐怕难以接受,也许会纵身跳入大海。

桐璃抬起头,眼里满是真诚。

"不,你都是为了我,对吧?乌有,都是我害了你,对不起……"

"别说了。"

乌有再次紧紧抱住桐璃。这次桐璃什么也没说，也抱住了乌有。

"桐璃。"

……鸽子并没有飞走。乌有喜出望外，满怀爱意地抓起桐璃的左手，情不自禁地轻吻她的指尖。

"果然是你！"

背后传来呵斥声。回头一看，村泽站在门口。他脸色发白，双颊通红。乌有和桐璃不由得松开了对方。

"尚美的尸体找到了，在衣柜里。她的喉咙被人割开，也许用的是刀一类的东西。我来告诉你，竟然发现……"

由于太愤怒，村泽的双肩明显抖个不停，声音也有些沙哑。

"村泽先生……"

"为什么要害尚美……"

"她伤害了桐璃，罪有应得。"

乌有狠狠地盯着他，语气从未有过的坚定。他坚信自己并没有做错什么，也不想让桐璃看到自己胆怯的样子。

"也许尚美伤害了桐璃……可是，我需要她，就像你需要桐璃一样。的确，她得为自己赎罪，但如果尚美因此死了，那现在就轮到你偿命了。"

说着他从夹克口袋里取出手枪，对准了乌有。闪着银黑色光泽的枪口正对着乌有。

"原来枪在你手上。"

"当时只想拿来防身，想不到会派上这种用场。"

瞄准，拉下枪栓，子弹上膛的声音有些可怕。

他真的会开枪吗？不用想了，他的眼神说明了一切。他已经被仇恨冲昏了头脑，就像自己杀死尚美时那样。除了乌有，他什么都看不到。

"为什么要杀武藤和结城？你到底是谁？"

"我根本不是侦探，是你误会了。我本来跟这个案子毫无关系，我只是想保护桐璃……别在这里说，去我房间吧！"

就算桐璃什么都知道，乌有还是不愿在她面前暴露更多的罪行。若在这里说，肯定会刺激到床上躺着的桐璃。

"不，我要让她也听听你做的好事。"

村泽嘴角浮出狰狞的笑容。他逼近一步，向前伸出持枪的右手。他动真格的了……乌有发现说什么都没用，便不再提议换地方了。

"……我那是正当防卫，是武藤先动手的。"

"他为什么去你的房间？"

"我跟桐璃换了房间。他不知道这件事，跑来偷袭。他本来是想杀桐璃，也可能跟你妻子一样只想剜掉她的眼睛。他想将'和音''展开'，先拿刀划破了那幅画的眼睛，就为了完成拼贴画，他们俩都一样。"

"然后你就杀了他？"

"是误杀……我不知道是怎么回事，只是在正当防卫。"

乌有解释道，同时发现自己这次格外冷静。简直镇定得超乎想象。可这在村泽看来非常傲慢，似乎进一步激怒了他。

"为什么砍掉他的头？"

"不是我砍的。我只是把尸体拖到了水镜的书房。后来有人把他拖到展望台处，砍掉了头……还破坏了电话。"

"不是你？"

村泽本以为都是乌有干的，听到这里，显得有些意外。乌有那晚不过是用烟头烧焦了沾有血迹的地毯，草草处理了一下现场。

"不是，我完全没必要那么做。即便因为杀掉武藤被警方逮捕，我只需要说是正当防卫就好了。无法与外界联系，最着急的就是我。"

乌有说得很有道理。如果不是有人切断了与外界的联系，结城和尚美就不会死。最重要的是，桐璃也不会遭此不测。

村泽似乎相信了乌有的话，继续问道："那结城呢？"

"结城也想杀掉桐璃。我觉得那个人从来没把'展开'放在心上，他只是想为尚美除掉桐璃。"

"然后呢……"

"不是我要杀他的。那天晚上，我守在桐璃门外，结城拿着刀走了过来。"

"为什么？你叫醒我们不就行了吗？为什么要杀了他？肯定是一开始就想除掉他吧？"

村泽继续追问乌有。对他来说，也许除掉一个杀人狂魔比除掉一个防卫杀人者心里要好受很多。

"叫你们？开什么玩笑。你们有三个人，三对一我受得了吗？"

"三对一，什么意思？"

"如果你们商量后一致同意，要以某种宗教的名义合伙加害桐璃，我一个人怎么可能对付得了你们三个？当务之急，是除掉眼前的结城。你们肯定会同意结城和武藤的想法，为了一个根本不存在的'和音'，联合起来剜掉桐璃的眼睛，只为了镶到那幅该死的画上。"

事实上，神父并不同意尚美那种简单的拼贴方法。但乌有事后才知道，当时的乌有毫不知情。

乌有突然想到一个问题。为什么一定是眼睛？不过想来也是，因为眼睛的重要程度仅次于灵魂，是一个人观察外部世界的窗口，把它当作"自我"的象征，最合适不过。

村泽哑口无言。乌有的分析正中要害。

"所以，你就一个接一个地杀掉了他们？"

"不，我刚才也说了，之所以杀结城，是因为他偷偷溜进了桐璃的房间，要杀桐璃。他当时太过激动，精神有些不正常，否则我也不想杀人。"

为什么要主动沾上别人的鲜血？那个因交通事故而死的青年已经折磨了自己十年之久……

"最希望警察来的人是我。杀掉结城，确实是防卫过当，可一想到桐璃有生命危险……"

说到"有生命危险"，乌有意识到桐璃正在身后躺着，慌忙回头看了一眼。只见桐璃面带微笑，好像在说"没关系的，你继续说吧"（她极度虚弱），乌有这才放下心来。

"十二日之前，警察是不会来的。知道这一点后，我决定依靠自己的力量尽力保护桐璃。首先，必须分散你们对桐璃的关注。不然你们就会为了所谓的'展开'加害于她。"

"接着，最后一个轮到了尚美……那你从我对你的误解中发现了什么？"

"控制你们的办法。当时真没想到是这样。如果能用语言告诉你们桐璃不是'和音'，我也不想杀人。"

"说得好听。"

村泽嗤之以鼻，似乎不相信乌有的解释。

"你确实有值得同情的地方，可不管怎样，你都得死在这儿，你要为尚美的死付出代价。"

说罢，他扣在扳机上的食指开始发力。

乌有从来没有像现在这样不想死。若是一年前，不，哪怕是一周前，他都会勇敢地接受这个结果。他会想自己的人生不过如此，自己的命是那个为自己而死的青年给的……

但现在不同了。如果自己死在这儿，桐璃怎么办？

但枪口直直地对着乌有，距离乌有不过一两米远。这么近的距离，逃也逃不掉。而且枪里的子弹应该不止一颗。

"为什么这么在乎尚美？你不是一直信仰'真宫和音'吗？"

也许是为了争取时间，但乌有忍不住不问。

"不，我选择的不是和音，是尚美。"

"那是因为尚美体内还有一个'和音'的缘故吧？你选择的并不是纯粹的尚美。"

村泽无言以对。

"什么意思？"桐璃小声问道。没想到这一点她也不知道。

"这座岛上，从来就没有和音这个人，也没有'真宫和音'这个女演员。和音不过是他们的理想与念想的产物。他们也没有真的把和音推下海，只是因为放弃了信仰，最终抹杀了'和音'的存在。"

说得如此简单，桐璃也许听不明白。就连乌有也是受到神父的启发，看了结城给他的《立体主义的奥秘》，打开"和音房间"的门之后，才总算想明白了这件事。现在情况危急，没时间详细解释。

"出演电影、在展望台上唱歌跳舞的人并非和音，是尚美。她负责展示'和音'作为人的一面……因此，尚美在你和结城看她的眼神中，发现了'和音'的影子，从此陷入两难的境地。她不知道你们爱的是和音还是自己，无法彻底信任你们。"

"住口！"

村泽大喝一声。但乌有没有停下。他对这群人匪夷所思的行为感到无比愤慨，想说的话好似决堤的洪水，一发不可收拾。

"所谓复活，也不过是给'和音'一个定义，那只是由你们创造出来的记号，不过是一个幻想物而已。只是因为武藤画的那幅画，那幅以尚美为原型，但又与尚美气质完全不同的、理想中的'和音'像，与桐璃实在太像了……"

一切都是从那幅画开始的。那幅二十年前武藤按照自己的想象画出的"和音"，那幅神父唤作"奇迹"的肖像，将他们这群人逼入了绝境，也对桐璃和乌有紧追不舍。

"和音存在过。现在还活着。"村泽大声喊道，试图盖过乌有的声音，"看到舞奈小姐后，我就坚信不疑。这不是哪个维度的问题。'展开'之后，和音可以在任何次元中'绝对'存在。"

"你是说那套陈腐的理论衍生出来的拼贴画吗？"

村泽没有出声，一度放松的食指再度抠紧。他似乎在威胁乌有，再多说一句就开枪。当然，就算乌有什么都不说，他还是会开枪。因为从一开始他就想除掉乌有。

"我要死在这儿了吗……"

乌有没有去看对准自己的枪口，而是盯着持枪的、几近发疯的村泽。

电影、《启示录》、密室，还有好多谜团没有解开。死之前竟然要留下这么多遗憾，乌有很不甘心。但这个世界上，又有谁能搞明白所有的事情呢？即便那些生活中无所不能的人也做不到吧。反正我的命早在十一岁那年就结束了。想到这里，乌有有些释然了。

"看来你已经准备好了。"

扣在扳机上的食指越来越弯。用不了一秒,子弹就会击中乌有的额头。头骨碎开,脑浆迸裂……

"乌有!"

桐璃惨叫一声。想不到最后还能听到桐璃的声音,乌有满怀感激,甚至轻声回应"嗯"。

"不要——!"

"■■■IIIIIIIIIIIIIIIIIII"

下一刻,枪声响起,回荡在整个房间……村泽轰然倒地。

*

乌有惊恐不定,战战兢兢地睁开眼睛,他无法理解眼前的一切。为什么倒下去的不是自己而是村泽?血不断从他脑后流出,地毯上积了一大摊。村泽死了,手指还扣着扳机。

唯一确定的是,自己还活着。他看看双手,然后望了望床上一脸惊愕的桐璃,放下心来。

这时,半开的房门无声地敞开了。

"神父。"

门外面站着个头不高的神父。只见他全身僵直,右手握着另一把手枪。

"为什么……"

不止乌有,桐璃也抬头望着神父。比起得救,他们似乎更关心神父为何杀死村泽。乌有的大脑转不动了。

"到此为止吧。"

神父淡淡一笑，将手里的枪丢落在地。那把刚杀过人、还有些烫的手枪便躺在了松软的地毯上。

"你现在不能死，你还得保护桐璃。"

神父的语气镇定而坚决。

"但是……"

一般来说，应该先感谢对方在危急关头救了自己才对。可情况太复杂了，乌有一时乱了头绪。他望了一眼桐璃，竟然直接对神父说："但是，桐璃不是和音。"

"我知道。这个姑娘不是'和音'，但她的样子就是大家心目中的'和音'该有的样子……我想你能明白我的意思。"

乌有没有反驳。桐璃当然不是和音。但在他们眼中，桐璃是根据立体主义理论被分解纯化之后的"和音"表象。用神父的话来说，就是意图明确的奇迹，而"意图"则是指和音的复活。

"我想制止村泽试图用拼贴画的方式来'展开'的错误行为。"

尚美等人想要进行的"绝对化"，即通过拼贴画的方式，将桐璃的眼睛镶嵌到和音的肖像画中去。可这种方式只是对立体主义作品的简单模仿。不过，这是乌有的理解，并非受到神父影响才得出的结论。可神父把"和音"复活一事当作最终"奇迹"，并通过这种方式来造"神"，这简直就跟原始人把飞机当成"神"的翅膀，把收音机当作"神"的声音是一码事。对此，乌有很难赞同。归根结底，这只不过是一场维护和音教正统性的争端或内部斗争。大家都拼命地想修正当年的错误，却陷入不可调和的内讧。正是这样，乌有才得以死里逃生。望着神父，乌有的心情特别复杂。

神父刚杀过人，脸上却浮现出圣母玛利亚般的慈爱笑容。他缓缓弯下腰，捡起了躺在红地毯上的手枪。

"神父……是你把水镜先生，不，是武藤先生的尸体运到圆形舞台，然后砍下了头对吗？"

一直不敢面对的问题，乌有此时竟脱口而出——假如这件事不是神父所为，那就等于暴露了自己杀人的真相，就算那是迫不得已——乌有相信神父肯定会毫无保留地说出正确答案。

正如乌有所料，神父轻轻点了点头。

"还不能让大家知道，水镜其实是武藤伪装的……"

"果然……可是，您应该知道我已经有所察觉了吧。武藤先生曾走着来过我的房间。"

"他并不是针对你，"神父有些为难，但还是说了出来，"他是害怕被警察发现。既然事情已经发展成这样，至少在和音复活之前，他的身份还不能暴露，这也有助于保护这座岛……"

但这肯定不是全部原因。如果只想隐瞒替身的事实，也可以抛尸大海或者挖坑深埋呀。因害怕尸体解剖后事实曝光，两天之后让尸体失踪，这恐怕也是神父所为。熟悉尸检的神父，当然不会看漏死者的腿其实并未受伤这一细节。

不如说，神父把尸体扔到被积雪掩盖的展望台，是想策划一个"奇迹"，让那些在同一个地方背弃和音的人意识到罪孽深重。

"我要争取时间。至少在和音的忌日之前，不能让警察知道。"神父小心翼翼地将尚有余温的手枪捧在手中，低声说道。不知道他是想确认自己又结束了一个生命，还是把手枪当成了惩罚异教徒的圣矛。

"所以你弄坏了电话。"

"你好像在怀疑我，可那的确不是我干的。从一开始我就不想让你们卷入我们的争端。"

好意外！乌有一直以为是神父为了策划奇迹，自导自演了所有事件。

"那会是谁呢？"

"当然是和音了……让真锅夫妇坐船出岛的是武藤，破坏电话的是和音。"

"和音？怎么可能……"

他坚持和音存在，而且说得非常认真，丝毫看不出是在撒谎。

"我确信'和音'复活了，或即将复活。和音的墓被挖开了，想必你们也看到了吧。"

"可和音根本不存在啊，墓地被掘，只是有人故意为之。"

"那是谁干的？不是我，也不是你，还有谁？的确，那不过是一个象征性事件，可它是想告诉大家和音复活了。二十年前，绝对的'和音'仅存在于我们的意念之中，但现在已经被'展开'，开始出现在我们面前了。这就是一个奇迹……"

"可是，我们先不说夏日飞雪的事，密室是你策划的对吧？若是这样……"

神父摇了摇头，像要否定乌有刚才所说的一切，略微下垂的肩膀轻轻抖动着。

"我所做的一切，仅仅是遵照'神'的旨意，为了奇迹的发生。'神'给我指出了方法，给了我启示。"

"什么意思？"

"……总有一天你会明白。神应该也给了你启示……不过，二十年前，我好像误会了武藤。"

"误会了武藤？"

"对。"神父轻轻点头，"我过分夸大了他的庸俗和野心。"

"你是指《启示录》？"

神父用力点了点头。

"我当时十分担心，'和音'的旨意，也就是立体主义式的'展开'，只是他为了达成野心的工具。这甚至动摇了我的信仰。因为越是美好的东西越脆弱，就像倒立的等边三角形，容易倒下，容易崩塌。但是……"

他语气沉痛，但面容平静。

"可是他的《启示录》里记录了一切。"

"《启示录》……你读过那本书？"

原来从武藤房间拿走《启示录》是神父，不是结城。

"他的热情，他的信仰，是那么坚定而真挚，连我都为之震惊。我太蠢了，在来这里之前并不了解，他才是有着伟大两面性的人，受到了'和音'之神的启示……如果我一早就知道，这个惨剧或许可以避免。"

"那本书现在在您手里吗……"

神父没有回答。只见他将手枪换到右手，再次拉开枪栓，接着对准了自己的太阳穴。喀嚓，这熟悉而又让人厌恶的声音再次传入耳际。

"你要干什么？！"

"我，"神父非常平静地留下了最后的遗言，"二十年前，我们犯下了大错，杀掉了和音，我们必须付出代价，眼下赎罪的时候到了。"

"你在说什么？和音根本就不存在，你们并没有杀死她——"

乌有的话还没说完，枪声再次响起。鲜血四溅，神父轰然倒地，脸上带着些许笑意。

"愚蠢……"

乌有说不出话来，大脑一片空白。他蹲下身去，呆呆地凝视着阳光照射下渐渐冷却的尸体。

"和音这个人，根本就不存在啊……"

为什么？人怎么可以因为这种荒谬的事情轻易结束自己的生命？乌有实在想不通，在内心反复地问自己。

他们分别拥有和音人生的不同片段，有关于和音"展开"的片段，有努力让观念中的"核心"显现于人类世界的片段，有拼命掩饰和音从未在物质世界中出现过这一事实的片段……

到底是什么力量让他们如此癫狂？难道是因为他们意识到了别人一直未意识到、却普遍存在的虚无，抑或是因为他们憧憬着更积极的神灵？还是……

乌有想不明白。

但乌有知道，这些人信奉"和音"，把自己的内在部分连同那些片段一起献给了"和音"。二十年前，他们因为理论上的失误不得不放弃信仰，无法找回一度在生活中出现过的"和音"（被包装过的尚美）。但他们欺骗自己已经找回，并且开始经营世俗的生活，有一天他们突然发现自己并没有真正找回时，眼前只有一条路可走。既然无法逃避，他们就决定不惜一切代价来促成"和音"的"展开"。

当年，他们在这座岛上分别背负着何种使命，扮演着何种角色，现在已经无从知晓。但有一点可以肯定，那五幅风格各异的和音画像，都出自他们之手。

深爱着尚美的结城，满怀着无奈与悲哀，完成了《取下面具的女人》；对失去好的歌喉而耿耿于怀的村泽，创作了《歌唱鸟儿的少女》；失去双脚的水镜，画出《海边奔跑的少女》。虽然无从确认，可乌有觉得，只有武藤的作品表现出了真正的"和音"。

还有一幅尚未完成的画作，应该出自神父之手，因为得不到其他人的认同，最终惨遭焚毁。

还有尚美，作为岛上唯一的女性，她是武藤的妹妹，扮演"和音"的肉身，为此做出了巨大的牺牲，在他们面前出演电影，唱歌跳舞……

他们将自己最为认同的"自我"部分投射到"和音"身上，奉献给"和音"，终于通过一系列的"还原"和"展开"，创造出二十世纪的神灵。

然而，他们的尝试因亨利希的《立体主义的奥秘》一书宣告失败。二十年后，又因此陷入内讧。为了修复"神"本身具备的希望之光，复原曾经失去的意念之"神"，仅仅为了达到这个目的，他们相继死去，就连皈依基督教的神父也未能幸免……

乌有不信神，终其一生也无法理解他们的所作所为。他之所以表现得异于常人，并非因为"和音"这样一个没有实体、仅存在于意念中的人，而是因为十年前存在过的"那位青年"。

"乌……乌有……"

桐璃的叫声让乌有回过神来。他赶紧跑过去，桐璃因受到惊吓不停地发抖，连牙齿都发出细微的叩击声。

"桐璃……"乌有喊着桐璃的名字，抓住了她纤细白皙的手腕，发现很凉。

"我……"

桐璃右眼满含泪水，求救似的望着乌有。

"不要担心我。"

为了让桐璃放心，为了显得很平静，乌有强忍着内心的不安，脸颊颤抖着，但还是努力挤出了一丝笑容。

"已经没事了。所有人都死了，接我们的船很快就到。"

"真的吗……"

乌有用力地点头，一次又一次，脖颈都要折断了。

"晚上我们就能回到日本，回到京都啦。"

桐璃似乎终于放下心来。她撑着乌有的手臂坐了起来，战战兢兢地环视着化为杀戮现场的室内。被击中后脑的村泽，背叛神灵而自杀的小柳，两人的尸体重叠在一起，横在桐璃面前。一切都结束了，整个房间像被冻住了一样。只有红地毯吸食着鲜血，散发出鲜活的光芒。

"……神父也死了啊。"桐璃喏嚅道。她的表情失去了平日的阳光开朗，也看不到撒娇时的天真可爱，眼眸犹如北欧深邃澄澈的湖泊一样昏暗阴觉。

桐璃遭受的这次灾难，责任应该不在自己。但是……如果责任全在自己的话，她获救的可能性有多大？看着惨遭他人摧残的桐璃，乌有只能消极地发出一声叹息。

"乌有。"

桐璃低沉的声音再度响起。

"我们得救啦。"

神父他们，就忘记吧。他们的生也好死也罢，都与乌有无关。桐璃、那位青年，还有乌有本身，这才是自己的全部。现在，面对桐璃，一直盘踞在自己体内的那位青年也开始慢慢淡去，十年来掌控着自己的那股力量也开始弱化。这种感觉，究竟该如何表达？

"没事了。"

乌有紧紧抱住桐璃，轻吻着桐璃苍白冰冷的唇，接着透过绷带，吻了陷下去的左眼位置——人都是在失去后才学会了珍惜。

"放心吧,都走了,都不在了……"

4

雪停了,万籁俱寂,银装素裹……真是令人怀念的光景。发现武藤尸体的那个早上,我为什么会梦见雪呢?杀掉水镜,不,是武藤,并将尸体搬到书房去的时候,我根本不知道外面在下雪。这座岛上说不定真的存在某种灵异的力量。那种灵异不同于神父所说的神仙显灵,而是一种恶魔邪念般的力量,并且控制着全岛……不,不仅如此,或许也控制着我?

果然如此。乌有最终发现,平安活下来的人只有自己。他不禁怅然若失。为什么?怎么总是这样。总是别人遭受厄运,而自己苟活下来。今后也将是这样……越想与他人断绝关系,越想被他人孤立,就有越多的人因自己丧生。之前是那位青年,现在是他们几个,桐璃也因为自己失去了左眼。今后自己只能背负着沉重的精神负担度过余生……深爱着桐璃,却让她受伤,这种罪恶感会一直折磨自己。

乌有诅咒着自己的不幸。

乌有一步一步踏在雪地上,脚踩进雪里,发出吱嘎的声音。回头望着留下的脚印,乌有想起神父背着武藤的尸体从雪地上走过的情景。当时天还没有大亮,身着黑衣的神父在轰隆隆的海浪声中,背着一具死尸朝行刑地走去,只为切断尸首的头颅。那一刻,他不是帕特里克神父,而是"和音教"的祭司。和音教是武藤亲手创造的信仰,但和音已是神圣的象征,已是"神灵",就算武藤也不能侵犯她。

但是,即便纯粹的信仰能够战胜一切,普通人也不可能创造奇迹。乌有看向远处的白色展望台。神父所说的奇迹，不就是他自己亲手创造的吗？从客厅到展望台，五十米的距离，他走过去，竟然没有留下任何足迹。但神父说，他没有创造奇迹，而是顺应了奇迹。奇迹……难不成是"和音"对二人施了魔法，让他们从空中飘了过去？

"好慢啊。"

听到说话的声音，乌有条件反射般抬起了头。他简直不敢相信自己的眼睛。

"还不来，都快冻僵了。"

乌有看到了一个女子的背影，身着白色连衣裙。只见她抓着栏杆，探出身去，望着远处的日本海。看着她的背影，乌有感觉似曾相识。女人脚边有一只黑猫，翠绿色的眼睛炯炯有神，此时正紧盯着乌有。

"你是谁？"登上舞台之后，乌有压抑着满腔的疑惑，大声叫道。

"你说是谁？是我啊，乌有。"

海风卷起了她的裙边，女子转过头来，面朝乌有，满脸笑意。那是他见过无数次的纯真表情，笑容是那么的天真无邪。

舞台下方，海浪猛烈地拍打着岩石，传来阵阵轰隆声。

"……桐璃！"

乌有不由得叫出声来，随即又猛烈地摇头，想要抹掉这声呼喊。

——不可能，桐璃现在应该在床上沉睡才对。

不过，眼前这个人，无论长相、声音还是举止，都与桐璃一模一样。一年前相遇，一起坐船来到这里，刚刚才紧紧拥抱过，才亲吻过她失去眼球的左眼，那才是自己深爱的桐璃。

……不过有一点不同,这个女孩琥珀色的双眸清澈透明。这应该是两天前,也就是被尚美袭击前的样子。

"你到底是谁?"乌有后退一步,声音颤抖地问。

究竟在玩什么把戏?镜子?立体电影?人偶?变装?……可眼前这位少女并没有玩那种拙劣的把戏。

"你怎么这么问我?乌有,我是舞奈桐璃呀……"

少女毫不忸怩地表示自己就是"桐璃"。问得太直接了,乌有反倒有些不好意思。

"不可能……桐璃现在应该在房间里。"

"哦。"少女用食指顶住下巴,认同般地点了点头,"那个人曾经也是舞奈桐璃。而我也是舞奈桐璃。"

"你什么意思?"

"没什么。"她嘟起嘴。令人生气的是,两人的语气和动作竟像是同一个模子刻出来的。

"我只想说,我也叫舞奈桐璃。这不是明摆着的吗?"

"我不知道你在说什么。"

乌有被搞糊涂了。看长相分辨不出,听声音也无法辨别,这位自称桐璃的少女真的是桐璃吗?可她本人自称桐璃,而且表情那么坦然……

乌有试图让自己冷静下来,此时的第一反应是——看来这座岛上还有另一个人。她是不是桐璃暂且不论,岛上至少藏着一个乌有和桐璃完全不认识的陌生人。

"那么……"乌有就像一只刚刚来到新家的猫一样,警惕地追问,"那天我站在圆形舞台上时,从四楼的窗户盯着我看的那个人是你?"

"嗯。"少女点头,"我就是想看看,你到底在干些什么。"

乌有当初误以为那是窗户，结果是和音的房门。他把走廊上的白壁当成了窗帘或者室内的墙壁……这位少女站在走廊上推开了"和音"的房门，盯着乌有。

"地震后，大家都聚在客厅，切断主电源的那个人也是你？"

"只是个小小的恶作剧而已，你干吗那么生气？"

面对乌有的厉声质问，桐璃说完噘起了嘴巴。但乌有完全不为之所动。他死死地注视着眼前这个人，同时回忆并拼凑着过去的诸多片段。莫非是这个少女引导着，甚至诱惑着自己杀害了那几个人？乌有盯着这个与桐璃极其相似的少女，感到越来越疑惑不解。

"……这么说，破坏电话，挖开坟墓，放下乌头花，这些都是你做的？"

"那我就不知道了。"

她不高兴了，随即转过脸去。肯定是这个桐璃干的。如果这个桐璃是真的，那么这个举动恰恰意味着是她干的。讽刺的是，乌有之所以得出这个结论，正是因为在这个自称桐璃的人身上看到了桐璃风格的言谈举止……就是这个桐璃藏在背后，设定并操纵了一切。她才只有十七岁，在她孩子气的表面之下，隐藏着怎样令人恐惧的一面啊。

突然，乌有记起尚美曾说过的话——她看到桐璃进了结城的房间。当时他还以为她在撒谎，因为自己杀了结城（尽管是正当防卫），而且就在桐璃的房门前。现在看来，说不定是这个桐璃故意让尚美看到了自己，目的就是让尚美去袭击真正的桐璃……

"对了，借你的夹克还给你。"少女语气平淡地说。面对乌有严厉的目光，以及因怀疑自己而皱起的眉头，她不以为然，把搭在栏杆上的亚麻夹克递给了乌有。

"这……"这是前天乌有在这里披在桐璃背上的夹克。难道房间里的那个人不是真正的桐璃?

"啊,对了,还有这个……"

乌有呆呆地接过夹克,桐璃又往他的手掌里放了一个小东西。一声清脆的丁零声响起,那应该是乌有扔掉的铃铛。

"难得人家送你一样东西,竟然扔掉了。为了找它,我费了好大的劲儿呢。"

仔细一看,红色的绳子上还沾着点泥土。真的是从向日葵田里找出来的吗?真是这样的话,那送乌有礼物的桐璃是这个桐璃,而不是那个桐璃?乌有记得这身打扮——白裙子,银手镯。乌有见桐璃这副打扮不止两次,应该有好几次……记得听她说怀疑神父那次,也是这条白裙子。还有,还有……乌有越发不安起来,关于桐璃的记忆开始混乱,到底哪个才是真正的桐璃?

"都是你干的吗?"

"我什么都没做啊。"

……的确,她什么都没做。杀害武藤、结城以及尚美的是乌有;伤害桐璃的是尚美;枪杀村泽的是神父,然后神父自杀了。但是……

就在这时,"喵",乌有听到一声猫叫。脚边那只小小的黑猫正撒着娇往桐璃身上蹭。

"这只猫是?"

乌有再次大吃一惊。

猫、猫、猫、猫……假如自己看漏了个什么东西,一定就是这只猫了。乌有努力回忆……记得刚到和音馆时,发现大门口有猫的足迹。杀死武藤的第二天,厨房里的牛奶盒……不,不是这些,还有更关键的……乌有终于想起来了。已经忘掉好久的……

就是这只躲在大脑某个角落里的黑猫……没错，就是黑猫。自己就是为了追这只黑猫，才冲到了大马路上。十年前的那一刻、那个地方……乌有呆住了。到底怎么回事？为什么现在……

"我说……"桐璃脸上浮现出天使般的微笑，打断了乌有的思路。

"这里好冷啊，我感冒刚好，这样下去又该感冒了。那件衣服还是再借我一次吧。"

乌有紧紧攥住夹克，看样子不想再给她了。

"我只喜欢桐璃一个人。"乌有缓慢却清晰有力地说出了这句话。他大脑一片混乱，几乎忘了说出这句最重要的话。

"太好了！果然是这样。"

桐璃开心地喊了起来。她以为乌有喜欢的人是自己。

"不，我喜欢的桐璃不是你。"

"为什么？"她似乎很意外，歪着头问道。

乌有告诫自己，绝对不能被那副天真的样子骗到。

"我就是桐璃啊。"

"不，你不是。真正的桐璃现在应该在床上睡着。"

"是吗？但是，你怎么知道那个桐璃不是假的呢？"

这个问题简单直率，而乌有却无言以对。

"桐璃会说自己是假的吗？"

"当然不会啦。两个都是桐璃，都说自己是真正的桐璃才对呀。"

这个桐璃是在取笑我吗？乌有抑制不住内心的怒火，他在不停告诫自己不要被她的谎话所骗。

"我们每天在桂川的河心岛散步聊天，你都忘了吗？"

"你怎么会知道……"

乌有吃惊地盯着她。

"你说什么呢？我们是在一起的啊，当然知道啦。"

桐璃哈哈大笑起来。该生气的时候反倒大笑，这点也跟桐璃一个样。

"不，不是你。跟我聊天的人是桐璃。"

"我都说了，是我跟你闲聊的。"

她像是把乌有当成了痴呆老人，反复耐心地解释着，而且振振有词。乌有很清楚，遇到这种情况，桐璃也会是这个反应，而且还很乐于这样。

突然，他想起大前天晚上和桐璃的对话，那一刻感觉她格外怪异。

"如果有两个完全相同的'我'……"

那天晚上，桐璃问乌有，好像在向乌有要求什么似的，眼神里带着些调皮。难道她并不是在谈人格分裂，而是在说人格、长相、性格完全相同的两个人？

当时自己是怎么回答的？应该没有认真思考那个问题。他觉得桐璃不可能人格分裂，甚至还嘲笑了她一番。记得还说要用掷骰子或者抛硬币的方式决定选择哪种人格。也许乌有现在就不得不用这种轻率的办法做个选择。这时，乌有突然发现那时的桐璃也穿着同样的白色连衣裙。"但是……"乌有很抗拒这个桐璃。或许眼前的桐璃前天也问得出那种问题，与另一个桐璃毫无差别。前天姑且不说，现在就有明显的不同。最大的区别就是那个桐璃失去了明亮的左眼。讽刺的是，就是这个缺陷，才让乌有觉得那是真正的桐璃。

"现在躺在床上的桐璃，知道你的存在吗？"

"应该不知道。"

她说的是实话。这个人以"桐璃"自居,企图接近乌有,肯定不会让另一个桐璃知道。可她为什么这个时候现身呢?"两个人不可能同时占有同样的空间"——依稀记得这话好像是夏目漱石说的。后面还有一句是什么来着?乌有记不起来了。

自我同一性,这个平时总是挂在嘴边的词,此时却显得异常沉重。无论那位青年对乌有的影响有多大,乌有依旧是乌有。在这个世界上,并不存在另一个与他一模一样的人。别人是怎样看待自我同一性的呢?这个问题并非考题,但也有一定难度,乌有回答不出。现在,他只能简单粗暴地判定,那位身负重伤的桐璃才是真正的桐璃。

因为自己保护不周与无能,造成桐璃失去了左眼,可这左眼竟然成了识别桐璃的唯一依据。乌有感觉实在太过讽刺。

"喵——"黑猫再次叫了起来。一阵狂风刮过,像在与之呼应一般,海浪狠狠拍打着岩石,所有一切仿佛都被卷进了漩涡之中。天空、大海,还有乌有的内心都激烈动荡着,排山倒海一般。但是,只有一个人超然物外,旁若无人,唯我独尊……那个人就是桐璃。

"乌有,我们一起离开这里吧,接我们的船很快就到了。"

"我要跟桐璃一起走。"

"是跟'桐璃'一起啊,我就是'桐璃'。"

这位更像"桐璃"的桐璃毫不犹豫地坚持自己就是桐璃。

"你不是'桐璃'。"

这句话说得明显底气不足。眼前的这个桐璃,难道是因为我的思念、愿望和欲求而被"展开"的桐璃吗?——肯定不是,乌有借着刹那间涌出的疑虑坚决地否定了她。乌有相信这么想是对的。

"为什么?"桐璃再次执拗地追问。她可能还会问很多次,甚至一百次，两百次……到那时，乌有就不能毅然反驳了。

"你会带上我一起走吧？为了开始你的新生活。"

"我需要的是'桐璃'，不是你。"

"你需要的是桐璃，跟以前一样的桐璃呀。"

"住口！"

乌有怒不可遏，扬起的右手又无力地垂了下来。突然涌起的无名之火，无可奈何的焦虑……此时千头万绪涌上心头，他甚至产生了杀掉眼前这个人的冲动。

桐璃低下头，下意识地避开了乌有的怒气。棕色的长发在风中飞舞，触到了乌有的脸。

桐璃回过头看着乌有，那神情仿佛在说"为什么？明明我就是'桐璃'，你怎么就是不相信"，就跟刚刚的桐璃一样，泪眼婆娑。

要哭了吗？乌有很想对这种伎俩表示鄙视，却发现内心开始动摇了。是什么扰乱了我的思绪？我究竟在犹豫什么？乌有焦躁起来，甚至无法控制自己的情绪。

"我明明就是你需要的'桐璃'……"

"住口！"

——别再伤害我！别再烦我！乌有真想大声喊出来。

就在这时，大地开始晃动。这是今天的第二次地震，比第一次来得更加猛烈。自己也在晃动，内心就像节拍器一样左右摇摆着。尽管不愿承认，但乌有心里很清楚。

和音馆开始倾斜。本来就歪斜的房屋，变形越发严重了。

"桐璃还在……"

乌有想从圆形舞台上下去。

"危险！别回去。"

"关你什么事？桐璃还在里面。"

"我就在你面前……"

乌有没心思陪她开玩笑，急忙走下台阶。

这时，奇异的情况发生了。

一眨眼的工夫，从展望台到客厅之间的雪地上出现了一条裂缝，而且越来越大。

难道地裂了？乌有吓坏了。仔细一看，并非如此。裂缝下面出现了白色的砂砾，仅仅是表层的积雪在动。

"这？！"

那条裂缝向左右各扩展到大概五十厘米时，地震停了。于是，从展望台到客厅之间，出现了一条长五十米左右的白色砂砾小路。

——怎么回事？！

可现在不是考虑问题的时候。一时间呆住了的乌有很快回过神来，在白色砂砾铺就的小路上跑了起来。

到客厅后，地震又开始了。乌有吓得差点往回跑，慌忙抓住了窗户格子。碎玻璃割破了手指，血流了出来。

"乌有，等等，等等啊。"

回头一看，发现桐璃追了过来。乌有在晃动中站立不稳，蹲在客厅前方的地板上，就在这时，他看到了另一番不可思议的景象。

积雪又回去了……刚刚那条小路又被雪覆盖了。积雪仿佛回放的录像带一般，缓缓回到了原有的位置，重新覆盖在了砂砾之上。

乌有呆望着眼前的情形，想起高中时学过的地理知识。

假设这座岛屿的地壳构造不稳，导致地震波的传播出现不均匀的情况，假设局部地区，比如强烈的冲击波顺着展望台到客厅之间的裂缝延伸的话，裂缝两边的所有砂砾有可能朝相反的方向转动。夏天地面较热，积雪又冷，因此而产生的空气对流很明显会加速砂砾的转动，并使转动始终维持一个方向。假设这种情况引起了极小规模的板块运动，使砂砾上方的积雪断裂并移动的话，假设第二次地震导致砂砾产生了与第一次地震时相反方向的转动的话，那积雪就会重新复位。也就是说，砂砾起到了缓冲物的作用，同时引起了上方积雪层的小规模断裂。

假设、假设、假设，为了解释眼前发生的情况，为了让自己能够接受这种异常情况，乌有只想起了这一连串的假设。可是……

——难道这就是神父所说的奇迹？

不久，沙石小路再次被白雪覆盖。眼前的情景与地震发生之前毫无两样，满院子的积雪，只有连接处稍有痕迹，但夏天的高温很快会将那些凸起的积雪融化。乌有想起了信州的御神渡[①]。不，应该是摩西。当他率领以色列人从埃及回归自己的国土时，红海裂开为他们让路。发生了"神"之奇迹……

乌有更加确信，神父抛尸时就是在这样的小道上来回的。

也许，他最开始只想砍掉死尸的头，但是积雪裂开了，就像乌有刚刚遇到的那样，在从砂砾小道上回到客厅之后，那条"神"路再度被积雪覆盖。看到这一幕，他认定这是奇迹，是主显灵了……这种情形实在太过罕见，连乌有这个无神论者也几乎误以为是奇迹。就算神父从这种情形中感受到了神的旨意，也不足为奇啊。

"这就是神父所说的奇迹吧。"追上来的桐璃感叹道。看到刚才发生的一幕，她的神情竟然没有发生很大变化。乌有盯着桐璃

[①]在日本，如果一些湖面连续十天处于零下十度以下的低温，湖面冰块就会因为收缩和膨胀发生龟裂。这些冰块会向上隆起一米左右，这种罕见的现象被称作"御神渡"。

的脸,眼神里充满疑惑与惊讶。难道她从一开始就知道吗?

"不,这并不是奇迹。"乌有激烈地反驳道。

"是奇迹。"

桐璃也盯着乌有。眼泪已经蒸发,消失不见了。

"不可能。绝对……"

"但是……"

"神父所言虚妄,这不过是一种罕见的自然现象,跟夏日飞雪一样。"

乌有大叫起来,仿佛不是说给桐璃,而是说给自己听。

"可是……"

"我没时间跟你争。"

乌有回过神来,甩掉手上的碎玻璃,跑回大厅。

"桐璃……"

世上到底有没有神?乌有跑在不断开裂的楼梯上,反复问自己。虽然断言世上没有奇迹,但时间、地点、人物,所有一切为何都如此巧合?

"啊!"

桐璃好像在后面摔倒了。说不定从裂开的楼梯上掉了下去。乌有停下脚步,不过马上又告诫自己,千万不能心慈手软。他毅然向前跑去,心里想着,我的"桐璃"被困在三楼,那个人掉下去跟我有什么关系?

"乌有。"

门内传来桐璃的声音。门框变形了,房门很难打开。乌有拼命撞击,终于闯了进去。

"桐璃!"

桐璃躺在床上，躲在被窝里瑟瑟发抖。她的体力还没恢复，还不能站起来。

"乌有。"

桐璃用纯真的右眼望着乌有，仿佛想诉说什么。乌有突然头疼欲裂，身体仿佛遭到了电击一般。

桐璃为什么没有左眼？——此时乌有内心竟然冒出这种疑问。

这个疑问就像恶性肿瘤一样开始慢慢侵蚀乌有的大脑。他感觉那只本该存在的眼睛正盯着另一个世界的另一个自己。怎么会这样？

乌有胆战心惊地走近桐璃。

——为什么没有左眼？

剧烈的晃动再次朝和音馆袭来。乌有不由得双膝跪地，抬头望着躺在床上的桐璃。

——不，这是桐璃。这绝对是"桐璃"。

"别怕。"

乌有站起身，抱起桐璃走出了房间。其他事、其他烦恼以后再说，现在得先冲出去，只要冲出去，就会有办法。整座建筑轰隆作响，仿佛和音在痛哭。一定得冲出去……

房间里的枝形吊灯灯链断了，随着一声巨响，水晶灯砸在了村泽的脸上。但乌有没有理会，冲出走廊，跑下了楼梯。

这时，楼梯承受不住两人的重量，轰然倒塌。

*

于是，一切都结束了——

闭幕。

"接我们的船来了。"听到轮船螺旋桨翻动海水的声音，乌有阴沉着脸咕哝道。

和音馆塌了一半，立体主义王宫在黄昏中变成残垣断壁。散落一地的玻璃碎片、砖头、瓦片，反射着盛夏抑或隆冬的阳光，发出炫目的光芒，竟然比盛开的向日葵还要耀眼……如此耀眼的光芒，让乌有感到从未有过的虚空。

裸露在外的钢筋，满是裂痕的白色墙壁，四处弥漫的尘土。这栋建筑已经完全丧失了立体主义的造型与意义。果然，这座孤岛就是一片荒漠……二十年前，无论形状如何，这里曾是"神"居住过的圣土，如今又被"神"赐予的大自然的力量轻易摧毁，化成了一片废墟。眼下只有弥漫的硝烟与恶神留下的足迹。巴别塔，还有所多玛和蛾摩拉城市[①]最终不也都是被"神"摧毁的吗？何况这栋只有几个人供奉的人造和音馆呢？

人类撰写的《启示录》也被埋在了瓦砾之下。那里面究竟写了些什么？事到如今，已无从知晓。随它去吧，一切都已土崩瓦解。

乌有和桐璃连滚带爬地逃出了废墟。两人蓬头垢面，惨不忍睹。稍微清洗了一下之后，两人躺倒在了栈桥上。两人的手紧紧握在一起，茫然地等待着前来迎接的船只。在逃出这座岛，到达本州岛，到达舞鹤港之前，自己绝不会松开这只手，乌有暗想。

[①]所多玛和蛾摩拉都是《圣经·旧约·创世记》中记载的城市，曾经是非常美丽富饶的地方，后因居民邪恶、堕落、罪恶深重而被愤怒的神毁灭。

乌有与桐璃与其说踏上了归途，不如说从岛上被解救了出来。两人遍体鳞伤、衣衫不整地横躺在开往本州岛的巡航型快艇的柔软长沙发上。乌有现在唯一的愿望就是，到了本州岛后，抛开一切好好睡一觉。仔细想想，才发现这三天几乎没合过眼。

快艇驾驶员用无线电与警方取得了联系，警方应该立刻会登上那座小岛。在向乌有了解了情况后，快艇驾驶员进入那座坍塌一半的建筑里看了看。没一会儿便脸色发青地回来了。也难怪，七天前送来的乘客中，除了乌有和桐璃，其他人都已命丧黄泉。看到小柳自杀身亡的尸首之后，他似乎相信了乌有急中生智的解释。"你们太不容易了。"在对乌有两人的遭遇表达了一番同情之后，他又泡了两杯加了好多糖的咖啡给他们。

桐璃沉默不语，她有些在意绷带，小口啜着不爱喝的咖啡，注视着对面那渐行渐远的不祥小岛。

——乌有感觉那道触目惊心的伤口肯定会愈合的。原来这么想，将来也会这么想，不厌其烦……

不管怎样，乌有现在有了确定的目标，一个非常长远的目标——用余生保护桐璃。

从甲板上可以望到和音岛。自己在那座岛上竟然度过了七个日夜，说长不长，说短不短。按理说留下的都是苦涩的回忆，但离开时却有一丝不舍，真是不可思议！逐渐远去的和音岛，那座被"真宫和音"这个虚妄之"神"控制的、充满执念的不祥岛屿。伴随着螺旋桨的声音，那座被晚霞染红的小岛越来越小。鲜黄的向日葵丛、坍塌的王宫，肉眼已经无法看清……当这些景象都消失在水平线尽头时，乌有感觉自己终于从魔咒中解脱了出来。从此可以安睡了吧。

那些未解之谜，就随它们去吧。无论那部电影在暗示什么，究竟有何寓意，都已经无所谓了。两个桐璃，以及《启示录》，无论与自己是否有关，现在都已无关紧要了。那座岛上发生的一切都已全部结束。他不想再次回忆起那些不堪的往事。不想再徒增疲累。

——如今，只要有桐璃在身边就够了……过去的事情就让它过去吧。不管怎样，至少两人都活了下来，将来还有无限的可能……

可一想到今天或明天就要接受警察的问询，乌有立刻被拉回了现实，心情也随之沉重起来。不知能否安全过关。被重物砸倒的另一个桐璃，尸体已经被埋进了深山，应该不会被发现吧……估计没事，可心里还是七上八下的，乌有忍不住看向自己那双曾沾满鲜血的手。

尽管得到了桐璃的安慰与鼓励，乌有依旧放不下心。假如那些尸体曝光了，假如那个不祥的废墟曝光了，自己也许会如实招供。今后他想做一个坚强的人，但目前还没有足够的自信。

就在此时。

海面上涌起细小的波浪，快艇轻轻晃动。不一会儿，巨浪涌起，从岛上传来几声巨响，惊天动地。乌有慌忙抬头望去，只见那座岛上腾起烟雾，并开始轻微晃动。大群的黑尾鸥一起飞到了海上。下一刹那，鲜红的火焰伴随着白烟和岩浆从山顶喷出。那比晚霞还要鲜艳许多的红色光柱将大海、岛屿同天空连在了一起。火柱在云层缝隙间四下飞散，以铺天盖地之势落到了乌有他们面前。海面沸腾起来，巨大的气泡与蒸腾而起的水汽遮住了人的视野。天空被暗褐色的烟雾所笼罩，仿佛炼狱中的红莲之火，仿佛燃尽一切的末世之火，似乎要将乌有犯下的所有罪行烧得一干二净。

——难道这就是最后的奇迹?

那地狱之火般的赤红色火焰深深烙印在了乌有的视网膜上,与手上沾染的鲜血颜色相同,乌有突然发现,这一幕自己一辈子都不会忘掉。

不久又传来了剧烈的地鸣声,整座岛屿伴随着海啸声摇摇晃晃地沉入了海中。离得太远了,看不清楚。不过,和音岛在从海平面上消失之前,先被大海吞噬了。

"这……"

驾驶员如何看待眼前的一切?只是休眠火山的再次喷发,还是"神"在显灵?

"桑原,桑原①。"

他嘴里念念有词,唇边还残留着未刮干净的胡楂。朴实的外表和举止,让人难以看出他是怎么想的。

"岛……"

"就这样吧,也好。"

乌有抓着桐璃的肩膀,紧紧地,紧紧地……他希望所有一切都到此为止,人生开始新的篇章,Turning Point……

仅仅几分钟内,冒着白烟的小岛被大海吞了进去,连同他们的尸骸、感情一起……地上之神和音嫁给了海底之神波塞冬,以后再也不会被不洁的人类看到……连同乌有的回忆一起……

"乌有……"

桐璃恋恋不舍地望着小岛沉没的海面。想必她心中也是感慨万千吧,遗憾的是,乌有仅仅了解其中一部分。他回望着桐璃,用那双杀过人、沾满鲜血的手揉了揉桐璃细长柔软的头发,轻声

---

① 日本的一种咒语。据说在打雷的时候说这句话,就可以避免被雷击中。

说道:"明天是开学的日子哟。"

"嗯,对啊。"桐璃调皮地笑了,"得偶尔去一下呢。"

这是他选定的桐璃。只见桐璃手上缠着绷带,在将手中的咖啡一口喝干后,闪动着一双琥珀色的美丽眼眸,用力点了点头。

尾声（补遗）

八月的舞鹤港，天气酷热，风高浪急，码头上挤满了警察与媒体人员。大富豪的私人岛屿上发生了连环杀人案，岛屿随后沉入海底，这个消息看来已经传开，港口因此陷入半恐慌状态。夏日飞雪之后，又爆出类似丑闻的事件，而且还与宗教有着千丝万缕的联系，对媒体来说，这简直是炒作世界末日论的绝佳素材。

由于极度疲劳，乌有和桐璃接受问询的时间推到了第二天。他们被带离记者的包围圈，得以在市内的急救医院安静休息。

第二天早晨，三位刑警来医院听乌有说明情况。三人都已中年，看上去不好对付，但除了会影响到自己的内容之外，乌有都客观详细地做了介绍。因为有快艇驾驶员做证，乌有的话显得比较可信。

还没等到去学校，桐璃第二天就与父亲回了京都。

乌有的感冒更严重了，躺在医院的病床上打了几天点滴。不过除那次之外，刑警没有再出现过。第三天，乌有在报纸上看到《白色恶魔的暴行》的标题。整个事件被确定为帕特里克神父，即小柳宽所为。

那天，乌有总算可以高枕无忧了。不久之后，他总算从这个事件中完全解放了出来。

作为乌有……

一觉醒来，他发现枕边站着一位身着奇装异服的男士。刚开始他以为自己在做梦，后来才意识到这是现实。

那男人胸前插着一朵红玫瑰，手里拿着一顶丝质礼帽。虽然是盛夏，他却穿着晚礼服，看上去颇有绅士风度。男人自报姓名——"麦卡托鲇"。年纪三十岁上下，皮肤白皙，长相酷似斯拉夫人种，具体年龄不好判断。他似乎不是刑警，看着也不像记者。

"您是如月先生吧？"

他转动着手上的礼帽，语气中带着几分傲慢。

"对……你有什么事？"乌有用还未恢复的沙哑声音反问道。对不速之客自然多了几分戒备。

"没什么，只想问您几句话。知道了这个事件后我有些好奇。"麦卡托呵呵地笑着说。

"问几句话？"

"我都知道。"

他望着乌有，神情就像站在展望台上的神父。那种眼神让人不由心生恐惧。

"你知道什么？"

乌有虚张声势地厉声说道，麦卡托立刻用一只手制止了他。

"别激动！其实也没什么。我不是来找你麻烦的。真的只是想问几句话而已。"

他重复了一遍刚才说过的话。

"你想问什么？"

"很简单。你好像是在一家杂志社工作，对吧？因为采访，无意中被卷入了这一事件。"

"没错……"

他到底想问什么？乌有完全猜不透。

"你们总编叫什么来着？"

"你是说总编的名字？"

尽管觉得问题奇怪，乌有还是如实地说出了总编的姓氏。

"我不是这个意思。我问的不是姓氏，而是姓后面的名字。"

"名字？记得她好像叫，和……"

乌有突然噤口不言。他意识到自己遗忘了一条最重要的线索。

"啊，原来如此。一开始……"

麦卡托深深地点了点头，好像一开始就知道事情的全部真相。

"可是，你为什么……你到底是谁？"

"噢，我现在也就是个名义上的侦探。不过，说不定以后还会遇到你，肯定的。期待与你再会。"

自称麦卡托的男人面带谜一般的笑容，自信满满地说了这么一句。随后，他朝乌有鞠了一躬，戴上礼帽后又说了句"再会"，便径直离开了病房。走廊上随即响起鞋子走在亚麻油毡地面上的声音，随即又恢复了寂静。

乌有只能安静地望着他离去的背影。

《NATSUOFUYU NO SONATA》
© Yutaka Maya 2021
All rights reserved.
Original Japanese edition published by KODANSHA LTD.
Publication rights for Simplified Chinese character edition arranged with KODANSHA LTD.
through Kodansha Beijing Culture Co., Ltd. Beijing, China
本作品由日本讲谈社正式授权，版权所有。未经书面同意，不得以任何方式做全面或局部翻录、仿制或转载。
Simplified Chinese edition copyright: 2025 New Star Press Co., Ltd.
All Rights Reserved.
著作版权合同登记号：01-2024-4631

图书在版编目（CIP）数据

夏与冬的奏鸣曲 /（日）麻耶雄嵩著；吴春燕译.
2版. -- 北京：新星出版社，2025.2. -- ISBN 978-7-5133-5953-5
Ⅰ. I313.45
中国国家版本馆 CIP 数据核字第 2025PS4926 号

午夜文库
谢刚 主持

夏与冬的奏鸣曲

［日］麻耶雄嵩 著；吴春燕 译

责任编辑	赵笑笑	责任校对	刘 义
责任印制	李珊珊	装帧设计	冷暖儿

出 版 人　马汝军
出版发行　新星出版社
　　　　　（北京市西城区车公庄大街丙 3 号楼 8001　100044）
网　　址　www.newstarpress.com
法律顾问　北京市岳成律师事务所
印　　刷　河北尚唐印刷包装有限公司
开　　本　910mm×1230mm　1/32
印　　张　16
字　　数　252 千字
版　　次　2025 年 2 月第 2 版　　2025 年 2 月第 1 次印刷
书　　号　ISBN 978-7-5133-5953-5
定　　价　69.00 元

版权专有，侵权必究。如有印装错误，请与出版社联系。
总机：010-88310888　传真：010-65270449　销售中心：010-88310811